O PIOR PADRINHO da NOIVA

MIA SOSA

O PIOR PADRINHO da NOIVA

Tradução
Carolina Candido

2023

Título original: THE WORST BEST MAN
Copyright © 2020 por Mia Sosa.

Todos os personagens neste livro são fictícios. Qualquer semelhança com pessoas vivas ou mortas é mera coincidência.

Direitos de edição da obra em língua portuguesa no Brasil adquiridos pela Editora HR LTDA. Todos os direitos reservados. Nenhuma parte desta obra pode ser apropriada e estocada em sistema de banco de dados ou processo similar, em qualquer forma ou meio, seja eletrônico, de fotocópia, gravação etc., sem a permissão do detentor do copyright.

Direitos exclusivos de publicação em língua portuguesa cedidos pela Harlequin Enterprises II B.V./ S.À.R.L para Editora HR Ltda.

A Harlequin é um selo da HarperCollins Brasil.

Contatos: Rua da Quitanda, 86, sala 218 — Centro — 20091-005
Rio de Janeiro — RJ
Tel.: (21) 3175-1030

Diretora editorial: *Raquel Cozer*
Editora: *Julia Barreto*
Copidesque: *Marina Góes*
Revisão: *Lorrane Fortunato e Natália Mori*
Ilustração e design de capa: *Nathan Burton*
Adaptação de capa: *Beatriz Cardeal*
Diagramação: *Abreu's System*

CIP-Brasil. Catalogação na Publicação
Sindicato Nacional dos Editores de Livros, RJ

S693p

Sosa, Mia
    O pior padrinho da noiva / Mia Sosa ; [tradução Carolina Candido]. – 1. ed. – Rio de Janeiro : Harlequin, 2022.
    336 p.

Tradução de: The worst best man.
ISBN 978-65-5970-186-5

1. Romance americano. I. Candido, Carolina. II. Título.

22-78835
CDD: 813
CDU: 82-31(73)

Gabriela Faray Ferreira Lopes – Bibliotecária – CRB-7/6643

Foi preciso um vilarejo para nos criar; essa história é para os idosos do vilarejo: Mãe, *Ivany e Reni.*

Nota da Editora

Nas próximas páginas, você vai conhecer a história de Lina, que, apesar de ter nascido e morar nos Estados Unidos, vem de uma família — muito animada, diga-se — de brasileiros. Mesmo escrevendo em inglês, a autora, ela própria de ascendência brasileira, fez questão de adicionar elementos culturais de nosso país no livro, além de termos e expressões que usamos no Brasil.

Com o livro traduzido para o nosso idioma, no entanto, corríamos o risco de perder esses elementos, já que quem lê não teria como saber o que já aparecia em português originalmente. Por causa disso, optamos por destacar *com esta fonte* as palavras que aparecem em português na edição em língua inglesa, para que todos possam aproveitar melhor as nuances (e piadas internas) da história.

Além disso, a autora escreveu uma carta especialmente para as leitoras brasileiras, na qual fala um pouco sobre esse processo, e que você verá nas próximas páginas.

Esperamos que você ame este livro tanto quanto nós!

Nota da Autora

Queridos leitores maravilhosos,

Muitos de vocês pediram por uma versão traduzida para o português de *O pior padrinho da noiva*. Estou em êxtase por ela finalmente estar entre nós!

Este livro fala sobre amor, família e autoaceitação. Em um romance, a incapacidade dos protagonistas de se apaixonarem normalmente se manifesta nas barreiras que os personagens criam e os impedem de receber afeto ou estabelecer conexões. Pensei várias vezes sobre como o fato de sermos mulheres (mais especificamente, mulheres afro-latinas) pode nos armar com um escudo pré-fabricado que nós nunca soltamos de verdade. Eu queria explorar uma personagem muito parecida comigo, alguém que precisa do escudo para desbravar o mundo ao redor. Como alguém se abre o suficiente para se apaixonar e ainda assim se protege das coisas que teme? Como é esse tipo de amor? E como o parceiro ajuda nesse processo?

Outro tema presente em todos os meus livros é a família. Meu pai é porto-riquenho e minha mãe é brasileira. Até agora, a maioria dos meus livros tinha protagonistas porto-riquenhos. Em *O pior padrinho da noiva*, a protagonista feminina, Carolina Santos, é brasilo-estadunidense de primeira geração, e o livro explora a maneira como suas conquistas (e derrotas) são amplificadas por ela sentir que sempre tem que fazer jus ao que sua família passou. Ao permear este livro com meu amor pela cultura brasileira, fiz dele uma carta de amor para minha mãe e minhas já falecidas tias, que criaram a vila familiar na qual cresci. A história tem uma intensa atmosfera conduzida pela família, cheia de mães divorciadas chefes de família, primos, irmãos e amigos, porque reflete minha experiência pessoal e eu queria celebrá-la.

Espero que esse livro te faça rir, espero que ele te faça sorrir e espero que você se apaixone por Lina e Max. Muito obrigada por ler a história deles.

(E, para a minha família no Brasil: por favor, pulem as partes picantes!)

Grande abraço,
Mia

Prólogo

The Stockton Hotel
Washington, D.C.
Três anos antes

MAX

A notificação de mensagem faz meu celular piar como um passarinho, o que não me prepara para a bomba na tela.

> **Andrew:** Tudo o que vc me disse ontem a noite faz sentido, M. Graças a vc, agora consigo enxergar a verdade. Não posso me casar com Lina. Preciso q vc dê a notícia. Não se preocupe, ela vai lidar com classe. Vou desaparecer por alguns dias enquanto coloco a cabeça no lugar. Avise nossos pais que ligo para eles em breve.

Eu sou novo demais e estou com uma ressaca grande demais para essa merda.

Usando os poucos neurônios que sobreviveram aos efeitos dos muitos bares de ontem, tento reunir as limitadas informações que tenho. Um, meu irmão mais velho, Andrew, que em resumo vive para agradar às pessoas e é um homem que faz tudo de acordo com um planejamento, deveria se casar esta manhã. Dois, ele não está na nossa suíte de hotel, o que significa que deve ter fugido após eu apagar ontem à noite. E três, ele nunca brinca a respeito de nada; sua chatice crônica o impede de saber como é se divertir. Por mais que eu mexa as peças desse quebra-cabeças, elas se recusam a se encaixar.

Será que o adormecido (e péssimo) senso de humor de Andrew está enfim acordando? Por Deus, com certeza espero que sim.

Eu me debato para me livrar do lençol no qual estou aprisionado e sento para escrever uma resposta rápida.

Isso não tem graça. Me liga. Agora.

Ele não responde, então resolvo ligar. Quando a ligação vai direto para a caixa postal, aceito que Andrew não quer ser encontrado e lhe desejo uma rápida viagem direto para o inferno.

Não se preocupe? Ela vai lidar com classe? Meu irmão é um idiota se acha que Lina não vai surtar quando descobrir que ele não vai aparecer hoje. Depois de visualizar com facilidade a reação devastadora da noiva, foco nas duas frases na mensagem de Andrew que me deixam especialmente enjoado: *Tudo o que você me disse ontem à noite faz sentido, M. Graças a você, agora consigo enxergar a verdade.* O problema é que não consigo me lembrar de muita coisa da noite anterior — uma garrafa inteira de tequila tende a afetar a memória a curto prazo do indivíduo —, muito menos de que merda eu posso ter dito para o meu irmão durante as suas últimas horas de solteirice. Mas, se tivesse que adivinhar, é provável que tenha dito que ser solteiro era melhor do que se casar e agido como se eu tivesse ganhado de lavada no jogo da vida.

Tenho 25 anos. Ele é meu irmão. É isso que fazemos.

Jesus. Eu me jogo na cama mais uma vez e contemplo o próximo passo. Alguém precisa avisar a noiva. Minha mãe *não* é uma opção. Ela não tem o menor tato. Na festa dos vinte anos de casamento dos meus pais, minha mãe disse à minha avó Nola — e a uma sala cheia de convidados — que havia hesitado em se casar com o meu pai só porque achava que ele era um filhinho da mamãe, um problema que atribuiu ao longo período que a vovó Nola o havia deixado mamar em sua teta. Citação direta. Meu pai, por outro lado, colocaria seu chapéu de repórter investigativo e se engajaria em uma invasiva missão para encontrar a verdade e descobrir por que meu irmão havia abandonado a noiva. O comportamento exagerado dele só pioraria a situação. Eu sei disso em primeira mão. Foi um dos motivos pelos quais meus pais se divorciaram um ano atrás. Já que minha boca grande é em parte responsável por engatilhar essa infeliz cadeia de eventos, eu sou a escolha óbvia. Mas, merda, eu não quero ser.

Sinto as têmporas latejando. Mesmo assim me arrasto para fora da cama e vou oscilando até o banheiro. Minutos depois, enquanto estou escovando os dentes e tentando ignorar meu aspecto péssimo e de olhos vermelhos refletidos no espelho, o celular apita de novo. *Andrew.* Eu cuspo o enxaguante bucal, me atiro de volta ao quarto e arranco o celular da mesa de cabeceira, porém a decepção recai sobre mim ao ver uma mensagem do meu pai.

> Venham já para cá. Seu irmão vai se atrasar para o próprio casamento se não chegar aqui em cinco minutos.

Tudo dentro de mim congela: átomos, fluxo sanguíneo, a coisa toda. Eu poderia muito bem estar clinicamente morto. Porque, além de tudo, eu dormi demais, destruindo por completo minha chance de desviar os convidados antes que chegassem e adicionassem a cereja no topo desse bolo de merda.

O escândalo do alarme do relógio digital me tira do meu estupor e esmaga meu crânio. Dou um tapa no botão de desligar e aperto os olhos ao ver o pequeno ícone de soneca zombando de mim no canto da tela. Sabe o que mais? Eu nunca mais vou beber. Não, espera. Essa é uma das promessas mais vazias do mundo. Só em ocasiões especiais. Sim, pode funcionar. Daqui em diante, vou beber só em ocasiões especiais. Será que informar uma noiva que o noivo não vai aparecer no casamento se qualifica como tal? Provavelmente não. Eu quero que seja? Para caralho.

LINA

*P*ena. É isso que vejo nos olhos castanho-claros de Max. Em sua postura deprimida. No modo como ele está lutando para disfarçar um beicinho.

Eu o guio para dentro do quarto.

— O que está acontecendo?

Meu tom de voz é exatamente como deveria ser: calmo e estável. Na verdade, monitoro com regularidade a minha carga diária de emoções da mesma forma que algumas pessoas controlam a ingestão diária de calorias e, já que eu e minha mãe compartilhamos alguns minutos de olhos marejados pouco tempo atrás, acabei de gastar toda a minha cota diária ou estou bem perto disso.

Após caminhar a passos largos até o meio do quarto, Max se vira devagar, brincando com o colarinho da camisa com uma das mãos. Esse é o maior sinal de que algo está errado: ele não está usando o terno cinza-claro que Andrew escolheu para os padrinhos.

Eu o cutuco com uma pergunta diferente.

— Andrew está bem?

Não pode ser tão ruim se Max está aqui. Não o conheço tão bem. Ele mora em Nova York e não esteve por perto para a maioria das festividades pré-casamento. Ainda assim, ele é o único irmão de Andrew e, se algo de ruim tivesse acontecido, ele estaria com o irmão mais velho, certo? Bom, considerando que Max foi a terceira escolha de Andrew para padrinho (após as opções um e dois recusarem com educação), talvez essa não seja uma suposição tão segura.

Max franze a testa, e as linhas que surgem em sua expressão me fazem pensar nas ondulações na superfície da água.

— Não, não, Andrew está bem. Não é nada do tipo.

Eu pressiono uma mão na barriga e deixo escapar um suspiro trêmulo.

— Ótimo, que bom. Então o que está acontecendo?

Ele engole em seco. Com força.

— Ele não vem. No casamento. Diz que não consegue continuar com isso.

Durante muitos segundos, eu só pisco e processo. Piscar, piscar, piscar e processar. *Deus.* Todo o planejamento. As pessoas. A família que viajou de perto e de longe para estar aqui. Eu me encolho, já prevendo todo o drama. Minha mãe e tias ficarão furiosas em meu nome. Antes que o dia acabe, elas já terão organizado um comitê de busca para encontrar Andrew e chutar o saco dele com a habilidade e precisão das dançarinas de cancã. E considerando que elas têm espírito empreendedor, eu não ficaria surpresa se vendessem ingressos para o show e o intitulassem de *O quebra-nozes*.

Max pigarreia. O som desconexo interrompe minha torrente de pensamentos, e sou atingida pelo verdadeiro significado da situação.

Eu não vou me casar hoje.

Sinto um aperto na garganta e no peito. *Ah não, não, não. Recomponha-se, Lina. Você é especialista nisso.* Eu luto contra as lágrimas e as empurro de volta aos canais lacrimais.

Max dá um passo para a frente.

— O que eu posso fazer? Você quer um abraço? Um ombro para chorar?

— Eu não sei o que quero — digo com a voz rouca, sem conseguir demonstrar o comportamento tranquilo que eu gostaria.

Seu olhar triste encontra o meu e ele abre os braços. Dou um passo e me afundo em seu abraço, desesperada para me conectar com alguém para me sentir menos... à deriva. Ele me segura com suavidade, e de alguma forma eu sei que está se contendo, como se quisesse me manter distante em vez de me puxar para perto. Em meio a essa confusão, percebo que Max está úmido, provavelmente recém-saído do banho, e me choco ao perceber que não consigo detectar cheiro algum em sua pele. Eu me pergunto por um breve instante se meu cheiro ficará nele quando for embora, e então me pergunto também por um instante se meu cérebro está tendo um curto circuito.

— Você está bem? — pergunta Max em um sussurro.

Considero a pergunta sem me mexer. Talvez ficar parada possa me ajudar a avaliar os danos. Com toda a certeza eu deveria estar machucada, brava, pronta para explodir contra a injustiça do que Andrew fez comigo. Mas não estou nenhuma dessas coisas. Não ainda. A verdade é que estou anestesiada, e mais do que um pouco confusa.

Andrew deveria ser "o tal". Durante dois anos, compartilhamos conversas interessantes, sexo satisfatório e estabilidade. E, mais importante, ele nunca fez nada para me deixar com raiva, nem mesmo uma única vez, e não consigo imaginar uma escolha melhor para um parceiro de vida do que alguém que não desperta meus piores impulsos. Até esta manhã, Andrew e eu parecíamos estar na mesma página a respeito dos benefícios mútuos dessa união. Agora, pelo visto, ele não só está em outra página, como em um livro completamente diferente — e eu não faço ideia do porquê.

Max preenche o silêncio, balbuciando por nós dois:

— Eu não sei o que está acontecendo com ele. Em um minuto ele estava bem. Na noite passada a gente conversou. Fomos pulando de bar em bar, e acho que em algum momento entre os shots de tequila, eu disse algumas bobagens. E foi tudo ladeira abaixo a partir daí. Eu sinto muito. Sinto muito mesmo.

A angústia em sua voz chama minha atenção, me dá um gancho no qual minha mente pode se prender. Ele está pedindo desculpas por algo em vez de me consolar, o que não faz sentido. Escorrego de seus braços e me afasto.

— O que você quer dizer com "bobagens"?

Ele afunda o queixo e encara o chão.

— Para ser honesto, não me lembro de muita coisa. Estava bêbado.

Eu dou a volta nele para evitar ser cegada pela luz do sol que entra pela janela saliente… e para ver melhor essa merda toda. Ah, o céu sem nuvens também me irrita: desperdiçar o clima perfeito para um dia de casamento deveria ser um pequeno delito que rendesse ao menos alguns dias de cadeia.

— Como ele te contou? Você falou com ele pessoalmente?

— Ele me mandou uma mensagem — diz Max baixinho, o chão ainda objeto da sua completa atenção.

— Me mostra — exijo.

A sua cabeça se levanta com a ordem. Durante alguns segundos, não fazemos nada a não ser nos encararmos. Ele infla as narinas. Eu… não. Seu olhar se fixa nos meus lábios, que se abrem por conta própria — até eu perceber o que estou fazendo e fechar a boca com força.

A temperatura do meu corpo aumenta, e estou tentada a arrancar a renda que cobre meus braços e peito. Sinto coceiras por toda parte, como se um milhão de formigas lava-pés estivessem marchando pela minha pele ao som de "Formation", da Beyoncé. Afastando o crescente desconforto, estico a mão.

— Preciso ver o que ele escreveu. — Quando Max não se mexe, acrescento: — Por favor.

Ele deixa escapar um longo suspiro, então alcança o bolso de trás de sua calça jeans, tira o celular e desbloqueia a tela.

— Aqui.

Com os lábios apertados de concentração, leio o emaranhado de sentenças que confirmam que eu, Lina Santos, de 25 anos, uma talentosa organizadora de casamentos em Washington, sou oficialmente uma noiva abandonada. *Uau. Bom. Sim.* Nem se eu tentasse poderia estar mais desconectada da minha marca.

Ainda analisando a mensagem de Andrew, meus olhos se fixam na sentença que mais me irrita: "Graças a você, agora consigo enxergar a verdade".

Ah, jura? E que verdade você ajudou meu noivo a enxergar, Max? Hmm? Meu Deus, consigo imaginar com clareza os dois falando merda sobre mim em um bar encardido. Tenho vontade de gritar.

Empurro o celular de volta na mão dele.

— Então, resumindo: você e Andrew ficaram bêbados na noite passada, falaram a respeito de algo que você diz não se lembrar, e, baseado nessa conversa, ele decidiu não se casar comigo e não teve a decência de me dizer nada disso pessoalmente.

Max demora para concordar.

— É, foi isso que entendi.

— Ele é um babaca — digo categoricamente.

— Não vou argumentar contra isso — responde Max, o começo de um sorriso ousando aparecer no canto de sua boca cheia de merda.

— E você é um imbecil.

A expressão dele fica carregada, mas me recuso a me importar com os seus sentimentos. Seja lá o que jorrou de sua boca na noite anterior, foi o suficiente para convencer meu noivo a afundar nosso casamento. Eu estava *tão perto* de me casar com o homem certo para mim, e bastou uma única conversa de bêbados para tudo degringolar.

Eu me endireito e pego meu celular da penteadeira, enviando uma mensagem de socorro para minha mãe, tias e primas.

Preciso de vocês agora.

O conteúdo da mensagem fará com que prestem atenção; e o uso do português fará com que cheguem aqui em segundos. Enquanto isso, olho com desconfiança para o pior padrinho que eu poderia ter pedido.
— Max, me faz um favor, pode ser?
Ele dá um passo na minha direção, seus olhos implorando por perdão.
— Qualquer coisa.
— Dá. O. Fora. Daqui.

Capítulo Um

Presente

LINA

A porta da limusine se abre e os convidados do casamento deixam escapar uma arfada coletiva.

Porque a noiva está usando verde — verde-limão, para ser mais precisa.

Bliss Donahue sai com elegância do carro e afofa a saia godê de tafetá que engole a parte inferior de seu corpo, alheia ao queixo caído das pessoas que testemunham sua chegada na pousada no norte da Virgínia que ela escolheu para a ocasião.

Tal qual uma veterana da família real, Bliss fica parada diante de seus súditos imaginários e acena uma única mão no ar, a cabeça um pouco inclinada para cima a fim de permitir que a luz do sol reflita suavemente em sua face. Após uma pausa de trinta segundos para causar o maior efeito dramático possível, ela dá uma série de passos delicados ao longo do caminho de paralelepípedos, a parte de trás de seu vestido de babados flutuando na brisa de abril. Algumas das convidadas mais velhas estalam as línguas e balançam a cabeça ao avistar o vestido de cair o queixo. Outros demonstram desconforto visível.

Discreta como sempre, estou a alguns metros de distância, pronta para solucionar qualquer problema que ameace destruir o dia de Bliss. Apesar de eu ter lhe avisado que o vestido poderia ofuscar os detalhes mais refinados de um casamento que seria elegante não fosse o vestido em questão, ela foi inflexível: a cor não usual acentuaria os seus melhores traços. Na minha visão, o vestido acentua o seu gosto duvidoso para a moda, mas, como a organizadora do casamento, meu trabalho é tornar real a visão do casal, independentemente de quão deturpada ela possa ser. Não tenho problemas em expor minhas preocupações se a situação pede que assim seja feito, mas, no fim das contas, o dia não é meu e, se Bliss quer caminhar pelo corredor da igreja em um vestido que parece que foi remendado com post-its para uma prova de uso de materiais não convencionais em *Project Runway*, eu não posso impedi-la.

Isso não quer dizer que eu não aprecie o inesperado. Já tive excelentes experiências com trajes de noiva visionários (um casamento em que um casal de lésbicas usaram ambas ternos de três peças *off-white* é o que eu mais gosto) e sempre que possível apoio com alegria planos fora da caixa. Em grande parte porque eu preferiria que a caixa nem existisse. Mas, por vezes, um vestido de babados verde-limão não é nada além de… brega.

Agora que Bliss já entrou na pousada sem incidentes, pego o meu celular e olho a lista de tarefas da cerimônia. Percorri duas linhas da lista quando Jaslene, minha assistente e amiga mais próxima, aparece atrás de mim.

— Lina, temos um problema — diz ela.

A notícia percorre minhas veias como adrenalina. *Claro que temos. E é por isso que estou aqui.* Armada com um senso renovado de propósito, olho em volta e puxo Jaslene para longe da entrada do local.

— O que aconteceu?

Jaslene tem uma expressão relaxada no rosto. *Bom.* Entretanto, há malícia em seus olhos castanho-escuros. *Nada bom.*

— Ah não, não, não — digo. — Seus olhos estão cintilando. Se é engraçado para você, vai ser péssimo para mim.

Com um sorriso tão aberto quanto o do Gato Risonho da Alice, ela agarra meu braço e me puxa na direção das escadas.

— Vem. É o noivo. Você precisa ver isso com seus próprios olhos.

Eu a sigo escada acima até a suíte em que o noivo estava se arrumando e bato na porta três vezes. Cobrindo os olhos, abro um pouco a porta.

— Se você não estiver vestido, tem quinze segundos para cobrir as suas partes mais importantes. Cabe a você decidir quais são elas. Um, dois, três, quatro, cinco…

— Estamos decentes. Está tudo bem — grita Ian, o noivo.

A sua voz esganiçada me avisa que as coisas com certeza não estão bem, uma conclusão confirmada com meus próprios olhos quando entro no quarto e minha mão desaba para a lateral do corpo. Eu pisco. Engulo em seco. Então, deixo escapar uma pergunta óbvia, mas grosseira:

— Mas que merda aconteceu com as suas sobrancelhas?

Ian rosna e aponta na direção dos três padrinhos.

— Pergunte a esses babacas. Foram eles que acharam que seria hilário raspar tudo na noite anterior ao meu casamento.

Todos os babacas encaram o chão, com exceção de um. Precisando de um alvo, eu encaro o único homem que não está evitando me encarar.

Jogado em uma poltrona enorme, com o cabelo loiro desalinhado, o padrinho arrota e dá de ombros.

— Bem, a gente estava bêbado. O que posso dizer? — pergunta ele, virando o olhar na direção do noivo. — Foi mal, cara.

Eu atravesso a sala e me abaixo para ficar na altura dos olhos do homem das cavernas, minhas mãos cerradas em punhos como medida preventiva.

— Foi mal? Isso é tudo que você tem a dizer? Há uma noiva que está sonhando com esse dia há meses. Ela quer que seja perfeito. Quer se lembrar disso por muitos anos. Agora, esse dia será lembrado como o dia em que ela se casou com um homem com pele de hamster recém-nascido acima dos olhos. E "foi mal" é tudo o que você tem a dizer?

Jaslene agarra um pedaço de tecido na parte de trás do meu vestido e me puxa para cima.

— Lina, isso não está ajudando a situação.

Eu mordo a parte interna da bochecha enquanto componho meu rosto na usual expressão indiferente-calma-e-centrada.

— Você está certa. Tudo bem. Eu já volto.

Xingando internamente a irmandade internacional dos padrinhos idiotas, deixo o noivo, desço a escada e corro para meu carro. Uma vez dentro do velho-mas-confiável Volvo, inspeciono o banco traseiro até minhas mãos encontrarem o kit de emergência. Eu o abro para confirmar que meus suprimentos de maquiagem estão lá dentro.

Eu volto tão rápido quanto minhas pernas e saltos um tanto altos permitem, mais uma vez sem ousar olhar para nenhum dos convidados no saguão. Quando entro na sala, vejo uma mulher que aparentemente se juntou à comitiva enquanto eu estava fora. Não me dou ao trabalho de perguntar quem ela é ou por que está aqui. Não tenho tempo para isso.

Depois de colocar todo o conteúdo da bolsinha de maquiagem na penteadeira, arrasto uma cadeira até o espelho de corpo inteiro e dou um tapinha no assento.

— Sente aqui — digo a Ian.

Ele me olha com uma expressão cautelosa.

— O que você vai fazer?

— Fazer? Eu vou consertar a besteira que seus padrinhos fizeram, é óbvio.

— Vai funcionar? — pergunta ele.

É provável que não, mas parte do meu trabalho é projetar confiança em situações desafiadoras. Eu ergo um pequeno frasco no ar.

— Isso é um preenchedor de fibras. É usado para destacar as sobrancelhas, não para criar novas do nada, mas espero que dê para o gasto. Não vai ficar bonito, mas assim ao menos vai ter alguma coisa no lugar quando disser "eu aceito".

Assemelhando-se a um bando de hienas com a língua de fora, os padrinhos se agrupam e gargalham da situação de Ian. Com amigos assim, quem precisa de idiotas? Quando dirijo meu olhar mortal para eles, todos se endireitam e voltam a encarar o chão. Ian olha para o frasco mais de perto, então olha boquiaberto para mim.

— O meu cabelo é castanho. Isso é loiro.

— Sim, bom, noivos com amigos que raspam suas sobrancelhas na noite anterior ao casamento não têm o poder de escolher entre uma variedade de cores. É isso aqui ou um marcador permanente. Depois eu posso cobrir o loiro com um pó amarronzado que seja mais perto da cor natural do seu cabelo. Não temos muito tempo, o que vai ser?

Ele esfrega uma das mãos no rosto.

— Tudo bem. Vamos fazer isso. Mas não me faça ficar parecendo o Spock, beleza?

— Entendi.

Balançando a cabeça e rezando aos deuses do casamento, começo a trabalhar, segurando a risada o máximo que posso. *Seria sorte dele.*

Não há necessidade de dizer que meu trabalho é um tanto quanto confuso. E eu amo.

De pé em um canto da tenda ao ar livre, observo os convidados se misturando e dançando, segura de que evitei outra crise. Sim, o noivo parece ostentar retalhos de tapete acima dos olhos. E tudo bem, a menina das flores *deixou* escapar "Olha, ele está parecendo um dos Angry Birds". Ainda assim, meus clientes estão felizes e, no fim, é isso que importa. Considerando que eu estava trabalhando literalmente com nada, estou considerando esse procedimento de Sobrancelhotox uma vitória.

Agora posso aproveitar minha parte favorita da recepção: a fase após o casal honrar suas tradições escolhidas, quando não há mais nada para eu fazer exceto procurar falhas de última hora. É quando, por fim, relaxo um pouco. Não muito, no entanto. Muitos casamentos foram destruídos pelos efeitos de um *open bar*. Ainda fico arrepiada quando me lembro do noivo que tirou a calcinha de sua nova parceira em vez da tirar a liga. Ave.

— Você se saiu bem ali atrás — diz alguém à minha esquerda.

Viro a minha cabeça e analiso a pessoa, reconhecendo-a na mesma hora.

— Obrigada. Você estava lá em cima na suíte, certo?

— Isso mesmo — responde a mulher.

— Família do noivo?

Assentindo, ela contrai os lábios, depois deixa escapar um suspiro de resignação.

— Ele é meu primo de primeiro grau.

— Ele é um bom rapaz — digo.

A mulher ergue uma sobrancelha arqueada com perfeição e diz com desdém:

— Um bom rapaz que perde todo o charme quando está perto dos amigos idiotas.

Como se ela tivesse dado a deixa, um dos padrinhos arreganha os dentes e começa a rebolar quando passa por nós. Outro se joga no chão e mexe o corpo ao longo do assoalho da pista de dança como uma minhoca. Outro começa a fazer a dança do robô.

Eu os observo, impassível, apesar de a afirmação ser acertada.

— Não posso confirmar nem negar.

— Não precisa dizer nada, na verdade. Eles são babacas por conta própria.

Ela se vira para olhar para mim e estende uma mão com unhas bem-feitas. O movimento faz com que as pontas de seu cabelo loiro cortado à navalha — simples, mas estilizado com habilidade em um corte na altura do queixo — deslizem pelas bochechas.

— Rebecca Cartwright.

— Lina Santos.

Enquanto apertamos as mãos, admiro o cabelo liso de Rebecca, algo que nunca tive. Mesmo agora, meu cabelo naturalmente cacheado está lutando contra os milhões de grampos que seguram meu coque no lugar. Eu amo a versatilidade dos meus cachos, então não devo dizer que sinto inveja, mas a simetria da aparência dessa mulher me *fascina*. Não duvido que, se eu dividisse seu corpo ao meio e depois juntasse as partes, elas iriam combinar com perfeição.

— Fiquei impressionada com o que você fez lá — diz Rebecca, que se inclina um pouco para a frente e me dá um sorriso conspiratório. — Você não deve ver isso todo dia, certo? Um noivo com as sobrancelhas raspadas?

Não posso deixar de sorrir enquanto respondo:

— Acredite em mim, lidar com coisas estranhas assim é um dos benefícios do trabalho.

Rebecca se aproxima ainda mais.

— E o vestido da noiva? Tem uma história aí, tenho certeza.

— Eu vou ter que evocar a quinta emenda.

Seus olhos azuis dançam, então ela assente bruscamente, como se tivesse tomado uma decisão.

— Discreta também. Você já perdeu a calma alguma vez?

Rebecca está estudando meu rosto com tanto foco que eu não ficaria surpresa se o ponto vermelho da mira de um *sniper* estivesse apontado para minha testa. Mas ela não está sendo assustadora, na verdade, apenas intensa, então ignoro a vibração estranha e me concentro em sua pergunta. Perder a calma? É algo raro. Ainda assim, o momento em que eu queria estrangular aquele padrinho me vem à cabeça na hora.

— Às vezes eu escorrego, infelizmente, mas na maioria das vezes mantenho a calma, porque, se eu perder a cabeça, meus clientes também vão perder.

— Há quanto tempo você trabalha com organização de casamentos? — pergunta ela.

Ah, então é esse o rumo da conversa? Ela mesma está procurando uma organizadora de casamentos, talvez? Arrisco um olhar para as mãos dela.

— Não estou noiva — diz ela, mostrando os dedos sem anéis. — Só curiosa.

As pontas das minhas orelhas esquentam.

— Desculpa, é consequência da minha profissão. Trabalho nesse meio há um pouco mais de quatro anos. Pingos nos Sins é o nome da minha empresa.

— Esperta — diz ela, concordando e sorrindo. — Você gosta?

Eu a encaro, surpresa com a pergunta. Ninguém jamais havia me perguntado isso antes. Mas sei o que dizer aos clientes em potencial, e o discurso vem a mim com facilidade:

— Gosto do desafio de ajudar um casal a escolher um tema de casamento significativo. Gosto da oportunidade de poder organizar o dia especial de um casal nos mínimos detalhes. Se algo der errado, e algo *sempre* dá errado, fico orgulhosa quando encontro uma solução viável para que todo mundo fique feliz. Locais desafiadores, confusões de agenda, problemas com o bufê, tudo isso me dá uma descarga de adrenalina, sabe? Não vejo como um fardo.

Rebecca inclina a cabeça e me estuda, uma ruga aparecendo entre as sobrancelhas.

— Mas deve ter um lado ruim. Ou algo que frustre você ao máximo. Nenhuma vocação, nem mesmo aquela pela qual você é apaixonada, vem sem desafios.

Eu nunca diria isso a Rebecca, mas organizar casamentos é minha segunda tentativa. Um valente esforço para me reinventar após a primeira opção de carreira como assistente jurídica ter falhado com maestria. Sou filha de imigrantes brasileiros, ambos de origem humilde. E, depois que meu pai nos deixou, fui criada por uma mãe solo que trabalhou sem parar para garantir um futuro melhor para mim e para o meu irmão. Devo à minha mãe e minhas *tias* ter podido superar minhas deficiências e ser bem-sucedida na profissão que escolhi. Afinal, foram suas economias, conquistadas com muito esforço, que ajudaram a fazer minha empresa decolar. Agora não há mais espaço para erros. E esse conhecimento pesa sobre mim, com tanta força que morro de medo de estragar essa chance como estraguei a primeira. Essa é a desvantagem: a pressão para ter sucesso às vezes pode ser sufocante. Mas não vou compartilhar minha bagagem pessoal com uma estranha.

"Nunca deixe que vejam sua fraqueza" é meu mantra, e tem me servido bem por anos.

Eu repasso mentalmente as pequenas queixas que me sinto confortável em compartilhar com Rebecca e escolho uma inofensiva.

— Clientes indecisos às vezes testam minha paciência, mas, de modo geral, é um ótimo trabalho.

Rebecca aponta o queixo na direção da pista de dança.

— Preciso dizer que você fez um trabalho maravilhoso aqui. Desconsiderando o fato de que a noiva se parece com um talo de aipo, de fato temos aqui um lindo casamento.

— Tsc, tsc. — Eu estalo a língua, balançando a cabeça. — Não se deve falar assim de alguém celebrando o seu dia especial. Bliss é adorável em todos os aspectos que importam.

As bochechas de Rebecca ficam vermelhas.

— Você está certa. É mesmo — concorda ela, dando de ombros. — Mas, a partir de hoje, também é da família, o que significa que vamos falar pelas costas dela sempre que a situação exigir. É assim que fazemos.

Para ser honesta, eu me identifico. Ao longo dos anos, meus primos e eu desenvolvemos um conjunto de sinais de mão e olhares especiais para falar merda sobre nossos parentes ou possíveis namorados. Como costumamos usá-los durante as reuniões de família, a música geralmente está tocando em segundo plano. A essa altura, minha mãe e minhas tias acreditam que nosso sistema de comunicação interna é uma versão atualizada da Dança da Galinha.

— Então, deixa eu te perguntar uma coisa… — continua Rebecca. — Você já pensou em expandir o seu negócio? Ter um sócio, talvez?

Não, não, não. Apesar dos muitos desafios de ser autônoma, a empresa vem crescendo em um ritmo decente e não quero que nada atrapalhe o equilíbrio cuidadoso que venho mantendo. Eu só mudaria o status quo por uma oportunidade que pudesse levar a empresa ao próximo nível, e tenho dificuldade em imaginar qualquer indivíduo que se encaixe nessa descrição. Sabendo disso, desvio da sua pergunta.

— Bom, me conte um pouco de você, Rebecca. Você já organizou um casamento?

Rebecca recua, sua boca se abrindo enquanto ela me considera.

— Nunca tive o prazer. Mas parece divertido.

Ah, agora acho que entendi. Recebo essa reação pelo menos uma vez por casamento. As pessoas ficam impressionadas com o produto — os arranjos florais de tirar o fôlego, a música sincronizada com perfeição, a arrumação deslumbrante, o cheiro inebriante de romance no ar — e se convencem de que também podem fazer o que eu faço.

— É divertido, sim, mas também é necessário ter habilidades organizacionais de alto nível e uma atenção exaustiva aos detalhes para realizar um evento como este. Felizmente, minha assistente e eu temos um bom sistema em funcionamento. Espero que ela um dia concorde em trabalhar comigo em tempo integral.

Com um timing perfeito, como sempre, Jaslene desliza pela pista de dança, indo direto para a cabine do DJ, a prancheta que ela roubou de mim debaixo do braço. E eu sei por quê: "Baby Got Back" com certeza está na lista de canções que o casal pediu para *não* tocar.

— Mas se você estiver interessada em seguir a carreira de organização de casamentos, um curso on-line é um ótimo lugar para começar.

Rebecca aperta os lábios, claramente segurando um sorriso.

— Para ser franca, você está estragando os planos que já coloquei em movimento, mas acho que foi coisa do destino nos encontrarmos hoje.

Qual é o problema dessa mulher? Ela não está fazendo o menor sentido.

— Não entendi.

Ela suspira e balança a cabeça, como se estivesse frustrada consigo mesma.

— Desculpe. Estou sendo enigmática, e você deve estar procurando a saída mais próxima. Basicamente, tenho uma proposta para você, mas não acho que este seja o momento ou o lugar para discutir isso.

Depois de remover um item de sua bolsa, ela o apresenta para mim.

— Meu número. Posso explicar durante um almoço nos próximos dias, se você quiser.

Rebecca então foge, desaparecendo em um círculo de convidados do outro lado da pista de dança. Olho para o cartão de visita gravado em relevo, em um papel texturizado tão luxuoso como os melhores convites de casamento. Com sua linha direta no código de área 202, lê-se:

Rebecca Cartwright
◇◇◇◇

DIRETORA-EXECUTIVA
GRUPO DE HOTÉIS CARTWRIGHT
Um hotel avaliado pela Forbes

Sabe aquele momento em que você percebe que acabou de fazer papel de idiota? Aham. Esse mesmo.

Capítulo Dois

MAX

Sentada em seu trono atribuído — que não passa de um combo gigantesco de escrivaninha e cadeira colocados em posição estratégica, acima do nível do olhar de uma pessoa comum —, minha mãe alterna o olhar entre mim e Andrew.

— Para a minha surpresa, o Grupo de Hotéis Cartwright resolveu agitar um pouco as coisas. Rebecca Cartwright, a neta do dono original, foi recentemente promovida para a liderança e está tentando atrair uma clientela diferente. Ela quer focar em expandir os restaurantes de luxo, fazer mais reservas de casamento e se tornar *o* lugar no Distrito para retiros de spa de final de semana. Ela está cheia de ideias e quer nossa experiência para elaborar um plano de divulgação. Imediatamente. Eu preciso dos meus melhores funcionários nisso e vocês dois, *juntos,* são a combinação certa de charme e experiência para essa colaboração.

Eu sou o charme. Andrew é a experiência. Ou ao menos é o que todo mundo acha.

A verdade é que minha mãe é uma vigarista de primeira com lábia o suficiente para sair de qualquer situação. Dessa vez, no entanto, a explicação dela não passa de um verdadeiro besteirol monumental. Gostaria que ela apenas admitisse logo: ela não confia em mim para lidar sozinho com um cliente tão importante.

Não posso dizer que estou surpreso. Infelizmente, esse território é familiar, um subproduto de outro truísmo que aprendi a aceitar: quando meu irmão e eu competimos — e, para ser sincero, é só isso o que sabemos fazer —, ele sempre sai na frente. Sem um pingo de esforço.

E o que é ainda pior é que Andrew se sobressai mesmo quando não estamos competindo de maneira consciente. Minha ex-namorada Emily com certeza pensava assim. Após passar um dia na presença do meu irmão mais velho, ela decidiu que ficar comigo era se acomodar com a mediocridade. Ela acabou conhecendo a minha mãe, também, e saiu do primeiro encontro com um novo manifesto sobre relacionamentos. Foi um Dia de Ação de Graças muito divertido.

Andrew tamborila com a caneta no bloco de notas em seu colo.

— Já trabalhamos com Rebecca antes. Parece uma ótima ideia.

Sinto vontade de imitar em deboche sua postura animada, mas seria infantilidade minha. Estou tentando parecer profissional; prometi à minha mãe que faria isso.

Um ano atrás, ela nos trouxe para trabalhar em sua empresa, a Comunicações Atlas, uma plataforma única de marketing, publicidade e serviços de imagem de marca localizada em Alexandria, Virgínia. Só fomos contratados após dominarmos os requisitos básicos em outros lugares — eu em Nova York e Andrew em Washington e Atlanta. Nossa mãe não tinha tempo para sócios iniciantes em marketing e publicidade, nem mesmo se esses sócios fossem os filhos dela. Quando nos convidou para fazermos parte da empresa, fez a oferta com duas condições: a primeira era que tínhamos que concordar em trabalhar em dupla, baseado na ideia de que ressaltaríamos o melhor um do outro e que, um dia, assumiríamos a empresa juntos. Em segundo lugar, tivemos que prometer que, ao entrar pelas portas da empresa, esqueceríamos que ela tinha nos parido.

Entendo a preocupação em evitar favoritismos e, se eu ferrar as coisas no trabalho, concordo que devo sofrer as consequências como qualquer pessoa. Mas não importa o quanto fingirmos, nada pode mudar o fato de que ela é nossa mãe. Além disso, o modo com que ela nos trata aqui não é diferente de como nos tratava quando éramos crianças. Por exemplo: ela não pensa duas vezes antes de nos chamar para o escritório em um domingo para uma tarefa não urgente. Esse fato por si só já serve para me irritar, e a insistência dela em me fazer trabalhar com meu irmão, como um time, testa a minha paciência para além de seu já abundante limite.

— Nós não somos uma dupla casada, sabia? — falo para ela. — Ou gêmeos siameses. Podemos funcionar sozinhos sem problemas, se você deixar.

Porque o problema é o seguinte: Andrew não é tão perfeito quanto finge ser. Grande parte das *nossas* ideias surgem da *minha* cabeça. Não estou me achando, só estou falando a verdade. E se minha mãe me livrasse das amarras que me prendem ao robô que diz ser meu irmão, também perceberia isso. Mas, se o passado serve de exemplo, sei que essa epifania não vai acontecer tão cedo. Na cabeça dela, o mais velho é necessariamente o mais sábio e, não importa o que eu faça, Andrew sempre me vencerá nessa contagem por dois anos.

— Não faça essa cara, Max — diz ela enquanto me encara por cima dos estilosos óculos de aros vermelhos. — A cliente tem uma tarefa especial em mente e precisa de duas pessoas trabalhando em projetos separados, então vou mandar vocês dois. Não há nenhum significado oculto nessa minha decisão. Estou atendendo aos desejos da cliente. Isso é tudo.

Bom, essa é uma notícia excelente. Já estou fervilhando de ideias, inventando modos de convencer a cliente de que o que ela de fato precisa é de *mim* como gerente da conta. Se conseguir me livrar da sombra de Andrew e impressionar Rebecca, o próximo passo lógico será assumir a liderança da conta Cartwright. E se isso acontecer, talvez minha mãe finalmente perceba que agrego valor à empresa por conta própria.

— Se os dois estiverem disponíveis — continua minha mãe —, ela adoraria fazer uma reunião na semana que vem para explicar o que está planejando. E considerando a quantidade de trabalho que a empresa dela nos traz, acho que não preciso ressaltar que vocês *devem* estar disponíveis quando ela quiser.

Andrew concorda, como um filhote obediente.

— Claro, faremos isso acontecer. Certo, Max?

Minha mãe analisa meu rosto, seus olhos virando duas linhas finas, como se esperasse que eu fosse criar dificuldades. Por que diabo ela pensaria isso?

Respondo com um tom agradável de voz:

— Claro.

Ela se levanta e bate uma palma alta, indicando que estamos dispensados.

— Bem, senhores, agradeço por terem vindo no final de semana. A cliente está ansiosa para começar o quanto antes, então não quis perder tempo.

Fico tentado a ressaltar que ela poderia ter nos explicado tudo por e-mail, mas não estou com energia para causar problemas. Em vez disso, me limito a cumprimentá-la em meu caminho para sair do escritório.

— Até amanhã.

Estou quase chegando nos elevadores quando Andrew vem correndo atrás de mim.

— Ei, M. Espera um minuto.

Desacelero o passo.

— O que foi?

Assim que me alcança, Andrew abre bem as pernas e arregaça as mangas de seu suéter de caxemira bege. Eu estou usando uma porcaria de moletom. Também estou me coçando para falar que o lado esquerdo da trama do suéter está se desfazendo, provavelmente porque a bolsa mensageiro favorita dele fica roçando ali, mas esse é o tipo de merda sem importância que acabaria com o dia do meu irmão e estou tentando não ser um idiota.

Andrew inclina a cabeça enquanto me analisa. Então, diz:

— Olha, eu sei que a cliente pode querer que a gente trabalhe em projetos diferentes, mas ainda vamos nos reunir para os *brainstormings*, certo? Acho que isso vai ser bom para qualquer que seja o produto final que a gente venha a apresentar.

Em um mundo ideal, faríamos o exato oposto do que ele está sugerindo. Eu *quero* trabalhar por conta própria e mostrar para a cliente que, entre nós dois, sou a melhor escolha. De que outro modo vou poder me distanciar dele?

Nos encaramos em silêncio enquanto ele espera minha resposta, até que o *ding* do elevador chegando quebra aquele feitiço esquisito. Antes de entrar, digo:

— Acho que isso vai depender do que a cliente quer, e saberemos em breve o que é. Você vem?

Ele dá um passo para trás.

— Não, vou responder alguns e-mails antes de ir — diz ele, sorrindo de forma presunçosa e batendo um dedo na bochecha. — Já que estou aqui, melhor trabalhar um pouco, não? — Sem poder se conter, Andrew acrescenta: — Mas esse não é seu primeiro instinto, né? Se esforçar.

Ignoro a provocação. *Seja superior, Max.*

— Vou praticar uns arremessos de basquete. Tem certeza de que não quer vir?

A reação dele é impagável. Estremece e franze o rosto como um pug.

Pois é, foi o que pensei, mas poxa, foi muito decente da minha parte perguntar.

— Eu passo — diz com um risinho.

— Beleza. Te vejo em... — Olho para o relógio de pulso. — Menos de vinte e quatro horas, então.

— Tá, beleza — responde ele com um aceno sem vontade.

Quando as portas do elevador se fecham, ele ainda está parado no lugar.

Gostaria que Andrew e eu fôssemos mais próximos, mas não compartilhamos os mesmos interesses e nunca fomos amigos. Seria ótimo se nossa interação não se resumisse à competição, mas, quanto mais nossos pais nos colocavam juntos, mais a gente tentava se afastar. Tudo bem, isso é mais por culpa minha. Sou maduro o suficiente para assumir isso.

Bem, quem sabe esse projeto nos dê o distanciamento necessário para nos conectarmos de outras formas. Ou, quem sabe, a gente se mate. Para ser sincero, as duas opções parecem viáveis.

Capítulo Três

LINA

Bliss e Ian estão sobrevoando o Atlântico, em algum lugar a caminho da lua de mel, então estou oficialmente de folga pelo resto do fim de semana. Minha lista de afazeres para hoje é curta: abastecer a geladeira, passar o dia de moletom e assistir Netflix sem parar. Mas antes... *pão com manteiga* e *cafezinho*.

É senso comum que os brasileiros precisam comer essas duas coisas — e *apenas* essas duas coisas — no café da manhã todos os dias. Quem ignora esse cardápio corre o risco de começar uma revolução. Ou são primeiras gerações de brasilo-estadunidenses como eu, e, nesse caso, que entre o sanduíche de bacon com ovo. Mas dessa vez acordei com vontade de um café da manhã brasileiro tradicional, e meu lugar favorito para isso é o Rio de Trigueiro, a mercearia que minha mãe e tias comandam em um pequeno centro comercial perto da Georgia Avenue em Wheaton, Maryland. É importante ressaltar que implorei durante anos para que mudassem o nome. E, durante anos, elas me ignoraram.

Do meu apartamento em College Park, não leva muito tempo para chegar à mercearia. O sino preso à porta toca quando entro, e todos lá dentro param o que estão fazendo para verificar quem acaba de chegar. Passo por um display de Havaianas enfiado entre a farinha de mandioca e as fitas crepes, sentindo o cheiro doce e amanteigado do pão recém-assado que inunda o ar. Um terço do espaço da loja é dedicado a um pequeno café — que consiste literalmente em três mesas redondas e um número não suficiente de cadeiras — onde as irmãs servem *cafezinho brasileiro*, que é o primo bombado do café que servem no Starbucks, e *pão*, nesse caso, a massa quentinha servida fresca durante o dia.

— *Bom dia* — digo. — *Tudo bem?*

— *Filha, um minuto* — diz minha mãe com um sorriso antes de voltar a prestar atenção no cliente na caixa registradora. Ela entrega o troco para o homem e dá uma piscadinha. — *Obrigada.*

Calma aí. Minha mãe está flertando? Isso é uma novidade, e algo que eu *adoraria* ver mais vezes. Não acho que ela chegou a namorar alguém depois de se divorciar do meu pai mais de dez anos atrás. Mas o rubor em suas bochechas é promissor, e a forma com que está se inclinando para a frente, a cabeça meio de lado, sugere que ela curte esse cara. Aleluia! Eu acho que minha mãe merece todas as rapidinhas que seu coração desejar para compensar a falta de carinho do meu pai durante o relacionamento deles.

Carregando um pacote com vinte e quatro Guaranás Brazilia nas mãos, Viviane, irmã mais velha da minha mãe e matriarca da nossa família, vem marchando na minha direção e me dá um rápido beijo em cada bochecha. *Tia* Viviane funciona em dois modos: "ocupada" e "muito ocupada". Ela já está a caminho da próxima tarefa quando olha para mim por cima do ombro.

— *Tudo bem?*

— Tudo bem — respondo.

Durante alguns segundos, fico plantada no lugar, no meio do corredor, enquanto as pessoas passam sem parar por mim, sem noção nenhuma de direção. Não parecem interessadas em comprar nada; apenas... estão aqui. Jaslene diz que donos de lojas porto-riquenhas têm problemas com gatos que não vão embora. Bom, donos de lojas brasileiras tendem a atrair *pessoas* que não vão embora. Tipo um dos nossos vizinhos que está apaixonado pela minha prima mais nova, Natália. Ele finge assistir ao *futebol* na televisão pendurada em uma quina de teto no canto do café, enquanto o objeto de seu amor não correspondido, que está *bastante* noiva e prestes a se casar, está limpando o display de *salgadinhos*. Coincidência? Acho que não.

— *Fala, garota!* — diz Natália enquanto joga o pano de prato por cima do ombro. — Veio pedir comida de graça de novo?

— Respeite os mais velhos, sua malcriada.

Com uma velocidade impressionante, ela pega o pano de prato, bate no meu peito e se inclina, abaixando o tom para que só eu consiga ouvir o que vai dizer.

— E essa mancha branca em volta da sua boca? O que é? Restos de algum doce? Gozo?

Dou um pulo e limpo rapidamente o rosto, antes de perceber que a alegria dela parece ter duplicado.

— Haha. Engraçada como sempre.

— Por que minha pergunta era sequer plausível, *prima*? — pergunta em meio as risadas. — Me diga, o que diabo você tem feito nas suas folgas?

Nada. Com certeza nada. A verdade é que uma mancha branca perto da minha boca não viria de um boquete, já que faz mais de um ano que não faço nada com ninguém. E uma vez que para me sustentar preciso trabalhar durante a maior parte dos finais de semana de março a setembro, mal tenho tempo para encontrar potenciais parceiros. Hoje em dia, meus orgasmos são autoinduzidos, movidos a pilha, e acontecem em menos de cinco minutos — só estico para dez quando estou me sentindo atrevida. Então não, com certeza não era gozo. Vestígios de um donut cheio de cobertura, talvez? Totalmente possível.

— Me deixa, Natália. Minha vida amorosa, ou a falta dela, não está aberta para discussão. Ou para autópsia — digo, e estalo os dedos para ela. — Agora me dá um café e um pão, e vai logo.

— *Pfff.* Vai pegar você. Está na hora do meu intervalo, e preciso ligar para o Paolo. — Ela retira o avental e me entrega, abrindo seu sorriso irônico sempre presente. — Fique à vontade para me substituir. Se quiser ser um pouco útil, pelo menos.

Um estalo alto sai de seus lábios cobertos de gloss para coroar sua fala e, então, ela se despede e sai alegremente na direção da porta.

— Não esquece que temos um compromisso na quarta — grito.

— É a prova do meu vestido. Óbvio que estarei lá — grita ela de volta antes de sair.

Coloco o avental, amarrando-o na cintura e espero para ouvir em três, dois, um...

— Vai lavar as mãos — diz minha mãe, em tom de alerta.

Toda. Vez. Como se eu já não soubesse. Mas dou uma resposta malcriada? Claro que não. Dou muito valor à minha vida.

— Tá bom, *mãe* — respondo, e olho em volta, procurando pela cabeça da minha outra tia, com seus cachos curtos e macios. — Cadê a *tia* Izabel?

A outra irmã mais velha da minha mãe é a mais quieta do grupo — e a menos interessada em comandar a loja.

— Foi resolver umas coisas — responde ela.

Minha *mãe* ainda está ocupada na caixa registradora, então dou um beijo na sua bochecha e vou para os fundos. Após lavar e higienizar corretamente as mãos, volto para o balcão e uso pinças para pegar um dos pães; coloco um pedaço na boca e suspiro de satisfação. *Com certeza valeu a pena vir até aqui.*

Minha mãe por fim termina suas tarefas no caixa e passa uma das mãos pela minha cintura.

— Como foi o casamento? Esse era o da noiva com o vestido verde, né?

Ela fica muito feliz em viver de modo indireto a vida das pessoas que me contratam, e também tem uma excelente memória.

— Correu tudo bem — digo quando termino de mastigar o pão. — O vestido foi tão interessante quanto você achou que seria. Ah, e os amigos do noivo rasparam as sobrancelhas dele na noite anterior.

Minha mãe olha para mim, os olhos escuros grandes como pires.

— Uau, por essa eu não esperava. Você conseguiu resolver?

Eu lanço um olhar de você-sabe-com-quem-está-falando, meu rosto numa careta divertida.

— Claro que consegui.

Ela assente com a cabeça, me puxando para perto.

— Eu tenho orgulho de você, *filha*.

— Obrigada, *mãe*.

As palavras dela me fazem endireitar a postura. Tudo que sempre quis na vida foi ser motivo de orgulho para minha *mãe* e *tias*. Quando os casamentos delas implodiram, as irmãs se uniram para educar os filhos, se revezando para cozinhar, cuidar deles e levá-los até a escola e de volta para casa, além das atividades extracurriculares. Passavam o tempo que sobrava limpando a casa de outras pessoas, até terem guardado dinheiro o suficiente para abrir a loja. Por causa delas, consegui me formar na faculdade; meu irmão mais velho, Rey, é enfermeiro e Natália é uma maquiadora autônoma que vive com a agenda cheia. Por fim, mas não menos impressionante, está a filha da *tia* Izabel, Solange, que está acabando a faculdade e se preparando para mudar o mundo.

— Acha que esse trabalho vai render mais frutos? — pergunta minha mãe.

— Mais clientes? Talvez. Tudo depende do *timing*. Se algum dos convidados estiver noivo e ainda não tiver contratado um planejador, pode ser que me liguem só para ver.

E também tem Rebecca Cartwright. Que mencionou uma proposta, e estou curiosa para saber o que é. Faço uma nota mental para ligar para ela logo na segunda-feira de manhã e marcar uma reunião. Na pior das hipóteses, posso colocá-la na minha lista cada vez maior de contatos na área. Até mesmo uma leve conexão com a CEO de um hotel tão conceituado quanto o Cartwright pode se tornar útil um dia.

Uma cliente que de fato vai comprar alguma coisa e tem mercadorias nas mãos vem até o balcão. Minha mãe voa para ajudá-la, me permitindo retornar ao meu caso de amor com o pão em minhas mãos. Estou mordiscando com alegria o dito cujo quando Marcelo entra, um amigo da família e dono da Algo Fabuloso, uma boutique de vestidos onde alugo o espaço para meu negócio.

— *Olá, pessoal* — diz ele de forma imponente, a voz pairando acima dos sons da multidão na televisão. — *Tudo bem?*

— *Tudo* — responde *tia* Viviane, metade do corpo escondido atrás do refrigerador de bebidas que ela está estocando —, e *você?*

Ele indica com a mão que está mais ou menos, então vai até *tia* Viviane e dá um beijo na testa dela. Os dois são amigos há anos. Se conheceram décadas atrás, por meio da extensiva rede que ajuda brasileiros imigrantes em Maryland a se adaptar à vida nos Estados Unidos. Essa mesma rede foi a responsável por encontrar os maridos das três irmãs, nenhum dos quais permaneceu por perto após o fim dos casamentos.

Quanto a Marcelo e Viviane, suspeito que a amizade deles venha com benefícios, mas nunca fui corajosa o suficiente para confirmar minhas suspeitas. *Tia* Viviane é letal quando há um par de Havaianas por perto.

Marcelo olha para mim e seus olhos perdem o brilho, me fazendo questionar a veracidade das palavras que diz a seguir:

— Carolina, estava torcendo para encontrar você. Tenho novidades.

Minha mastigação fica mais lenta enquanto coloco o resto do pão em um guardanapo e limpo as migalhas da camiseta.

— O que houve?

Ele apoia casualmente os braços no balcão.

— A imobiliária me avisou na sexta a tarde que o valor do aluguel vai aumentar no próximo período. Em sete por cento. — Suspirando, ele dá um passo para trás e gesticula como se estivesse limpando as mãos. — E já deu para mim. Não consigo mais continuar. Não com a quantidade de pessoas que compra vestidos de noiva on-line hoje em dia. Ou aluga. Então, vou para a Flórida morar com minha filha e encontrar uma lojinha onde eu possa vender meu estoque durante alguns anos. Depois, quero me aposentar e passar meus dias pescando. Está na hora. — Marcelo estica os braços e cobre minha mão. — Eu sei que isso também afeta você. E eu ficaria se pudesse pagar, mas já estou com dificuldades no momento, e isso vai piorar tudo.

Forço minhas palavras a passarem pelo grande nó de decepção entalado na minha garganta.

— Quando acaba o contrato de aluguel mesmo?

Já sei a resposta, mas ouvir a data em voz alta vai me forçar a confrontar a realidade da minha situação em vez de ignorá-la.

— Sessenta dias — diz ele, suspirando.

Bom, essa é uma notícia e tanto. Ter um escritório no Distrito é essencial para o meu negócio. Muitos dos meus clientes são profissionais ocupados, que gostam da conveniência de me encontrar em uma localização central. Desse modo, eles ficam perto de outras lojas e restaurantes que estejam em seus planos. Uma base perto da Connecticut Avenue passa a impressão de estabilidade, um certo *gravitas* que não precisa ser explicado. Qualquer charlatão pode mandar imprimir alguns cartões de visita em uma gráfica digital e dizer que organiza casamentos; um endereço registrado passa para o casal a segurança de que a planejadora não vai guardar seu escritório portátil e fugir com o dinheiro deles.

Não preciso de muito espaço; na verdade, um escritório e um cubículo é o suficiente. É por isso que meu acordo com Marcelo funcionava tão bem. Já que eu não ocupava espaço, ele podia me cobrar menos que o preço de mercado pelo aluguel. Pelos meus vãos esforços de anos atrás, quando tentei encontrar um escritório no começo, sei que até mesmo alugar um armário no Distrito me impediria de pagar o aluguel do meu próprio apartamento. E, mesmo que eu possa encontrar uma alternativa razoável, com certeza não será tão boa quanto a minha localização atual, então a ótica de uma transição também não me favorece.

Que merda. Eu não posso ferrar com tudo. Não de novo.

A decisão de Marcelo me deixa sem chão, e não sei o que fazer para cair de pé. As lágrimas ameaçam cair, mas um rápido olhar entre Viviane e minha mãe, a primeira estampando uma expressão austera, faz minhas lágrimas secarem na mesma hora. *Certo.* Aprendi minha dura lição quando era uma garotinha inocente de olhos arregalados e sei bem as regras: não podemos nunca deixar nossas emoções levarem o melhor de nós; isso é um sinal de fraqueza que diminui o respeito que ganhamos, ou um sinal de combatividade, o que fará com que as pessoas digam que somos irracionais. E uma mulher — uma mulher não branca, para ser mais específica — não pode se dar ao luxo de ser vista nesses termos.

Uma pena que meu coração seja tão mole. Pronto para chorar ou soluçar assim que qualquer pessoa consegue extrair até uma pequena parcela de emoção de mim. Quando era mais nova, meu irmão e primos me provocavam sem piedade. *Bebê chorão*, eles cantavam. Não me incomodava tanto na época; esse traço irritante não poderia me fazer tão mal, certo? Mas, depois de adulta, descobri que a resposta era "errado" — ele trazia mais problemas do que eu conseguia aguentar. Então, desenvolvi uma persona ao longo dos anos para controlar meus sentimentos. Sou uma pessoa séria. Uma fodona. Feita de Teflon e imune a pequenos insultos e ofensas. Nunca mais vou ser a mulher que fez papel de ridículo por causa de um homem. Nunca mais vou ser a pessoa que desmoronou em um ambiente profissional e perdeu o respeito dos colegas. Força é um estado mental, e estou sempre manifestando sua existência.

Endireito a postura e abro um sorriso duro para o Marcelo.

— Nada disso é culpa sua, Marcelo. Não teria como você prever um aumento tão grande do aluguel. Tenho certeza de que consigo encontrar outro lugar. Não se preocupe comigo. Vai ficar tudo bem.

Ele estuda meu rosto — com certeza detectando minhas mentiras mas sem parecer disposto a apontá-las, a boca fechada em uma linha fina.

— Você tem certeza, *querida*?

O afeto tenta penetrar minhas defesas, mas construo uma barricada mental que me impede de demonstrar emoções.

— *Certeza*.

Todos à minha volta — Marcelo, *tia* Viviane, minha mãe, até o cara fingindo assistir ao futebol enquanto bisbilhota nossa conversa — relaxam visivelmente, a tensão do momento cortada pela minha garantia de que vai ficar tudo bem. E vai ter que ser assim. Ficar bem, quero dizer. Porque não tenho outra escolha: minha carreira e meu sustento estão em jogo.

Suspirando por dentro ao ver o rumo que meu dia tomou, adiciono um último item na lista de afazeres: "Comer até camuflar meus sentimentos". Meu olhar pousa no pão comido pela metade. Não, isso não é o suficiente; é básico demais. Preciso de gordura, carboidratos e toneladas de açúcar. Onde está um donuts açucarado quando se precisa dele?

Capítulo Quatro

LINA

Nota mental: uma dúzia de donuts açucarados pode fazer maravilhas pela sua disposição.

Após uma noite vendo televisão e comendo doces, recebo a nova semana com otimismo e um plano, que inclui uma reunião logo cedo com Rebecca Cartwright. Agora, mais do que nunca, preciso cultivar minha rede de contatos e manter os olhos abertos para novas oportunidades de negócios, então, quando liguei de noite e ela se ofereceu para se encontrar comigo logo de manhã, agarrei a oportunidade.

De acordo com uma rápida pesquisa que fiz no metrô durante o caminho, o Cartwright é um dos três hotéis boutique que pertencem ao Grupo Cartwright. O principal deles está localizado no Distrito; as outras duas propriedades ficam no norte da Virgínia. Antigamente, o prédio era sede de um banco, e os resquícios de seu passado austero, como as largas colunas brancas em volta da deslumbrante entrada, complementam o design simples mas eclético do interior. Graças a uma enorme claraboia no centro do saguão circular, o chão de mármore brilha, e raios de sol iluminam cada detalhe, da arte abstrata que enfeita as paredes texturizadas até os cabos de aço do mobiliário contemporâneo. Tudo se une para dar ao hotel um ar sofisticado e, ainda assim, despretensioso.

O som dos saltos de Rebecca preenche o espaço antes de ela chegar. Enquanto se aproxima, sua voz baixa flutua pelo ambiente.

— Lina, obrigada por ter topado tão em cima da hora.

Levanto do elegante sofá de couro amarelo e estendo a mão. Seu aperto é firme, sem ser dominante. Mantemos contato visual durante os três segundos costumeiros e mexemos nossas mãos entrelaçadas três vezes; aposto que ambas frequentamos os workshops de etiquetas nos negócios no ensino médio.

— Que bom rever você, Rebecca.

— Vamos nos sentar rapidinho — diz ela, apontando para uma pequena mesa próxima à janela.

Consigo ouvir o burburinho da New Hampshire Avenue logo atrás do painel enquanto nos acomodamos.

— Então, vou direto ao ponto. Estamos nos remodelando em diversas áreas, uma delas sendo nossos serviços para casamentos. Estou em busca de um organizador que possa conduzir essa nova visão para os nossos hotéis, ser a cara da nossa empresa e, claro, planejar os casamentos que serão realizados aqui. Você me impressionou no sábado. Me impressionou tanto que eu gostaria que você concorresse à posição, desde que a ideia de dirigir os serviços de casamento para um hotel que recebeu cinco estrelas na Forbes com um restaurante premiado seja interessante para você.

Estou chocada, mas consigo fazer uma pergunta pertinente.

— Você não está procurando alguém para dirigir o planejamento de eventos em geral, certo?

Ela sorri e assente.

— Exato. Quero alguém que tenha como foco os casamentos e construa nossa marca nessa área específica.

— Está bem, entendi. — Enxugo as palmas das mãos na saia e deixo escapar uma respiração curta. — Outra pergunta, então. No momento tenho uma assistente que trabalha comigo. Ela precisaria fazer parte de qualquer negócio que eu considerar. Seria possível?

Dessa vez, Rebecca assente com ainda mais vigor.

— Se nós oferecermos e você aceitar a posição como diretora dos nossos serviços de casamento, você terá a autorização para contratar seus próprios funcionários. Se isso significa contratar sua atual assistente, eu não faria objeções. Poderia autorizar cinquenta mil por ano para uma assistente em tempo integral.

— E o meu salário?

— O dobro disso — diz ela —, para trabalhar em todos os três hotéis, é claro.

Por dentro, estou me debatendo como o sapo Caco. *Cem mil dólares anuais. Puta merda.* Isso está mesmo acontecendo? Eu quero gritar de felicidade, mas controlo minha empolgação enquanto analiso as possibilidades. Se conseguir esse trabalho, meu problema de aluguel já não importaria mais. Iria para acomodações maiores e melhores na Cartwright, além de dobrar meu salário. Essa é a chance que eu jamais imaginaria que um dia receberia, e minha mãe e *tias* ficariam extasiadas. Mas não posso colocar o carro na frente dos bois. Preciso continuar procurando por um escritório alternativo caso essa proposta não dê em nada. Mas se vou tentar fazer com que dê em tudo? Claro que sim, caramba.

— Você quer me entrevistar para a posição? Hoje?

Até então, Rebecca havia navegado a interação com confiança, mas nesse momento parece menos segura, mexendo as mãos como se estivesse nervosa. Percebo que a minha pergunta, ainda que óbvia, não é fácil de ser respondida.

— Vou ser honesta... — diz ela — Desde que conheci você, soube que seria difícil escolher entre você e o meu outro melhor candidato até então.

Ai. Merda. Tem outra pessoa — ao que tudo indica, tão impressionante quanto eu e mais qualificada — que já se destacou na visão dela. Bom, acho que terei que trabalhar duas vezes mais para provar que sou a melhor escolha.

— Então, é nesse ponto que meu time de marketing entra em ação — diz ela, que então checa as horas no relógio de pulso e se levanta. — Vamos para uma das nossas salas de conferência? Podemos falar mais lá.

Eu pulo da cadeira, uma descarga de energia esperando para ser aliviada, e então me forço a me acalmar.

— Claro. Depois de você.

Rebecca anda a passos largos pelo corredor, a parte de cima do corpo virada para poder olhar para mim.

— Por acaso, minha talentosa equipe de marketing está aqui fazendo uma visita hoje, então achei que seria bom nos reunirmos na sala de conferências para que eu possa explicar melhor minha proposta e atualizar os dois durante a reunião. Eles estarão bastante envolvidos, ajudando você a apresentar suas ideias. Acho que vocês vão se dar muito bem. O que você acha?

— Parece ótimo.

Rebecca me guia até a sala de conferências e aponta para uma das cadeiras na ponta de uma mesa de reuniões de vidro.

— Fique à vontade. Posso te oferecer alguma coisa antes de começarmos? Café? Água?

Se tem uma coisa que eu faço bem, é passar o dia inteiro sem beber uma única gota de qualquer fluido. Desidratação é uma possibilidade real a qualquer instante. E quando estou nervosa — como nesse momento —, fico mais agitada só de pensar em derrubar a bebida em mim, ou pior, derrubar a bebida em outra pessoa. Então não, não quero beber nada. Com um sorriso comedido que espero estar projetando confiança, me acomodo na cadeira e passo as mãos na parte da frente da minha saia lápis.

— Não quero nada, obrigada.

Rebecca, que estava inclinada no batente, se endireita.

— Ótimo. Vou chamar os rapazes para que possamos começar. Volto em um segundo.

Agora que estou sozinha, absorvo o ambiente à minha volta, escaneando o espaço para procurar um ponto em que possa focar minha atenção durante a reunião, caso precise acalmar meus nervos. É um truque que uso desde a faculdade, quando percebi que o antigo conselho que minha mãe me dava, de imaginar todas as pessoas no recinto em roupas íntimas, não funcionaria para mim. Naquela época, eu me peguei tentando adivinhar quais marcas meus colegas de classe e professores estariam usando, que estilo prefeririam e coisas do tipo. Não há nada pior do que imaginar seu professor de economia com uma gravata xadrez e calcinha fio-dental de leopardo. Nada.

Meu olhar é imediatamente atraído para uma escultura de bronze de uma fênix, colocada no único aparador no recinto. Isso vai servir. E imagino que vou *precisar* disso. Rebecca não me engana com seus trajes de trabalho casuais e atitude amigável. Cada passo desse processo é parte da minha entrevista, e as pessoas do marketing a quem ela se refere de forma casual como "os rapazes" vão ou ajudar ou atrapalhar minhas chances de conseguir essa oportunidade única na vida. Então, preciso causar uma boa primeira impressão. Se eu conseguir demonstrar minha experiência e convencê-los da minha competência, talvez eles possam fazer um esforço extra por mim. E já que estou basicamente competindo pela posição, cada vantagem, ainda que pequena, conta.

Um minuto depois, a risada de Rebecca percorre o corredor como um trompete, anunciando sua chegada. Eu me levanto, arrumo meu casaco e a posição dos lábios. Quando a porta se abre e "os rapazes" entram, todo o ar fresco escapa do ambiente, substituído por um fluxo repentino de atmosfera tóxica que faz com que seja difícil respirar. Seria bom se alguém me desse um tapa forte na bunda para que o choque me fizesse tragar o oxigênio tão necessário, mas eu não sou uma recém-nascida, e esses homens não dão a mínima se estou bem ou não.

E não estou. Bem, quero dizer.

Porque ali, em toda sua deslumbrante e perversa glória, está o meu ex-noivo, ou, como o renomeei desde o término, Cuzão Maior. E se isso não fosse ruim o suficiente, o pior padrinho do mundo — o irmão, Cuzão Menor — está parado ao lado dele.

Foda-se essa merda que não estava no script.

O que eles estão fazendo aqui? Juntos? Da última vez que ouvi falar deles, Andrew havia sido realocado para Atlanta e se juntado ao time de marketing de um escritório multinacional de direito. O irmão vive e trabalha em Nova York, ou era o que eu achava. Bom, não hoje, ao que tudo indica. Hoje, os dois são as estrelas desse pesadelo. E se os olhos esbugalhados de ambos são indicação de algo, os dois também não estavam esperando por essa quase reunião familiar. Andrew parece prestes a vomitar. Então, não é de se surpreender que eles não façam nem digam nada, provavelmente esperando que eu dite o tom desse maldito encontro.

Rebecca me olha com um sorriso animado enquanto os apresenta para mim.

— Senhores, essa aqui é Carolina Santos. Pode ser só Lina — diz ela. E, virando-se para mim: — Esses são Andrew e Max. Eles são irmãos e colegas de trabalho.

Merda. Não era assim que eu imaginava que esse dia seria. Nem um pouco. Eu queria mostrar para Rebecca que os instintos dela sobre mim estavam certos. Em vez disso, nos próximos segundos ela vai descobrir que um dos dois organizadores de casamento que está entrevistando para uma excelente posição foi abandonada no altar pelo agente de marketing por quem ela tem tanta consideração. Como diabo vou convencê-la de que Andrew e eu podemos trabalhar juntos para construir a marca de casamentos do hotel? Eu nem sei se de fato podemos.

E, se Rebecca estiver pesando os prós e contras de dois candidatos bastante impressionantes, será que descobrir que um deles vem com uma bagagem equivalente àquela que arrumamos para um mês de férias a levaria a decidir pelo outro? Por que ela se enfiaria nesse drama se descobrisse tudo antes de ter investido um tempo considerável nessa hipótese?

Há mais fatores nisso do que somente o mal-estar de trabalhar com meu ex-noivo também. O meu ganha-pão depende de criar a ilusão de um felizes para sempre. Admitir que não tive sucesso em encontrar o *meu* final feliz quebra todo o clima. O que faço é inevitavelmente filtrado por essas lentes, apesar de não ter nada a ver com as minhas habilidades como organizadora. Com certeza não é culpa minha e não, não é uma letra escarlate de modo algum, mas, se as pessoas fossem honestas consigo mesmas, admitiriam de imediato que o conhecimento de que fui abandonada no altar faz com que sintam pena de mim — ainda mais considerando a natureza do meu negócio.

Para ser honesta, eu gostaria de poder deixar um rio de lágrimas correr pelo meu rosto, mas me *recuso* a permitir que qualquer um nesta sala me veja como uma fraca que não merece o respeito deles. Preciso neutralizar a situação de alguma forma, para poder agir como Rebecca espera que eu aja. Não posso, de forma alguma, deixar essa reunião acontecer na presença dela.

A ideia ainda não está totalmente formada no meu cérebro quando tomo a mão de Andrew e aperto de forma firme e desesperada.

— Prazer em conhecer você, Andrew. Rebecca me disse que você é talentoso, então estou empolgada com a possibilidade de trabalharmos juntos.

A boca dele se abre, fecha e se abre de novo, enquanto eu imploro com meus olhos para que ele entre no jogo nesse plano idiota de fingirmos que não nos conhecemos.

— É… hm… é um prazer conhecer você, também.

Sim, duro como sempre, mesmo quando está nervoso. Mas ele está bonito. O cabelo cresceu e a pele clara brilha com vitalidade. O terno azul-marinho evidencia seus ombros largos e cintura fina como se o corpo dele com frequência servisse de molde para manequins masculinos. O que é ótimo, mas agora sei que funciona assim: Andrew é como um currículo perfeito — que ou é todo cheio de enfeites e embelezamentos ou tem uma série de coisas desagradáveis que nunca foram adicionadas.

Max, no entanto, parece ter vivenciado um início tardio da puberdade, entre os 25 anos e hoje, porque ele *não* era tão bonito da última vez que o vi. Ou talvez eu não estivesse com a mentalidade correta para notar isso anos atrás. Bom, de qualquer modo, o tempo foi muito generoso com o irmão mais novo do Andrew. Do cabelo escuro e despretensiosamente desarrumado até a mandíbula definidas, suas partes individuais combinadas formavam um todo impressionante. Mais baixo que o irmão por alguns centímetros, Max ainda assim consegue dominar o ambiente. Ele não conseguiria se camuflar com o fundo mesmo que quisesse. Além disso, é bonito de se ver e tem coxas grossas — uma combinação mortal desperdiçada nele.

Max pigarreia e desliza para a frente, juntando-se às apresentações.

— Lina, é um prazer.

Eu ignoro a mão estendida dele. Há um momento de inquietação enquanto ficamos ali parados, encarando um ao outro, até que ele aponta para a mesa de reuniões, um sorriso de orelha a orelha mascarando suas tendências manipuladoras.

— Vamos começar? — pergunta ele. — Estou ansioso para ouvir mais sobre você.

Não me passa despercebido que Max assumiu seu papel como se fosse um ator vencedor de Oscar, enquanto o irmão mais velho parece um bichinho de pelúcia sendo arrastado para todos os lados por uma criança. Há uma lição a ser aprendida aqui, em algum lugar, mas estou ansiosa demais para absorvê-la.

— Ótima ideia — digo.

Após deixar escapar um suspiro que espero ser vagaroso e imperceptível, me sento de novo na cadeira.

Andrew por fim se recupera e vem sentar conosco. O rosto dele está vermelho e há um brilho de suor abaixo de suas sobrancelhas. Bom. Ele merece se sentir desconfortável. Nos falamos apenas uma vez após o não casamento, quando ele teve coragem o suficiente para me explicar que estava procurando por *mais*. Mais afeto, mais conversas, mais sexo, mais *tudo*. Estava calmo e sério enquanto enumerava os desejos que até então eu desconhecia, uma lista exaustiva de itens que provavelmente refletiam os desejos de Max, não dele. Hoje, no entanto, seu comportamento sereno não se faz presente. Saber que o deixo em tamanho estado de pânico me traz felicidade.

— Então... hm... senhorita... hm... Santos, nos conte a respeito do seu negócio — pede Andrew, enquanto usa um lenço para secar a testa.

Max disfarça a decepção com a atuação do irmão passando uma das mãos no rosto, mas consigo ver ele revirar os olhos antes de sua expressão ficar vazia de emoção.

Meu peito se expande enquanto respiro fundo para me acalmar. Ok, eles não vão entregar meu disfarce; isso é encorajador. Então, acho que vamos mesmo fazer isso. E com certeza, tenho plena consciência de que pode ser um erro. Grande. Grande como o você-trabalha-com-comissão--não-trabalha de Julia Roberts em *Uma linda mulher*. Mas não temos como voltar atrás agora, né?

Capítulo Cinco

MAX

Tento ser discreto ao observar a reação de Andrew diante dessa reviravolta extraordinária. Ele está sentado mais ereto do que o usual, parecendo calmo e despreocupado, mas um joelho está quicando a níveis alarmantes. Puta merda, se eu tivesse que adivinhar, diria que ele está a segundos de mijar nas calças.

Essa farsa vai explodir na nossa cara. Com certeza. Mas que outra escolha eu tenho além de concordar? Lina claramente não queria demonstrar que nos conhece e, agora que seguimos seu comando, parar de encenar vai manchar nossa relação ainda em desenvolvimento com Rebecca.

Estudo nossa cúmplice enquanto ela descreve seu negócio. Sua aparência não mudou muito desde a última vez que a vi — quando ela me mandou dar o fora de sua suíte de casamento. Os mesmos olhos amendoados, a mesma boca farta, o mesmo ar majestoso. O cabelo está mais curto, uma nuvem de cachos pousada em seus ombros, mas, fora isso, ela está igual a mulher que demonstrou pouca emoção quando contei que Andrew não apareceria na cerimônia. Tudo bem, pode ser que o tom de sua pele marrom esteja mais quente, mas ela não me engana; essa pele que parece beijada pelo sol camufla um interior de gelo. *Não se aproxime dessa mulher, Max. Ela é uma cascavel — toda encolhida e pronta para atacar a inocente presa a qualquer instante. Merda, você ainda tem as marcas das mordidas.*

— Planejo de seis a oito casamentos em estágios diversos a cada mês — diz ela —, então meu trabalho requer muito malabarismo. Mas gosto do desafio, e ver o resultado sempre me dá muita satisfação…

É um roteiro. Tenho certeza disso. Consigo ver o esforço que ela está fazendo para se lembrar de tudo o que deve falar. De vez em quando, seus olhos correm até um dos cantos da sala, como se estivesse espiando algo em sua visão periférica. Sigo seu olhar e encontro uma estátua de fênix do outro lado do recinto. Talvez ela esteja praticando um exercício de visualização para acalmar os nervos? Ou talvez o pássaro seja interessante. Quem diabo vai saber? De qualquer modo, não tem como negar que ela é boa. *Muito* boa. Mas precisa relaxar um pouco. Se não fosse tão óbvio que foi ensaiado, seu discurso seria dez vezes melhor.

Quando Lina acaba de falar, Rebecca acena educadamente e seu olhar se volta para mim e para o Andrew.

— Vocês já sabem que quero movimentar um pouco as coisas por aqui. Estou assumindo as rédeas, e meu avô concorda com todas as mudanças que propus. Mas há um problema: não sei *nada* sobre casamentos. O que significa que terei que contratar alguém que saiba — diz ela, e se vira para Lina. — Ouvi tudo o que você acabou de dizer, mas funciono melhor quando vejo as coisas. Eu quero *enxergar* como seria essa nova visão e como a pessoa que vou contratar vai incorporar tudo que a Cartwright tem a oferecer em um único pacote que seja irresistível. Como você usaria nosso restaurante premiado? Como transformaria nossos salões? Qual o seu diferencial em relação aos outros? Como você *venderia* o que faz para que um casal decida contratá-la na mesma hora? Gostaria que você me mostrasse como ficaria o nosso site após a reformulação. Brochuras. Um mostruário em exposição de casamento e por aí vai.

Caramba, se a Rebecca está disposta a colocar tanto esforço na procura, quanto Lina vai ganhar se for contratada? Por Deus, não quero saber. Posso me sentir tentado a mudar de carreira.

— Basicamente um teste de como seria me contratar como coordenadora de casamentos do hotel — diz Lina.

Rebecca aponta para Lina com as duas mãos.

— Sim, isso mesmo.

— Quanto tempo eu teria? — pergunta Lina.

Sua testa está franzida, o primeiro sinal de que está desconfiada do que Rebecca está propondo.

— Cerca de cinco semanas. Eu gostaria de preencher a posição antes da próxima reunião da diretoria.

A expressão preocupada de Lina se suaviza.

— É possível fazer isso — diz ela, e então aponta para meu irmão e para mim. — E esses dois rapazes vão me ajudar a montar tudo?

— Um deles, sim.

Isso chama minha atenção mais do que qualquer outra frase.

— Só um de nós? — pergunto para Rebecca.

Rebecca nos dá um sorriso encabulado.

— Bom, é o seguinte. Antes de conhecer Lina esse final de semana, fiz entrevistas com a intenção de contratar outra pessoa. Estava em casa refletindo sobre a situação quando meu namorado começou a assistir *Hell's Kitchen*. Foi quando a lâmpada se acendeu e a ideia surgiu. Uma semana de entrevistas com um componente demo. Então pensei, bem, por que não fazer algo do tipo com Lina e o outro candidato? — pergunta ela, e olha para Lina. — Não vou dizer o nome dele por motivos legais. De qualquer forma, me empolguei, mandei um e-mail para a agência e aqui estamos nós. Então, gostaria de continuar esse processo com os dois candidatos e fazer minha escolha com base nas minhas impressões gerais, nas referências, que, por sinal, preciso que você me envie, e na sua habilidade de me vender a visão que tem. Acredito que faria mais sentido dividirmos o grupo em dois times e planejar para que as apresentações sejam feitas no meio de maio. O que acham disso?

É possível ouvir quando Andrew engole em seco, e todos olhamos para ele.

— Desculpa — diz ele, ainda engolindo. — Acho que estou um pouco desidratado. Mas por mim tudo bem.

— Por mim também — diz Lina, sucinta.

— E por mim também — acrescento.

— Vou deixar vocês decidirem a divisão dos times, então — diz ela, e olha para o celular. — Podem ir conversando enquanto faço uma ligação rápida? — Virando-se para Andrew e para mim, ela diz: — Mas vocês dois continuem aqui quando terminarem, está bem? Preciso falar com vocês sobre o restaurante e os serviços de spa. Ah, e sobre os dados analíticos do site.

Concordamos e Rebecca sai rapidamente da sala.

As engrenagens do meu cérebro estão funcionando com tanta força que podem ser ejetadas a qualquer momento. Essa situação não poderia ser mais perfeita. Meu objetivo é convencer Rebecca que sou a melhor pessoa para gerenciar a conta do hotel, e ela desenvolveu um processo de contratação que necessariamente me coloca do lado oposto do Andrew. Como eu *não* brilharia nessas circunstâncias?

Lina relaxa em sua cadeira, sua expressão impossível de ser lida.

— Vamos acertar algumas coisas antes de decidir os detalhes. Antes de mais nada, esta é uma situação incômoda, mas estou determinada a fazer o melhor que puder. Em segundo lugar, se pudesse escolher, não trabalharia com nenhum de vocês, mas como não tenho escolha, então, Max, vamos — ela se interrompe para fazer aspas no ar — "trabalhar juntos" enquanto o projeto durar. Em terceiro lugar, não tenho intenção alguma em ouvir seus conselhos, Max, então nem se incomode em falar nada. Rebecca não precisa saber até onde você colaborou, e estou mais do que disposta a assumir toda a responsabilidade pela apresentação. Sua melhor aposta é sair do meu caminho e me deixar fazer o trabalho pesado. Estamos entendidos?

Puta merda. Como eu não brilharia nessas circunstâncias? A voz pessimista em minha cabeça faz uma rara aparição e sussurra: *Exatamente assim.*

Andrew pigarreia e se inclina para a frente.

— Calma aí. Isso está fugindo do nosso controle. Talvez seja melhor dar um passo para trás e pensar em contar a verdade para Rebecca. Podemos explicar que...

Lina e eu balançamos a cabeça, e ele para de falar na mesma hora.

— E como você faria isso, Andrew? — diz Lina. — Vamos contar para ela que ficamos nervosos e decidimos fingir que não nos conhecemos?

— Essa é a verdade, não é? — pergunta ele.

— Uma verdade que nos faz parecer idiotas — ressalto.

— Nós *somos* idiotas — acrescenta Lina. — Olha, não sei o que estava passando pela minha cabeça naquela hora. Entrei em pânico e não me orgulho disso. Mas contar para a Rebecca que nós *de fato* nos conhecemos vai abrir uma caixa de Pandora que não fará com que ela fique mais próxima de nenhum de nós. E eu quero muito, muito uma chance de conseguir esse emprego, entendeu?

Detecto um pequeno tremor na voz dela, e uma parte de mim se rende a seu favor. Apesar de a situação ser absurda, ela está tentando manter o controle, e acho isso louvável.

Lina tamborila dois dedos sobre os lábios, o vinco entre suas sobrancelhas sugerindo que está pensando no quanto quer compartilhar conosco. Então, após suspirar em resignação, diz:

— Não espero que nenhum de vocês dois se importe, mas essa oportunidade resolveria um grande problema para mim, sem mencionar que é o tipo de posição que vai alavancar minha carreira. Se a relação que Andrew e eu tivemos de alguma forma influenciasse na possibilidade de Rebecca me contratar ou não, eu seria a primeira a dizer que precisamos confessar o que fizemos. Mas isso não deveria importar, não em um mundo justo. Então vamos só fazer o que temos que fazer e esperar que todo mundo consiga o que deseja. São só cinco semanas, não a vida inteira. — Lina encara Andrew, uma enorme determinação visível em seu olhar inabalável. — Você me deve isso.

Ele de fato deve isso para ela, e eu também.

Meu irmão infla as bochechas enquanto passa a mão na parte de trás do pescoço e analisa o plano de Lina.

— Você vai trabalhar com Max? — pergunta.

— Na teoria — diz ela, dando de ombros.

O olhar de Andrew vai de mim para ela, até que seus lábios se curvam em um sorriso presunçoso.

— Tudo bem, então. Posso trabalhar com o outro organizador. Vamos coordenar nossos horários para não precisarmos nos encontrar como estamos fazendo agora — diz ele, e franze os lábios enquanto a analisa. — Parece estranho, não? Vou ajudar a pessoa que vai competir com você.

— Não estou nem um pouco preocupada com isso — diz ela, seu rosto um quadro em branco e desinteressado.

Cara, essa mulher é de outro mundo. Um minuto atrás, ela admitiu estar em pânico; agora, está conduzindo essa conversa, e tudo que eu e Andrew podemos fazer é seguir o fluxo. Gostaria de poder dizer que sou parcialmente responsável por essa confiança, mas ela já anunciou que pretende ignorar todas as minhas contribuições. Como esse dia saiu dos trilhos tão rápido?

Lina pega o celular.

— Qual o seu número, Max? Eu vou te ligar para podermos discutir as pouquíssimas coisas que precisaremos fazer juntos.

No piloto automático, recito meu número e o repito para ela.

— Te ligo em breve — diz ela.

E, então, Lina sai da sala de reuniões sem olhar para trás, seus quadris se mexendo ao ritmo intenso de seus passos.

Após balançar os braços e massagear um nó no pescoço, me viro para meu irmão. Tenho que me controlar para não arrancar a expressão de satisfação do rosto dele, mas nada que eu dissesse alcançaria esse objetivo.

— Então parece que vamos competir em nome dos nossos organizadores de casamento — diz ele.

— Parece que sim. Acho que é seguro afirmar que estou em desvantagem aqui.

Andrew ri com desdém.

Eu nunca o ouvi rir dessa forma. Isso me surpreende, fazendo-me lembrar da primeira vez que ouvi minha mãe peidar.

— O que é tão engraçado?

— Nada — diz ele, erguendo um copo imaginário para fingir um brinde. — Que vença o melhor homem.

— Que vença o melhor organizador de casamentos, você quer dizer.

— É, claro — diz ele, piscando. — Isso também.

Alguém está um pouco mais convencido do que estava ontem. Tudo bem. Porque isso é o que fazemos de melhor: tentar vencer o outro. Eu só preciso ficar no comando. E quando eu fizer Lina entender que colaborar comigo irá ajudá-la a ferir Andrew no ponto em que mais dói, ela certamente vai reconsiderar a posição que tomou em relação a mim.

Puta merda, que dia. Aposto que a maioria dos irmãos teria uma conversa diferente em um momento assim, talvez focada na bizarra coincidência de ver a ex-noiva em uma circunstância como essa. Mas nós não somos assim nem nunca seremos. A única vez que Andrew se abriu comigo, ele acabou fugindo do próprio casamento. Talvez fosse melhor para todos que nossas conversas se limitassem a tópicos relacionados ao trabalho.

— O que vamos dizer para a nossa mãe? — pergunto.

Andrew faz uma careta.

— Só o necessário. O resumo da nossa missão. Se estamos comprometidos a tratar Lina como se fosse apenas mais uma candidata a organizadora de casamento, então não tem por que trazer à tona detalhes que irão estressá-la desnecessariamente.

Andrew não me engana. Não quer trazer à tona esse lembrete da *única* vez que decepcionou nossa mãe. Durante semanas após o casamento ser cancelado, ela tentou convencê-lo de que havia cometido o maior erro de toda sua vida. Nenhuma das mulheres que ele namorou após Lina receberam a aprovação de nossa mãe e, infelizmente, Andrew é o tipo de homem que precisa disso.

— Está bem, não vamos contar para ela — digo.

Ele relaxa na cadeira.

— Bom. Então, qual o seu plano para trabalhar com Lina?

Eu balanço um dedo na frente do meu rosto.

— *Na-na-ni-na-não.* Não vamos compartilhar nenhum tipo de informação, nem fazer *brainstormings* nem sessões para formular estratégias. Eu vou trabalhar na apresentação da Lina e você vai trabalhar com o seu organizador na apresentação dele. Senão, não seria justo.

O olhar de Andrew corre pela sala enquanto ele considera a mudança na forma com que costumamos atuar.

— Tudo bem. Boa sorte, então.

Ao me lembrar da forma como Lina nos destrinchou em menos de trinta segundos, acho que é seguro dizer que precisarei mesmo.

Capítulo Seis

LINA

—Que desastre — resmunga Natália enquanto se analisa no espelho. — Estou parecendo a estrela de uma produção do *Disney on Ice*. Ou alguém que vai competir no Campeonato Mundial de Patinação Artística.

Estamos enfiadas em um dos provadores da loja do Marcelo. Ele está na parte da frente, conversando com uma mulher que parece incerta do véu que escolheu. No dia anterior, a cada intervalo entre os encontros com clientes ou criação de propostas, eu me pegava pensando em como Andrew e Max reapareceram de repente na minha vida. Focar na crise de vestuário de Natália — que, por envolver Natália, requer nada menos do que "capacidade cerebral máxima" — é uma distração bem-vinda.

Jaslene, que está ajoelhada aos pés de Natália, balança a parte de baixo do vestido da minha prima e olha para ela.

— Não é verdade. Você está parecendo uma princesa.

Natália lança um olhar suspeito para Jaslene.

— Aham, uma princesa da Disney. Que usa patins de gelo e faz acrobacias. E você só diz que está bonito porque estou pagando vocês duas para me ajudarem a planejar o casamento.

— Não, Zangadinha — contra-ataca Jaslene —, se estou dizendo que está bonito é porque está mesmo.

— Enfim — diz Natália, com uma mão na cintura. — Ainda que seja verdade, esse vestido vai me dar muita dor de cabeça. Já consigo prever uma. — Nesse momento, ela baixa o tom de voz para um sussurro. — Estou andando para o altar e Tim Gunn e Christian Siriano surgem de trás de seus disfarces de plantas e dizem que minha saia precisa de edição.

Bom, *essa* é uma boa observação. Porque, *caramba,* quanta coisa ao mesmo tempo: tule, renda, tafetá e uma cintura marcada com aplicações de cristal bastante complexas. São. Muitos. Cristais. Sinto a tentação de cantar "Livre Estou", do *Frozen,* o mais alto possível, mas acho que Natália não apreciaria.

— Posso fazer uma sugestão?

— Se for boa, pode — diz Natália.

Eu ignoro seu sarcasmo; é um mecanismo de sobrevivência da minha prima.

— Que tal um macacão? É simples, mas elegante. Você também ficaria confortável. E, se quiser um elemento de parar o trânsito, pode escolher um modelo com uma cauda. — Me inclino para apresentar meu argumento final. — E o melhor de tudo, você pode adicionar B-O-L-S-O-S.

— Não comece a soletrar qualquer merda a essa hora da manhã, Lina, não suporto isso.

Contraio os lábios. São onze da manhã.

— Bolsos, gata. Bolsos.

— Uau, uau — diz Jaslene, balançando a mão. — Eu preciso disso em um vestido. Bolsos.

Natália revira os olhos e se vira para se olhar no espelho. Deixando escapar um longo suspiro de sofrimento, ela inclina a cabeça para o lado e analisa seu reflexo.

— Marcelo vai ficar devastado, e odeio a ideia de magoá-lo. Ele está me oferecendo esse vestido de graça. Só um ajustezinho aqui e ali e resolvemos tudo.

Eu me levanto e apoio meu queixo no ombro dela.

— Esse casamento é seu e do Paolo, não do Marcelo. Você ama o vestido?

— Não — admite Natália, olhando para mim através do espelho. — Na verdade, eu não gosto nem um pouco.

— E é assim que você quer se lembrar do dia do seu casamento? — pergunto.

Ela balança a cabeça.

— Não, você tem razão. E casar de macacão seria muito foda. Combina demais comigo. Além do mais, essa pode ser uma das únicas vezes em que um macacão seria mais fácil de lidar na hora de ir ao banheiro. — Natália arregala os olhos e vejo o primeiro brilho de empolgação neles. — Eu poderia dançar na recepção sem problemas. Ah, que tal se a gente usasse roupas de *Rainhas de Bateria* como inspiração?

— Não vamos nos empolgar — respondo. — Você não pode ficar com a bunda de fora no casamento.

Graças ao cabeleireiro dominicano que o alisa toda semana, o cabelo de Jaslene, na altura dos ombros, balança no ar enquanto ela bate palmas empolgada.

— Calça de couro roxa sem a parte da bunda e um enfeite de cabeça enorme seriam *perfeitos*. Você incorporaria o Prince *e* o Carnaval.

— Sim — diz Natália, abrindo e fechando os punhos e olhando para mim. — Viu? Jaslene entende. Assim, posso homenagear minhas duas nacionalidades.

— Não — digo. — Tenho certeza de que isso viola o código sanitário do local do casamento.

Natália ri, debochada.

— Enfim, né... Mas sei que minha bunda receberia nota dez de qualquer agente da vigilância sanitária.

Meu Deus. Se tem uma noiva que precisa de rédeas, é essa aqui. Se a organização ficasse por conta dela, haveria uma escola de samba completa entrando antes dela — bateria, passistas, carros alegóricos e tudo o que tem direito. Aliás, agora que pensei nisso, não me surpreenderia se Natália estivesse organizando isso por trás dos panos. Preciso manter essa garota na linha.

— Dá uma pesquisada na internet nos próximos dias para ver se encontra alguma coisa que chama sua atenção. Posso perguntar em outras lojas de vestidos de noiva pela cidade. Existe um motivo para você não ter conseguido encontrar o vestido faltando cinco semanas para o casamento, sabe? Está na hora de pensar fora da caixa.

Natália concorda, pensativa.

— Ok, você me convenceu. Hoje à noite vou dar uma olhada quando chegar em casa.

Enquanto Jaslene e eu recolhemos os acessórios que Natália provou, minha prima lida com a delicada tarefa de tirar o vestido.

— Precisa de ajuda aí? — pergunto.

— Acho que consegui — diz ela através das cortinas —, o zíper embutido embaixo dos botões é genial. Eu furaria alguém com um estilete se tivesse que lidar com esses botõezinhos na manhã do meu casamento.

Jaslene e eu balançamos as cabeças, sabendo que Natália só está exagerando um pouco.

— Natália, você não pode usar seu casamento como desculpa para tudo — digo. — Todo mundo sabe que você furaria alguém com um estilete simplesmente por existir.

— *Exatamente* — diz ela de dentro do provador. — É por isso que sempre odiei o termo *noiva neurótica*. Para começar, é machista. Mulheres sob pressão intensa que erguem a voz para falar o que querem? *Monstros*. Mas também apaga parte da minha identidade. Meus verdadeiros amigos sabem que sou assim o tempo inteiro.

Apesar de Natália não conseguir vê-la, Jaslene esconde a boca e sussurra para mim:

— É verdade.

— Então, sua mãe disse para a minha que você fez uma entrevista para uma megaposição — diz Natália. — Que posição que é? E por que você não me contou?

Para ser sincera, não contei por saber que a Natália surtaria. Não quero que ela tente me convencer a não competir pela vaga. Não até que seja tarde demais para desistir, ao menos. Não tenho certeza do que ela faria se visse Andrew ou Max de novo, mas tenho minhas suspeitas de que, em algum momento, haveria polícia envolvida.

— Você ainda está aí? — pergunta Natália.

— Sim, estou. Então, pode ser uma chance única. Eu seria a coordenadora de casamentos do Grupo de Hotéis Cartwright.

— Puta que o pariu, Lina — diz ela, abrindo a porta e colocando a cabeça para fora. — Isso é maravilhoso. Parabéns.

— Não consegui o emprego ainda — digo enquanto empilho uma série de caixas de sapatos em uma mesa de canto. — Falta a entrevista.

Ela enfia um braço na manga da blusa e para.

— Mas não pode ser tão difícil assim, certo?

Cometo o erro de deixar a pergunta no ar por alguns segundos a mais do que deveria.

Ela olha para Jaslene e, então, me analisa da cabeça aos pés.

— O que você não está me contando, *prima*? Tem um porém, não tem?

Quando ela volta para dentro do provador, solto o ar e agradeço a Deus em silêncio por esse respiro. Vai ser mais fácil dizer o que preciso se ela não estiver me encarando. Minha explicação sai rápida, os nomes de Andrew e Max jogados na história como pequenas migalhas de pão que espero que ela não perceba. Quando termino de falar, fico surpresa com o silêncio que se segue. Olho para Jaslene, que balança as mãos como se sinalizasse que estou encrencada.

Antes que eu possa cutucar Natália em busca de uma reação, ela explode para fora do provador como um pistoleiro do Velho Oeste, fazendo sua presença ser notada no pequeno salão local.

— Me diga que você vai transformar a vida deles em um inferno.

Se a intensidade das pessoas pudesse ser expressa em uma escala de um a dez, eu diria que na maioria dos dias sou um três ou, no máximo, um quatro. Jaslene é um consistente sete com potencial para chegar no dez quando está bêbada, um estado alterado de se admirar se você tiver sorte o suficiente em vê-la assim. Natália é um dez — sete dias por semana, vinte e quatro horas por dia. E a forma mais fácil de desarmar as explosões da minha prima é falar em tons suaves. É como acalmar um cavalo arredio. Sou a Encantadora de Natálias.

— Não estava nos meus planos me vingar de alguma forma. Mandei Andrew ficar longe de mim e, apesar de Max e eu precisarmos trabalhar juntos, a minha intenção é fazer a apresentação sozinha. Porque, tipo, isso não é praticamente o que já faço pelo meu negócio?

Natália estica a mão atrás dela para pegar o vestido, que está novamente a salvo na capa protetora, e o entrega para mim.

— O universo está te dando a chance de consertar algumas coisas. Por que merda você não vai aproveitar?

Porque estou acima dessas atitudes mesquinhas, esse é o motivo. Ou, para ser mais sincera, porque não sou fluente no idioma da vingança e não teria a disciplina para lhe fazer jus. Além disso, remoer essa história dá a entender que ela ainda me afeta, quando não afeta. Não gosto de

Andrew nem de Max. Também não quero trabalhar com nenhum deles. Mas isso não me dá o direito de torturar os dois.

— Gente, não fiquem achando que não imaginei várias formas de atrair Andrew para a minha Sala Vermelha de Dores Desagradáveis, só que, no fim das contas, sou uma profissional e minha empresa está em risco. Se não conseguir esse trabalho, vou ter que encontrar um escritório novo, e só tenho cinco semanas para isso. Essa *tem* que ser minha prioridade. Qualquer coisa além disso é uma distração desnecessária.

— Como alguém que se beneficia da sua atitude madura nessa situação — diz Jaslene —, eu *deveria* apoiar esse plano, mas agora fico me perguntando se você não precisa de um ponto-final.

Dou um passo para trás e inclino a cabeça.

— Ponto-final? Com Andrew?

Jaslene balança a cabeça.

— Não. Isso você já teve. Você precisa de um ponto-final com Max.

— Acho que esses sapatos de marca que você comprou de segunda mão e insiste em usar apesar de serem um tamanho menor que o seu estão cortando o fornecimento de oxigênio do seu cérebro.

Ela mostra a língua.

— Que fofinha. Ainda assim, o que quero dizer é que Max não é só uma pessoa com quem você tem que trabalhar. Vocês têm um *histórico*. Sentimentos mal resolvidos. Colocar um ponto-final vai ajudar você a expressar esses sentimentos. Suspeito que isso será necessário se você quiser realizar um bom trabalho ao lado dele.

Jaslene está tão errada a respeito da situação que chega a ser constrangedor. Qual seria a vantagem de falar com Max sobre um dia que prefiro esquecer?

— Parece até que você não me conhece, Jaslene. Não tenho nenhum interesse em repensar o que Max fez e em como aquilo me afetou.

Jaslene segura minha mão e a balança.

— Sua tonta. Quando falei em ponto-final, não quis dizer que você e Max precisam ter uma megacatarse sobre o que aconteceu — diz ela, bufando. — Até eu fico chocada em admitir isso, mas acho que a Natália está certa. Talvez o universo *esteja* te dando a chance de consertar algumas coisas. — Percebendo que me limito a encará-la, Jaslene continua: —

Se liga, tem formas diferentes de colocar um ponto-final, e uma dessas formas pode ser fazer o outro se sentir péssimo só para satisfazer sua alma vingativa... Enfim, só uma ideia.

— Anotado e esquecido — resmungo. — Tenho um emprego para conseguir e um negócio para comandar. Não posso me dar ao luxo de entrar nesses joguinhos.

Natália revira os olhos e mexe o pescoço como se fizesse a melhor imitação daqueles bonequinhos que balançam a cabeça.

— Estou decepcionada, Lina. Principalmente levando em conta seu trabalho. Nunca ouviu falar em multitarefas? Dá para impressionar essa tal de Rebecca *e* fazer os irmãos Karamafodski sofrerem.

Balanço a cabeça.

— Dostoiévski, Natália? Sério mesmo?

Ela finge espanar alguma poeirinha dos ombros.

— O que posso dizer? Minhas habilidades para zoar os outros funcionam de muitas formas. — O olhar dela é suave quando ela segura minhas mãos. — Olha só, está tudo bem se você precisar ficar na sua zona de conforto. A sua forma de reagir a uma situação é tão válida quanto a minha.

— Só não é tão divertida, certo? — pergunto com um sorriso.

— Você quem está dizendo, não eu. — Com um dedo por cima dos lábios, ela sinaliza para sairmos do provador em silêncio. — Não quero falar para o Marcelo sobre o vestido ainda. Não com plateia. Ele vai na casa da minha mãe hoje, então posso falar lá. Me deem cobertura, por favor.

Jaslene e eu deu damos os braços e criamos um escudo humano para Natália. Juntas, passamos na ponta dos pés pela sala principal e nos lançamos pela porta. Ficamos paradas do lado de fora, a alguns metros de distância da entrada da loja, fora do campo de visão de Marcelo.

Enquanto Natália e Jaslene conversam sobre o cronograma do casamento, eu olho para o nada, me reprimindo mentalmente por não contar a história inteira para Natália. Antes que possa mudar de ideia, me viro para ela.

— Tem mais uma coisa que não contei para vocês.

Ela ergue uma sobrancelha.

— Tem *mais*?

— Sim. Quando vi Andrew e Max pela primeira vez na sala de reuniões do Cartwright, entrei em pânico e fingi que não conhecia nenhum dos dois. Rebecca não faz ideia de que Andrew era meu noivo e que terminou tudo, e agora não tem mais como voltar atrás, não se eu quiser ter uma chance de conseguir esse emprego.

— Tá. De. Sacanagem. — Natália agita os braços. — Isso sim é de outro mundo. Você, a srta. Planejo Cada Instante da Minha Vida, orquestrou uma farsa de proporções épicas e vai ser forçada a seguir em frente até um final imprevisível? — Natália olha em volta, fazendo uma grande cena. — Meu Deus, cadê a pipoca e o refrigerante? Já consigo imaginar esse enredo passando no telão.

— Foi o que eu disse — diz Jaslene. — Bom, a parte da pipoca. Eu até sentaria minha bunda no cinema para assistir a isso. E vocês duas sabem que eu não coloco um sutiã e roupas boas para ver um filme qualquer.

— Olha, eu não me orgulho do que fiz — digo, interrompendo a encenação delas. — Mas, sim, vou ter que seguir com isso até o final. Talvez, depois de Rebecca tomar sua decisão, eu encontre uma forma de contar para ela. Até lá, espero que seja mais importante ter a mim trabalhando para ela do que se preocupar com meus relacionamentos passados.

Natália morde o lábio enquanto me analisa.

— A esperança é a última que morre, *prima*, mas saiba que a mentira pode morder você bem na bunda. Tem certeza de que sabe o que está fazendo?

— De jeito nenhuma — digo para ela. — Não faço a menor ideia, mas não vou deixar que isso me impeça. Andrew tem todos os motivos para seguir com essa farsa, e o irmão dele só está seguindo a correnteza. Eu sei exatamente como lidar com um cara feito o Max.

Jaslene pigarreia e me lança um olhar esbugalhado.

— Alergias de novo? — pergunto para ela. — Nossa, meu carro estava coberto de pólen hoje de manhã.

— Não é bem isso — diz, cobrindo a boca com a mão enquanto tosse.

— Enfim, se eu jogar todas as cartas direitinho — continuo —, Max não irá nem aparecer no processo. Ele é tão perdido que vou assinar meu novo contrato de trabalho antes que ele possa perceber que não contribuiu em nada.

Natália joga a cabeça para trás e suspira.

— O que foi? — pergunto.

Ela olha por cima do meu ombro, os olhos se estreitando em uma encarada mortal.

Sinto meu café da manhã se revirar no estômago e um frio percorre minha espinha.

— Ele está parado bem atrás de mim, não está?

— Ele está — diz Max, com uma pitada de humor em sua voz.

Merda. Talvez a minha vida *devesse* ser um filme.

Capítulo Sete

MAX

Todo adversário, independentemente de quão louvável ou habilidoso que possa ser, tem um ponto fraco. Já consigo até adivinhar qual é o de Lina. A mania de controlar tudo. Quando não consegue controlar, o cérebro dela começa a chafurdar, fazendo com que ela perca o equilíbrio, fique suficientemente nervosa a ponto de fazer coisas absurdas — como fingir que não conhece o ex-noivo e o ex-cunhado durante uma reunião de negócios improvisada. Ao aparecer sem avisar, estou me aproveitando dessa vulnerabilidade. Vergonhoso, eu sei, mas necessário.

Ela se vira para me olhar, o rosto contorcido em uma expressão estranha. Uma pequena hesitação interrompe a fluidez do movimento. *Hehe.* Meu plano está funcionando.

Abro o meu sorriso mais charmoso.

— Lina, que bom ver você de novo.

A careta ameaçadora que recebo em resposta diz para eu cair morto.

— Gostaria de poder dizer o mesmo, mas seria uma mentira. O que você está fazendo aqui, sr. Hartley?

Se Lina acha que falar dessa forma vai me irritar, está muito enganada. Sou um cara tranquilo. É preciso uma merda muito grande para me tirar do sério, e a arrogância dela não chega nem perto de atingir esse nível.

— Essa aqui é uma via pública, srta. Santos. Dá pra acreditar que calhou de eu estar passando bem no momento em que você falou mal de mim?

Uma mulher pula entre nós, me encarando com ódio nos olhos.

— Não responda à pergunta dela com uma pergunta, seu esquisito.

Ela tira um brinco, depois o outro, tira um prendedor de cabelo e prende o longo cabelo castanho e cacheado em um rabo-de-cavalo. Está se preparando para algo, e pela forma como estala os dedos, não acho que seja uma festa de boas-vindas.

— O que você quer? — pergunta a mulher irritada.

Eu me lembro vagamente dela. Se não me falha a memória, ela passou por mim no corredor após Lina ter me expulsado da suíte no dia do casamento. Ao que tudo indica, estou na lista de inimigos dessa mulher também. Ergo as mãos.

— Ei, ei, ei. Para que essa hostilidade toda? Não mate o mensageiro, não se lembra?

— Mensageiro? — repete a mulher, rindo com desdém. — Essa é ótima. A pessoa que convenceu o noivo da minha prima a cancelar o casamento é um cúmplice, não um mensageiro.

Meu olhar voa para o rosto de Lina. Sua boca está tremendo, mas antes mesmo que eu pisque, já não há mais expressão alguma em seu rosto. É isso o que *ela* acha? Ou eu sou só um babaca por associação? Gostaria que ela pudesse me deixar espiar dentro do cérebro dela. É onde acontece toda a ação, e deve ser fascinante lá.

— Olha só... — digo, apontando para a mulher. — Qual é o seu nome mesmo?

— Natália — diz ela entredentes e aponta o dedão na direção da outra mulher —, e essa é Jaslene.

Jaslene balança a cabeça para mim, séria.

— Oi, Max.

Huh. Jaslene não parece me odiar. Chocante. Talvez seja uma aliada em potencial.

Me viro novamente para a mulher hostil.

— Olha, Natália, pelo que ouvi, acredito que você já saiba dos fatos. O que significa que você também sabe que Lina e eu não podemos evitar trabalhar juntos. Estou tentando fazer o melhor que posso em uma situação complicada. Então, se importa se eu falar rapidinho com a sua prima?

Ela cruza os braços acima do peito e dá um passo à esquerda.

— Fique à vontade.

— A sós, por favor?

Natália e Jaslene dão vários passos para trás, mas continuam por perto.

— Vim convidar você para almoçar hoje — digo para Lina. — Acho que a gente precisa conversar. Talvez esclarecer as coisas e descobrir um caminho para seguirmos daqui para a frente? O que você acha?

Inclinando a cabeça, ela arregala os olhos e pisca muitas vezes, como uma coruja.

— Esclarecer as coisas? Por que temos que fazer isso? A gente não se conhece, se esqueceu?

Ah, então esse é o jogo que iremos jogar? Divertido.

— Bom, só seremos desconhecidos se todos cooperarem, lembra? Rebecca está a uma ligação de distância.

Ela se endireita e me lança um olhar ameaçador.

— *Você. Não. Ousaria.*

Droga. Ela me pegou. Balanço a cabeça.

— Não, não ousaria. Mas sabe quando, nos filmes, um grupo de adolescentes faz uma coisa ruim e tem sempre um que não aguenta a pressão e confessa tudo? Esse é o Andrew. Se eu e você não jogarmos juntos, ele vai se assustar e dar com a língua nos dentes.

Ela inspira devagar, o rosto pensativo enquanto me estuda.

— Podemos esclarecer as coisas bem aqui.

— Ou podemos esclarecer as coisas durante um almoço agradável. Como dois adultos.

Lina se inclina e apoia as mãos nas coxas, como se estivesse falando com uma criança.

— Tem certeza de que isso não vai ser pressão demais para a sua atuação como um?

Meu Deus. Quando Lina acabar comigo, não serei somente uma carcaça do que fui; não, serei uma versão mutante minha, que usa suéteres de caxemira com gola em V, relaxa em cadeiras de jardim e odeia basquete.

— Boa — diz Jaslene.

Que bela aliada.

Por que estou me sujeitando a esse abuso? Não foi para isso que vim aqui. Confesso que talvez uma pequena parte de mim esteja gostando desse lado sarcástico dela, mas não é esse o ponto. Se eu não me reafirmar,

Andrew e sua dupla vão vencer com facilidade, e não posso deixar isso acontecer. Além disso, estou cansado de ser punido pelo mau comportamento de outra pessoa. Ainda mais se essa outra pessoa é Andrew. De cara feia, franzo a testa e finjo estar confuso.

— Acho que devo ter perdido o momento em que abandonei você no altar — digo, e então apoio uma mão na cintura e ponho um dedo no queixo. — Ah não, espera aí. Foi o meu *irmão* que fez isso. Desculpa. Às vezes confundo nós dois. E parece que você também.

Lina pisca sem parar. Natália rosna. Jaslene arfa.

Ai, caralho. Isso soou mais cruel do que o planejado. Agora estou preso na Ilha do Fui-Longe-Demais e essas mulheres são a minha única chance de ser resgatado. Antes que possa me desculpar, Jaslene puxa Lina para si. Elas encaram uma à outra, e Jaslene apoia as mãos nos ombros de Lina, como se a estivesse instruindo durante uma crise pessoal.

— Aqui se faz, aqui se paga — diz Jaslene para Lina, a voz soando urgente. — Você consegue.

Lina olha de Jaslene para Natália, e a última concorda como se fosse O Poderoso Chefão, condenando alguém em silêncio. Que trio estranho.

Lina inspira, o peito inflado com orgulho, e expira lentamente.

— Tudo bem, Max. Aonde você quer ir?

Só isso? Ela não vai me esfolar pela explosão insensata? Me sinto como se a rainha tivesse me concedido uma segunda chance. Bom, vou aproveitá-la como puder. Ainda tenho cinco semanas para apaziguar possíveis mágoas.

— Pode escolher. O que você quiser.

— Que tal o Grill from Ipanema?

— Na Adams Morgan? É bem pertinho de onde eu moro. Perfeito.

— Combinado, encontro você lá em trinta minutos — diz ela.

Aponto para o meu carro estacionado em local proibido. Talvez eu leve uma multa se não sair dali no próximo minuto.

— Posso te dar uma carona se quiser.

— Não — diz ela —, preciso fazer uma coisinha antes. Encontro você lá.

Ela se vira em direção às suas guarda-costas enquanto Jaslene puxa Natália para longe pela manga da camisa.

Dou alguns passos e congelo quando ouço Lina chamar meu nome.

— Sim?

— Mal posso esperar. E agradeço muito pelo convite.

E, então, enfia um cacho de cabelo atrás da orelha e sorri timidamente para mim.

Lina é naturalmente luminosa, mas aquele sorriso transforma seu rosto, como se, de repente, ela brilhasse de dentro para fora. Não é só de perder o fôlego, é meio que de arrancar os pulmões. Inspiro profundamente. Quero meu maldito oxigênio de volta.

— Hm, é. Que bom que você aceitou. Te vejo em breve.

Ela concorda e se vira.

Fico parado, mergulhado no torpor de um otimismo cuidadoso pelo rápido progresso que fizemos. Percebo que talvez estivesse encarando a coisa toda pela ótica errada. Interagir com Lina não é uma batalha. É mais como fazer um drinque perfeito — uma ciência que aperfeiçoarei com o tempo. Pegue uma pessoa que acredita estar no controle da situação (Lina), adicione alguém disposto a desequilibrá-la (eu) e mexa sem parar. É a efervescência em um copo, a explosão de sabores na língua, e leva a pequenos avanços como aquele que acabamos de fazer. Basta mais alguns ajustes para que sejamos tão bom juntos que alguém vai querer engarrafar nossa química.

Química platônica, é claro.

Química no sentido de duas pessoas interagindo de forma profissional e trabalhando juntas por um objetivo em comum.

Droga. Agora não consigo "despensar" o que pensei. Agora sou que estou afobado o suficiente para fazer coisas absurdas, tipo imaginar o que teria acontecido se tivesse conhecido Lina antes do meu irmão.

Lina e eu acabamos de pedir nossa comida — petiscos, prato principal e sobremesa para ela (que disse que prefere fazer o caminho contrário, escolhendo a sobremesa primeiro) e um prato principal para mim.

Até agora, tudo bem.

Arrisco um olhar enquanto ela dá um gole na bebida, uma mistura turva com limão e menta. A aparente serenidade desde que nos sentamos me perturba, e estou recalculando como devo interagir agora que ela não está mais me fuzilando com o olhar.

— Quero começar dando parabéns por essa oportunidade fantástica. Você deve mesmo ter impressionado Rebecca. Ela está se dedicando muito a esse processo seletivo.

Lina apoia um dos cotovelos na mesa e cutuca o gelo no copo com um palitinho.

— Estava me perguntando isso, se o que ela está fazendo é atípico para uma cliente pensando em uma mudança na marca.

Bom, *isso sim* é um passo na direção certa. Lina está conversando comigo como se fôssemos meros colegas de trabalho. Como se quisesse nos dar a chance de começar de novo. Decido aproveitar de seu comportamento mais brando.

— É a primeira vez que ouço falar de algo assim na empresa, mas não me surpreende. Rebecca me parece ser o tipo de pessoa que fica bastante feliz seguindo a própria abordagem. A boa notícia é que o que ela está pedindo em termos de apresentação está bem na minha área, então posso ajudar, especialmente usando as mídias sociais a seu favor.

Lina concorda, ponderando.

— Bem, digamos que seja do meu interesse confiar no seu conhecimento. O que você propõe fazermos para a apresentação?

— Simples. Eu tiraria Rebecca da equação por enquanto e faria de você a minha cliente. O que geralmente faço é pesquisar o trabalho do cliente e a opinião das pessoas a respeito dele. Então, no seu caso, eu analisaria como funciona o planejamento de casamentos.

Há um segundo de desconforto quando digo isso — da minha parte, não de Lina —, sobretudo porque a frase me faz lembrar que ela já planejou o próprio casamento, mas nunca vivenciou o *grand finale*. Além disso, eu sou o babaca que falou do assunto de forma tão direta pouco antes. Afasto o pensamento e sigo adiante.

— Então, resumindo, quero entender o que você faz e como isso se compara com o que o restante do mercado oferece. Depois, vou checar suas referências e entender o que as pessoas acham de você. Depois, falaríamos sobre como você quer ser vista nesse nicho. Pensar em ideias para entender como seria esse posicionamento. E aí, juntaríamos tudo isso para compor a sua apresentação.

— Então você iria...

Nosso garçom chega com os petiscos de Lina.

— *Bolinhos de bacalhau?*

— *Sim* — diz Lina, esfregando as mãos em expectativa. — *Obrigada.*

Ele coloca o prato no meio da mesa, e Lina o puxa para mais perto de si.

— Tem certeza de que não quer provar? — diz.

Recuso.

— Nunca fui muito fã de bacalhau, então não quero que essa seja a minha introdução à comida brasileira.

— Faz sentido.

Lina pega um dos salgados em forma de ovo e o morde. Em seguida, fecha os olhos e geme.

— Meu Deus, que delícia. *Que. Delícia.* Supersequinho.

E coloca outro salgado na boca, murmurando.

Não ouso olhar para ela. Não quando está praticamente dando uns amassos numa bolinha frita feita de bacalhau. É obsceno para caramba. Incapaz de me conter, a espio com apenas um olho. *Merda.* O visual é ainda pior. Agarro meu copo de água e bebo com avidez, então começo uma luta mental. *Qual o seu problema, Max? Deixa a mulher comer em paz.* Talvez eu deva dar um pouco de privacidade para ela — ou fazer uma piada para diminuir essa constrangedora tensão de um lado só.

— Se você quiser que eu te deixe a sós com as bolinhas de bacalhau, é só me dizer.

Ela parece sair do transe e os olhos se abrem com rapidez. Acredito que ela de fato tenha se esquecido da minha presença e preciso reunir todas as minhas forças para não rir da expressão atormentada que faz.

Aponto para o prato quase vazio.

— Foi bom para você, acho eu?

— Absurdamente — diz ela, limpando os cantos da boca com um guardanapo. — Voltando para a apresentação. Você disse que gostaria de entender o que faço no dia a dia. Então como seria? Você ficaria me seguindo no trabalho?

Fico feliz por ela nos guiar de volta para nossa tarefa; por alguns instantes, me esqueci do porquê estávamos aqui.

— Sim, é uma boa forma de pensar. Quero poder observar você em seu ambiente diário. Mas, se concordar, também quero gravar você. Algumas dessa gravações podem fazer parte de um pacote em vídeo. Ou nos ajudar a fazer algumas escolhas estilísticas.

— Você vai me avisar quando estiver gravando?

— É claro.

— E já que, nesse caso, a cliente sou eu, tudo vai ser feito do meu jeito?

Sim, vai, mas não *tudo, tudo*. Essa não é uma situação em que simplesmente obedeço a suas ordens. Não pode ser, porque tenho outra cliente, a minha cliente de verdade, para agradar.

— Sim, é claro. Mas é preciso lembrar que trabalho para a Rebecca, e por isso é necessário manter os interesses dela e do Grupo de Hotéis Cartwright em mente.

— Sim, dá para entender — concorda ela. — Obrigada por ser honesto quanto a isso.

Se não estiver enganado, estamos vivendo outro progresso; Lina parece receptiva a trabalhar comigo. Isso confirma o que eu esperava: esse almoço era tudo o que precisávamos.

Dois garçons aparecem com nossos pratos, colocando-os na mesa com um floreio que me faz sentir que não me vesti de forma apropriada. Segui a sugestão de Lina e pedi uma *moqueca de peixe*, que pelo que ela me disse é como um guisado de peixe à moda brasileira. Lina pediu... ao que tudo indica, todos os outros itens no cardápio do restaurante. Os garçons trabalham em equipe para dispor os recipientes em frente a ela. Frango. Arroz branco. Feijão preto. Um prato com o que parece ser farinha de milho. Uma tigela com tomates e cebolas nadando em uma espécie de vinagrete. E outro prato com folhas verdes.

Eu me abaixo e levanto a toalha da mesa, analisando o chão.

— O que foi? — pergunta ela. — Derrubou alguma coisa?

— Não, estou procurando pelas outras pessoas que vão ajudar você a comer tudo isso.

A boca dela se mexe.

Aha. Lina está descongelando bem diante dos meus olhos.

Ela ergue o garfo em frente a boca como se eu precisasse de instruções para utilizar utensílios básicos.

— Coma, Max. É a coisa mais inteligente que você pode fazer agora.

Abro um sorriso encabulado.

— Ok, ok. Mas posso fazer uma pergunta antes?

Ela apoia o garfo na mesa.

— Claro.

— O que é isso que se parece com farinha de milho?

O rosto dela se ilumina, um sorriso radiante surgindo.

— Isso é *farofa*. É farinha de mandioca tostada, um item básico em qualquer refeição brasileira. Um pouco de óleo, cebolas e alho dão o sabor especial. A versão que minha mãe faz é abençoada com o bacon.

Vejo que que ela está adorando compartilhar essa parte de si mesma, e gostaria que ela nunca mais parasse de falar. Eu me remexo em busca de mais perguntas para mantê-la envolvida.

— E isso é couve-galega?

— Ao estilo brasileiro, sim. Nós chamamos de *couve à mineira*. Em vez de cozinhar lentamente a couve, fatiamos bem fininha e refogamos em óleo e azeite de oliva. Quer provar?

Eu me inclino, atraído pela saborosa mistura de aromas flutuando sobre a mesa. Ela ergue o garfo cheio de couve e deposita a comida na lateral do meu prato. Em segundos, começo a comer.

— Uau, meu Deus, que delícia. A textura também é muito interessante.

Lina sorri, mas então sua feição muda, como se de repente tivesse se lembrado de quem sou e por que não deve se sentir à vontade comigo. Com um suspiro, ela mergulha no próprio prato. Alguns segundos depois, se endireita na cadeira e estala os dedos.

— Ah, droga. Esqueci de te dizer para colocar pimenta no seu prato — exclama ela, e, então, enruga o nariz. — Na verdade, melhor deixar para lá. Talvez seja apimentado demais para você.

Ergo a cabeça na mesma hora. *Como é que é? Apimentado demais?* A insinuação de que eu não conseguiria aguentar me faz rir.

— Eu gosto muito de pimenta-caiena. Como o tempo todo. E, já que quero provar essa refeição da forma que deve ser feita, pode colocar.

Ela abre um sorriso forçado e acena para o garçom.
— *O senhor poderia trazer o molho de pimenta-malagueta?*
Os olhos do nosso garçom se arregalam.
— *Mesmo? Tem certeza?*
Lina concorda.
— *Mesmo.*
Ele abre um sorriso para Lina.
— **Certeza**. O equivalente em inglês seria *certain*, né? — pergunto quando o garçom sai. — Consigo identificar algumas palavras aqui e ali. Acho que o fato de ter tido aulas de espanhol no ensino médio ajuda, porque é parecido com português.
— Sim, ele estava querendo se certificar de que devia trazer a pimenta.
— Saquei — respondo, limpando minha boca com o guardanapo. — O cozido é excelente, aliás. Obrigada pela sugestão.

Os cantos da boca dela se erguem, mas não é um sorriso. Está distraída. Provavelmente ainda irritada comigo pelo comentário sarcástico que fiz quando estávamos na calçada da loja.

Mas, como precisamos superar isso, reúno a coragem para falar do elefante na sala.

— Lina, eu só queria reforçar que sinto muito pelo papel que desempenhei no seu término com Andrew.

Ela ergue o queixo, o rosto sem expressão alguma; é uma ação tão desprovida de esforços que acredito que já tenha sido feita milhões de vezes.

— Não precisa pedir desculpas, Max. Já superei isso.

Não estou convencido. Se Lina tivesse "superado", teria me cumprimentado como fez mais cedo? Iria se retrair dessa forma a cada vez que fazemos algum avanço? Acho que não. Ela pode até não demonstrar sinais evidentes de rancor, mas ele está lá de uma forma ou de outra.

— Olha, entendo por que você seria fria comigo. Mas, em minha defesa, Andrew não estava mesmo pronto para se casar com ninguém naquela época. O que quer que eu tenha dito fez com que ele encarasse esse fato. Então, de certa forma, acho que você poderia até pensar que te fiz um favor.

Dou risada, com a esperança de fazê-la rir também. Seria ótimo se um dia pudéssemos olhar de novo para aquele episódio e achar graça, sabendo que ele evitou uma vida de infelizes-para-sempre.

— Max, acho que você deveria parar de falar enquanto...

— E se vocês fossem mesmo feitos um para o outro, teriam encontrado o caminho de volta para ficarem juntos, não acha? Além disso, tenho certeza de que há um grande número de pessoas que adoraria assumir o lugar dele.

Um músculo pulsa no maxilar dela. Lina ergue o copo e bebe toda a bebida. Quando acaba, coloca o copo de volta sobre a mesa e usa a parte de trás da mão para limpar a boca.

— Claro. Com certeza.

O garçom retorna com o molho de pimenta e coloco um pouco no cozido.

— Obrigado, estava ansioso para provar.

Sem dizer uma palavra, ele se afasta da mesa.

— Isso aí que você colocou não é o suficiente para provar direito — diz Lina. — Seja mais generoso. Ah, e você *tem* que provar uma pimenta inteira.

Aceito o conselho e coloco mais molho no meu prato, lambendo os lábios em expectativa.

Ela me observa por baixo dos cílios grossos enquanto dou outra garfada.

— Você está certa, o molho dá um *toque* extra.

Minha língua ferve com o calor, mas consigo aguentar.

Lina me olha com ansiedade.

— Você está bem?

— Estou ótimo — digo, então coloco uma das pimentinhas vermelhas na boca.

Dessa vez, consigo sentir o calor subindo pelo meu corpo, se alojando na parte de trás da minha garganta e depois descendo para o meu esôfago. *Uau*. A coisinha é violenta.

— Que tipo de pimenta é essa mesmo?

— *Malagueta*. É duas vezes mais forte do que a caiena, mas não chega nem perto da pimenta-fantasma.

— Hmm.

Enxugo minha testa e coloco outra pimenta na boca, mastigando. *Caramba, está ficando quente aqui?* Eu olho em volta. As pessoas estão rindo e curtindo suas refeições, mas, com minha visão nebulosa, se parecem com miragens, como se fossem desaparecer se eu tentasse tocá-las. Alguém está esticando minha língua, também. Parece grande demais para minha boca. Uso o guardanapo de tecido para me abanar enquanto meus olhos se enchem de água. *O que diabos acabei de comer?*

— Você them xertezza que ixo não é phimenta-fantaxma?

Lina balança a cabeça como se quisesse ouvir melhor.

— O que você disse? Não consegui entender.

— Phimenta-fantaxma. É umm phouco forrthe demaix.

Lina ri a ponto de bufar.

— Pimenta-fantasma? É forte demais? — repete ela, inclinando a cabeça. — Max, tudo bem com sua língua?

Balanço a mão, ignorando a pergunta dela.

— Não, não, estou bhem.

Inclino o corpo e apoio as mãos nas coxas, me afastando da mesa. O som da cadeira arrastando no chão atrai alguns olhares curiosos. *Meu Deus.* Talvez eu seja um dragão e essa seja a primeira vez que estou mudando de forma. Com certeza parece que minha garganta é capaz de produzir fogo o suficiente para queimar o restaurante. Tentando esfriar minha boca, abro um pouco os lábios, inspirando e expirando. *Fuuu, fuuu, fuuu.* Bom, parece que o pequeno incêndio está se dissipando, ainda bem. Ainda parece que transformaram minha língua em uma salsicha, mas vou sobreviver.

— Quer que eu peça um pouco de leite para o garçom? — pergunta ela.

Há uma leveza em seu tom de voz, como se o meu desconforto tivesse diminuído o dela. Ergo a cabeça e estudo minha torturadora. A julgar pelo sorriso que Lina mal consegue esconder, acredito que era exatamente isso que tinha em mente. Bom, isso não é ótimo? Há uma pregadora de peças por baixo daquele exterior ríspido. E isso muda tudo. Pode esquecer a diversão que o sarcasmo dela me causa. Que se foda a mistura do drinque perfeito. Não aceito nada menos do que vê-la se render. Recuar, reagrupar, atacar de novo — eis o que preciso fazer aqui.

— Eu vou ficar bem, não graças a você.

— Eu? — diz ela, a mão voando para o peito como se tivesse ficado ofendida. — *Você* quis as pimentas.

— Baseado no seu encorajamento calculado, sim. Não achei que elas fossem arrancar minhas papilas gustativas — digo, balançando a cabeça. — Não esperava isso de você.

Ela limpa a boca com o guardanapo.

— Me considere um camaleão, Max. Eu me transformo para me misturar com o ambiente, incluindo a companhia presente.

Com sorte, ela vai se misturar com um fantasma e desaparecer.

— Isso é fascinante, de verdade. Nunca imaginei que você gostasse de jogos. Combina muito com a sua personalidade premiada.

O olhar dela é fuzilante.

— Você não sabe *nada* sobre a minha personalidade.

— Hoje foi como um curso intensivo do que te motiva, então posso dizer que sei bastante. Também sei que, em certo momento da sua vida, você quis se casar com meu irmão. Essa informação por si só é o suficiente para me dar o resultado do seu teste de personalidade Myers-Briggs. ISTJ. Insensível. Superteimosa…

— Qual o problema, Max? Conjurar uma resposta inteligente está além do seu conjunto de habilidades?

Minhas narinas se inflam por conta própria, afrontadas pela condescendência dela. Tamborilo com os dedos na mesa e me inclino na cadeira.

— ISTJ. Insensível. Superteimosa. Traiçoeira. E…

Os olhos dela se estreitam até se tornarem duas linhas.

— Não se atreva, Max. Me chame de jararaca e eu vou forçar você a comer a tigela inteira de pimenta.

— Eu nunca chamaria você de jararaca.

Isso parece acalmá-la. A nuvem de raiva que crescia em volta da cabeça dela desaparece.

Eu me inclino para a frente, apoiando o cotovelo na mesa como se tivesse lançado um desafio.

— Além disso, jararaca é um substantivo. Não, a palavra de um milhão de dólares é... *juvenil.*

Lina fica imóvel e uma veia surge em sua testa como um pequeno alienígena. Então, ela rosna para mim. *Literalmente* rosna. E é o som mais perfeito que já ouvi em toda a minha vida.

Obter uma resposta como essa é satisfatório para caralho — e, por alguma razão obscura, quero fazê-lo de novo e de novo.

Capítulo Oito

LINA

Meu Deus. Eu acabei de rosnar? Em um restaurante?

Meus cotovelos fazem barulho ao bater na mesa, e eu tampo minha testa com uma mão, espiando as pessoas que comem à nossa volta. Ninguém parece ter percebido. Exceto Max, é claro. Max que, apesar de ter se parecido com um idiota pegando fogo minutos atrás, agora parece calmo e tranquilo enquanto me observa em silêncio.

Tudo nele me incomoda: sua completa falta de noção (genuína), seu sarcasmo (rudimentar), seu sorriso pueril (falso), a mandíbula que chega a ser ridícula de tão bem-definida e que ele finge acariciar despreocupadamente (totalmente afetado), os fartos cabelos tão-escuros-que-são--quase-pretos que eu gostaria, do fundo do coração, que fossem tingidos só para que eu pudesse imaginá-lo sentado em um salão de beleza com papel-alumínio pendurado em seus fios (a cor é natural, infelizmente), e assim por diante. *Grrr.*

A gente não encaixa, eis a verdade. Ele provoca partes minhas que eu gostaria que não existissem. Mas estou presa a ele por, no mínimo, cinco semanas — e talvez até mais. Agora, ele deve estar achando que sou tão imatura quanto ele. Pior ainda, provavelmente ele está se perguntando se sou mesmo apta para o trabalho no Cartwright.

Respire fundo, Lina. Você consegue consertar isso. Esquadrinho meu cérebro em busca de algo — qualquer coisa — que possa explicar minha reação explosiva às cutucadas de Max. Não leva muito tempo para encontrar a resposta. Estresse. Esse *tem* que ser o motivo para me sentir tão confusa. Canalizo a deusa da tranquilidade — que é bastante semelhante a uma atriz em um comercial de um sabonete para higiene feminina — e digo:

— Max, a gente precisa cortar essa energia negativa. Não é saudável para nenhum de nós. Vamos ignorar os últimos minutos, tá?

Ele deixa escapar um longo suspiro que mostra que não está tão tranquilo quanto aparenta.

— Você tem razão. Desculpa pelo que falei.

Inclino o corpo na direção dele e abaixo minha voz em um sussurro.

— A verdade é que estou muito pressionada e acho que isso está finalmente começando a me afetar. Se fosse só uma coisa, acho que ficaria bem. Mas nos últimos dias, foi um perrengue atrás do outro. A loja de vestido de noivas onde meu escritório ficava vai fechar. Por mais empolgante que seja a oportunidade com o Cartwright, ela veio com um pacote completo de preocupações. E eu também não esperava ver Andrew de novo, não naquela sala de reuniões. Então não tenho sido eu mesma. Nem um pouco.

Bom, eu *estou* sendo eu mesma, mas essa não é a versão de mim que quero apresentar ao mundo — ou para o homem que já me viu no pior momento da minha vida.

— Eu entendo — diz ele, franzindo a testa. — Para ser sincero, também não tenho sido eu mesmo. — Max gesticula para o espaço entre nós. — Não precisava de nada disso, então vamos esquecer que aconteceu. E quanto ao que você pode fazer para diminuir o estresse, será que alguma atividade não ajudaria? — pergunta ele, e arregala os olhos imediatamente. — Uma atividade física, quero dizer. — Max balança a cabeça. — Um *esporte* ou algo assim. Arremessar machados. Ioga — diz ele, fazendo uma careta e dando de ombros. — Sei lá.

Franzo o nariz.

— Minhas formas de aliviar o estresse costumam ser menos ativas. Assistir televisão, fazer compras, comer doces, colocar todos os eletrônicos no modo silencioso e ler sem ser incomodada.

Ele se acomoda na cadeira e morde o lábio inferior enquanto me observa. Segundos depois, diz:

— Tem uma aula de *capoeira* durante a semana aqui no Distrito. Hoje, na verdade. É uma boa forma de extravasar.

Eu pisco, incapaz de processar o que Max acabou de me dizer.

— Aula de quê?

— *Capoeira* — diz ele —, é uma arte marcial brasileira...

Reviro os olhos.

— Eu sei o que é *capoeira*, Max. Só estou surpresa por *você* saber o que é *capoeira*.

Ele ergue uma sobrancelha.

— E por quê?

— Porque faz trinta minutos que estamos comendo comida brasileira e você não mencionou uma única vez que conhecia qualquer aspecto da cultura brasileira.

Também é intrigante. Sugere que Max tenha mais camadas por baixo da exterior, tão vistosa quanto irritante.

Ele dá de ombros.

— Bom, agora você sabe. Gostaria de vir comigo?

— Quê? Hoje? — pergunto, com uma careta. — Não, não posso.

Ele concorda como se não estivesse surpreso com a minha recusa.

— Achei que você ia gostar de fazer algo assim. Música e dança combinadas com artes marciais. Mas, sim, talvez seja esforço físico demais. Você mesma disse que prefere aliviar o estresse de forma menos ativa.

Nosso garçom aparece com a minha sobremesa, um *brigadeiro* gigante. Max encara a monstruosidade. Sim, é uma enorme bola de chocolate com granulados. E não seria essa a melhor definição de alívio do estresse? Se Max acha que não vou aproveitar ao máximo isso aqui, está muito enganado. Posso muito bem comer chocolate e fazer uma aula de *capoeira*. Uma coisa não exclui a outra.

— Quando e onde é a aula? Pode ser que eu apareça. Só por curiosidade.

— A aula? — pergunta, coçando a cabeça. — Ah, eu mando as informações por mensagem quando voltar para o escritório. Posso dar mais detalhes sobre o que usar e citar alguns pontos de referência na área. Também vou te mandar o link de inscrição.

— Tudo bem, então — digo, mergulhando minha colher na enorme bomba de chocolate no meu prato. — Quer provar?

Ele nega com a mão.

— Não, não posso. A minha língua ainda está impossibilitada.

Meu olhar desce para a boca dele. É uma boca bonita. Não que isso importe.

— Está impossibilitada de comer — acrescenta ele, e os olhos se esbugalham. — Comer *comida*.

— Sim, eu entendi, Max.

A explicação não era necessária, é claro. Não tenho nada a ver com o estado da língua de Max. Ainda assim, quando alguém coloca uma imagem em sua cabeça que você preferiria não ver, seu cérebro a implanta direto na retina. *Ah meu Deus do céu, por que imagens da cara dele enfiada entre as minhas pernas estão aparecendo no meu cérebro? Faça isso parar. Faça isso parar!*

Max gesticula pedindo a conta e entrega o cartão de crédito ao garçom sem ver o total.

— Bem, se eu quiser ir hoje na aula, preciso voltar logo para o escritório. Tudo bem se eu sair assim que pagar a conta? Quer que eu peça um Uber ou algo assim?

Balanço a cabeça, negando a oferta dele com minha colher.

— Não, por mim tudo bem — digo, apontando para o meu *brigadeiro*. — Vou aproveitar isso aqui mais um pouquinho.

O garçom volta com a conta e Max assina a cópia do restaurante.

— Você deixou uma boa gorjeta ou precisa que eu faça isso? — pergunto.

— Deixei uma boa gorjeta. Sempre.

Assinto. Ao menos isso ele tem de bom.

— Obrigada pelo almoço.

— Sem problemas — diz ele enquanto se levanta. — Talvez eu veja você hoje à noite?

— Talvez.

Ele abre um sorriso irônico.

— Já entendi, provavelmente não.

— *Talvez* quer dizer talvez, Max — digo, e uso minha mão livre para me despedir dele, acenando. — *Tchau*.

— Até, Lina.

Observo enquanto ele abre caminho entre as mesas, saindo pela porta. Agora me sinto inclinada a ir à tal aula só para provar que a previsão dele está errada. E aposto que é exatamente isso que ele quer.

Da próxima vez, vou fazê-lo comer uma pimenta-fantasma.

— Posso ressaltar, só para deixar registrado, que acho essa uma péssima ideia? — diz Jaslene enquanto subimos as escadas para o Estúdio de Capoeira Afro-Brasilia.

Não, eu não arrastei Jaslene para a aula comigo só para ser meu suporte emocional. Ela também precisa aliviar um pouco o estresse. As aulas noturnas na faculdade têm se provado mais desafiadoras do que ela havia imaginado e, na condição de estudante mais-velha-do-que-a-média que terminou o ensino médio há anos, ela tem tido dificuldades para se adequar às exigências da nova rotina. Quanto a mim, após a semana que tive, estou animada com a ideia de aprender como disfarçar meu instinto assassino com danças intrincadas. Já Jaslene, não muito.

— Presta atenção. Tudo que quero é provar para o Max que não sou tão previsível quanto ele pensa. Uma aula. É só isso. Além do mais, você bem que precisa se soltar um pouco. E é *capoeira*. Como você pode não estar empolgada?

Ela revira os olhos e inclina a cabeça de um lado para o outro enquanto chegamos no andar certo.

— Tudo bem. Mas quando for minha vez de pedir para você me acompanhar nas aulas de *pole dance*, saiba que a palavra *não* está fora de cogitação.

— Combinado — digo enquanto entramos pela porta.

Percebo que estou no lugar certo assim que entro na sala enorme. Há um grande número de pessoas diferentes — muitas das quais estão conversando em inglês, mas com um sotaque distinto que me faz perceber imediatamente que são brasileiros —, e a energia que geram é elétrica e positiva. Max não parece estar aqui, no entanto. Vou ficar feliz em perturbá-lo por semanas se não aparecer.

Jaslene e eu ficamos paradas próximo à porta e analisamos a atmosfera animada. Não muito tempo depois, um grupo de cerca de vinte pessoas de diferentes idades, gêneros e tons de pele sai de uma porta lateral, se acomoda nas cadeiras ao longo da parede dos fundos e começa a mexer em seus instrumentos, incluindo o *berimbau* que comanda o círculo de *capoeira*. Cutuco Jaslene no braço repetidas vezes.

— Eles têm uma *percussão* de verdade. Vai me dizer que não está impressionada com isso?

Jaslene abre um sorriso relutante.

— Tudo bem, isso *é* impressionante, mas não significa que as batidas vão automaticamente fazer com que eu vire um fenômeno da acrobacia. Vou parecer uma *pendeja* aqui. E Max ainda não deu as caras.

Antes que eu possa responder, um homem de calça branca, pés descalços e usando uma camiseta com o logotipo do estúdio se encaminha na nossa direção.

— *Oi, moças.*

— *Oi, estamos aqui para a aula inicial de capoeira* — digo, esperando que ele não perceba que minhas habilidades de fala no português podem ser consideradas, no máximo, intermediárias.

Os olhos dele se iluminam, e as palavras saem de sua boca como se estivesse voando em um cometa. Só consigo entender pedaços do que ele diz até Jaslene erguer uma mão para pedir que vá mais devagar.

— Ei, calma lá — diz ela —, sou porto-riquenha, não brasileira, e não consigo acompanhar.

Ele dá um passo para trás, surpreso. Fica claro que pressupôs que Jaslene era sua compatriota. Passando tanto tempo quanto passa comigo e com minha família, ela ouve isso com frequência, principalmente por ser afro-porto-riquenha, com a pele tão escura quanto a nossa. O homem se vira para mim.

— *E você? Brasileira?*

Sinto minhas bochechas arderem enquanto ele me analisa. Sempre fico um pouco envergonhada quando tenho que explicar que não sou fluente no idioma.

— *Sim, meus pais são brasileiros, mas eu não falo português fluentemente.*

— Sem problemas, meninas. Meu nome é Raul e serei o instrutor de vocês hoje. Bem-vindas. — Ele se inclina na nossa direção e cobre a boca, dizendo em um falso sussurro. — Eu fiz todo o ensino superior aqui e estou perdendo o sotaque. Mas não contem a ninguém.

Sorrindo com o esforço que Raul faz para nos deixar confortáveis, Jaslene e eu nos apresentamos e trocamos apertos de mão. Explicamos que somos novas nessa aula e que ela nos foi recomendada por alguém que já a frequenta.

— Max Hartley. Sabe quem é?

Raul franze a testa.

— Não tenho certeza. Mas uma grande quantidade de alunos vem e vai. Vou saber quem é quando o vir — diz Raul, abrindo um sorrisão e esfregando as mãos. — Bom, de qualquer modo, vocês vão se divertir muito.

Ele vira só a parte de cima do corpo e olha à nossa volta.

— Deixem as coisas de vocês em um dos armários e encontrem um lugar para se alongar. Os vestiários ficam na parte de trás. Vamos começar em cinco minutos.

Após guardarmos nossas coisas, Jaslene se joga no chão, dramática em sua resistência ao ser arrastada para dentro desse conflito entre mim e Max. Com um suspiro, ela se estica para alcançar os pés.

— Posso falar uma coisa?

Eu me posiciono ao lado dela e começo a alongar as panturrilhas.

— Claro.

— Quando disse que você deveria ser vingativa, eu estava pensando em algo um pouco mais sutil.

Faço uma careta e me sento no chão.

— Fui longe demais com as pimentas?

Ela ri, irônica.

— Sim, Lina, exatamente. É como se alguém te mandasse flertar e você decidisse mostrar os peitos em vez disso.

Ergo as sobrancelhas e finjo estar confusa.

— Mostrar os peitos não é flertar?

A cabeça de Max aparece no espaço entre nós.

— Olá!

Jaslene e eu gritamos e nos afastamos dele.

Ele se apoia em um dos joelhos e dá um sorriso torto.

— Que merda é essa, Max? — digo.

Sim, a aparição dele me surpreendeu, mas, acima de tudo, estou envergonhada. Claro que eu estaria falando sobre mostrar os peitos quando ele aparecesse.

— Desculpa — diz ele. — Eu não quis interromper. Só vim dizer oi.

Parece que ele não ouviu nossa conversa, menos mal. Pequenos milagres.

— Oi — diz Jaslene, a voz traidoramente animada.

— De onde você surgiu? — pergunto.

— Estava no vestiário me trocando — responde ele, apontando para a regata de compressão e calça de treino. — Não consigo fazer os movimentos da *capoeira* de camisa e gravata.

Ele se apoia no chão para se levantar, e sou forçada a encarar uma verdade nada confortável: Max tem um belo peitoral. Um peitoral definido. O tipo de peitoral que consigo imaginar com facilidade sem essa regata. Sem nada. Além disso, seu corpo também tem aquelas entradas trincadas na área em que, normalmente, deveria estar a barriga de uma pessoa comum. Os músculos do abdômen são tão desagradáveis que insistem em se fazerem notados mesmo quando ele está vestido. E, puta merda, a definição dos braços sugere que ou ele é daqueles marombeiros que não sai da academia, ou deve se masturbar com frequência. Pensando bem, o braço direito *é* mais marcado do que o esquerdo.

De onde diabo surgiu Hartley, o gostosão?

Vou ficar com torcicolo se não mover minha cabeça logo, mas meu cérebro está com dificuldades em processar essa enxurrada de informações. É coisa demais para digerir. Dados tão voláteis quanto esse deveriam ser revelados com cuidado para a segurança de todos, pouco a pouco; é irresponsável fazer de qualquer outra forma. *Que vergonha, Max.*

Ao sinal de Raul, a *percussão* começa a tocar em um ritmo afro-brasileiro. As pessoas na classe se movem e encontram seus lugares enquanto forço meu cérebro a esquecer tudo que acabou de ver.

Max se posiciona ao meu lado e se inclina perto do meu ouvido para falar:

— A não ser que alguém tenha pedido, mostrar os peitos é tão ruim quanto mandar fotos do pau indesejadas.

Meu Deus. Odeio esse homem. E, se houver qualquer senso de justiça no mundo, essa aula vai me ensinar a acabar com ele.

Após nos guiar por uma série de exercícios de aquecimento, Raul desliza para a frente da sala, a *percussão* ainda tocando ao fundo.

— Não se sabe ao certo qual a origem da *capoeira*. Há muitas teorias a respeito do seu surgimento. Mas o que *sabemos* é que essa forma de arte marcial foi amplamente influenciada pelas pessoas escravizadas que foram levadas da África para o Brasil no século dezesseis. Vocês sabiam que a escravatura não foi abolida no Brasil até 1888, e que quase quatro milhões de pessoas escravizadas foram levadas para o país durante aquele período?

Alguns colegas de classe balançam a cabeça, enquanto outros, com certeza familiarizados com a história do Brasil, concordam como se o que ele diz não fosse nem um pouco novidade.

— Há quem acredite que ela tenha se iniciado nas *senzalas*, locais em que os escravizados dormiam — diz Raul —, ou nos *quilombos*, que eram agrupamentos fundados por aqueles que conseguiam escapar. A ideia era que as pessoas treinadas em *capoeira* pudessem mascarar seus treinamentos ao fazer parecer que estavam jogando ou dançando. Hoje, é conhecida como uma forma de arte marcial e um símbolo da cultura brasileira. — Raul afasta os pés um do outro e coloca as mãos na cintura. — A aula de hoje é sobre a *ginga*. Não é possível fazer *capoeira* sem ela, então vamos focar nesse movimento. Depois vamos deixar as coisas mais divertidas ao adicionar a *meia-lua de frente*, que é um tipo de chute frontal. — Ele ergue um dos dedos no ar. — Ah, eu quase me esqueci. Tem alguém que está aqui pela segunda vez? Porque essa é uma aula para quem está vindo pela primeira vez. Se você já veio antes, a sua aula é a que vem a seguir.

Esperando Max erguer a mão e pedir desculpas encabulado, me viro na direção dele e sorrio afetadamente para Jaslene, parada do outro lado. Mas ele fica parado, ouvindo com atenção o que Raul diz e sorrindo para os colegas de classe.

— *Psiu* — digo para ele —, está na aula errada, colega.

Ele continua olhando para a frente.

— Não estou, não. Essa também é minha primeira aula.

Jaslene se lamenta.

— Vocês são péssimos.

Disparo as perguntas pelo canto da boca.

— Como assim? Você não me disse que já fazia essas aulas? Você está me zoando?

A resposta vem em um sussurro:

— Não, eu disse que *tinha* uma aula aqui. E cá estou. Isso é uma aula. E eu estou fazendo. Tudo verdade. Só que sou tão principiante quanto você.

Olho para o teto e conto até dez. Minhas opções são evidentes: posso me irritar ou posso me vingar. Não é uma escolha difícil. Decido me vingar. Agora, só preciso descobrir como.

Max balança a mão em frente ao meu rosto.

— Ei, não tem por que ficar com esse olhar frio. A verdade é que fazia um tempo que eu queria fazer essa aula. O estúdio fica bem na esquina do meu prédio. E já que você mencionou que estava estressada, pensei que podia conferir a aula e que também seria bom para você se viesse.

Isso me tranquiliza — mas apenas um pouco. Ainda estou irritada por ter sido trazida aqui sob falsas alegações, então a retaliação está a caminho.

— Não tem problema, Max. Estamos aqui. Vamos ao menos aproveitar a aula.

— Tudo bem, pessoal. Escolham um parceiro — diz Raul. — Essa será a pessoa para quem você vai ficar virado enquanto pratica a *ginga*. — Ele se vira para Jaslene e abre um sorriso doce. — Eu sei que você está nervosa, então podemos fazer dupla, se quiser.

Sim, Jaslene está nervosa, mas tenho minhas suspeitas de que esse não seja o único motivo para Raul fazer a oferta.

Minha melhor amiga olha para mim para perguntar se tudo bem, e eu concordo.

Vendo que todos estão arrumando seus pares, ergo o queixo na direção de Max.

— E aí, o que acha? Quer praticar a *ginga* comigo?

Max finge agarrar as pérolas inexistentes em seu pescoço em surpresa.

— Você não acha que isso é um pouco ousado demais? Quer dizer, nós mal nos conhecemos. Não devíamos ir a um encontro antes ou algo assim? — Solto um silvo para ele, que se endireita. — Ok, ok. Vamos lá.

Seguimos as instruções de Raul, que nos explica os movimentos a serem feitos com os pés, uma série de passos simples que incorporam o balanço familiar pelo qual a *capoeira* é tão conhecida. Max e eu ficamos frente a frente, nossos corpos oscilando enquanto damos passos para trás, nos movendo de um lado para o outro e mexendo os braços para protegermos nossos rostos.

— Fiquem à vontade para adicionar seus próprios movimentos à medida que forem se sentindo mais confortáveis com a *ginga* — diz Raul para a classe. — Podem mexer um pouco os quadris. Brincar com o balanço das pernas. Depois, podem até tentar a *meia-lua de frente*, que é basicamente um chute frontal com transição para a *ginga*, e um segundo chute frontal com a outra perna caindo de novo na *ginga*. — Raul demonstra o chute repetidas vezes. — Basta repetir os passos e se familiarizar com os movimentos.

A *percussão* diminui a cadência da música e, enquanto repito os passos de acordo com o ritmo do *berimbau*, a *ginga* começa a assumir uma qualidade surpreendentemente tranquilizadora. Mas, enquanto espero que uma sensação de paz completa tome conta de mim, minha mente começa a reprisar como cheguei até aqui. Max sequer frequenta essas aulas. *Que babaca.*

— Isso é legal, não é? — pergunta ele enquanto se movimenta na minha frente. Ele se manteve na *ginga*, escolhendo não incorporar os chutes que Raul nos encorajou a praticar. — Acho que estou aprendendo como faz.

— Você acha? — pergunto. — Bom, deixa eu tentar fazer uma *meia-lua de frente* em você, então. Não deve ser tão difícil assim, né?

Max sorri.

— Vai em frente.

Continuamos a fazer o movimento da *ginga* várias vezes, e então entro em ação, mexendo minha perna para trás e depois para frente, em um arco, bem à frente do rosto de Max — da forma como meu irmão, Rey, me ensinou.

Max, que não havia se preparado para o chute, pula para trás e cai de bunda no chão. Resmungando a respeito de pessoas vingativas, ele se esforça para ficar de pé enquanto Raul caminha na nossa direção.

— Isso foi excelente — diz Raul para mim. — Você já fez isso antes?

Eu confirmo.

— Só em casa. Meu irmão fez uma aula alguns anos atrás e me usou para praticar os movimentos.

Max esfrega a bunda enquanto estica todo o corpo.

— Que engraçado você nunca ter mencionado isso.

Abro um sorrisinho convencido.

— Meu irmão não é instrutor, fazíamos só por diversão. Não era uma aula. Então, sim, ainda sou principiante. Quer tentar de novo?

Max me ignora.

— Raul?

— Sim, amigo? — diz Raul.

— Posso trocar de parceira, por favor? — pede Max.

— Vem — responde Raul com um sorriso. — Lina e Jaslene podem formar uma dupla e eu e você trabalhamos juntos.

Eu rio de Max e aceno me despedindo enquanto ele anda — foge — pela sala com Raul. Max estava certo: *capoeira é* uma boa forma de aliviar o estresse. Já me sinto muito melhor.

Capítulo Nove

MAX

Atrasado para a reunião semanal da empresa, entro na sala de conferências e me sento na primeira cadeira disponível. Quando minha bunda encosta na cadeira, me lembro que minha nádega direita ainda está dolorida da surra que Lina me deu na noite anterior.

Segundos depois, minha mãe marcha para dentro da sala de reuniões como se fosse um general do exército fazendo uma rara aparição entre seus recrutas.

Ela se acomoda na ponta da mesa e se recosta para ler um papel que o assistente segura em suas mãos. Então, o olhar dela pula para cada pessoa na sala, até que tenha feito contato visual com todos.

— Muito bem, pessoal. Primeiro vamos falar sobre os projetos em andamento — diz ela, e ergue uma mão na direção de Andrew. — Como andam as coisas com o Grupo Cartwright?

Esse é um dos raros momentos em que não me incomodo por ela sempre perguntar as coisas primeiro para Andrew e depois para mim. Não estaríamos metidos nessa confusão se não fosse por ele.

Meu querido irmão afrouxa a gravata enquanto tenta ganhar tempo.

— Com o Cartwright? — pigarreia. — Humm, bem, vejamos, as coisas andam muito bem. Você não acha, Max?

Respondo com um olhar furioso. Ele é o imperador do Reino dos Babacas. Um mestre em arrastar outras pessoas para suas trapalhadas. Lina é a ex-noiva *dele*, não minha, e, ainda assim, ele quer que *eu* lide com a nada invejável tarefa de esconder de nossa mãe o envolvimento dela no projeto. Mas, como sempre, cá estou para limpar a barra dele.

— Estamos cobrindo territórios novos com a tarefa que nos foi passada — começo. — Basicamente, a cliente desenvolveu uma entrevista a longo prazo para duas pessoas que visam ocupar o cargo de coordenador de casamentos. Estou trabalhando com uma delas e Andrew está com a outra. Cada dupla deverá fazer uma apresentação daqui a cinco semanas.

— Interessante — diz minha mãe. — Excelente forma de mostrar os diferentes modos com que vocês abordam a mesma missão.

Sim, é isso mesmo. Fico contente que ela também perceba isso.

O olhar dela oscila entre mim e Andrew.

— Mas vocês devem se lembrar que o objetivo é fazer com que vocês se aproximem da cliente também. Queremos cuidar de *todo* o marketing do Cartwright, se possível.

— Estamos cuidando disso — diz Andrew, pateticamente.

Os demais funcionários apresentam seus respectivos projetos, e a reunião termina por volta das onze horas. Estou checando meu e-mail pelo celular enquanto as outras pessoas começam a sair da sala. Quando olho para cima, Andrew ainda está sentado lá, me observando, pensativo.

— O que foi? — pergunto.

Ele alisa a gravata enquanto fala.

— Conversei com o outro candidato hoje de manhã. O nome dele é Henry. Parece ser um cara legal. Vamos nos encontrar amanhã para discutir nossos planos. Como andam as coisas com vocês?

Nada bem, mas não vou compartilhar essa preciosa informação com Andrew.

— Lina e eu tivemos um almoço de negócios ontem.

Analiso se devo contar sobre a aula de *capoeira* e decido que não está relacionado ao trabalho, o que, por si só, já é uma informação reveladora. Aquela saída não teve nenhum propósito além de servir de desculpa para passar mais tempo com uma mulher irritadiça, impiedosa e enlouquecedora ao extremo. Nada disso é da conta de Andrew.

— Falamos sobre nosso esquema de trabalho e espero poder finalizar os detalhes esta semana.

Isso se ela atender minhas ligações. É provável que já tenha bloqueado meu número.

Andrew pressiona os lábios e concorda, parecendo devidamente impressionado pelo fato de Lina e eu termos nos conectado.

— Como ela está? Está saindo com alguém?

Ah, pronto, era só o que me faltava. Não vou ser o espião dele, ou, ainda pior, o cupido que fará com que eles voltem.

— Andrew, se você quer saber a respeito da Lina, sugiro que vá se informar direto na fonte. Me recuso a ficar no meio disso.

Ele balança a mão para mim.

— É, tudo bem. Eu entendo. Não tem problema. Achei que fosse me sentir diferente quando a visse de novo, mas não, tenho certeza de que foi melhor não nos casarmos. Mas ela é uma ótima pessoa. Desejo o melhor para ela.

— Tanto que está tentando ajudar alguém a pegar o trabalho que ela tanto quer.

Ele dá de ombros.

— É uma pena que fazer meu trabalho signifique Lina perder o dela, mas ela é profissional. Vai lidar com isso com muita classe.

Jesus. A última vez que Andrew disse algo do tipo foi quando me pediu para ser o portador da má notícia sobre a sua ausência no próprio casamento.

— Mas você se esqueceu de uma coisa — digo.

— E do que seria? — responde ele, bocejando.

Enquanto espera pela minha resposta, se inclina alguns centímetros para a frente, um indicativo de que está apenas fingindo não se importar com o que essa *coisa* poderia ser.

Eu me levanto da cadeira e puxo meu celular da mesa.

— Lina e eu agora somos o time a ser derrotado. E tenho a sensação de que seremos imbatíveis juntos.

Provavelmente.

Está bem, *talvez*.

Merda. Quem eu quero enganar?

Estou sentado rascunhando um modelo de newsletter para um cliente quando o celular vibra no bolso de trás da calça. Pego o aparelho despreocupadamente enquanto leio o último parágrafo do que escrevi até agora. Quando olho para a tela, vejo que tenho uma mensagem nova de Lina e que, ao que tudo indica, minhas preces foram atendidas.

> **Lina:** Oi Max. Façamos uma trégua, ok? Não tem por que guardar rancor. Vou encontrar um cliente essa tarde para provar alguns bolos. Pensei que essa seria uma boa oportunidade para você me ver em ação. O que acha?

Puta merda, isso é tudo que eu poderia pedir em uma única mensagem: perdão e bolo. Doces são meu ponto fraco, e não tenho vergonha nenhuma em admitir que me sujeitaria a torturas inimagináveis — como nunca mais assistir à Netflix — se isso significasse que eu poderia comer o meu sabor favorito de bolo todo dia: o incomparável bolo mármore com cobertura de creme de manteiga. Nunca fui a uma prova de bolos, mas imagino que poderei, é claro, provar diferentes bolos, e isso, para ser sincero, soa como a melhor tarde da minha vida.

> **Eu:** Bolos são uma ótima forma de recomeçar, então aceito. Onde e quando?

Ela me envia o endereço da confeitaria e concordamos em nos encontrar alguns minutos antes do horário marcado com o cliente, para que ela possa me contar um pouco a respeito dele. Lina avisou de antemão que eu gostaria de comparecer e o cliente aceitou sem problemas.

Uma hora e meia depois, entro a passos largos no Sugar Shoppe em Georgetown. Durante algum tempo, aproveito para apenas assimilar os doces que parecem cobrir todas as superfícies disponíveis na confeitaria: tortas, bolos, bombas e chocolates. Passo mais alguns segundos cogitando ficar de joelhos e rezar nesse altar de perfeição açucarada. O espaço é alegre, com paredes brancas e reluzentes e diversos conjuntos de mesas estilo bistrô em tons pastéis. E os aromas. Meu Deus, os aromas. É como se eu tivesse esfregado uma colônia com essência de bolo nos pulsos. Como eu não sabia da existência desse lugar? Ele entrega? Consigo arrumar um trabalho aqui?

Alguém me cutuca no ombro, fazendo com que as visões de ameixas açucaradas em minha mente se esvaiam. A pessoa interrompendo meus devaneios é Lina, a testa franzida enquanto me observa de modo suspeito.

— Tudo bem por aqui?

— Tudo bem — respondo, e faço um arco com a mão indicando onde estamos. — Estou só apreciando a vista.

Ela sorri.

— *É* uma vista e tanto, não é? — Inclinando-se para estudar a área atrás de mim, ela continua. — Acho que tem uma mesa reservada para nós. Vou checar.

Ela caminha até o balcão para falar com a mulher na caixa registradora. Pouco tempo depois, aponta para uma das mesas no canto.

— Aquela é a nossa.

Nos sentamos frente a frente. A mesa é tão pequena que, talvez, fosse melhor sentarmos no colo um do outro.

— Aconchegante — diz ela.

Eu bufo.

— Seu conceito de aconchego é o meu de estranheza.

Ela sorri, irônica.

— Ah que bom, não fui só eu que achei.

O cabelo dela está preso em um rabo de cavalo, e meu olhar é atraído pelas linhas de seu rosto. Nunca havia notado, até esse momento, quão expressivo pode ser o rosto dela quando não está desconfiada. Quando entrou, a confusão estava estampada nas linhas de suas sobrancelhas. E, mesmo agora, ainda é possível perceber o humor em seus olhos.

A mulher no balcão vem até nós com uma jarra de água e três copos.

— Estamos esperando pelo sr. Sands, certo?

— Isso — diz Lina. — Você se importa se tirarmos essa cadeira do caminho? O cliente usa cadeira de rodas.

— Claro, vou guardar a cadeira nos fundos.

Pressuponho que deva ignorar todos os estereótipos que havia criado dos clientes de Lina. Estava esperando uma noiva, mas agora percebo quão antiquada foi a minha linha de pensamento.

— Então, me conte a respeito do sr. Sands.

— O sr. Sands, que se chama Dillon, é o noivo, e estamos aqui para escolher o bolo de noivo dele. A noiva se recusou a comparecer porque Dillon é a pessoa mais indecisa do mundo, o que significa que esse com certeza será um teste de paciência. Dillon também é a pessoa mais lúcida que já conheci, então está sempre pronto para reconhecer seus próprios defeitos.

Eu me recosto na cadeira.

— Esse é um resumo muito útil. Isso é algo que você costuma fazer com os clientes?

— Provar bolos? Com certeza. Estou aqui para lembrar que os convidados podem não gostar de uma mistureba com recheio de geleia, pedaços de amendoim e cobertura de limão. Você nunca iria acreditar nas escolhas que as pessoas fariam se eu não ressaltasse que frutos silvestres dependem da estação e que um grande número de pessoas tem alergias.

— Por que um noivo precisa do próprio bolo, aliás?

Ela balança a cabeça.

— Porque, em algum momento da história, algum noivo se sentiu deixado de lado pelas tradições de casamento focadas na noiva e decidiu que, até no contexto do casamento, era dever dele criar uma nova tradição que servisse somente a ele.

Ergo uma sobrancelha perante a explicação sucinta.

— Me diz o que você realmente acha disso, pode ser?

Lina contrai os lábios para impedir que um sorriso escape.

— Não posso. Deixei meu PowerPoint explicando a injustiça da influência patriarcal nas tradições do casamento no computador do escritório.

Ela está me provocando — e gosto disso. Talvez goste mais do que deveria. Tenho a sensação de que há toda uma outra Lina a ser descoberta, e fico intrigado ao ver os lampejos de personalidade espiando pelo exterior eficiente dela.

— Ah, tem mais uma coisa que seria melhor você saber — diz.

Foco, Hartley, foco.

— O quê?

— Dillon não vai conseguir decidir qual o sabor do bolo que quer sem uma segunda opinião, mas não posso ajudar. Intolerância à lactose é realmente um inferno. Mas talvez você possa se oferecer para provar os bolos com ele, se não tiver problema?

Faço uma grande cena, estalando os dedos.

— Você escolheu a pessoa ideal para essa tarefa. Poderia comer bolo o dia todo, todos os dias.

Os olhos dela se estreitam.

— Esperava que você fosse mesmo dizer algo do tipo.

Antes que possa analisar melhor a mensagem contida naqueles olhos expressivos, Dillon Sands chega, relembrando-me de que, em alguns minutos, me entupirei de bolo como parte de uma tarefa de trabalho. Tem coisa melhor do que isso?

Capítulo Dez

LINA

—Não sei não, Max. O bolo mármore não é meu favorito — diz Dillon. — O que você acha?

Max joga a cabeça para trás como se meu cliente o tivesse estapeado.

— Como você não gosta de bolo mármore? É a perfeição em um prato.

Para enfatizar essa opinião, ele corta um pedaço do bolo com o garfo e o leva à boca como se o garfo estivesse em uma montanha-russa.

Ele está se divertindo bastante com isso — e não era esse o objetivo.

Esses dois provaram oito tipos diferentes de combinação de bolos e coberturas e não demonstram nenhum sinal de estarem cheios. *Nota mental: homens são porcos.*

— Ei, Dillon, adivinha o que vou fazer? — pergunta Max.

Seus olhos estão caídos como se ele estivesse bêbado após tantos bolos. Dillon não está muito melhor do que isso. O braço esquerdo dele está apoiado com desleixo na parte de trás da cadeira de rodas enquanto se abana.

— O que você vai fazer, cara?

Max devora mais um garfo cheio de bolo mármore.

— Mesmo tendo vindo ao encontro, vou te dar um bolo.

Dillon o encara até começar uma risada silenciosa, provavelmente porque deve haver cobertura de bolo presa em suas cordas vocais.

Não vejo graça alguma. Isso é algum ritual entre homens? Ou o consumo excessivo de bolo afeta os neurônios de forma negativa?

— Vou no banheiro — digo, me levantando rápido da cadeira. — Com licença.

Após sair da cabine do banheiro e lavar as mãos, olho rapidamente no espelho acima da pia e reaplico o batom enquanto reflito sobre o que saiu errado. Tinha planejado dois resultados diferentes: atrás da porta número um, há a versão em que Max se recusaria a provar os bolos e, assim, teria que assistir, cheio de tédio, enquanto Dillon provava mais de doze combinações diferentes de massas e coberturas. Eu estava presente quando Dillon escolheu o estilo das flores de lapela dos padrinhos, o que levou três horas; era essa a experiência que queria que Max tivesse. Queria muito. Atrás da porta número dois, temos a opção em que Max comeria o equivalente ao seu peso em bolo e se arrependeria para sempre do dia em que entrou pelas portas da Sugar Shoppe. Mas ele está enfiando bolo goela abaixo com alegria, nem um pouco perturbado pela quantidade de açúcar e gordura que está consumindo.

Ou seja, Max está me privando de qualquer um dos resultados que desejava, e quero ressaltar a injustiça da situação. Talvez eu não seja feita para planejar esses jogos distorcidos. Tudo bem, então. Vou encontrar outra forma de executar minha vingança mesquinha contra Max Hartley.

Quando retorno a mesa, Dillon está largado na cadeira de rodas, e a testa de Max está apoiada na mesa. A toalha de mesa está repleta de carcaças de bolo.

— Vocês estão bem? — pergunto. — O que eu perdi?

Max geme.

— Ele comprou alguns bolos e me desafiou para um concurso de quem come mais.

Encaro as pilhas bagunçadas de comida à minha frente.

— Pelo visto, os dois perderam.

Dillon abre um olho.

— Pelo contrário, eu ganhei. Só para constar: sou detentor do recorde da minha faculdade de mais cachorros-quentes comidos em menos de três minutos.

Com a cabeça ainda apoiada na mesa, Max se queixa.

— Essa informação teria sido útil três minutos atrás.

Eu me cumprimento mentalmente. *Não* era assim que esperava que o sofrimento de Max acontecesse, mas aceito. Abatido pelo próprio espírito competitivo. Isso vai ensinar uma lição para ele.

— Você ao menos escolheu qual combinação de sabor de bolo e cobertura vai querer? — pergunto para Dillon.

Com a cabeça jogada para trás, meu cliente tenta concordar.

— Eu quero a torta de chocolate com cappuccino. E o bolo de libra para os convidados que não comem chocolate.

— Essa é uma ótima escolha — digo a ele. — Tricia vai ficar muito feliz.

— Bom, se isso é tudo que você precisa de mim... — diz Dillon enquanto acaricia a barriga. — Vou voltar para o escritório.

Max ergue a cabeça por tempo o suficiente para apertar a mão de Dillon.

— Um prazer conhecer você, cara. Espero que seu casamento seja tudo que você e Tricia sonharam.

Dillon sorri.

— Obrigado. Com Lina no comando, não tenho dúvidas de que será maravilhoso.

Quando meu cliente vai embora, fico livre para cutucar Max. Cantarolando em contentamento, me sento perto dele e me inclino para falar em sua orelha.

— Como estamos, campeão?

A cabeça de Max tomba e ele apoia uma das bochechas na mesa, o rosto no meu campo de visão.

— Me sinto quente. Cheio. Inchado. — Ele batalha para fazer as palavras saírem, com uma voz rouca. — Acho que nunca mais vou comer bolo em toda a minha vida.

— Nem mesmo bolo mármore com cobertura de creme de manteiga? — pergunto, incapaz de esconder minha diversão.

Ele fecha os olhos bem apertado e finge chorar.

— Nem mesmo esse bolo.

Ele é uma graça. É de fato uma graça. *Não. Calma aí.* Estou tentando torturá-lo. Esse não deveria ser um momento fofo. Mas é, droga. Como poderia não ser? Max parece um esquilo bêbado. Um esquilo bêbado e muito lindo, mas ainda assim.

— Quer que eu peça um Uber ou algo do tipo? — pergunto. — Ou ligue para a ambulância?

Ele ergue o corpo lentamente e passa uma mão pelo cabelo escuro, franzindo o nariz enquanto tenta se recuperar.

— Não, vou sobreviver. Já sobrevivi à pimenta-malagueta, lembra? — Então, ele se vira de frente para mim e limpa a boca. — Dá para perceber que acabei de comer dois quilos de bolo?

— Sim, na verdade, dá sim. E tem bolo nas suas sobrancelhas e bochechas.

— Que merda. Estou um desastre — diz ele, mexendo as sobrancelhas para tentar tirar as migalhas presas ali.

— Peraí, deixa eu tirar — digo, usando o dedinho para limpar as sobrancelhas dele.

Quando ele ergue o queixo para me deixar acessar melhor a área, não posso deixar de notar os pontinhos dourados em seus olhos castanhos. E é nesse momento que percebo que Max está perto demais, e minhas mãos estão nele, e não é assim que deveríamos interagir. Mas não paro. Porque tudo que quero fazer é passar meus dedos pelas sobrancelhas dele, pelas laterais do rosto, por cima dos lábios, e isso é o mais próximo que poderei chegar de fazer tudo isso sem parecer uma maluca.

Ele lambe uma migalha posicionada no canto da boca, e meu olhar se encontra com o dele. Não é difícil de entender o significado de seu olhar intenso.

Vai em frente, seus olhos dizem.

Eu quero. Eu poderia. Apenas alguns centímetros de distância separam nossas bocas.

Mas espera. O que diabos está acontecendo? Por que estou sequer considerando isso? Eu me afasto na mesma hora, o barulho da cadeira ecoando pela confeitaria como um lembrete de que quase cruzei uma linha invisível.

— Tudo bem? — pergunta ele, a voz tensa.

— Claro — respondo.

Então limpo as mãos e, quando me dou por satisfeita, continuo a evitar o olhar investigativo de Max, fingindo procurar algo na minha bolsa.

— Lembrei que tenho outro compromisso. Se quiser chegar a tempo, preciso ir embora agora.

Ele balança a cabeça.

— Claro. Eu, hum, também preciso ir embora.

Usando minha visão periférica, observo-o enquanto ele passa as mãos pelas coxas e dá um tapa forte nelas antes de se levantar devagar da cadeira.

— Você deve estar cerca de cinco quilos mais pesado do que quando chegou aqui — brinco, na esperança de quebrar a tensão crescente entre nós.

Para ser sincera, quero que ela volte para seja lá o lugar de onde veio. Não é bem-vinda aqui.

— Não duvido — diz ele, os olhos cintilando com bom humor.

— Ah, antes que eu me esqueça — digo, estalando os dedos. — Não posso ir embora sem levar umas trufas de chocolate ao leite deles. Elas me fazem lembrar dos *brigadeiros* que minha mãe e tias vendem na loja delas.

Ele caminha comigo até o balcão, os passos menos empolgados do que quando chegou.

— Elas têm uma loja?

— Sim, em grande parte vendem produtos brasileiros, mas é uma miscelânea de itens. Eu costumava zombar disso o tempo todo. De brincadeira, renomeei a loja para Comida, Chinelos e Chão. Elas não gostavam muito. — Para a mulher no balcão, digo: — Quatro trufas de chocolate ao leite, por favor.

Faço o pagamento e ela me entrega as trufas em um saquinho branco. Pego com ansiedade uma delas e dou uma mordida. Reviro os olhos enquanto mastigo, sem me preocupar em terminar de comer antes de falar.

— Isso é tão bom.

Max me analisa enquanto como, esfregando o queixo, pensativo.

— Ei, espera aí. Achei que você tivesse dito que era intolerante a lactose.

Termino de comer a trufa e lambo os lábios.

— Eu nunca disse que tinha intolerância à lactose.

— Disse sim — afirma, os olhos se arregalando enquanto me encara incrédulo. — Foi por isso que você pediu que eu provasse os bolos com Dillon. E é por isso que estou me sentindo como se alguém estivesse amassando meu estômago com um rolo de cozinha enquanto conversamos.

Balanço a cabeça.

— Não, eu só disse que não poderia ajudar a escolher o bolo. E mencionei que intolerância à lactose é uma coisa horrível. E foi isso — digo, dando de ombros. — Para as pessoas que sofrem com esse problema, suponho. Além disso, você me viu comer uma tonelada de chocolate de sobremesa quando nos encontramos para almoçar. Não é minha culpa se você tira conclusões precipitadas.

Com a cabeça inclinada, ele lambe a parte da frente dos dentes e mexe a cabeça como se estivesse me vendo sob um novo prisma.

— Não sei qual é o seu jogo, srta. Santos, mas não vamos deixar de lado o que realmente importa. Se acertamos nessa apresentação, trabalhando *juntos* em vez de um contra o outro, há um emprego dos sonhos, e essas são suas palavras e não minhas, à sua espera. Seria bom se você se lembrasse desse fato se ainda estiver tentada a continuar pregando peças em mim.

Max não disse nada que eu já não soubesse, mas preciso admitir que há muito tempo não me divertia tanto fazendo meu trabalho. Além disso, preparar a apresentação *e* perturbar Max não precisam ser coisas excludentes. Agora consigo entender o que Natália quis dizer. E, seja como for, o que ele poderia fazer? Me dedurar? Para quem? Abrindo o sorriso mais amplo que consigo, fecho meu saquinho de trufas e pisco para ele.

— Obrigada pelo lembrete, Max. Mas não se preocupe. Tenho total controle sobre a situação.

Enquanto seguimos em direção à porta, ele diz:

— Algumas pessoas engolem quantidades surreais de bolo. Outras, as próprias palavras.

Viro a cabeça e o encaro sem um pingo de humor nos olhos.

— Isso é algum tipo de ameaça, Max?

Ele apoia uma das mãos no peito e desdenha.

— Eu jamais faria uma coisa dessas.

O tom de arrogância injetado em sua voz é um belo toque, devo admitir. Mas ele está errado. De forma alguma vou engolir minhas palavras. *Vou* manter o controle sobre essa situação. *Nunca mais* deixarei um dos irmãos Karamafodski tirar proveito de mim.

Capítulo Onze

MAX

— Olha a cabeça, cara!

Tarde demais. A bola de basquete atinge a parte de trás da minha cabeça com um *pou* que faz todos na quadra se virarem na minha direção e estremecerem em solidariedade.

— Putamerda — digo e me inclino para a frente, alisando o local que já sei que vai ficar dolorido durante o restante da semana.

Meu melhor amigo, Dean, vem correndo até mim.

— Caramba, cara, tá tudo bem?

Endireito o corpo e sacudo braços e pernas.

— De boa.

Dean tomba a cabeça para o lado enquanto me analisa, um olhar de suspeita dominando seu rosto suado.

— O que tá rolando com você hoje? Parece que você tá viajando o dia inteiro. Se não ficar ligado no jogo, os caras vão acabar com você, e você não tá ligado. Tá *totalmente* desligado.

Ele está certo. Meu cérebro está tão fragmentado que sou um completo inútil na quadra.

— Acho que já deu para mim.

Dean caminha até os caras que começavam a nos rodear e avisa que vamos parar de jogar. Antes mesmo de sairmos da quadra, os times já foram rearranjados para ficarem quatro contra quatro. Estamos no Centro Comunitário Columbia Heights, lugar que frequentamos quando estamos a fim de uma partidinha rápida. Não sou o melhor jogador do mundo, mas com certeza nunca joguei tão mal quanto hoje.

Após uma rápida passagem pelo vestiário, encontro Dean do lado de fora e estreitamos os olhos um para o outro antes de colocarmos os óculos escuros. Nossas aparências nos tornam uma dupla interessante. O cabelo louro escuro dele está sempre arrumado, enquanto os meus fios escuros coexistem em um caos organizado. Tento manter uma barba por fazer sempre que possível; Dean carrega um kit de barbear tamanho viagem em sua maleta. Ele também é alto para caramba, ao menos oito centímetros mais alto que eu, atributo que costumamos aproveitar na quadra de basquete — quer dizer, quando não estou jogando feito um imbecil.

— Quer ir fazer nada lá em casa? — pergunta ele, e se aproxima, farejando o ar. — Pode usar o chuveiro. Você com certeza precisa.

Empurro ele para longe.

— Não, preciso ir. Amanhã vai ser um dia pesado no trabalho.

Dean mora por perto, em um apartamento reformado que comprou com o salário ridiculamente alto como sócio de um escritório de advocacia. A casa dele tem mais parafernálias do que a minha — e uma televisão tão tecnológica que tenho medo que acabe matando meu melhor amigo enquanto ele dorme. Esses excessos deveriam me indignar, mas Dean merece ter alguma diversão. Trabalha quase sessenta horas por semana, dividindo o tempo entre o trabalho remunerado e o voluntário, em um belo acordo que fez com a empresa.

— Essa é a desculpa mais fajuta que já existiu — diz ele. — Arrasta essa bunda preguiçosa até minha casa. Você sabe que quer falar de seja lá o que for que está fritando seu cérebro.

Não posso discordar. Meu cérebro *está* fritando, e Dean talvez seja a única pessoa no mundo com quem eu me sentiria confortável para falar sobre o motivo da minha confusão. Nos conhecemos na faculdade, passamos muitos anos afastados — eu estava em Nova York e ele na Filadélfia, para a especialização em Direito —, mas, quando voltamos a viver na mesma área, retomamos a amizade do ponto em que havíamos parado. Ele é aquele tipo de amigo para quem você sempre acaba voltando, aquele que sabe todos seus segredos e que não se importa com seus defeitos, que conhece as suas fotos de "antes" porque estava nelas com você.

— Tudo bem, vou de bike. Te vejo em dez minutos.

Quinze minutos depois — estou mais fora de forma do que imaginei —, Dean aperta o botão para me deixar entrar no prédio. Prendo a bicicleta no depósito depois dos elevadores e subo os três andares de escada até o andar dele.

A porta já está aberta quando chego no hall de entrada, então entro. Dean está na frente da geladeira engolindo um galão de água. Ele limpa o queixo.

— Achei que você não ia chegar nunca.

Ignoro a provocação e aponto o banheiro de visitas com o dedão.

— Vou tomar banho. Volto em dez minutos.

Enquanto deixo a água quente fazer mágica em meus músculos doloridos, reflito sobre o quanto deveria compartilhar com Dean. Talvez não seja nada demais. Talvez esteja inventando coisas. Talvez eu seja um babaca que inconscientemente procura formas diferentes de competir com o irmão. Meu Deus, é uma situação de merda independentemente do ponto de vista.

Quando termino o banho, visto a roupa extra que sempre levo na bolsa de academia, jogo a toalha amarrotada no cesto e me junto a Dean no sofá de couro cinza da sala de estar.

Ele usa o controle remoto para desligar a televisão.

— Coloquei alguns pedaços de pizza que sobraram para esquentar no forno. Enquanto isso, me conta o que tá rolando.

Passo os minutos que se seguem contando para ele a respeito do projeto com o Grupo Cartwright. Ele não esboça grandes reações, mas fica de queixo caído quando menciono que um dos organizadores de casamento com quem vamos trabalhar é Lina.

— Cara, que loucura — diz ele. — Eu estou entendendo por que você está tão aéreo. Você está tentando assumir mais responsabilidades na agência, se desvincular do otário do seu irmão e agora será obrigado a trabalhar com a ex-noiva dele e mentir a respeito disso.

Sou esperto o bastante para saber que meus problemas não se resumem a isso. Minhas preocupações surgem desses fatores *mais* o esforço que fiz para fazer Lina ir à aula de *capoeira* a qual eu nunca tinha ido, *mais* o momento na confeitaria que não consigo esquecer — quando ela limpou as migalhas de bolo no meu rosto e pulou para trás como se minha pele a tivesse queimado.

— Piora.

Dean olha fixamente para o teto e suspira.

— Vou precisar de uma cerveja antes de ouvir o resto. Aceita uma?

— Com certeza.

Enquanto ele remexe a geladeira, me inclino para a frente, apoiando os cotovelos nos joelhos, e uno as pontas dos dedos, tentando reunir a coragem para falar o que preciso em voz alta. *Fala o que você está pensando. Ele não vai te julgar. Nunca julgou. E vai te mandar a real. Sem firulas.*

Dean volta com duas garrafas de cerveja abertas e me entrega uma.

— Bom, você estava dizendo...

Não tem por que enrolar para falar. De um jeito ou de outro, Dean vai conseguir me fazer contar tudo.

— Lina e eu nos encontramos hoje à tarde para ajudar um dos clientes dela a provar bolos. Resumindo, ela foi limpar um pouco de bolo no meu rosto e na hora eu senti... alguma coisa. Não sei que merda foi aquela, mas parecia que ela estava se inclinando na minha direção, só que de repente ela pulou para trás, como se ficar perto de mim fosse perturbador... me fez achar que ela também sentiu algo. E não foi a primeira vez que isso aconteceu. Desde que nos reencontramos no Cartwright, tenho notado coisas que não deveria. — Dou um longo gole na cerveja. — Me manda esquecer isso tudo e seguir em frente.

Ele dá um tapa no meu ombro.

— Esquece isso tudo e segue em frente.

Recosto no sofá e olho para ele.

— Simples assim?

Ele me encara com uma expressão sombria.

— Simples assim. Quer que faça uma lista com uma dúzia dos milhões de motivos por que você tem que fazer isso?

— Acho que preciso ouvir esses motivos, sim.

Dean se levanta e começa a caminhar rápido pela sala de estar.

— Um, além de ser a ex-namorada de Andrew, ela ia se casar com ele. Isso não é motivo o suficiente? Dois, sua mãe te mataria. Se ela soubesse que Lina está de volta na jogada, mandaria *Andrew* tentar voltar com ela *na hora*. Três, sua relação com seu irmão, que já não é boa, ficaria arruinada. Sei que isso pode não parecer grande coisa, mas com certeza causaria grandes momentos de desconforto na família Hartley. Quatro, você está tentando fugir da sombra do seu irmão. Perseguir a ex-namorada dele é o exato oposto disso. Será que o nome Emily te faz lembrar que merda pode sair disso? Cinco, por mais que você e seu irmão estejam sempre competindo, você acha que conseguiria se convencer de que não foi atrás dela só por uma ideia distorcida de ver se conseguiria ganhar? E a Lina? Será que ela pensaria a mesma coisa? E, por fim, talvez seja tudo coisa da sua cabeça e ela tenha entrado em pânico porque essa situação é bizarra demais. Falo isso como seu melhor e mais inteligente amigo. Há centenas de mulheres nessa cidade que ficariam muito felizes em casar com você, namorar você ou transar com você uma vez que seja. Vá atrás delas e fique longe dessa mulher em especial. Estou te implorando.

Concordo com cada um dos itens que ele mencionou. Que merda, Dean só está repetindo de tudo aquilo que pensei no caminho até aqui. Mas preferiria uma lista mais completa. Plastificada e que coubesse no bolso. Um guia útil que eu possa consultar sempre que for tonto o suficiente em deixar que Lina ocupe muito espaço na minha cabeça.

— O que mais?

As sobrancelhas de Dean se erguem com violência.

— Como é?

— Você disse que ia me dar uma dúzia de motivos.

Ele assobia.

— Puta merda, se você precisa de mais motivos do que esses que acabei de citar, San Antonio, temos um problema.

Agora sou eu quem franzo a testa.

— Você quis dizer Houston, temos um problema.

— Não, minha última namorada era dessa cidade. Me recuso a falar esse nome.

Deixo escapar uma risada.

— Bem quando decido que você é a pessoa mais inteligente que conheço, vem uma porcaria dessas.

Dean dá de ombros e toma outro gole da cerveja.

— Enfim, não pense que não percebi que você não concordou com os excelentes argumentos que apresentei para que deixe de lado o que quer que *ache* que sentiu enquanto estava se recuperando do porre de açúcar.

Ok, esse é um bom argumento. Eu não estava pensando direito mais cedo, e qualquer faísca de atração que eu tenha sentido provavelmente foi causada pelos feromônios induzidos pelo exagero de bolo. Preciso esquecer isso e focar na tarefa que tenho em mãos: ajudar Lina a fazer a apresentação dela e levar a melhor com Rebecca.

— Você está cem por cento certo em tudo o que disse. Vou deletar o que rolou do meu sistema.

Dean faz um brinde comigo.

— Excelente. Agora me diz como posso ajudar. Você quer que eu te apresente umas garotas?

Balanço a cabeça com vigor.

— Não precisa. Não tenho problema em arranjar encontros.

— Ter cem primeiros encontros não é o mesmo que namorar, Max. É se esconder.

— Não estou me escondendo. Só não vou me prender a uma pessoa. É o tipo de coisa que a gente não pode forçar, sabe?

Dean suspira.

— Emily fez você achar que não é um bom partido. Você acha que as mulheres sempre vão escolher namorar outro cara em vez de você, não é?

Rio da tentativa ridícula de Dean de me psicanalisar. Devo admitir que o motivo pelo qual Emily terminou comigo mexeu com a minha cabeça durante algum tempo, mas já superei. Claro, ela achou que Andrew era uma escolha melhor, mas, para ser honesto, se preferiu meu irmão em vez de mim, então isso era problema dela, não meu.

— Cara, não é nada tão profundo assim. Só não estou com pressa de ter um relacionamento sério com alguém, só isso.

— Porque, se não tiver um relacionamento sério, então você não precisa ficar se perguntando se estão apenas te enrolando até que apareça alguém melhor.

Maldito Dean. Sempre focando em toda a merda que prefiro não discutir. Inclino o corpo para a frente e apoio os antebraços nas coxas, apertando minhas mãos.

— É por isso que seria melhor me afastar da Lina, certo? Se tem alguém que vai fazer eu me perguntar se sou apenas um substituto do meu irmão, esse alguém é ela.

— Na verdade, eu daria mais crédito para Lina. Isso é sobre você, Max, não sobre ela — diz ele, me observando com uma expressão indecifrável, até que o forno apita e me salva.

— A pizza — digo.

Ambos pulamos do sofá e nos encaminhamos para a cozinha. Dean está colocando uma luva de cozinha quando meu celular vibra no bolso. Pego e desbloqueio a tela, meu sorriso se alargando enquanto leio a mensagem de Lina:

> Ei, você. Marquei de encontrar alguns clientes para um ensaio de casamento sexta à noite. Outra boa oportunidade para você poder ver melhor o que faço. Esses dois vão postar tudo nas redes sociais. Você poderia até filmar. Topa? E nada de bolo, prometo.

Pensar que Lina está em algum lugar desse planeta pensando em mim — mesmo que seja durante os poucos segundos que levou para escrever essa mensagem — faz meu dia melhorar um pouco. E isso não deveria acontecer de jeito nenhum. Merda, estou ferrado.

— Espera aí, preciso responder à mensagem dela rapidinho.

Com uma mão enfiada na luva, Dean usa a outra para arrancar o celular de mim. Lê a mensagem de Lina e revira os olhos.

— Não responde. Já passou do horário comercial. Espera até amanhã. — Eu o ataco em uma tentativa de recuperar o celular, mas ele o segura acima da cabeça e fora do meu alcance. — Se controla, Max. Você fica ridículo assim.

Subo em um dos bancos na bancada da cozinha.

— Não estou descontrolado. Só quero ser profissional.

— Não é *pouco profissional* esperar para responder um colega de trabalho durante o horário comercial. Arruma outra desculpa.

Ele coloca o *meu* celular no bolso de trás da calça *dele*.

— E, no caso de essa pizza e a minha excelente companhia não serem o suficiente para te distrair, vou ficar com seu celular até você ir embora. Combinado?

— Combinado.

Ainda assim, estou me coçando para recuperar o celular e responder à mensagem. E é exatamente por isso que não vou fazê-lo. Não até amanhã de manhã, ao menos. Seja lá o que "isso" for, acaba agora.

Capítulo Doze

LINA

Cubro o microfone do celular e pigarreio para chamar a atenção de Jaslene.

— Acho que encontrei uma proposta promissora.

Ela murmura um "eba" e finge bater na minha mão.

Estamos ambas com o celular em mãos, pesquisando potenciais espaços para o nosso escritório, antes que as zonas empresariais da cidade encerrem as atividades para o fim de semana. O corretor com quem estou conversando, que me colocou na linha de espera para procurar os detalhes do anúncio, diz que o cliente acabou de reduzir o preço por metro quadrado, e espero ansiosa por mais informações sobre o local. Se pudesse, levava os meus pertences e os de Jaslene para o Cartwright hoje mesmo, mas não há garantia de que vou conseguir o emprego, então preciso analisar as alternativas.

O agente retorna ao telefone e murmura consigo mesmo enquanto ouço o barulho de papel sendo amassado. Por que diabo essa informação não está em um banco de dados digital?

— Vejamos, vejamos... — diz ele. — Ah, aqui está. Esse é um espaço classe B no fim da New York Avenue. Bem perto do centro de convenções. Vinte e três metros quadrados. Possibilidade de mudar a planta para acomodar dois locatários. Inclui um banheiro adjacente. Pia em funcionamento. Você já viu as fotos do local?

— Vi, sim — respondo.

A possibilidade de compartilhar o espaço e, assim, o aluguel, é essencial. Mas ele ainda não me informou o valor por metro quadrado, então estou tentando conter a empolgação.

— E qual seria o preço?

— Quarenta e dois dólares por metro quadrado para um contrato de um ano. Trinta e oito dólares se você concordar com um contrato de três anos.

Meus ombros caem e fecho meus olhos com força. É impossível pagar isso *e* o aluguel do meu apartamento. Suponho que poderia ir morar com minha mãe e tias, mas ainda assim não conseguiria pagar o arrendamento e ter algum dinheiro disponível. Conseguir mais clientes seria outro caminho, mas já estou ocupada com as coisas como estão, e como a maioria dos casamentos ocorre durante os finais de semana, são apenas cinquenta e dois casamentos por ano com os quais trabalhar.

— Ah, tem alguns detalhes que preciso passar — começa o corretor. — O sistema de incêndio e uma das portas do escritório não funcionam direito. Seria preciso fazer essas mudanças como parte do contrato de aluguel. Gostaria de ir visitar o espaço?

Bom, esse é outro problema. Não vou assinar um contrato que mal posso pagar *e* ainda concordar em fazer reformas às minhas custas.

— Obrigada pela informação. Vou pesquisar um pouco mais antes de marcar uma visita.

Após desligar, olho para Jaslene, que está massageando as bochechas.

— Ruim assim? — pergunto para ela.

Ela sinaliza que sim.

— Classe A. Cinquenta e sete dólares por metro quadrado.

Estremeço ao pensar em gastar uma quantia tão grande de dinheiro em um escritório. A cada dia que passa, a situação fica mais desesperadora. Se não conseguir convencer Rebecca que sou a pessoa ideal para ser contratada como coordenadora de casamentos em seus hotéis, estou ferrada.

— De qualquer jeito, não vamos conseguir resolver isso hoje — observa Jaslene. — E você precisa estar do outro lado da cidade em trinta minutos.

Pulo da cadeira.

— Puta merda. O tempo voa quando o mercado imobiliário comercial de D.C. está dando um chute na nossa bunda, né?

— O Uber deve chegar em cinco minutos. É no Josephine Butler Parks Center, certo?

Concordo e pego minha bolsa.

— O que eu faria sem você, Jaslene?

Ela me manda um beijo.

— Definharia e morreria, acho eu.

Vinte minutos depois, chego no centro, uma casa histórica em Columbia Heights com um terreno de tirar o fôlego, escadas elegantes que ficarão perfeitas nas fotos de casamento e acomodações internas caso o tempo resolva não cooperar. O casal, Brent Sales e Terrence Ramsey, se conheceu na faculdade de medicina. São pouco exigentes, fáceis de agradar e focados em dois objetivos: celebrar um dia tão especial e servir comida deliciosa. Clientes como Brent e Terrence tornam meu trabalho mais leve. O fato de eles serem um dos casais mais legais com quem já trabalhei também ajuda. E são maravilhosos, os dois altos e com ombros largos, gatos demais para descrever com palavras.

É um ensaio de casamento pequeno, com três de seus amigos mais próximos e a irmã mais nova de Brent. O casal, a pessoa que oficializará o casamento e todos os convidados, com exceção de um, estão no jardim quando chego.

— Vamos torcer para que o tempo esteja assim no dia do casamento — digo como forma de cumprimentar.

Brent e Terrence cruzam os dedos; a oficiante, uma amiga que obteve a licença para realizar casamentos apenas para a ocasião, ergue as mãos aos céus. Após nos cumprimentarmos, o casal e eu nos encaminhamos para o topo dos degraus da entrada, onde todos passarão ao entrarem.

— Só para constar — diz Terrence, balançando seu pager no ar —, sou o médico escalado para a prática esse final de semana, então pode ser que tenha que ir embora no meio do ensaio. Não é culpa minha.

— Ah, com certeza é culpa sua — diz Brent com um sorriso. — Você é tão bom no que faz que as pessoas precisam da sua ajuda o tempo todo.

— Não tem problema — digo a eles. — Podemos mudar nossa programação se for necessário. O fotógrafo e o responsável pela filmagem devem chegar em breve para avaliar o local. Vão querer ver onde vocês estarão posicionados durante a cerimônia para planejar o que gravar e entender qual o melhor lugar para se instalarem. Enquanto isso, vamos reunir todos aqui para ensaiar a entrada. A banda obviamente estará aqui para a cerimônia, mas tenho a música que vocês escolheram engatilhada no meu celular.

Brent e Terrence decidiram caminhar lado a lado até o altar, seguidos pelos convidados, cada um entrando sozinho. Estamos praticando há alguns minutos quando Max e a equipe de imagem e som chegam.

Max está vestindo uma calça preta e um suéter de lã cinza com gola em V por cima da camisa. Não vejo gravata alguma. Também não vejo como ignorar o quanto está lindo e, por desejar não ter percebido, agora estou *muito* consciente da presença dele.

Falo rapidamente com o fotógrafo — ah, ele também está usando roupas, acho —, que prossegue para examinar o local onde vai trabalhar, o responsável pela filmagem seguindo-o de perto.

Max fica parado ao lado, esperando que terminemos de falar. Os óculos escuros que usa não são escuros o suficiente para esconder o fato de que está olhando diretamente para mim, e me ocupo em instruir a todos os principais aspectos da caminhada — sim, o ato de andar — a fim de adiar o momento em que serei forçada a cumprimentá-lo. Não deveria ficar abalada com a presença dele, mas estou.

Brent e Terrence, muito de acordo com suas personalidades, puxam Max para o círculo de amigos e se apresentam, enquanto balanço lentamente a mão para sinalizar que notei sua presença. Não passa despercebido que Max é tão alto e tem ombros tão largos quanto Brent e Terrence. Estão parados de modo casual e rindo como se aguardassem para participar da sessão de fotos de um pôster da *GQ*; seria excelente se eu pudesse usar o Photoshop para remover Max da imagem que se forma na minha cabeça, mas não, ele está lá para ficar. Ugh.

O fotógrafo surge por trás dos arbustos, me fazendo gritar de susto e levando os demais a olhar em volta para entender de onde vinha o som. Sinto minhas orelhas queimarem e considero seriamente pular eu mesma atrás dos arbustos de onde o fotógrafo surgiu.

— Desculpa — diz ele, com a câmera em mãos. — Será que o casal feliz pode se posicionar no lugar exato em que vão dizer os votos? Quero ver onde o sol bate para poder analisar os melhores ângulos.

Agarro com entusiasmo a oportunidade de fazer algo além de encarar Max.

— Eles vão ficar parados no fim desse caminho e estarão aqui, olhando um para o outro. As cadeiras vão ficar posicionadas de modo que os convidados possam vê-los descer.

Brent e Terrence assumem seus postos — e é nessa hora que o pager de Terrence toca. Pedindo desculpas, ele o pega e sai do recinto, dizendo que precisa atender a ligação. Após um minuto, quando o sorriso de desculpas de Terrence deixa claro que a ligação não será rápida, o fotógrafo suspira e se vira para mim.

— Lina, você pode ficar no lugar dele? Vai ser rapidinho. É porque... eu ainda tenho outro compromisso depois daqui.

Não penso duas vezes a respeito. É claro que ajudarei meus clientes a conseguirem as melhores fotografias possíveis. Isso faz parte do meu trabalho.

— Claro. Me diga o que preciso fazer.

O fotógrafo aponta para minhas mãos.

— Posso?

Assinto.

Ele me posiciona para ficar frente a frente com Brent, de mãos dadas.

— Ok, acho que assim vai dar certo.

O responsável pela filmagem vem até nós.

— Vocês poderiam, talvez, falar um pouquinho para que eu possa checar o som?

— Posso dizer os meus votos — diz Brent. — Sei tudo de cor.

O responsável pela filmagem concorda, ajustando o tripé da câmera.

— Perfeito. Só preciso que vocês falem. E, Lina, solte a voz também. Preciso ouvir vocês dois.

Brent faz uma expressão séria e então me olha de forma adorável.

— Então, é isso. Chegou o grande dia. Enfim vamos nos casar. Já tinha começado a pensar que esse dia nunca chegaria, mas então conheci você. Nunca imaginei que um dia encontraria a pessoa perfeita para mim, mas foi exatamente isso que vi em você. Nunca sonhei que alguém poderia me querer de forma tão recíproca, mas você quis...

Meu cliente está falando do fundo do coração, as palavras são simples, mas têm um impacto muito maravilhoso e profundo. Não posso deixar de me lembrar dos votos que escrevi para o meu casamento — aqueles que nunca cheguei a dizer porque o noivo decidiu que eu não era o que ele procurava. Não é como se eu ainda gostasse de Andrew. Foi muito fácil esquecê-lo. E também não se trata da festa de casamento. Ou de ser casada. Esses não são itens essenciais para que uma pessoa se sinta completa. Mas eu queria ter uma companhia, ter a segurança de saber que tenho alguém que me apoia, a habilidade de confortar e ser confortada. Amizade. Férias. Talvez até filhos um dia. Alguém confiável. Estável. Uma pessoa que não precise de paixão e faíscas para construir um relacionamento duradouro. Não sei se um dia encontrarei essa pessoa — e isso me deixa absurdamente triste.

Consigo sentir as lágrimas se formando e, para meu desespero, percebo que é tarde demais para impedir que caiam. Queria tanto ser mais forte do que isso. Se as minhas emoções estúpidas não levassem o melhor de mim toda vez...

Uma mão segurando um lenço aparece em frente ao meu rosto. Olho para cima e vejo Max me encarando. Há empatia em seus olhos enquanto balança o tecido.

— Alergia? — pergunta. — Essa época do ano é terrível. Mal consigo parar de lacrimejar também.

Pego o lenço e o uso para secar os olhos.

— Sim, sempre fico péssima na primavera.

— Aham, imaginei.

Nós nos encaramos. *Ele sabe.* De alguma forma, Max soube que as emoções me dominaram e entrou em ação para me salvar. Não quero mesmo gostar desse homem, mas ele não me dá outra escolha.

Max se vira para o fotógrafo.

— Acho que ela precisa de um segundo para se recompor. Posso assumir o lugar dela? Só preciso segurar as mãos de Brent e fingir que estou apaixonado, certo? Posso fazer isso. Tranquilo.

Fico perplexa com a proposta. Ele está aqui apenas para ver o meu modo de trabalhar, mas, ainda assim, se dispõe a entrar em ação para me impedir de passar vergonha. Não quero gostar desse gesto, mas gosto. Mais do que eu jamais poderia confessar para ele.

O fotógrafo concorda, entusiasmado.

— Seria ainda melhor. Você tem a altura perfeita.

— Então vamos em frente — diz Brent.

Eu me movo para o lado enquanto Max e Brent se viram um de frente para o outro e dão as mãos. Estão sorrindo como se compartilhassem um segredo, e os convidados de Brent e Terrence estão fazendo brincadeiras enquanto os observam.

Brent lança um olhar ardente para Max, que se inclina para a frente.

— Crianças... — diz o fotógrafo com um sorriso bem-humorado.

Max estala o pescoço.

— Tudo bem. Tudo bem. Consigo fazer isso.

Ele fica sério e encara Brent.

— Soube que você era a pessoa certa para mim quando você foi até a minha casa levar sopa quando fiquei doente — diz Brent para Max, encarando-o. — Você disse que era impensável não ir ver como eu estava.

Max pisca os olhos de maneira exagerada.

— Ah, que fofo.

O responsável pela filmagem pediu que os dois falassem, mas suspeito que não era *isso* que tinha em mente. Ainda assim, é divertido, e cubro um sorriso com a mão enquanto lhes assisto.

— Nunca tinha me apaixonado antes, então não sabia o que procurar, o que esperar, como aceitar isso — continua Brent.

Max dá um suspiro profundo.

— Eu também não. Só tive um relacionamento longo, e faz muitos anos.

— Por que vocês terminaram? — pergunta Brent.

Max dá de ombros.

— Ela conheceu meu irmão e disse que percebeu que tinha opções melhores. Não foi babaca o suficiente para ficar com ele quando me largou, mas fez questão de deixar claro que era dele que estava falando.

Putamerda. Ela disse isso na cara dele? Quem faria uma coisa dessas? Não consigo imaginar como seria ouvir que eu não estava à altura da minha irmã. Seria ainda pior se esse comentário viesse de alguém que eu julgava se importar comigo. Será que ele tem rancor de Andrew por causa disso? É esse o motivo da rivalidade deles?

— Sinto muito — diz Brent para Max. — Como você se sentiu?

Meu cliente é psiquiatra e não consegue se segurar. Provavelmente ficaremos aqui por bastante tempo.

— Sinceramente? — pergunta Max, seus olhos turvados pela tristeza. — Fez eu me sentir um merda. Estou acostumado a ser comparado com meu irmão mais velho. Competimos o tempo todo, acho normal. Mas quando minha namorada praticamente me disse que sou a versão genérica do meu irmão, bom, acho que você consegue imaginar que foi algo difícil para um cara de 20 e poucos anos ouvir — explica ele, e logo se endireita. — Mas já superei.

Aham. Não. Acho que essa afirmação não é totalmente verdadeira.

— Ela claramente não merecia você — diz Brent. — Pessoas assim...

— Brent, não se preocupe — interrompe Max com uma risadinha. — Não é hora nem lugar de falarmos disso. Vamos focar nos votos.

Brent concorda.

— Certo. — Ele endireita os ombros e infla as bochechas antes de começar a falar de novo. — Enfim, como isso tudo era muito novo para mim, eu não conseguia confiar, então fugi do nosso relacionamento, disse que não estava pronto para me prender...

Max balança a cabeça, um sorriso fuleiro no rosto.

— Não, é importante saber que está pronto. Certas coisas não têm volta. Você precisa ter certeza de que é *isso* que quer e com *quem* você quer.

A diversão em seu tom de voz me faz voltar no tempo, para a noite anterior ao meu casamento. Eu posso facilmente imaginar Max dizendo essas mesmas palavras para Andrew... a meu respeito. E se Max contou a verdade para Brent a respeito da proporção de seus relacionamentos românticos até o momento, no período do meu casamento Max deu conselhos ao irmão a respeito de um assunto que não tinha referência alguma. Ele escolheu se intrometer nos meus assuntos sem saber quase nada a meu respeito. E ainda não sei o motivo.

Brent, entretanto, está irredutível e segue recitando seus votos apesar da interrupção de Max.

— Mas, no fim das contas, não consegui mais lutar contra o seu amor e a sua dedicação para construir algo verdadeiro e duradouro comigo. E fico muito feliz por ter perdido a batalha.

Terrence retorna e tira Max do caminho.

— Já chega disso. Essas palavras me pertencem. Sua sorte é que já ouvi o discurso antes, senão teríamos um problema aqui.

Max se afasta, com um sorriso sincero no rosto, erguendo as mãos em rendição.

— Ele é todo seu. Você é um homem de sorte.

Quando Max se vira para me encarar, retorno o olhar, esperando que acredite na expressão neutra em meu rosto.

— Obrigada pela ajuda — digo. — Vou terminar aqui e já, já vou embora. Entro em contato quando tiver outro compromisso que julgar que possa ser útil.

Ele joga a cabeça para trás enquanto me avalia.

— Terminamos por hoje? Não quer que eu fique um pouco mais?

Nego com a cabeça, meu olhar focado no casal feliz a alguns passos de distância.

— Não tem muito mais a ser feito. Vamos ensaiar a entrada mais uma vez e então vou liberar todo mundo. Não sabia que Terrence estava trabalhando hoje e não quero tomar muito mais tempo deles.

Quando me arrisco a olhar para Max, vejo que ele ainda está me analisando. Consegue parecer, ao mesmo tempo, observador e indiferente, como se tentasse descobrir algo, mesmo que preferisse não ter que fazê-lo.

— E se eu ficar aqui quietinho e fizer alguns vídeos enquanto você trabalha? Você avisou ao pessoal que eu ia fazer isso, né?

— Avisei. E você pode fazer o que quiser. Bom final de semana.

E então vou na direção de Brent e Terrence. A cabeça erguida. Os ombros eretos. Andando de forma bastante poderosa. É cansativo, mas necessário. Não quero que Max saiba do efeito que tem em mim. Não fico feliz de admitir isso nem para mim mesma.

Jaslene está certa. Eu *preciso* de um ponto-final. Porque, a cada vez que me convenço de que não tenho mais rancor de Max, acontece alguma coisa para me lembrar que, na verdade, tenho. Ainda assim, eu não posso simplesmente perguntar ao homem por que ele desencorajou o irmão a se casar comigo. Não de forma direta. Seria como admitir que me importo com a resposta, e também não estou preparada para fazer isso. É um dilema: qual caminho seguir a partir daqui? Mas, quando me aproximo dos meus clientes e ouço a parte final de um comentário sobre a intimidadora mãe de Brent, a solução aparece diante dos meus olhos. Meus parentes são uma arma poderosa que não uso com a frequência que deveria. Está na hora de usar minha família contra Max.

Capítulo Treze

MAX

De: MHartley@ComunicacoesAtlas.com
Para: CSantos@PingosNosSins.com
Data: 16 de abril – 9h32
Assunto: Próximos passos

Oi, Lina,

Como parte do processo de ajudar você a se preparar para a apresentação na terça-feira, 14 de maio, gostaria de falar com alguns dos seus clientes para recolher impressões sobre você e seus serviços. Quando puder, me manda o contato de três clientes? Seria útil se pudesse incluir a data aproximada e localização do evento que ajudou a planejar para cada um deles, ok? Aguardo seu contato.

Atenciosamente,
Max

De: CSantos@PingosNosSins.com
Para: MHartley@ComunicacoesAtlas.com
Data: 16 de abril – 9h37
Assunto: Re: Próximos passos

Claro.

Anthony e Sandra Guerrero
443-555-3334
Casamento no National Mall; maio do ano passado

Patrice Bell e Cynthia Stacks
202-555-3293
Festa de recepção no Meridian House; junho do ano passado

Bliss Donahue e Ian Grey*
215-555-8745
Casamento e festa de recepção no Savoy Inn; abril desse ano
*só para constar, Ian é primo de primeiro grau de Rebecca Cartwright

Grata,
Lina

P.S.: Se estiver livre essa quinta à noite, tenho uma reunião de casamento em Maryland que você poderia participar. Por um milagre, tenho o dia livre no sábado, sem nenhum evento planejado, então vou visitar um local de eventos para um cliente. Fica na Virgínia, cerca de duas horas de distância. Sinta-se à vontade para vir comigo.

De: MHartley@ComunicacoesAtlas.com
Para: CSantos@PingosNosSins.com
Data: 16 de abril – 9h41
Assunto: Re: Próximos passos

Posso ir em ambos. Me envie o endereço para a reunião de quinta e estarei lá. Na ocasião aproveitamos para combinar sobre sábado. Obrigado.

Passo os dez minutos que se seguem mandando mensagens para as referências que Lina me enviou. Na teoria, seus antigos clientes poderão me fornecer algumas percepções do conjunto único de competências de Lina. Mas o que estou mesmo procurando é uma visão mais ampla, que vá além de suas habilidades de planejamento. Uma história comovente. Um momento em que tenha salvado o casamento. Uma lembrança que seja mais sobre Lina do que sobre o dia da cerimônia. Clientes não contratam empresas, contratam pessoas. Então, em essência, estou à procura daquele *algo a mais* que extrapola o sem dúvidas impressionante currículo de Lina.

Ela com certeza não vai compartilhar essa informação por conta própria. Não comigo, ao menos. Toda vez que acredito que estamos nos encaminhando para uma relação mais fácil, ela me arrasta de volta para as sombras. Talvez nosso destino seja manter uma aliança instável. Talvez eu deva ser grato por sequer ter isso, levando em conta nosso histórico. Lina não me deve nada, e preciso parar de agir como se devesse. Se há qualquer informação crucial a ser obtida, vou consegui-la com seus antigos clientes. Fim da história.

Com a lista de afazeres que fiz para mim mesmo em mente, deixo uma mensagem para a última pessoa na lista de referências, Bliss Donahue.

Meu celular toca menos de um minuto depois.

— Max Hartley.

— Sr. Hartley, Bliss Donahue. Você acabou de me deixar uma mensagem, creio?

— Eu mesmo. Obrigado por me retornar. — Explico o projeto sem mencionar que está conectado a um processo seletivo no qual Lina é candidata. — Então, adoraria ouvir as impressões gerais que teve a respeito do trabalho dela. Algo que você desejava que tivesse sido feito diferente? Em suma, você a recomendaria?

— Nossa, do fundo do coração — diz Bliss. Há convicção na voz dela, e isso é bom de se ouvir. — Lina sabe o que está fazendo, não sabe? — prossegue. — Desde coisas grandes, como localização, até as coisas pequenas, como quais cadeiras dobráveis são melhores para alugar e não beliscam os dedos dos convidados. É incrível ver a quantidade de informações com a qual ela lida. Não me senti sufocada em nenhum momento. Usei um vestido verde apesar de ter certeza de que Lina tinha várias objeções a ele. No fim das contas, meu dia foi exatamente como sonhei. Bom, com exceção das sobrancelhas raspadas do meu marido.

— Como é que é?

Bliss deixa escapar um suspiro exasperado.

— Os padrinhos rasparam as sobrancelhas do meu marido na noite anterior ao casamento. Sério, eles são tipo figurantes de *Se beber, não case!*. Sabe, o filme com o Bradley Cooper? Enfim, Lina lidou com isso brilhantemente. Sabe-se lá como, Ian estava com sobrancelhas durante o casamento.

— Isso é muito útil. Algo a mais?

— Bom...

— Tudo bem, Bliss. O meu objetivo é ajudar Lina, então se tem algo que teria feito sua experiência ainda melhor, gostaríamos de saber.

Ela inspira fundo.

— Tudo bem, é só que... não que isso seja *da minha conta,* mas meio que gostaria que Lina mostrasse mais entusiasmo com casamentos. Não sei explicar. Mas acho que esperei que ela desse gritinhos comigo quando encontramos as flores perfeitas. Ou quando Ian e eu praticamos os votos. Fiquei com a impressão de que Lina não acredita muito no felizes para sempre, sabe? Isso nunca afetou o desempenho dela no trabalho, mas foi algo que percebi. Não me odeie por dizer isso, tá?

— Não, não. Pedi sua opinião sincera, e você me deu. Obrigado por reservar um tempo para falar comigo.

— Claro — diz ela, com voz alegre. — E boa sorte com o projeto.

E eis a informação que eu procurava. Um aspecto da marca da Lina que poderia atrapalhar seu sucesso. Uma parte do modelo de negócios em que posso ter impacto positivo. Ajudá-la a colocar seus pontos fortes em jogo também significa descobrir as fraquezas perceptíveis. Mas também estou me perguntando se Bliss está certa. Talvez a experiência de Lina com Andrew a tenha deixado cansada. Ou talvez ela já fosse assim antes de conhecer Andrew? Para onde quer que olhe, encontro mistérios sobre Lina que gostaria de desvendar.

O *toc-toc-toc* característico dos sapatos da minha mãe me alerta de uma de suas rondas semanais. A cabeça dela aparece na porta.

— Tem um minuto?

— Sim, pode entrar.

Ela se senta em uma das cadeiras de convidados, seu olhar passando pelas paredes, pela mesa e então parando em mim.

— Só queria checar com você como andam as coisas com o Cartwright. Já que você e Andrew não estão trabalhando juntos, não posso chamar os dois para uma reunião. Não consigo saber direito o que está acontecendo, e isso está me incomodando.

Minha mãe não admite se sentir menos do que totalmente confiante. É o que mais e menos amo nela. Sua confissão faz a tensão em meus ombros diminuir.

— Estamos na fase de reunir informações — explico. — Estou checando referências, entendendo o que a organizadora de casamentos faz para os clientes no dia a dia. Fazendo algumas pesquisas para perceber o cliente ideal também.

Ela concorda com a cabeça, depois suas sobrancelhas se erguem.

— A ex-noiva do seu irmão era organizadora de casamentos. Carolina. — O rosto dela assume uma feição pensativa com a qual não estou acostumado. — Me pergunto o que está fazendo agora.

Dou de ombros. Não vou dizer uma única palavra como resposta. Um raio com certeza me atingiria bem onde estou.

— Em que tipo de apresentação você está pensando? — pergunta ela. — Mídias diferentes?

Meu maior desejo é que a conversa mude para outro ponto, então mergulho nas minhas ideias preliminares.

— Não chegamos a esse ponto ainda, e estou decidindo o caminho a partir do que ela dita. Mas vou sugerir um conteúdo audiovisual e...

O interfone toca, e a voz da minha assistente ecoa na sala:

— Max, Patrice Bell está na linha um. Diz que está retornando sua ligação a respeito da referência de Carolina Santos e Pingos nos Sins. Está livre?

Por que, Deus? Por quê?

As sobrancelhas da minha mãe se unem, e ela inclina o corpo para a frente na cadeira. Eu pigarreio.

— Sammy, por favor diga que ligo de volta em um minuto.

— Pode deixar — diz Sammy, alegre, sem saber que acabou de me arrancar anos de vida.

Minha mãe esfrega as bochechas e encara o próprio colo.

— Deixa eu ver se entendi bem. A organizadora de casamentos com quem você está trabalhando *é* a Carolina Santos?

— Aham.

A cabeça dela se levanta, e uma careta surge em seu rosto.

— E nem você nem seu irmão pensaram que seria apropriado compartilhar essa informação?

— Não queríamos preocupar você.

Recebo um olhar frio como resposta.

— Por que eu ficaria preocupada?

— Porque também não compartilhamos essa informação com Rebecca Cartwright.

O silêncio pode ser tão intimidador quanto ficar diante de um chefão da máfia. Esse momento é prova disso. Se eu desmaiasse nesse exato momento, poderia evitar a conversa torturante que virá a seguir. Olho em volta do meu escritório a procura de um objeto pesado o suficiente para dar um golpe não fatal. Mas, após muitos segundos de silêncio, para minha surpresa, minha mãe se limita a levantar da cadeira e balançar a cabeça.

— Estou desapontada com vocês dois, mas não vou me enfiar nessa história. Não vou dizer o que devem fazer nem aparecer para salvar ninguém. Mas tenha isso em mente. Se você quer mais responsabilidade por aqui, é preciso merecer. E se vocês ferrarem com isso, é melhor você *e* seu irmão começarem a enviar currículos.

Ela não está de brincadeira. Após esse solilóquio mordaz, ela sai do meu escritório e vira à direita. Só tem outro escritório no fim daquele corredor. O de Andrew. Poderia avisá-lo, mas não vou. Ele merece ser o alvo da fúria dela, também. Afinal de contas, Lina é a ex-noiva *dele*. Não passo de um espectador inocente. Mais ou menos.

Não posso dizer que culpo nossa mãe. Qualquer outro funcionário que fizesse a merda que fizemos seria chutado porta afora se não corrigisse o erro. Quando vim trabalhar aqui, sabia que ela não protegeria a gente. Mas mais importante do que isso é o fato de que ela está certa. Se quero mais responsabilidade, eu *preciso* merecê-la. E eu vou. Sem mais distrações. Sem desvios. Sem joguinhos.

Quinta-feira à noite, dirijo até Wheaton para encontrar Lina na mercearia da família dela. Como ela sugeriu, iremos juntos para o compromisso com a cliente. Após estacionar no pequeno centro comercial onde fica a loja, vou até a entrada e puxo a porta. Nada acontece — porque a porta está trancada. As luzes estão acesas, no entanto.

Encosto na porta, pronto para pegar meu celular e mandar uma mensagem para Lina, mas então, a mulher do momento aparece do outro lado da porta e a abre.

— E aí — diz ela, alegre. Alegre *demais*. — Vem, pode entrar.

Quando entro, fico chocado ao ver a quantidade de pares de olhos que me encaram, entre eles o olhar nada convidativo de Natália.

— Max, essa é a minha família — diz Lina, movendo a mão no ar com entusiasmo. — Pessoal, este é o Max. Estamos trabalhando juntos em um projeto que vai me ajudar a conseguir a posição de coordenadora de casamentos que contei.

Um homem atrás do balcão endireita a postura, semicerrando os olhos na minha direção. Ele me parece familiar, mas não consigo me lembrar de onde. O tom de pele e os traços são semelhantes aos de Lina. Mas ele é grande. Forte para caramba. Muito mais alto do que eu.

— Já vi você antes, em algum lugar — diz ele, os olhos piscando como se isso fosse ajudá-lo a me reconhecer.

— Verdade, Rey — diz Lina.

Rey. Diminutivo de Reynaldo. Agora consigo me lembrar dele. É o irmão mais velho de Lina. Conversamos um pouco durante o ensaio do jantar, dois dias antes de meu irmão cancelar o casamento.

Lina abre um sorriso perverso para mim antes de falar com toda a família de novo.

— Vocês se lembram do Andrew, certo? Ex-noivo, que me largou no dia do casamento? Bom, este é o irmão dele. A pessoa que o incentivou a fugir. Enfim, vamos nos sentar. Temos uma intervenção de casamento para fazer.

Todos no recinto olham para mim ao mesmo tempo, o babaca que se remexe em pé, desconfortável.

Ela chutou. E fez o gol. Estou morto.

Já consigo imaginar a única frase em meu epitáfio: *Ele nem viu o que o atingiu.*

Capítulo Catorze

LINA

Negociar um acordo de paz entre os membros da minha família a respeito do tamanho e detalhes do casamento de Natália e Paolo? Ou conseguir informações de Max ao jogá-lo na cova dos leões? Quem disse que não posso fazer as duas coisas?

— O que ele está fazendo aqui? — pergunta Rey enquanto olha para Max.

Tia Izabel, que está parada ao lado de Rey atrás do balcão e que adora ver o circo pegar fogo, mas nunca quer causar o incêndio, o cutuca com o cotovelo.

Max se joga silenciosamente na cadeira atrás de mim. Ao que tudo indica, sou o escudo dele.

— Como disse, ele está me ajudando a preparar a apresentação para a posição à qual estou concorrendo — explico a todos. — Parte do que ele precisa fazer é me ver em ação, então pensei que esse seria um bom momento para ele me ver lidar com uma situação delicada.

Natália e Paolo se juntam a mim na mesa, enquanto minha mãe se senta em outra cadeira por perto. *Tia* Viviane, a mãe da noiva e principal motivo pelo qual estamos fazendo essa reunião, vira a cadeira e se senta, apoiando o corpo no espaldar. Ela quer atenção, e irá receber.

— Por que a situação é delicada?

Meu olhar vai até Natália e Paolo. O noivo, que é um amor de pessoa, quase não vai falar hoje. Não quer provocar a futura sogra. Já Natália é uma valentona, exceto quando se trata de enfrentar a mãe. Estou aqui para ser corajosa em seu lugar.

— Precisamos que todos estejam na mesma página em relação a certos aspectos do casamento, e há muitas ideias sendo jogadas ao mesmo tempo, está ficando sufocante. Queremos respeitar os desejos e gostos do casal, e nem sempre isso vai de acordo com as vontades de outros.

— Seja específica, por favor — diz Viviane.

— Vamos começar com o seu vestido — digo.

Todos que estão sentados — e realmente quero dizer todos — se endireitam e se recostam como se não quisessem ser parte da conversa. *Traidores.*

Viviane coloca as mãos na cintura.

— O que tem de errado com meu vestido?

Engulo em seco antes de falar.

— É um pouco... demais.

E isso é um eufemismo. É um vestido apertado e roxo, de lycra e repleto de glitter, com uma malha de cor escura ao longo da cintura e quadris. Pense em um encontro entre *The Real Housewives de Nova Jersey, Dança dos Famosos* e as mulheres da luta livre. Minha mãe e Izabel, no entanto, escolheram vestidos de tons neutros que combinam com a paleta de cores do casamento.

— É perfeito para a festa de recepção — refuta minha tia. — Vai ficar ótimo quando estiver na pista de dança, sob aquelas luzes.

Natália geme.

— Com a quantidade de brilho no vestido, *ele* vai ser a luz da pista de dança. Estroboscópica, para ser mais específica. Pelo menos vamos poupar dinheiro com iluminação.

Max ri baixinho.

A cabeça de Viviane parece se descolar do pescoço quando se vira na direção dele.

— Você não tem o direito de rir aqui — diz, passando o dedão pela garganta, a expressão ameaçadora. — *Nunca* — acrescenta, completando a ameaça em português.

Inclino o corpo para trás e olho para Max por cima do ombro.

— É o mesmo que *never.*

Um músculo na mandíbula dele se contrai, e Max lança um olhar velado na minha direção.

— Descobri sozinho, obrigado.

Quero muito rir, mas, se minha família perceber que estamos nos dando bem, podem pegar mais leve, e a situação é divertida demais para não a deixar correr um pouco mais e ver o que mais conseguem arrancar.

— Presta atenção, *tia* — digo para Viviane. — Você é a mãe da noiva, então terá um papel importante no dia de Natália e Paolo, mas o foco deve estar neles. Por mais adorável que seja, seu vestido é uma distração.

— É isso que você acha? — pergunta Viviane para Natália.

Ela concorda.

— Sim.

— Por que você não me disse antes?

Natália suspira.

— Eu disse. Pelo menos cinco vezes.

Viviane remexe um guardanapo no colo.

— Eu não devo ter prestado atenção — comenta ela, e após alguns segundos, diz: — Tudo bem. Vou escolher outra roupa.

Olho para minha mãe.

— *Mãe*, você pode ajudar nisso?

— Claro, *filha*. Deixa comigo.

Bato minha mão na mesa como se fosse um martelo de juiz.

— Ok, o próximo tópico que temos que tratar. O *estrogonofe de frango* no cardápio.

— O strogan-oquê do quê? — pergunta Max atrás de mim.

Rey bate a mão no balcão e aponta um dedo para Max.

— Ei, você. Não fale. Observe.

Max cruza os braços e resmunga baixinho.

Pobre Max. Esse com certeza não é um território ao qual está habituado — sentar-se no banco de trás e ser forçado a ficar quieto. Ele deve estar odiando. E, por isso, estou simplesmente amando.

— E aí, campeão, como você está? Tudo bem?

— Que gentil da sua parte perguntar, ISTJ.

A referência ao falso tipo de personalidade Myers-Briggs que ele atribuiu a mim obtém a risada que provavelmente esperava. Viro a cabeça na direção dele.

— Mantendo o senso de humor até sob pressão. Estou impressionada. Só por causa disso, vou ajudar você. Estrogonofe de frango é um prato que, na versão brasileira, é bem rosado, por causa dos tomates, e propenso a manchar as roupas.

— O que tem de errado com o *estrogonofe*? — pergunta Viviane, a testa franzida em confusão.

Não posso sempre estar por perto para mediar cada situação entre Natália e minha tia, mas *posso* mostrar para Natália como fazer isso sozinha.

— Nat, se você pudesse pedir uma coisa para a família para facilitar o planejamento do casamento, o que pediria?

Natália e Paolo se entreolham, e ele acena discretamente com a cabeça.

— Pediria para não causarem ainda mais estresse para nós dois. É isso.

Concordo, encorajando-a.

— Ok, e por que o estrogonofe estressa você?

As palavras saem da boca de Natália como a fumaça de uma panela de pressão.

— É molho demais. Já consigo imaginar um desastre. Fotos de casamento com grandes manchas rosadas nas roupas das pessoas. Aquilo é como tinta de uma caneta que vaza na bolsa, sabe? Explode para todos os lados. Só não quero ter que ficar me preocupando em pensar que a menina das flores vai querer provar, ou um convidado vai me abraçar e sujar meu macacão. Não preciso dessa dor de cabeça.

— Mas é uma tradição — choraminga Viviane.

Minha mãe se levanta e gesticula para que minha tia feche o zíper da boca, falando em português:

— *Para de choramingar, Viviane. Ela não quer estrogonofre de frango no casamento, então não vai ter. Ponto-final!*

Uau. É isso aí, mãe.

Max se inclina e sussurra no meu ouvido:

— O que foi que ela disse?

Ele está perto demais, o sopro de menta de seu hálito batendo no meu pescoço como uma dúzia de borboletas. Dou um passo para a frente e pigarreio, traduzindo a frase.

— Amo sua mãe — diz Max, quando entende.

O pronunciamento sincero — e ridículo — dele me faz rir contra minha vontade, então volto com rapidez aos negócios.

— A seguir, vamos falar sobre uma tradição brasileira que podemos incorporar ao casamento. Alguma ideia, *tia*?

Viviane esfrega o queixo.

— Podíamos entregar *bem-casados* enquanto as pessoas saem. — Ela aponta o queixo para Max. — Antes que você pergunte, eles são docinhos com bolo esponja recheados. Para dar boa sorte.

— Perfeito — digo. — Agora estamos fazendo progresso.

Trinta minutos depois, decidimos uma série de mudanças e salvamos o casamento de Natália e Paolo.

— Ok, acho que agora temos quase tudo acertado. Ainda falta um mês para o casamento, então, se vocês ainda têm tarefas a serem feitas, façam o quanto antes — digo, me levantando da cadeira e me espreguiçando.

— Não tão rápido — diz minha mãe. — Precisamos falar com aquele ali.

Max, que ainda está sentado, olha para um lado e depois para o outro.

— Quem? Eu?

— Sim, você.

Izabel faz um som com a boca, sinalizando que não.

— Mariana, não precisa fazer isso.

— Eu acho que preciso, sim — diz minha mãe, teimosa.

Hahaha. Que perfeito. Minha família vai assumir a partir de agora.

MAX

Por que não peço para Rey me dar um soco logo e acabar com isso? Seria melhor do que ter que responder à mãe da Lina.

Eu me levanto e cruzo minhas mãos em súplica.

— Posso relembrá-los — digo, olhando para Rey e depois para a mãe de Lina —, com todo respeito, é claro, que não fui *eu* que deixou Lina esperando no altar? Esse foi o meu irmão, caso alguém tenha se confundido.

— Mas você o encorajou a fazer isso? — pergunta a mãe de Lina.

— Acho que sim. Talvez isso não faça sentido, mas eu era um cuz... *babaca*, eu era um babaca imaturo naquela época. Olha, só quero falar o que tenho para falar e depois vocês podem acabar comigo se quiserem. Eu aguento.

Ela concorda e sinaliza com os dedos para eu me aproximar, como se fosse um personagem de filme de artes marciais desafiando seu próximo oponente. O gesto confirma minhas suspeitas: se não conseguir convencê-los, ela *vai* acabar comigo.

Inspiro fundo e faço aquilo em que sou bom: identificar uma ideia e vendê-la.

— Não vejo sentido em ficar revivendo o passado. Eu tenho certeza de que, se meu irmão de fato amasse a Lina, ou não a teria abandonado no altar metafórico, ou teria voltado para ela — digo, e me viro para falar diretamente com Lina —, isso supondo que você o aceitasse de volta. — Para a mãe dela, digo: — Mas eis o que sei *hoje*. Meu irmão é um cara decente. Ele não é ruim, quase nunca é grosso com qualquer pessoa que não seja eu, e não se mete em confusão. Acredito que um dia ele possa ser um bom pai e bom marido. Mas, depois de passar menos de uma hora na presença dessa família, posso dizer que ele não é o par ideal para Lina. Com certeza vocês gostariam que ela tivesse alguém tão cheio de vida quanto todos vocês. Gostariam que ela tivesse alguém que a ame acima de tudo. Que a faça tirar a armadura e pegar leve consigo mesma, ainda que por alguns minutos. Que a faça chorar, mas só de felicidade. — Inspiro fundo e dou de ombros. — Tudo o que quero dizer é, eu sinto muito pelo papel que desempenhei no término deles, mas de qualquer modo não acho que meu irmão era a pessoa certa para ela.

Devagar, para não parecer óbvio, me viro para observar a reação de Lina após meu monólogo. E, surpreendendo um total de zero pessoas, seu rosto não expressa emoção alguma. Sinto-me tentado a fazer uma piada para aliviar a tensão, mas ela se desculpa e passa rapidamente por mim, em direção à parte dos fundos da loja, atrás do balcão.

A mãe de Lina junta as duas mãos e sorri para as irmãs.

Rey sai de trás do balcão e se aproxima, o volume da parte superior de seu corpo o impulsionando para onde estou parado.

Eu fecho os olhos.

— Se você vai me bater, por favor seja rápido e me deixe inconsciente. É o mais justo a se fazer.

— Não vou bater em você — diz Rey, suas garras pousando em meus ombros como penas. — Um homem que fale da minha irmã como você acabou de fazer não pode ser de todo ruim. — Ele aperta meus ombros de leve e diz: — Acredito muito em dar segundas chances. E pela forma como você e Lina têm interagido, parece que ela também pensa assim. Isso é o suficiente para mim.

Não é o suficiente para Natália, no entanto. A prima de Lina balança a cabeça para mim, a desconfiança estampada no rosto.

— O que eu fiz agora? — digo, incapaz de esconder a frustração na minha voz.

— Aquela pessoa hipotética que você descreveu? — diz Natália. — A pessoa perfeita para Lina?

— Sim. O que tem ele? Ou ela. Ou eles — digo, e balanço a cabeça. — Você entendeu o que quis dizer.

Natália me dá um tapinha solidário no ombro.

— Você acabou de descrever o pior pesadelo dela.

Não consigo nem começar a entender o que isso significa, mas é de Lina que estamos falando, então isso não deveria me surpreender. Outra parte da personalidade dela que me confunde? Uhm, me parece plausível.

Faço cara feia para Natália.

— Se importa de me explicar?

Ela balança a cabeça.

— Isso é tudo que você vai conseguir de mim, amigo.

— Nós somos amigos agora? — pergunto, erguendo uma sobrancelha.

Natália pisca para mim.

— Correção. Somos conhecidos.

— Tudo bem, posso aceitar isso.

— Você não tem outra escolha *a não ser* aceitar — diz ela, cantarolando, enquanto puxa Paolo da cadeira e o faz girar ao ritmo da música que de repente preencheu a loja.

Se o Universo gostasse de mim, eu me apaixonaria por alguém como Natália. Uma pessoa que é como um livro aberto, que não tem medo de dizer exatamente o que pensa. Mas estou pensando na mulher que não está mais na sala. Estou me perguntando se ela está bem. Querendo ver seu sorriso relutante de novo. Não sei de muitas coisas, mas de algo tenho certeza: o Universo me odeia.

Capítulo Quinze

LINA

Meus cotovelos batem na quina do armário enquanto tento jogar água nas bochechas. Droga, como esse banheiro é pequeno. Provavelmente só percebi isso agora porque o único motivo pelo qual estou aqui é a possibilidade de me esconder de todos.

Como diabo essa noite se tornou a aula inaugural da disciplina Introdução a Com Quem Devo Me Casar? Ah, sim. Max Hartley, o distinto professor visitante de Fonte: Vozes da Minha Cabeça. Max não me *conhece*. Ele não faz ideia do que me faz agir desse modo e nunca vai entender por que sou do jeito que sou. E, ainda assim, não vê problemas em explicar a *minha* vida amorosa para a *minha* família.

Mal sabe Max que já encontrei, certa vez, essa criatura mítica que ele descreveu. Se chamava Lincoln e, em meu terceiro e quarto anos de faculdade na Universidade de Maryland, eu acreditava que estávamos destinados a ficar juntos. Quer dizer, até nossos apelidos — Linc e Lina — eram *prova* de que o destino fizera seu papel.

Lincoln ficou atrás de mim durante meses, mas eu estava reticente a me envolver de verdade com alguém, ainda mais quando a maioria dos meus colegas de classe trocavam de parceiras tão rápido quanto abandonavam as aulas do primeiro tempo da manhã. E não era para isso que servia a faculdade? Não seria melhor fazer o mesmo? Mas Lincoln era persistente. Fazia com que eu me sentisse especial. Ele me dava uma atenção que eu nunca havia recebido antes. Então, me apaixonei perdidamente.

E, por coincidência, foi exatamente quando Lincoln decidiu que já não me achava mais especial. Começou a brincar comigo. De um modo que me fazia chorar e gritar. Desaparecia por dias, se esquecia do meu aniversário, com frequência dizia que precisava de espaço, e então reaparecia quando eu dava espaço demais. Naquela época, eu era uma pessoa bem intensa, e Lincoln amava isso. Dizia que minha paixão mostrava o quanto me importava e mantinha nosso relacionamento renovado.

Levei muito tempo para perceber que Lincoln gostava de me provocar; por fim, ele acabou perdendo o interesse até nisso. Foi se distanciando aos poucos, até o dia em que entrei no refeitório cheio do *campus* e vi Lincoln beijando e abraçando outra mulher. Se eu fosse uma pessoa mais forte, teria saído rapidamente e nunca mais olhado para trás. Mas parada ali, observando enquanto ele fazia outra pessoa se sentir especial, meu coração doeu tanto que achei que fosse explodir. Eu estava arrasada de tristeza. Não a tristeza do tipo "vou comer cem quilos de chocolate", ou "deitar na cama e encarar o teto". Era ainda pior. Era do tipo "não consigo segurar isso aqui dentro". E foi aí que desmoronei. Comecei a disparar acusações enquanto as lágrimas corriam pelo meu rosto. Esperneei. Fiquei de joelhos como uma atriz melodramática fazendo teste para ser figurante em um filme barato. Foi horrível. E estranho. *Dolorosamente* estranho. E quando olhei para cima e vi os rostos dos meus colegas de faculdade, tudo que enxerguei foi pena. A perda de um respeito que eu jamais conseguiria recuperar. E tudo porque não consegui controlar minhas emoções.

Então, naquele momento, eu jurei que nunca mais deixaria alguém ou algo me reduzir a aquele estado vergonhoso outra vez. Só tive um deslize desde então — que, por coincidência, foi o episódio que me fez ser demitida do meu emprego como assistente de direito —, mas posso dizer com confiança que, se um dia minhas emoções me controlaram, esse jogo tinha virado totalmente.

Não é justo da minha parte esperar que Max entenda tudo disso. Ele não tem essas informações. Ainda assim, não vejo por que devo contar qualquer coisa; ele que acredite no que quiser.

Saio do meu santuário em tamanho miniatura e volto para a frente da loja, que está tomado pelo som de risadas e os ritmos da percussão do *samba*. Meu olhar vai de imediato até minha mãe, que está dando um *brigadeiro* na boca de Max. Ele geme e revira os olhos enquanto mastiga;

minha mãe parece feliz, como se atender às necessidades alimentares de Max fosse sua maior prioridade. À procura de água, Rey vai até eles e, na volta, cutuca com alegria as costelas de Max. Todos os outros estão sambando no centro da sala. É oficial: eles estão dando uma festa de boas-vindas à família para Max. E, para ser sincera, não posso culpá-los. Também gostei da companhia dele, ainda que não vá admitir.

Tia Izabel gesticula para que eu me una a eles na roda de samba. Já fiz isso inúmeras vezes, mas nunca com Max por perto. Quando percebo que estou enrolando, marcho para lá, a fim de provar para mim mesma que não estou hesitando por causa dele. Rey e Natália, sempre os mais barulhentos em qualquer reunião, jogam as mãos para o alto e gritam em aprovação. Meu corpo começa a fazer os familiares movimentos rápidos que exigem que meus pés, panturrilhas e quadris trabalhem em perfeita harmonia. Levei anos para aperfeiçoar, e agora a dança é tão natural para mim quanto andar. Estou tão perdida na música que fecho os olhos e deixo meu corpo se mover e balançar com o compasso, os braços acima da cabeça enquanto mexo o tronco.

A música a seguir é mais lenta, mas faço os ajustes necessários, sacudindo meus quadris em círculos menores, até que abro os olhos — e espio Max parado perto do balcão me assistindo, seu olhar correndo por todo meu corpo e por fim parando no meu rosto. Minha respiração fica acelerada, e meu coração bate forte no peito. Não desvio o olhar. E ele também não. Se estivéssemos sozinhos, essa distância diminuiria — a força é *tão* grande assim.

Natália me dá uma bundada, me desequilibrando. Antes que eu possa me endireitar, Max sai da loja.

Busco o olhar da minha mãe, uma pergunta silenciosa em meus olhos, mas ela apenas dá de ombros e se vira, um pequeno sorriso escapando de seus lábios fartos. Uma vez que o convidei para vir aqui essa noite, me sinto obrigada a ir atrás dele e me certificar de que está bem, então abro a porta da frente e espio do lado de fora. Para o meu alívio, ele está a alguns metros de distância, caminhando de um lado para o outro entre dois carros estacionados.

— O que houve? — pergunto, esfregando meus braços para espantar o frio.

A cabeça dele se ergue rapidamente, mas ele não para de andar.

— Eu poderia fumar agora.

— O que você fuma? Cigarro? Maconha?

Ele balança a cabeça.

— Nenhum dos dois. Mas, hoje, cogitaria fumar. Estou um pouco fora de mim.

— Bom, você pode ir embora se quiser. Já acabamos por aqui.

Max se vira para me olhar e apoia as mãos no carro entre nós. Parece mais pálido do que de costume, mas, fora isso, acredito que esteja bem.

— Acho que é uma boa ideia — diz ele. — Você pode dizer a todos que eu mandei um tchau? Explicar que não estava me sentindo bem?

— Claro. Não se preocupe. Alguma coisa que comeu bateu mal? Os *brigadeiros* levam leite condensado.

Ele balança a cabeça, mas não me olha nos olhos.

— Não, não. Não é nada disso. Só estou cansado. Com a cabeça meio cheia. — O olhar dele encontra o meu, e depois pousa em um lugar acima da minha cabeça. — Sua família é ótima, aliás. Intimidadora, mas ótima.

Abro um sorriso.

— Essa é uma descrição perfeita.

— Seu pai?

— Não faz parte — digo, dando de ombros. — Mas estamos bem quanto a isso.

Ele concorda, depois bate de leve com o punho no teto do carro.

— Olha só, quanto as coisas que disse antes: desculpa se fiz você se sentir desconfortável. Mas é que sua família sabe pressionar e, seja como for, eu acredito naquilo que disse. Também sei que no que acredito não significa merda nenhuma, então vamos fingir que eu não disse nada. Combinado?

Poderia aceitar facilmente a trégua que ele está oferecendo, mas meu instinto é o de rejeitá-la por completo. Isso faz de mim uma vaca? Meu Deus, espero que não. Ainda assim, dou um sorriso tão doce que poderia dar dor de dente.

— Não existem segundas chances na vida, Max.

Uau, eu sou *uma vaca.*

Ele contrai os lábios como se a minha resposta não o surpreendesse.

— Certo.

Qual o meu problema? Por que afastá-lo quando é evidente que ele quer consertar as coisas entre nós dois? Eu me preparei para colocar um ponto-final essa noite e, agora que ele está ao meu alcance, estou empurrando-o de volta como se pudesse me queimar. Talvez seja porque *preciso* dessa rixa entre nós. Sem esse rancor, no que me apoiar para manter Max distante? Ele me afeta demais para não considerar o risco. Mesmo assim, não posso fazer com que ele seja o vilão da história quando não é verdade. Seria conveniente, mas não seria justo.

Eu o encaro enquanto brinca com o controle do carro. Ele quer ir embora, e estou parada aqui, impedindo que fuja. Deveria me despedir, mas não quero que a noite acabe assim.

— Max, é verdade que não existem mesmo segundas chances na vida, mas podemos seguir em frente a partir daqui. Gostaria que fossemos amigos.

Ele expira profundamente e dá batidinhas no teto do carro.

— Eu também gostaria.

E, antes que possa pensar melhor a respeito, as palavras escapam da minha boca:

— E espero que não haja dúvidas a respeito disso, mas sua ex-namorada estava errada. Você é um cara ótimo por si só. Não deixe ninguém te dizer o contrário.

— Obrigado por isso — responde ele, passando uma mão trêmula pelo cabelo. — Mas eu ainda preciso ir embora. Te ligo para falarmos de sábado.

Ele não espera pela minha resposta. Confusa com esse comportamento indelicado, observo-o entrar no carro. Em questão de segundos, ele sai em alta velocidade, como se estivesse sendo perseguido pelos próprios demônios e determinado a fugir deles.

MAX

Faz duas horas desde que saí do Rio de Trigueiro e ainda me sinto agitado. Também estou me coçando e nervoso para caramba. Nem um banho frio ajudou. E, como se isso não fosse o suficiente, Dean está ignorando minhas mensagens.

Uma cerveja ajudaria, mas estou me segurando para não beber, porque se Dean resolver me responder, vou dirigir até a casa dele. Ele saberá o que dizer para fazer meu cérebro funcionar direito. Nesse momento, as sinapses estão falhando e meus lobos estão trabalhando um contra o outro.

Corro para pegar meu celular quando ouço o barulho da mensagem.

Dean: Foi mal, cara. Estava em um encontro. O q rolou?
Eu: Tem alguém aí com vc?
Dean: Não. Não estava rolando clima. A procura pela parceira ideal continua.
Eu: Posso ir até aí? Preciso conversar.
Dean: Estamos conversando agora.
Eu: Estamos trocando mensagens.
Dean: Tá tudo bem?
Eu: Tá sim.
Dean: Vc tá querendo me pegar?
Eu: Vtnc. Posso ir aí ou não?
Dean: Claro, pode vir.

Chego na casa dele em quinze minutos.
Quando Dean abre a porta, seus olhos correm pelo hall de entrada.
— Que merda é essa?
Ergo os itens no ar.
— Uma mochila para passar a noite e um travesseiro. Só para garantir.
Ele coça a lateral do rosto e deixa escapar um suspiro pesado.
— Entra logo, caramba.
Dean afasta, indo se sentar em um dos bancos da cozinha, me observando enquanto coloco as minhas coisas em um dos cantos da sala.
— Está tarde e preciso acordar cedo e estar bem para trabalhar. O que aconteceu?
Eu caminho pela sala de estar, tentando ordenar os pensamentos.
— Preciso ouvir aqueles motivos de novo.

Não tenho certeza de quanto tempo ele me encara, mas *parece* ser bastante tempo. Um minuto, talvez? Quando fala, há resignação em sua voz, como se ele quisesse apenas que eu confirmasse as suspeitas que já tem.

— O que aconteceu?

— Nada aconteceu. Estou tentando fazer com que isso continue sendo verdade.

Ele se levanta.

— Não me faça de trouxa, Max. Isso — diz ele, balançando a cabeça e gesticulando na minha direção —, não é a cara de alguém com quem não aconteceu nada. O que você fez?

Diminuo meus passos e encaro seu olhar cético.

— Tive pensamentos impróprios com Lina.

— *Só* pensamentos?

Faço que sim com a cabeça.

— Só pensamentos.

Ele ergue as mãos no ar e se joga de volta no banco.

— Então qual é o problema? Todo mundo tem pensamentos impróprios de vez em quando. Isso se chama ser humano.

Dean não está entendendo. Passei as últimas *duas horas e meia* tendo pensamentos inapropriados com Lina. Ainda estou tendo *nesse instante*. E não quero ir dormir porque estou preocupado com onde esses pensamentos vão me levar. Seria um caminho escorregadio — no sentido literal e no figurado.

— Pensar é uma coisa, mas e se eu fizer mais?

Ele infla as bochechas, liberando o ar aos poucos, me olhando com um ar perplexo em seu rosto.

— O que isso quer dizer?

Alguns segundos depois, o queixo de Dean relaxa e ele cai na gargalhada.

— Ah, que merda. Você está com medo de pensar nela enquanto bate uma?

Ouvi-lo dizer em voz alta faz tudo soar ainda pior do que eu imaginava. Puxando meu cabelo, começo a ziguezaguear pela sala como uma bola de pingue-pongue.

— Não tem graça. Eu sou um lixo. Um lixo completo.

— O que foi que te atiçou dessa vez? — pergunta ele, ainda rindo.

— Ela estava dançando na loja da família, sem perceber que eu estava observando. E Dean, sério, cara, estava completamente hipnotizado. — Estremeço ao lembrar do movimento daquela bunda e quadris. — Puta merda, ela ia ser minha cunhada em algum momento.

Dean aperta os lábios.

— Mas ela não é, então se acalma, caralho.

— Me diga o que devo fazer — imploro.

Ele pondera meu pedido, e então pergunta:

— Ela tem dado qualquer sinal de que se sente da mesma forma? É recíproco?

— Não sei nem se ela gosta de mim. Como pessoa, quero dizer. Disse que poderíamos ser amigos. Disse que sou um cara ótimo. E eu me senti como se tivesse ganhado na loteria, e isso me assustou pra caramba. Só que acho que para ela não é nada. Ela me tolera, talvez pensando na grande oportunidade de trabalho na qual está focada e tal. Quer dizer, ela queria se casar com meu irmão. Não tem como estar interessada em mim.

— Então amarra as mãos nas costas e vai dormir, porra. Meu sofá, seu sofá. Lençóis e cobertores estão no armário do corredor. Podemos falar mais amanhã. — Dean caminha pelo corredor que leva para o quarto. — Boa noite.

Resmungando pela falta de apoio de Dean quando mais preciso dele, caminho a passos pesados para o banheiro, escovo os dentes e passo o fio dental. Ainda irritado, estendo um lençol no sofá, desligo a luz do corredor e me acomodo embaixo do edredom que peguei no armário, com cheiro de perfume de mulher. *Nem ao menos recebo lençóis limpos. Que bela merda de anfitrião.*

E, sem mais nada para fazer, começo a analisar as muitas imagens de Lina que aparecem sem parar no meu cérebro agitado. A forma como ela gemeu de satisfação com o almoço. Quando tirou as migalhas de bolo do meu rosto. A dança da tortura.

Ela está sempre no controle. É independente. Não é que seja má, mas é sempre reservada. O rosto sem expressão, a voz uniforme. Tem tudo compartimentado, coisas e pessoas. Suponho que isso seja culpa da profissão. Mas, por Deus, minha vontade é de desorganizar essa mulher até ela perder a cabeça. Deixá-la tão desorientada que vai vestir as roupas ao avesso depois. Pontos extras se conseguir fazê-la chegar em um estado tal que se torne incapaz de dizer a diferença entre um botão de roupa e o botão da rosa.

Imagino nós dois juntos, em uma resolução tão alta e som estéreo tão nítido e capacidade de rever as imagens quantas vezes quiser. A simples visão da minha mão escorregando para baixo da saia lápis enquanto ela fecha os olhos e arfa é o suficiente para me fazer pular do sofá, agarrar o edredom com cheiro de lavanda e andar corredor abaixo, batendo na porta de Dean.

— O que foi? — reclama.

Espio dentro do quarto.

— Deixa eu dormir aqui essa noite. Sua cama é enorme. Prometo que não vou... você sabe... e juro que fico do meu lado da cama.

Ele bate na testa.

— Meu Deus. Você não consegue se controlar? — Após alguns segundos, ele diz: — Qualquer favor que eu te devia foi pago essa noite. Entendeu?

— Ok — digo, aliviado por ele não me expulsar.

— E se eu sentir a cama se mexer, vou te chutar porta afora e você nunca mais vai poder entrar aqui em casa.

— Sem problemas — digo e pulo na cama, caindo de costas, arrumando o edredom por cima das minhas pernas. — Obrigado, cara.

— Vai se foder — diz ele, se virando de lado. — Você precisa entrar nos eixos, Max, porque isso não vai se tornar um hábito.

— Eu sei.

Depois me preocupo com isso depois. Por enquanto, posso descansar tranquilamente sabendo que vou conseguir olhar Lina nos olhos da próxima vez que estivermos juntos. Isso já é alguma coisa.

Capítulo Dezesseis

MAX

De: MHartley@ComunicacoesAtlas.com
Para: CSantos@PingosNosSins.com
Data: 19 de abril – 11h17
Assunto: Sábado

Oi, Lina,

Tenho algumas perguntas a respeito da viagem de amanhã:
(1) Vamos juntos de carro?
(2) Qual o nome do lugar que vamos visitar?
(3) Preciso levar alguma coisa?
Seria ótimo para discutirmos a estratégia da apresentação, então meu voto para a pergunta 1 é sim.

Espero que esteja tudo bem.
Max

De: CSantos@PingosNosSins.com
Para: MHartley@ComunicacoesAtlas.com
Data: 19 de abril – 13h13
Assunto: Re: Sábado

Olá, Max,

(1) Sem problemas, mas eu dirijo.
(2) Fazenda Surrey Lane, Raven Hill, VA.
(3) Verifiquei a previsão do tempo, e pode ser que chova um pouco. Por ser uma fazenda, seria uma boa ideia trazer galochas. E uma muda de roupa é sempre recomendável (caso tenha muita lama nos arredores).

Posso te buscar sábado de manhã na sua casa, ou você pode me encontrar no College Park e deixar seu carro lá. Se você viesse até minha casa, estaria fazendo o sentido contrário. Mas você quem sabe.

Atenciosamente,
Lina

Estou escrevendo a resposta quando Andrew bate na porta e entra sem esperar ser convidado.

— E oi para você também — digo, sem erguer os olhos da tela.

— Oi, você tem um tempinho? — pergunta ele, sentando-se em uma das cadeiras.

— Só preciso terminar de escrever um e-mail.

Eu digito. Ele espera. Não conversamos. Após apertar o botão para enviar, me recosto na cadeira e apoio as mãos juntas na mesa.

— O que foi?

— Duas coisas — diz ele. — Um, o Consórcio Imobiliário de Virgínia quer discutir as estratégias de marketing para o terceiro trimestre. Durante as próximas semanas, se possível. Quando tiver um tempo, você poderia enviar para Sammy os dias que está livre na hora do almoço?

Rascunho um lembrete para mim mesmo para fazer isso.

— Pode deixar. E o que é a segunda coisa?

— Você já pensou em quais equipamentos audiovisuais vai precisar para a apresentação do Cartwright? Um computador é o suficiente? Apresentação de PowerPoint com projetor? Só para saber se precisaremos solicitar recursos especiais.

É isso mesmo que ele quer? O equipamento que ele precisa está sempre à disposição no local exato porque eu garanto que seja assim. A verdade é que ele nunca se preocupou com esse tipo de coisa antes, o que faz meu alerta de conversinha fiada soar na mesma hora. Não é preciso ser um gênio para entender o que está acontecendo. Meu irmão mais velho está bisbilhotando e fazendo um péssimo trabalho em esconder.

— Não pensei muito sobre isso ainda. Lina e eu ainda precisamos falar sobre coisas específicas da apresentação. No momento estou na fase de diligência.

Andrew joga a cabeça levemente para trás.

— Sério? Faltam menos de quatro semanas para a apresentação. Não vai sobrar muito tempo para preparar.

Dou de ombros.

— Estamos preparando. Acredite, tudo que estamos fazendo será importante para a apresentação de alguma forma. E como está o seu parceiro? Henry, certo?

Andrew concorda.

— O cara é um guru da organização. Assustadoramente preparado. Estou empolgado para mostrar para Rebecca o que elaboramos.

— Deve ser por isso que eles fazem o que fazem. Organizar é fácil para eles.

— No caso da Lina, ela teve outras opções — diz Andrew, batendo na coxa. — Você sabia que ela era uma paralegal antes de se tornar organizadora de casamentos? Seria legal perguntar disso para ela em algum momento.

Ele se levanta da cadeira.

O fato de Andrew saber mais sobre Lina do que eu me irrita. Então, relembro que ele é o ex-noivo dela, ou seja, ele *deveria* saber mais. E isso me irrita também. Com um sorriso satisfeito no rosto, olho para ele.

— Beleza, talvez eu faça isso. Vamos juntos para Virgínia esse fim de semana. Coisa de trabalho. Posso perguntar para ela durante a viagem de duas horas.

Andrew enrijece, um músculo de seu queixo pulsa ao ouvir a novidade.

Merda. Isso foi desnecessário. Já consigo imaginar Dean apontando para nós agora e dizendo: "Isso. É disso que estou falando, cara". Sinto vergonha do meu comportamento mesquinho e gostaria de poder retirar o que disse, mas não é assim que as coisas funcionam. Como Lina disse, não há segundas chances na vida. Ela está certa. Só há chances para melhorar.

— Enfim — retomo, lutando mentalmente para arrumar a bagunça que fiz. — Vamos analisar uma possível localização de casamento. Espero que a gente consiga chegar lá sem matar um ao outro.

O corpo dele relaxa outra vez — bem, tão relaxado quanto Andrew consegue ficar —, e ele remexe os pés.

— Boa sorte. Pode ser que você precise.

Andrew está certo. Mas não pelos motivos que acha.

— Esse é o seu carro? Um Volvo 1999? E amarelo.

Lina bufa para mim enquanto sacode o porta-malas para tentar abri-lo.

— É de 2002, ok. E qualquer pessoa com senso crítico pode ver que é dourado. — Ela range os dentes enquanto puxa o trinco, até que o porta-malas se abre com um *plaft* alto. — Isso é só um probleminha. O carro está ótimo.

Lanço um olhar cauteloso para ela, incerto se seria recomendável colocar meus pertences na parte de trás desse mastodonte disfarçado de veículo.

— Tenho um Acura a menos de trinta metros daqui. Não está tarde para decidirmos ir com ele.

Ela revira os olhos.

— Escuta aqui, seu esnobe automobilístico, eu vou dirigir, e dirijo bem no *meu* carro. Melhor não colocarmos variáveis sem necessidade.

Resmungando para si mesma, ela dá a volta no táxi bananão e desliza para o banco de motorista.

Ela está vestindo jeans hoje e, para ser sincero, não sei se conseguirei olhar para qualquer outra calça jeans sem imaginar Lina dentro dela. Quem diria que existe algo como fetiche em jeans? Ela está usando uma camisa polo preta parcialmente enfiada na cintura, resultando em um look que, mais uma vez, distorce minhas percepções dela. A viagem já começou toda errada, e não usamos nem uma gota de gasolina ainda.

Sabendo que eu precisaria balançar uma bandeira branca para compensar a piada sobre o carro, me sento no banco de passageiro, segurando uma sacola de papel e uma garrafa térmica.

— Trouxe lanchinhos.

Ela vira a cabeça na minha direção e me analisa, os cantos dos lábios com gloss se levantando em um leve sorriso.

— São nove horas da manhã. Acho que posso ficar sem comer até chegarmos na fazenda, mas, se você está com fome, manda brasa.

Dou de ombros.

— Você quem sabe. Mas espera só um minuto para eu me arrumar.

Então, coloco a garrafa térmica entre minhas pernas para poder colocar o cinto de segurança. Após prendê-lo, tiro a tampa da garrafa e sirvo o café na minha caneca de viagem. A bebida está doce e cremosa e provavelmente mais açucarada do que uma lata inteira de leite condensado, mas eu gosto. Muito.

— O café da sua mãe é fantástico.

Ela enruga o nariz, mas mantém os olhos treinados na rua enquanto examina o trânsito.

— Da minha mãe?

— Sim. Passei no Rio de Trigueiro hoje de manhã. Ela me deu *café* e — balanço a sacola — *pão de queijo*.

A boca de Lina se abre.

— Você não fez isso.

— Ah, srta. Santos, fiz sim. Sabia que não ia conseguir ganhar pontos com você usando brownies, então pensei que poderia tentar ganhar pontos com *pão de queijo*.

Ela ri.

— E para que você precisa de pontos?

— Por segurança. Se meu comportamento do passado serve de base, eu sei que é provável que eu estrague as coisas no futuro, e ter créditos será importante. Estou construindo uma reserva agora.

— Um homem inteligente — diz ela, ainda rindo.

Alguns instantes de silêncio se passam, durante os quais ela pisca com tanta intensidade que me pergunto se um cílio caiu em seu olho. Então, seus ombros caem em resignação.

— Me dá um, por favor?

— Uma bola de queijo?

Ela faz uma careta.

— Se você quer ganhar pontos, que tal não chamar de bola de queijo?

Emito um som de zombaria.

— Essa é a forma exata, é uma bola feita de queijo.

— Não, não é. A melhor forma de explicar é que é um pão feito de queijo. E, de qualquer modo, é muito mais do que só uma bola com queijo dentro. Pão de queijo é tipo um pedaço do paraíso crocante por fora, macio e quentinho por dentro, e quando você o divide ao meio, o queijo se estica por quilômetros.

— Você quer ou não? — pergunto.

— Quero — diz ela, soltando o ar e esticando a mão.

— Na-na-ni-na-não. Segurança em primeiro lugar. As duas mãos no volante, por favor.

A boca dela se contorce, mas Lina obedece. Preciso mantê-la no banco de motorista. É muito mais fácil de lidar com Lina nessa posição.

Apesar da hesitação em sua expressão, ela abre bem a boca enquanto meus dedos se aproximam e abocanha tudo de uma vez. Não posso fazer um comentário engraçadinho e, para garantir, mordo meu lábio inferior forte o suficiente para fazer uma pequena lágrima escorrer pelo meu rosto.

— Gostoso — diz ela enquanto mastiga —, mas seria mil vezes melhor se tivesse acabado de sair do forno.

— Foi o que sua mãe disse. Para a minha sorte, comi alguns na loja que ainda estavam fumegando de tão quentes.

Ela resmunga algumas palavras que não consigo distinguir e diz mais de forma mais clara:

— Você está perdendo pontos de *pão de queijo*.

— Quer mais um?

— Mais um.

Levo mais um até os lábios dela e depois como um também, relaxando no banco enquanto me preparo para a longa viagem. Quando passamos pelo Rock Creek Parkway, me viro no meu banco para olhar para ela.

— Tem certeza de que não quer dividir um pouco a direção?

— Gosto de dirigir. Me relaxa. Então, se você não se importar, gostaria de conduzir o barco durante toda a viagem.

Dou de ombros.

— Por mim tudo bem. E que tal um pouco de música?

Ela dá um sorriso amarelo, como se previsse uma reação negativa ao que está prestes a dizer.

— Eu raramente ouço música no carro. O alívio de estresse que mencionei? Ele vem de ficar sentada no banco de motorista, olhando a estrada e deixando os pensamentos fluírem. Mas não quero ser chata. Se você quer ouvir música, fique à vontade.

— Não, não, só estava perguntando. Fico confortável com o silêncio.

Ela concorda.

— Ótimo.

Enfim chegamos em um ponto em que não há animosidade entre nós. É uma mudança agradável, e imagino que seja o momento ideal para perguntar sobre o trabalho anterior dela.

— Andrew mencionou que você era paralegal antes de se tornar organizadora de casamentos. Por que você decidiu mudar de carreira?

Em fração de segundos, a expressão dela endurece como concreto de secagem rápida. Se ela tentasse abrir um sorriso nesse instante, o mais provável é que seu rosto se quebrasse em mil pedaços.

— Hmm. Você e Andrew andaram conversando sobre mim?

Uau. Ok, não achei que fosse precisar dos pontos de *pão de queijo* tão rápido. E claro que, fora de contexto, entendo por que ela não gostaria dessa revelação, mas posso explicar isso sem dificuldades.

— Não, na verdade não. Eu fiz um comentário solto sobre organizadores de casamento e habilidades de organização e ele sugeriu que parte das suas habilidades podem vir da sua experiência profissional anterior. E disse que eu devia perguntar a respeito.

Olhando para a frente, ela range os dentes de leve, então suspira.

— Não foi escolha minha fazer essa mudança de carreira.

— Não?

Ela balança a cabeça.

— Não, Max. Eu fui demitida.

Que droga. Estávamos indo tão bem. Agora, toquei em um assunto do qual ela com certeza não quer falar. Fecho os olhos, xingando mentalmente meu irmão por sugerir que perguntasse a respeito disso. Andrew tem o poder de acabar com a minha vida até quando não está por perto.

Capítulo Dezessete

LINA

Não estou brava com Max por fazer uma pergunta inocente por sugestão de Andrew; estou irritada por Andrew ter sido diabólico ao ponto de encorajar o irmão a perguntar isso em primeiro lugar. Andrew não entende o impacto que essa experiência teve na minha vida — porque nunca expliquei —, mas sabe que não gosto de falar a respeito. Não teria propósito algum reintroduzir esse drama. O objetivo dele era exclusivamente diminuir Max.

Espio Max pelo canto do olho, meu coração se contorcendo ao ver sua expressão desolada. Estou surpresa com meu instinto protetor em relação a meu companheiro de viagem, o que nunca imaginei um dia ter.

— É passado, ok? Mas sim, organizar casamentos é minha segunda chance.

Ele remove qualquer evidência de agitação de seu rosto.

— *Chance de fazer melhor*, você quer dizer.

— O quê? — pergunto, franzindo a testa.

— Você me disse que não existe segunda chance, lembra? Então essa é sua chance de fazer melhor. Acho que é o termo perfeito. E eu... sinto muito se minha pergunta trouxe lembranças ruins.

Dou de ombros quando ele pede desculpas.

— Não se preocupe, Max. Não é nada de mais.

Ele se remexe no banco, então estica a mão para pegar a caneca de viagem, mudando de ideia no meio do movimento.

— Como pode não ser nada de mais? Isso faz parte da pessoa que você é hoje. Isso importa.

Ele balança a cabeça enquanto tamborila na janela do passageiro.

Entendo por que está frustrado com o irmão, mas também tenho a sensação de que está frustrado por não saber dessa parte do meu passado. É confuso — e um assunto mais pesado do que aqueles que desejo falar durante uma pequena viagem até uma fazenda no interior da Virgínia. Sem conseguir suportar o silêncio por muito mais tempo, estico o braço para ligar o rádio. Mas, antes que meus dedos encostem no botão, Max se mexe, me pegando de surpresa.

Ele passa uma mão pelo cabelo e pigarreia.

— Vou ser honesto e dizer que odeio que Andrew saiba seus segredos. Ele não merece saber.

Ok, então. Pelo jeito vamos falar disso, queira eu ou não.

— E o quê? *Você* acha que merece?

— Eu cuidaria melhor deles — diz ele com suavidade.

Eu acredito nele — e isso me assusta. Max nunca usaria meu passado em uma tentativa infantil de enganar o irmão. Mas, por mais que eu queira tomar as palavras dele pelo valor que têm, não posso ignorar a natureza problemática da relação dos dois. Porque, apesar de Max não conseguir ver isso, eu vejo: nem ele nem o irmão sabem como existir sem ter o outro como referência. Apesar dos esforços que fazem para resistir a seus laços, ambos estão ali — dois homens em conflito, é o nome do filme deles.

— Ninguém consegue chegar longe comigo diminuindo outra pessoa. Você quer saber meus segredos? Então faça por merecer — digo, e lanço um olhar para ele para enfatizar o que quero dizer. — Por conta própria.

Gostaria de poder ver a reação dele ao desafio que propus, mas é mais importante chegarmos ao nosso destino sem sofrer acidentes. Mas ouço a resposta. Ah, se ouço.

— Vou merecer seus segredos — diz ele, a voz séria e firme. — Prometo.

Não me surpreende que ele queira tentar. O que me surpreende é *eu* querer que ele tente. Inquieta e apreensiva, procuro por algo que possamos conversar.

— Por que não falamos sobre o plano para a apresentação? Parece uma forma produtiva de passar as próximas horas.

Ele inspira lentamente e concorda.

— Boa ideia. — Então, pega uma mochila no banco de trás e tira um caderno e caneta, como se estivesse tão ansioso quanto eu para mudarmos de assunto. — Então, vou confessar que não sabia muito bem como era o dia a dia de um organizador de casamentos, mas observar você trabalhar nas últimas semanas foi muito interessante. Estou pensando que uma abordagem que foque nos diferentes papéis que você desempenha pode ser convincente. Quer dizer, além de garantir que o dia do casamento em si ocorra sem contratempos, você tem muitas outras funções: intermediária de vendas, pesquisadora de localizações, consultora de moda, nutricionista, até conselheira familiar, e tenho certeza de que tem muito mais. O xis da questão é: quando um casal começa a pensar em fazer todas essas coisas por conta própria, se sente sobrecarregado, com toda a razão. Essa pode ser uma forma de abordar a estratégia da sua marca.

É gratificante ouvi-lo falar do meu trabalho de forma tão elogiosa. As pessoas costumam achar que organizadores de casamento lidam com problemas triviais, mas os casamentos com os quais trabalho envolvem dinâmicas de família complexas, testam a resiliência de relacionamentos, honram costumes e tradições culturais e focam em amor e parceria em cada interação. Não é nem um pouco simples, e teria olhado feio para qualquer um que dissesse o contrário. Fico feliz em saber que Max não pensa assim.

— Gosto do rumo que isso está tomando. Seria bom focar nas formas práticas que posso ajudar um casal. O tipo de tarefas que você pode tirar da sua lista de afazeres se me contratar. Foi assim que inventei o nome, Pingos nos Sins.

Ele ri.

— É o nome perfeito. Em jargões de marketing, diríamos que essa é uma ótima forma de construir a imagem da sua marca. É um nome que se destaca. Mas a gente precisa ter em mente que, se você quer que a estratégia seja eficiente com seu público-alvo, é preciso abordar o aspecto emocional do planejamento de casamentos também. Por falar nisso, falei com algumas das suas referências, e um tema em comum que surgiu é... — A hesitação na voz dele não me surpreende.

— Deixa eu ver se consigo adivinhar: não sou tão amigável quanto gostariam.

Ele inspira fundo e afunda o queixo.

— Sim, algo nesse sentido. Preciso mencionar que suas avaliações são excepcionais, mas, se tem um aspecto que poderia melhorar um pouquinho, é a forma com que as pessoas veem a sua receptividade.

Ah, e eis essa palavra de novo. A palavra que me faz lembrar que nunca vou vencer um concurso de Miss Simpatia. A personalidade séria que desenvolvi tem um preço. Eu sei disso. Algumas pessoas costumam ver nela mais do que de fato é. Frases como "difícil de criar laços", "difícil de abordar" e "difícil de gostar" são lançadas por aí. Machuca, mas não posso culpar as pessoas por não verem o que não mostro para elas. Além disso, há quem atribua esses termos a mim sem saber nada a meu respeito.

Não é difícil enxergar a ironia disso tudo: preciso me tornar *mais* agradável para balancear os efeitos da persona que desenvolvi para esconder os aspectos *menos* agradáveis da minha personalidade. Essa ideia faz minha mente girar; quer dizer, além de ser um trava-línguas, também serve para travar a mente.

— Sinto muito — diz Max. — Sei que não deve ser fácil ouvir isso. Mas saiba que isso é um problema com o *marketing*, não com *você*.

Eu olho para ele. Suas sobrancelhas estão unidas enquanto escreve no caderno.

— Eu entendo, Max. Sou uma profissional trabalhando em uma indústria que trata emoções como moeda. Não dou gritinhos e faço histerias com minhas clientes. Essa não sou eu. Mas, se o sentimento que fica por eu não ser toda afetada está atrapalhando minha marca, então estou disposta a lidar com isso pelo bem da apresentação. Devo à minha família tentar tudo que posso.

— Sua família? — pergunta ele.

Tamborilo os dedos no volante.

— Sim, minha família. Minha mãe e tias me ajudaram a começar a empresa. Fizeram muitos sacrifícios antes disso, também. Não quero decepcioná-las.

— Tenho certeza de que isso nunca aconteceria.

Gostaria de poder dizer o mesmo, mas não posso. Já as decepcionei antes.

— Então, suponho que você queira escolher uma perspectiva de marketing que vá suavizar minha imagem. É essa a ideia?

Ele bate com a caneta no caderno de novo.

— Eu não colocaria exatamente dessa forma. A ideia é adotar um sistema que faça com que clientes em potencial se identifiquem com você. Uma identidade que faça o trabalho emocional por você, sabe? Não estou sugerindo que façamos um vídeo seu correndo por um campo de margaridas enquanto seus cabelos voam ao vento, mas aposto que poderíamos pensar juntos e chegar em um conceito que faça com que ambos fiquem satisfeitos.

Eu concordo.

— Não há hora melhor do que agora, certo?

— Certo — diz ele.

Passamos a próxima hora em um *brainstorming,* rejeitando as ideias um do outro.

— E se você for "a encantadora de casamentos"? — diz.

Eu me retraio, lembrando do apelido que inventei para mim mesma quando estou lidando com Natália.

— Soa muito artificial para mim. Me faz sentir que estamos brincando com o estereótipo de noiva neurótica que precisa ser domada. E como seria o logotipo disso? Uma silhueta minha estrangulando a noiva?

Max dá uma gargalhada.

— Ok, ok, bom ponto.

— E se for um trocadilho com dama de honra? 'Organizadora de Honra'? — balanço a cabeça. — Não sei. Sou péssima nisso.

— Não fique frustrada. Faz parte do processo ter um monte de ideias e descartá-las.

Vejo um ponto de parada mais à frente e me preparo para encostar.

— Tudo bem se fizermos uma parada? Preciso ir ao banheiro.

Ele apoia a caneta no caderno e guarda os dois na mochila.

— É claro.

Enquanto estou estacionando, ele se mexe abruptamente no banco e estala os dedos.

— Acho que já sei. Um trocadilho com a personagem da fada-madrinha. Como se você fosse a fada-madrinha de casamentos, transformando coisas nos sonhos das pessoas. Quando tudo parece perdido, você aparece e garante que eles tenham um dia mágico. Ainda preciso pensar melhor no vocabulário, mas acho que poderia funcionar. O ponto principal é que a fada-madrinha é uma figura bondosa e solícita na vida das pessoas. A pessoa que está lá para oferecer conforto quando as coisas ficam caóticas. Isso vai fazer com que clientes em potencial enxerguem que você vai estar ali para ajudar e guiar cada passo do caminho.

Desligo o motor do carro.

— Até que gosto. Só precisamos enfatizar que faço mais do que dar sapatinhos de cristal. Ah, e se for preciso um slogan, voto em "Bibidi-Bobidi-Bruxa". Um pouco de verdade na publicidade nunca faz mal, e soa muito bom, você não acha?

Max apenas me encara.

— Qual o problema? — pergunto.

Os cantos da boca dele se curvam e ele diz:

— Quem *é* você?

Saio do carro. Antes de fechar a porta do lado do motorista, me abaixo e pisco para ele.

— Ah, Max. Isso eu sei. Você que precisa descobrir.

Sem querer ser superado, ele pisca de volta para mim.

— Você não faz ideia do quanto estou ansioso pelo resultado dessa pesquisa.

Após essa observação, fecho a porta e me encaminho ao banheiro. *Merda*. Essa trégua pode ser mais do que eu esperava.

Quando volto alguns minutos depois, Max está sentado no banco do passageiro de olhos fechados. Não quero notar como a pele acima de sua barba por fazer é macia, ou que seus lábios são carnudos, ou que seu maxilar é bem delineado e há uma pequena marca de nascença na forma de um feijão do lado esquerdo, mas basta olhar para o rosto dele por dez segundos para que todos esses pontos se destaquem. Se estou um pouco desorientada quando tento colocar minha chave na ignição, é só porque estou dirigindo há quase duas horas e a viagem está começando a me afetar. E, quando viro a chave e nada acontece, deve ser porque estou alucinando.

Max vira a cabeça para mim e me observa com apenas um olho aberto.

— O que aconteceu?

— Não está virando. Nem sinal. — Olho para o painel. — O painel também está morto.

Ele se arruma no banco e inspeciona o painel, como se os olhos *dele* fossem ajudar a resolver um mistério que já foi solucionado.

— Bateria.

— Não brinca, Sherlock.

Ele aponta um dedo acusador para mim.

— Foi você quem insistiu em vir com o táxi bananão para uma última volta, então não fique toda nervosinha comigo, mulher.

E, tão rápida quanto começou, a trégua acabou.

Acaricio o painel e o volante, implorando para que meu carro acorde.

— Por favor, amorzinho. Só mais alguns quilômetros e deixamos você em paz.

Max resmunga.

— Isso é ridículo.

Ele sai do carro e digita algo no celular.

Saio do carro também, encarando-o por cima do teto.

— Para quem você está ligando?

— Para o reboque. Você tem uma ideia melhor?

Franzo a testa para ele.

— Podemos dar uma chupeta na bateria. Faço isso o tempo todo.

Ele ergue o queixo e aperta os olhos para mim.

— Achei que você tivesse dito que o carro estava ótimo. Quantas vezes você já deu chupetas nessa bateria?

Por que isso importa? E por que ele está me interrogando? Dou de ombros.

— Umas três? Não é nada demais. A maioria dos fabricantes recomendam trocar a bateria só após recarregar umas seis ou sete vezes.

Ele aperta os lábios em incredulidade.

— Isso não é verdade.

— Bom, deveria ser.

— Para alguém que planeja tudo, você é bem relaxada quanto à revisão do carro.

— Manutenção de carro requer dinheiro, e não estou exatamente nadando em uma cama cheia de notas, não é mesmo? Além disso, eu *faço* revisão do carro. Só achei que a bateria ainda duraria mais um pouco.

Ele bate na testa.

— Tudo bem, deixa isso para lá. Vamos encontrar alguém que tenha uma bateria que funcione.

Com as mãos na cintura, ele gira no lugar, procurando por uma pessoa que possa nos ajudar a recarregar a bateria. O problema é que ninguém passou por nós durante os dez minutos em que estivemos estacionados nessa parada.

Após mais alguns minutos de espera em silêncio, aceito a derrota.

— Vou ligar para o reboque.

Ele arregala os olhos e joga as mãos para o ar.

— Que ideia maravilhosa. Por que não pensei nisso antes?

— Seu sarcasmo não é muito criativo — digo, com o celular na orelha. — Você precisa melhorar muito.

Max revira os olhos para mim. Para alguém que diz ser naturalmente tranquilo, ele com certeza perde a cabeça perto de mim.

— Só chama logo o guincho, pode ser? — diz. — Enquanto isso, vou abrir o capô e dar uma olhada. Me certificar de que não aconteceu mais nada.

Ele desabotoa a camisa azul e a abre devagar, revelando a camiseta branca por baixo.

Sinto como se meus olhos fossem sair de órbita.

— O que você está fazendo?

O atendente do outro lado da linha pigarreia.

— Desculpa?

Merda.

— Desculpa — digo ao telefone. — Estava falando com outra pessoa.

Max inclina a cabeça para mim, seus olhos piscando, divertidos.

— Não vou me enfiar embaixo do capô usando isso. Não quero sujar.

— Eu faço, então. Minha camisa é preta, se sujar, ninguém vai perceber.

Ele ignora minha oferta.

— Você está fazendo a ligação. Eu vou olhar embaixo do capô.

Ele termina de tirar a camisa, abre a porta de passageiro e a coloca com cuidado no banco da frente.

Ugh. É o retorno de Hartley, o gostosão. Pensamentos inapropriados sobre o homem que teria sido meu cunhado surgem imediatamente, me deixando mal-humorada. Meu rosto se contorce com a visão tentadora e me sinto compelida a descontar na pessoa que me deixou repentinamente atordoada.

— Por que você está parado aí? Vai logo olhar o motor, pode ser? Anda, anda.

— Já vou, já vou — resmunga ele. — Não precisa ser grossa. Caramba.

Ele sai pisando duro, e me pego espiando as costas dele para ver se também são definidas.

Merda. São sim.

— Yep, a bateria morreu — diz o operador do guincho, TJ, de acordo com o crachá. — Mas vocês estão com sorte. Posso guinchar o carro até a minha loja e fazer algumas ligações. Amanhã de manhã esse danado estará funcionando.

— Amanhã de manhã! — gritamos Max e eu em uníssono.

TJ tira o boné de beisebol e seca as sobrancelhas.

— Bom, sim. Nós não estamos no Distrito, Dorothy e Totó. Não tem distribuidoras de peças por perto. Na verdade, não tem nada por perto aqui. E o carro aqui *é* um Volvo de 2002.

— Podemos chamar um Uber — diz Max.

TJ ri.

— Boa sorte. Aqui não é exatamente a terra dos carros de aplicativo, também. A maioria das pessoas tem caminhão. Ou carro próprio. Além disso, vocês precisariam vir retirar o carro pela manhã.

A viagem terá sido um desperdício se não chegarmos ao nosso compromisso, então estou determinada a conseguir ao menos isso. Quanto ao resto, posso pensar a respeito depois.

— TJ, estamos a caminho da Fazendo Surrey Lane. De acordo com o Google Maps, fica a cinco quilômetros daqui. Você poderia nos levar lá antes de guinchar meu carro até sua loja?

Ele coloca o boné de volta.

— Com prazer.

— Tenho o direito de opinar no que podemos fazer? — pergunta Max. — Considerando que sou o maior prejudicado pelo fato de você não ter se preparado para a grande probabilidade de o carro quebrar?

Balanço a cabeça.

— Não. Você já usou todos os seus pontos de *pão de queijo*. Sinto muito.

Enquanto entro no caminhão de TJ, ouço os inconfundíveis resmungos de um Max irritado atrás de mim. É como música para meus ouvidos vingativos.

A Fazenda Surrey Lane ostenta o tipo de pastagem e campos verdejantes que esperaria ver em uma cena de transição de filme. Com as Montanhas Blue Ridge como cenário de fundo, as visões pitorescas da fazenda são, para usar o termo certo, de tirar o fôlego. Meus clientes, que tem a intenção de renovar os votos, passaram um final de semana aqui em um retiro de casais quando estavam passando por uma crise no casamento. A conexão que sentiram com o lugar foi tamanha que, agora que decidiram se dedicar novamente ao relacionamento, gostariam que a celebração fosse feita onde lhes foi dada uma chance de fazer melhor.

Max e eu estamos espremidos na cabine de uma caminhonete enquanto passamos pelos muitos hectares de terra reservadas para o plantio sustentável e criação de animais. Hannah, nossa guia e a organizadora de eventos local, lida com o terreno acidentado como uma profissional; minha bunda, no entanto, está lidando como uma amadora. Pior, a minha coxa e a de Max estão tão grudadas que poderíamos amarrar uma corda em volta delas e participar de uma corrida de três pernas. Mais cedo eu havia feito uma lista na minha cabeça com itens que gostaria de perguntar a Hannah, mas, a cada sacolejada que damos na estrada de terra, meu corpo é jogado contra o de Max, e já não consigo me lembrar o que devia perguntar. A cada vez que as partes macias do meu corpo entram em contato com as partes duras do dele, tenho vontade de gemer.

Max não parece estar tão afetado pela nossa proximidade quanto eu, apesar que, de vez em quando, ele fecha os olhos com força e range os dentes.

— Vou levar vocês até o Starlight Barn — diz Hannah. — É um lugar muito popular para recepções, e há uma área perto dele em que costumamos fazer as cerimônias a céu aberto.

— Isso seria ótimo — digo.

A julgar pelas sobrancelhas unidas de Max, *nada* nessa viagem pode ser remotamente descrito como ótimo. Tenho certeza de que ele ainda está irritado com o fiasco do carro, mas não é como se eu fosse engenheira mecânica, certo?

— Ei, Hannah, alguma chance de ter quartos disponíveis na hospedagem para hoje à noite?

Ela morde o lábio em um pedido de desculpas.

— Ah, querida, zero chance. Está tudo ocupado. Estamos recebendo um retiro de casais esse final de semana. Desculpa por isso.

— Tem algum outro lugar em que possamos ficar até amanhã de manhã? — pergunta Max. — Algum que não seja muito longe.

— Nenhum que seja a menos de uma hora de distância daqui. Mas podemos deixar vocês dormirem no celeiro. Talvez se surpreendam com como o feno pode ser confortável.

— Certamente por isso é um local onde as pessoas ralam e rolam — diz Max em voz baixa.

Eu o cutuco com o cotovelo.

— Fica quieto.

Um buraco particularmente brutal na estrada faz com que eu voe contra Max. Me remexendo para absorver o impacto, seguro o apoio de cabeça de Hannah com uma das mãos e uso a outra para me agarrar nele. Infelizmente, a parte do corpo dele que acabo por agarrar sem querer é a virilha. Meu corpo trava e fico parada, como se meu cérebro traidor reconhecesse uma oportunidade assim que ela aparece. Não consigo olhar. Não consigo me mover. Não consigo respirar. E, aparentemente, Max também não, porque está tão imóvel quanto uma pedra.

O caminhão para e Hannah dá um pulo, descendo dele.

— Chegamos, pessoal. Vou dar alguns minutos para vocês olharem em volta enquanto dou uma olhada aqui nas mensagens.

Agora que o motor está desligado, consigo ouvir a respiração de Max. E ela está ofegante. Só para constar, a minha também.

— Hm, Lina, você poderia tirar a mão daí?

A pergunta vem em um sussurro; mas não é menos vergonhosa por estar em um volume mais baixo.

Devagar, como se a falta de velocidade fosse, de alguma forma, fazer com que meu movimento não fosse detectado, viro minha cabeça, meu olhar encontrando o olhar questionador de Max. Minha mão está na virilha dele. Minha. Mão. Está. Na. Virilha. Dele. Mas não consigo fazer nada a respeito.

— Lina.

Ele repete de forma expressiva, a última vogal terminando em um gemido torturado.

Eu arfo, dou um grito e tiro a mão — nessa ordem — e então me arremesso para sair do carro pela porta do motorista. Tenho certeza de que a visão de Max é a de minha bunda e cotovelos enlouquecidos, mas ao menos consigo sair do carro ilesa no aspecto físico. No mental, no entanto, estou uma grande bagunça. Se outro desastre ocorrer durante o restante dessa viagem, vou saber que ela foi amaldiçoada desde o início.

Capítulo Dezoito

MAX

Já sei com o que vou sonhar durante a noite: punhetas. Rápidas, lentas, discretas, urgentes. E, como o universo me odeia, a convidada especial no meu subconsciente será a mão de Lina. Não armei para que fosse assim, mas é como vai ser.

Saindo atrás de Lina, que caminha com rapidez na direção do celeiro, tento me convencer a não ter pensamentos impróprios: *Não tem nada de mais nisso. Foi um erro constrangedor e nada mais. Ela não vê você desse jeito, Max. Você não deveria pensar nela desse jeito também. Sabe todos os motivos que Dean listou para você? Anote em um post-it e grude essa porcaria na testa.*

Quando entro no celeiro, Lina está andando pelo espaço, fazendo pequenas pausas para perguntar algo a Hannah. Ninguém jamais suspeitaria que, menos de um minuto atrás, a mão dela estava na minha virilha. Se ela pode ignorar esse episódio, então também posso. Talvez.

— Quantas mesas redondas de um metro e meio podemos colocar nessa área? — pergunta para Hannah.

— Para ficar confortável? — diz Hannah. — Dezesseis. Podemos apertar mais duas, mas não sobraria muito espaço para a pista de dança.

Lina aponta para o teto.

— A prova d'água?

— Resistente a água — diz Hannah. — É de metal, e os painéis estão erguidos, então tem bom escoamento.

— E quanto as calhas?

— Calhas e condutores verticais substituídos faz dois anos.

O olhar de Lina vai de uma ponta a outra do celeiro enquanto verifica os itens em sua lista mental. Sua inspeção é sistemática e minuciosa. Ela até se apoia em um poste para testar se vai ranger. Hannah encara isso normalmente. Aposto que ela reconhece uma boa profissional quando a encontra.

— E você tem licença para vender bebidas alcóolicas? — pergunta Lina.

Hannah ri.

— Babette, a dona, não faria de outro modo.

Lina passa rápido por mim, sem nem ao menos me lançar um olhar. Seu foco inabalável é uma de suas muitas forças e, enquanto a observo, tento imaginar a publicidade que poderia comunicar esse benefício em particular aos contratantes. Consigo imaginar o aspecto visual com facilidade: Lina cumprindo as tarefas e ignorando duas famílias em trajes de casamento brigando em um chafariz ligado.

— Como funciona a energia do celeiro? — pergunta Lina. — Geradores?

Ah, sim. Um casamento precisa de eletricidade. Meu Deus, eu seria péssimo em planejar eventos se alguém me incumbisse dessa tarefa.

— Alguns anos atrás, passamos linhas de tensão pelo celeiro, então tudo está conectado com a fonte de energia central — explica Hannah. — Que data os Jensen estavam pensando?

— Maio do ano que vem.

— Estão com sorte, então. Vamos fazer a troca para energia solar no fim de março. Poderemos ligar tudo, luzes, lâmpadas de aquecimento, equipamentos de audiovisual, tudo por cortesia do sol.

Lina, bastante contente com a novidade, concorda com entusiasmo.

— Os Jensen vão amar isso. Uma localização ecologicamente correta seria um grande atrativo para eles.

Hannah verifica o relógio.

— Se não tiver outras perguntas, vou voltar para o escritório um pouco antes de ir embora. Quando estiverem prontos para conhecer a hospedagem, basta se dirigir para lá. Alguém vai mostrar as áreas públicas, cozinha e banheiros sociais.

Lina concorda educadamente.

— Muito obrigada por sua prestatividade, Hannah.

Quando ficamos sozinhos, me viro para Lina com o que tenho certeza de ser admiração em meus olhos. Pessoas que pensam em planejar um casamento não deveriam *nem* hesitar antes de contratar Lina.

— Confissão: muitas dessas perguntas não teriam ocorrido a mim.

— Não teriam ocorrido aos meus clientes, também — diz ela. — É por isso que incluo visitações aos locais como parte dos meus serviços. — Ela gesticula para que eu a siga. — Vamos lá fora. Quero tirar algumas fotos da área de cerimônia. O site tem uma galeria de fotos, mas não consegui ter noção de escala.

A área é uma faixa de grama circundada por um caminho de pedras circulares, com uma mistura de pinheiros e carvalhos pontilhando o perímetro.

— E se chover? — pergunto a ela.

— Temos a opção de mover a cerimônia para dentro ou alugar uma tenda como plano B.

Ela se vira para olhar para a hospedagem atrás de nós.

— É bom que as áreas dos vestiários e os dormitórios sejam tão perto.

— Seria legal se pudéssemos ficar em um desses quartos hoje — digo.

Fiel ao seu estilo, ela me ignora e tira fotos com o celular. Após alguns cliques, recebe uma ligação. Ela olha para a tela e solta um suspiro de alívio.

— TJ. Espero que tenha boas notícias.

Também espero. A possibilidade de passar a noite em um celeiro, mesmo com uma dúzia de edredons e lâmpadas de aquecimento, não me anima, e não tenho dúvidas de que seria estranho.

Lina mexe a cabeça enquanto ouve TJ falar.

— Ok, TJ. Ótima notícia. Então que horas você pode trazer o carro? — pergunta ela, e sorri com a resposta dele. — Você é o melhor. Muito obrigada.

Quando termina a ligação, faz uma dança para celebrar.

— Um amigo vai arranjar uma bateria nova para ele, e o carro vai ficar pronto amanhã de manhã. Talvez seja possível ir embora antes das 9h30.

São muitas e muitas horas dentro de um celeiro. Com Lina. Sozinhos.

— Então, qual é a boa notícia?

Ela mostra a língua para mim.

— Meu Deus, você está um raio de sol hoje. Sei que essa situação não é a ideal, mas estou fazendo o melhor que posso. Ao menos estávamos perto da fazenda quando o carro quebrou. Poderíamos estar no meio do nada, e aí sim não teria sido tão legal.

Essa observação casual desencadeia uma série de pensamentos indesejados. E se eu não tivesse vindo junto? Ela estaria sozinha. Imagino Lina no acostamento, esperando alguém vir ajudá-la. *Meu Deus*. Sei que ela se orgulha de ser autossuficiente, mas tem arriscado a própria segurança viajando naquele carro. E não gosto disso. Pior, estou bravo comigo mesmo pelo *tanto* que desgosto disso.

— Acho que o táxi bananão precisa ser liberado desse sofrimento. Primeiro é a bateria. Depois, vai ser o alternador. Ou o motor. Se você vai dirigir longas distâncias, deveria mandar revisar o carro antes toda vez. Não estaríamos nessa confusão se você tivesse feito isso.

Com o celular ainda na mão, ela cruza os braços acima do peito e me dá um olhar sério.

— E já disse que faço revisões regulares, Max. Mas não posso prever problemas.

— Então, você precisa encontrar um mecânico melhor.

— Qual é o seu problema? — grita ela, os olhos apertados, faiscando de raiva.

O volume da sua voz nos surpreende, e só coloca mais lenha na fogueira queimando no meu peito. Respondo à altura, sem me preocupar que sejamos ouvidos.

— *Você. Você* é meu problema. E queria, com todas as minhas forças, que não fosse.

— Tudo bem por aqui, amigos?

Um homem negro e alto parado na frente da hospedagem é quem faz a pergunta. Ele veste calça chino, uma camisa branca e um suéter com gola em V, finalizados com uma gravata. A qualquer minuto, pode perguntar se estudamos a matéria para a aula e se nosso trabalho final está pronto.

— Está tudo bem, senhor — diz Lina, afastando com violência o cabelo que voa em seu rosto. — Só um desentendimento por um *pequeno* contratempo.

— Eu não diria que é pequeno — falo —, mas suponho que você seja livre para interpretar a situação como quiser.

Rindo, o homem desce os degraus e vem na nossa direção.

— Caramba, vocês dois precisam passar um tempo na hospedagem esse final de semana.

— Queríamos muito — diz Lina —, mas, infelizmente, não tem mais quartos.

Ele se aproxima ainda mais, cobrindo a boca com as mãos como se estivesse pensando em uma solução.

— Nós sempre reservamos um quarto a mais, caso algum dos casais precise de um tempo separado. Eu não o ofereceria para qualquer um, já que todos ficam mais confortáveis quando somos os únicos hóspedes no lugar, mas, para um casal que precisa tanto fazer parte das nossas sessões, posso pensar no caso. — Ele estica a mão. — Me chamo James, aliás.

Lina o cumprimenta.

— É um prazer conhecer você, James, mas nós não...

—... temos certeza que poderíamos fazer parte do retiro — digo, colocando meu braço por cima dos ombros de Lina. — O que isso implica na prática?

Consigo sentir o olhar questionador de Lina em mim, mas tenho esperança de que ela vá entender a deixa rapidamente, porque isso... isso é um milagre.

— O retiro já está a todo vapor, mas poderíamos colocar vocês a par de tudo — diz James. — Fazemos alguns exercícios. Um dos exercícios se chama "Eu gostaria" e tem como objetivo fazer o casal falar sobre o que está atrapalhando o relacionamento deles. Fazemos exercícios físicos, também. É divertido e desafiador. Algumas vezes fica um pouco pesado, mas minha esposa e eu fazemos isso há mais de uma década, e nada mais nos surpreende.

— E qual é o valor? — pergunto.

— Quatrocentos dólares para o fim de semana completo. Duzentos para um só dia. O valor do quarto seria extra, mas, já que já foi pago como parte do nosso acordo com a hospedagem, podemos abrir mão dessa quantia. Vou precisar de cópias das carteiras de motorista de vocês dois, e precisam assinar um acordo de confidencialidade prometendo não compartilhar o que vão descobrir sobre os outros casais.

Duzentos dólares para não passar a noite em um celeiro? Precisa sequer pensar nisso?

— Você pode nos dar licença por um minuto? Quero falar com minha... com ela a respeito disso.

James nos saúda.

— Bem pensado, meu jovem. É sempre bom tomar decisões enquanto casal, quando o resultado afeta os dois.

— Certo, certo — digo, puxando uma Lina atordoada para longe para que James não consiga nos ouvir.

Encontramos um lugar ao abrigo de um salgueiro e Lina se vira para me olhar, sussurrando sua confusão entredentes:

— O que você está aprontando, Max?

— Não é óbvio? Arrumei um quarto para a gente. Com uma cama.

— Mas vamos ter que fingir ser um casal.

— Só por uma noite — digo, e inclino a cabeça na direção dela. — Quão difícil pode ser?

— Muito difícil, eu imagino — diz Lina, uma linha profunda marcada entre suas sobrancelhas. — Isso seria mentir para um monte de gente. Essas pessoas vão compartilhar coisas de suas vidas pessoais, e estaríamos bisbilhotando. É errado.

Ela está certa, mas somos pessoas inteligentes. Podemos descobrir uma forma de não estarmos por perto quando outras pessoas estiverem compartilhando.

— Podemos inventar uma desculpa para não estar presente nos eventos? Ou quando os outros casais começarem a fazer o que devem fazer? Se for coisa demais, sempre dá para escapar e passar a noite no celeiro. Mas digo que seria bom tentar, se temos chance de dormir em um quarto.

Lina morde o dedo enquanto considera a proposta.

— O que vamos fazer quanto ao fato de que só tem uma cama no quarto?

— Fácil — digo. — Posso dormir no chão. Ou podemos revezar entre dormir na cama e no chão. Ou colocar travesseiros entre nós dois. Tanto faz. E podemos dividir os custos, também.

Ela se balança na ponta dos pés enquanto pensa no que devemos fazer. Nunca a vi tão indecisa assim. E não me acanho em usar todas as armas à minha disposição.

— Deixa eu perguntar uma coisinha, porque não consigo me lembrar se esse assunto veio à tona quando você estava falando com Hannah: aonde ficam os banheiros do celeiro? Ah, e por acaso você trouxe repelente?

Ela joga a cabeça para trás e arregala os olhos.

— Que merda.

— Exatamente — digo, concordando com a cabeça.

Em resposta, ela joga os braços em volta do meu pescoço e pisca para mim.

— Vou ser a melhor namorada que você jamais teve.

Os cabelos na minha nuca se levantam enquanto um arrepio percorre todo meu corpo. Sim. É exatamente disso que tenho medo. Mas, pelo lado bom, ao menos não passaremos a noite em um celeiro.

— É... aconchegante — diz ela, girando para avaliar o quarto. — Essa cama deve ser Califórnia king. Tem bastante espaço para nós dois.

— Você acha?

Ela aperta os lábios e concorda.

— Vai dar tudo certo. Muito melhor do que o chão do celeiro, com certeza.

Sim, a cama é grande, mas Lina está ignorando o óbvio: é uma cama com dossel, coberta com um tecido leve e cortinas de seda em cada canto. Não há dúvidas de que a cama é a maior atração do quarto, com todos os móveis restantes, da pequena penteadeira antiga às duas poltronas felpudas combinando, servindo de acessórios para o enxoval. Se estivéssemos trabalhando em uma campanha de marketing para esse quarto, usaria palavras como *sensual* e *extravagante* para descrever essa cama. Basicamente, ela não ajuda em nada em uma situação cheia de tensão.

Lina pula na cama, testando sua firmeza, então se deita de costas, esticando os braços acima da cabeça. *Ela* também não está ajudando.

— É tão grande que dá pra fazer anjos de neve — diz, balançando os braços para tocarem a lateral do corpo e acima da cabeça. — Nem um pouco parecida com a cama de solteiro que eu dormia quando era criança.

Ok, sabe o que mais? Ela está me matando. Por um lado, é uma cena encantadora; por outro, é pura tortura. É óbvio que precisamos ficar o mínimo de tempo possível nesse quarto. Eu me posiciono ao pé da cama e agarro os braços dela assim que os move para baixo, puxando-a para que fique sentada.

— Acabou o dia na neve, Lina.

Ela deixa escapar uma exclamação de surpresa, *ah,* olhando para nossas mãos juntas, então pula para se levantar, quase caindo por cima de mim em sua pressa de colocar certa distância entre nós. Cambaleio para trás, mas é Lina que agarra meus braços e me puxa na direção dela para que não caia e, como resultado, cada curva suave da frente de seu corpo está pressionada contra as superfícies duras do meu. Meu pedido de desculpas fica preso na garganta quando olho para ela e vejo o brilho de compreensão em seu olhar de pálpebras pesadas. Ela passa a língua pelos lábios, e meu coração sai do compasso, palpitando forte e depois devagar, pulando algumas batidas entre um ritmo e outro. Se ela erguer o pescoço, trazendo a boca mais para perto, pode ser que ele pare de vez.

Uma batida alta e rápida na porta nos tira do torpor do momento, e nos afastamos como boxeadores correndo para suas respectivas quinas do ringue após o fim de um round.

— O retiro vai recomeçar em breve, pessoal — diz uma voz do lado de fora da porta. — Estejam no campo do lado de fora em dez minutos.

Lina não olha para mim enquanto remexe a bolsa e diz:

— Vou me refrescar um pouco. Encontro você lá?

Faço que sim com a cabeça, apesar de ela não ver o gesto.

— Sim, é uma ótima ideia.

E, para ser sincero, precisamos de todas as boas ideias que pudermos ter — sobretudo para contrabalancear as péssimas ideias surgindo na minha mente.

Capítulo Dezenove

LINA

Certa de que entendi errado, ergo minha mão.

— Com licença, James?

Ele se vira e abre um sorriso alegre para mim.

— Sim, Carolina?

— Eu acho que o calor me deixou… — digo, ficando vesga por um momento. — Me deixou meio perdida. Você disse que vamos jogar bola? Tipo basquete? Beisebol?

Antes que ele responda, uma enorme bola inflável transparente com pernas humanas aparece de trás do celeiro e vem correndo na nossa direção. Todos saem do caminho.

— Meu Deus, é o Boneco da Michelin! — grita alguém.

— Wanda, pare de gracinhas — grita James, os olhos se enrugando com a risada. — Devemos agir como adultos.

Wanda, a esposa de James, choca-se contra ele e dá uma gargalhada quando o vê cambalear. James se endireita e olha para mim.

— Respondendo à sua pergunta, Carolina…

— Lina está ótimo.

— Respondendo à sua pergunta, Lina, vamos brincar de bate-bate inflável, e isso significa que você vai ser a bola e vai bater nos outros. — Ele direciona a atenção para os demais casais, sete no total, e esfrega as mãos como um vilão maligno. — A intenção é se divertir, deixar um pouco da agressividade fluir e trabalhar como um time. O objetivo do jogo é ficar entre os limites dos cones laranjas. Se você for empurrado para além deles, está eliminado. O último casal restante no limite dos cones a qualquer momento do jogo será o vencedor. Deu para entender?

Todos concordam.

— Ah, e mais uma coisa — diz James. — As mãos têm que ficar na bola o tempo inteiro. Quem usar as mãos para outra coisa que não seja segurar as cintas dentro da bola será desqualificado.

Eu me viro para Max.

— Você viu no que me enfiou?

Max abre um sorriso satisfeito.

— Eu sei. Não é ótimo?

— Muito bem, pessoal — diz Wanda. — Hora de se embolar.

De repente, a atividade me parece um preço alto demais só para ter o privilégio de não dormir no chão de um celeiro. Ainda mais quando percebo que alguns desses casais não estão sorrindo e parecem não ter ouvido quando James disse para "se divertir".

— Está bem, e qual a nossa estratégia? — pergunta Max.

Ele tira a camisa, voltando a ser Hartley, o gostosão, e quero me colidir com força contra ele só por causa disso. Se tiver que passar por mais um momento de "foi por pouco" como aquele que tivemos no quarto, um banho gelado não será o suficiente para me acalmar.

Vejo banheiras de gelo no meu futuro. Muitas e muitas banheiras de gelo.

Wanda, que é uma querida, mas também tem um lado perverso, foi legal o suficiente para me dar adiantada uma das camisetas que cada participante deve receber ao final do programa. Vesti a camiseta com uma das samba-canção que peguei emprestado de Max.

— Vamos simplesmente atropelar todo mundo.

Max aperta os lábios com apreço.

— Isso funciona.

Coloco as cintas nos ombros, ignorando o ataque momentâneo de claustrofobia que me invade.

— Tudo bem aí? — pergunta Max.

Agarro as alças e me inclino, para poder vê-lo por cima da bola.

— Tudo. E você?

— Empolgado. Tentei convencer meu melhor amigo, Dean, a fazer isso em um centro de recreação local que frequentamos, mas ele se recusou.

— Dean me parece um homem inteligente.

— Sim, vocês se dariam muito bem. É uma pessoa tão prática quanto você. Mas um pouco mais animado, eu diria.

Pisco repetidas vezes de maneira exagerada.

— Dean deve ser a pessoa perfeita. Já pensou em namorar com ele?

Antes que ele possa responder, James assopra um apito e gesticula para nos reunirmos em volta dele no campo. Como fomos os últimos a chegar no grupo, não sabemos os nomes dos outros casais, e eles não nos conhecem. Suspeito que, como os recém-chegados que não vieram na hora certa — deve ser o que eles acham —, Max e eu seremos os primeiros alvos. Por fora, sou apenas sorrisos educados e camaradagem. Por dentro, estou pensando: *Podem vir, otários.*

Empurro Max um pouco para chamar a atenção dele.

— Ei, vem aqui comigo.

Max me segue.

— O que foi?

— Então, agora estou pensando em estratégias. Vamos nos separar. Juntos, somos um alvo maior, mas chamamos menos atenção separados. Podemos deixar os outros duelarem até sermos os últimos em pé.

Max indica sua discordância sacudindo o corpo e, assim, a bola, para a frente e para trás.

— Temos que ficar juntos. Mostrar uma frente coesa. Eles vão vir atrás de nós dois primeiro, mas, se nos defendermos com força, vão dispersar rápido e atacar outro casal.

Eu paro.

— Calma aí — falo alto para nosso anfitrião ouvir. — James, tem algum prêmio para o casal vencedor?

— O direito de se gabarem — grita James de volta.

Max e eu nos olhamos.

— Tudo bem, as recompensas são baixas — diz ele. — Por que não tentamos da sua forma e vemos como vai? Se essa estratégia não funcionar, tentamos do meu jeito. Combinado?

Sacudo meu corpo todo para cima e para baixo para indicar minha aprovação.

— Combinado.

James sopra o apito e todos se espalham pelo campo. Corro para uma das quinas, tomando o cuidado de não ficar perto demais do perímetro de ação. Antes que consiga sequer me estabilizar, um homem musculoso com braços bastante peludos prende uma das minhas pernas na dele, movimento que me faz cambalear no canto do campo, até perder o equilíbrio e cair. Sem ter apoio, minhas pernas balançam, e não faço ideia de como me levantar. Estou presa. Merda, Max estava certo: devíamos ter atacado juntos.

Meu colega de time me encontra me contorcendo no chão e não consegue resistir a me provocar.

— Se pudesse pegar meu celular e tirar uma foto disso, com certeza eu faria. Nunca imaginei ver você assim. Nunca.

Isso é ótimo. Ele está rindo da minha situação difícil, sem se dar conta de que parece tão ridículo quanto eu.

— Será que preciso te lembrar, Max, que você está em pé dentro de uma grande bola de plástico?

Ele se inclina e olha para mim por cima da engenhoca.

— A palavra-chave aqui é *em pé*. Que é o oposto da sua condição no momento, certo? Só para constar, você parece um tiranossauro depois de tropeçar. Eu ajudaria, mas...

Pela bola, vejo Max sair correndo, outro jogador o perseguindo. Ele grita por cima do ombro.

— Eu... já... volto.

Não consigo deixar de rir enquanto o vejo correr oscilante pelo campo. *Como foi que isso virou a minha vida?*

Enquanto isso, me remexo de um lado para o outro, tentando conseguir impulso o suficiente para me levantar. Não funciona. Estou fazendo uma ótima imitação do que Humpty Dumpty se pareceria se não tivesse se quebrado após a queda, e dou gargalhadas só de pensar como deve ser essa cena na visão das outras pessoas.

Com um esforço considerável, consigo me virar para ver o campo, meu olhar encontrando Max em meio ao caos de bolas de plástico quicando na grama. Em um movimento de cair o queixo, ele se joga no Braços Peludos, forçando meu inimigo a ir parar atrás dos cones laranjas.

— Isso! — grito.

Max se esquiva e encontra seu caminho de volta para mim, ofegante como um cão peludo que ficou tempo demais no sol.

— Eu... tenho... uma... ideia.

— Bom, sou uma audiência cativa, e sou toda ouvidos.

— Bem, se eu me sentar atrás de você e nós dois dobrarmos os joelhos, podemos nos usar como alavanca para levantar. Não vai ser uma cena bonita, mas acho que pode funcionar.

Aperto os olhos para ele e me viro para evitar os raios de sol no meu olho.

— A essa altura, faria qualquer coisa.

Fazemos como ele sugeriu e, após muitas tentativas — uma delas sendo sabotada por uma mulher que tentou, sem sucesso, se vingar em nome de Braços Peludos —, conseguimos nos levantar. A sensação de triunfo é desproporcional ao meu feito, mas após me revirar no chão por cinco minutos, estou feliz de estar de volta ao jogo.

— Viu? — diz Max. — Somos melhores trabalhando juntos.

Relembrando o momento em que tivemos ideias em conjunto no carro, fico tentada a concordar. E, apesar de discutir com Max ser satisfatório em pequenas doses, fazer palhaçadas juntos como estamos fazendo naquele momento é muito mais divertido.

Dessa vez, Max se choca contra mim para chamar minha atenção.

— Vamos andar como quem não quer nada até aquele casal e depois correr contra eles, derrubando os dois para caírem de bunda. E vamos gritar enquanto fazemos isso.

Dou um olhar inexpressivo para ele.

— E por que faríamos isso?

— Para ser mais intimidador. Eles vão estar na defensiva. Vão ficar desconsertados — diz ele, e então se inclina para que eu possa ver seu rosto. — Além disso, vai ser *muito* gostoso.

A ênfase naquela última frase me transporta a um lugar que, provavelmente, não era a intenção dele. Posso pensar em uma dúzia de coisas muito gostosas, e todas elas envolvem Max. *Foco, Lina, foco.*

— Não sei se gritar vai fazer com que eles gostem da gente.

— E quem se importa com isso? — pergunta ele, a testa franzida.
— Estamos tentando vencer. Além disso, você nunca mais vai ver essas pessoas. Não tem nada a perder.

Bom, é verdade quando diz que é provável que eu não veja mais essas pessoas, então por que diabo não tentar? Nada nesse dia está acontecendo como eu imaginava, mesmo.

Olho para o fim do campo e vejo quatro jogadores atrás dos cones. Isso significa que temos só quatro casais para eliminar. Eu entro no modo fúria.

— Ok, Max, vamos nessa.

Max e eu vamos aos tropeços até nossos alvos, assobiando como se estivéssemos apenas vagando pelo campo. Quando estamos a uma distância boa para o ataque, ele grita:

— Um, dois, três, já!

E então, estamos nos chocando contra todos.

— Vocês não são páreo para a gente! — grita Max.

Eu grito para os nossos oponentes, também.

— É a gente que manda nessa merda, vadias! Uhuuu!

Max congela no lugar.

— Longe demais, Lina. Longe demais.

Eu sorrio, pedindo desculpas.

— Foi mal.

Dois minutos depois, minha voz está rouca de tanto gritar. Max estava certo — *é* uma sensação boa gritar sem parar, sabendo que ninguém vai mandar você parar. Bom, exceto quando você usa palavrões.

Por fim ficamos nós dois e um casal de hippies usando sandálias que combinam. Com meias.

— Tá no papo — diz Max. — Elas já devem estar muito chapadas.

Fico aterrorizada pelo comentário em voz alta, mas dou tanta risada que minha barriga começa a doer.

Uma das mulheres diz:

— Haha, pode ter certeza disso, docinho.

Antes de conseguirmos sair do caminho, as duas mulheres se jogam no chão e se inclinam para a frente, se transformando na mesma hora em bolas de boliche humanas e rolando na nossa direção. Quando Max e eu percebemos que somos os pinos do jogo, olhamos horrorizados um para o outro pelo plástico que nos separa, mas é tarde demais para fazer qualquer coisa a respeito.

Fomos eliminados.

Má notícia: não teremos direito de nos gabar, como queríamos.

Boa notícia: estou me divertindo como nunca.

Mais uma má notícia: tenho cem por cento de certeza de que é porque estou passando o dia com Max.

— Meus parabéns a Lina e Max por um jogo bem jogado — diz James. — Agora que demos uma descarregada na energia, é hora do nosso próximo exercício. Esse se chama "Eu Gostaria Que Você, Eu Não Gostaria Que Você" e é muito simples. Uma pessoa em cada casal vai compartilhar três coisas que gostariam que o parceiro fizesse ou que fizesse mais vezes. A outra pessoa irá compartilhar três coisas que gostaria que os parceiros *não* fizessem ou fizessem menos vezes. Parceiros, não fiquem na defensiva. Todo mundo vai ter a chance de falar. Mas o importante é: a pessoa que for compartilhar precisa explicar *por que* escolheu essas três coisas para que o outro possa entender o argumento. Regra extra: seu parceiro pode fazer perguntas para tentar entender melhor. Faz sentido?

Estamos sentados em um círculo de cadeiras na área de estar da pousada, um quarto com cortinas de brocado pesadas, móveis de madeira de cerejeira e paredes amarelas que neutralizam a escuridão do espaço. Apesar da pausa para o banheiro e para um café, o grupo parece cansado e desconfiado. Não consigo dizer se a falta de entusiasmo com esse exercício quando comparado com o das bolas de plástico é culpa do cansaço ou do medo do que virá a seguir. As coisas estão prestes a ficar muito pessoais, e não invejo o casal que vai começar.

Wanda bate palma uma vez.

— Vamos lá, amigos, quem quer começar?

Max ergue a mão no ar.

— Posso ir.

Meu estômago dá um nó enquanto algumas pessoas me olham para estudar minha reação. Como sempre, não dou nenhuma pista, mas, na minha cabeça, quero dar na cara *dele*. Por que fez isso? Não somos um casal, então o que ele sequer tem a dizer? E por que diabo quer nos tornar cobaias desse experimento de relacionamentos?

Eu me inclino para sussurrar no ouvido dele.

— Por que você quer ir primeiro?

Ele apoia um dos braços no espaldar da minha cadeira e sussurra sua resposta.

— Estou tentando achar uma solução para sua preocupação em ouvir as informações de outras pessoas. Se formos antes, dá para inventar uma desculpa e sair. Além disso, ainda não comemos nada, então queria ir atrás de comida.

Ah, tudo bem. Fico feliz que ele esteja levando minhas preocupações em consideração. Pontos de *pão de queijo* desbloqueados. Além disso, ele vai falar um monte de besteira sem relevância e vou fazer o mesmo, e então podemos sair para encontrar comida. *Excelente.*

— Max — diz Wanda —, pode começar, então.

— Devo ficar sentado ou em pé?

Wanda dá de ombros.

— O que for mais confortável para você.

— Ok, vou ficar em pé — diz ele, se levantando da cadeira. — Assim, Lina pode respirar em paz.

— E você protege suas partes de baixo — diz Braços Peludos, rindo.

A parceira dele o bate na cabeça para que eu não tenha que fazê-lo.

Max deixa escapar um suspiro e passa uma das mãos pelo rosto para assumir uma expressão séria.

— Um pouco de contexto aqui. Lina e eu não estamos juntos há muito tempo, então muito do que estamos passando pode ser resultado da novidade do relacionamento. Ao menos é o que digo para mim mesmo.

Ah, isso é ótimo, Max. Excelente forma de dar o contexto apropriado para as coisas que você está prestes a inventar.

— Enfim — diz ele, esfregando as mãos e me encarando com um olhar direto, mais sério do que o momento pede. — Eu gostaria que você se abrisse comigo. Sinto que você se fecha para todos, e não tenho certeza do motivo. Queria saber o que você está pensando, mas quase nunca faço ideia. Quer dizer, você sequer fica irritada? Tipo, irritada *de verdade*? O que te deixa triste? Qual seu maior medo?

Estou me remexendo na cadeira enquanto o ouço falar, mas mantenho meu rosto impassível. Ou Max está falando do coração, ou é um ator habilidoso que sabe exatamente como me desestabilizar. Tenho a esperança de que seja uma atuação; afinal, ele assumiu muito rápido o papel de desconhecido quando nos reencontramos no Cartwright algumas semanas antes. Mas, ao mesmo tempo, ele parece tão sincero. Se isso realmente não for uma cena, então ele está fazendo perguntas que nunca nenhum outro homem pensou em fazer, nem mesmo Andrew. E, droga, não quero me emocionar. Não na frente dessas pessoas que não conheço.

— Lina, você gostaria de responder? — pergunta James.

É cedo demais para dizer o que está acontecendo aqui, então analiso minhas unhas para enfatizar meu (falso) tédio.

— Não. Estou bem por enquanto.

Max concorda, então abre e fecha os dedos enquanto continua a me pressionar.

— Bom, o número dois está relacionado com o primeiro item. Gostaria de saber o que você acha de mim. Como pessoa. Ainda está brava comigo? Podemos superar o que aconteceu? Porque eu quero. Não sou a mesma pessoa que eu era naquela época, e acho que você também não.

Merda. Eu poderia socar a cara dele. Ou dar um abraço nele. Max está usando essa charada para falar comigo. Falar comigo *de verdade.* E não sei quanto mais posso dizer sem revelar sentimentos que gostaria de manter para mim mesma. Max não precisa saber que sinto atração por ele. Ou que está, pouco a pouco, derrubando minhas defesas ao tentar conhecer quem sou de verdade. Ou que gosto da pessoa que sou quando ele está por perto. Mas talvez eu possa me limitar a responder as perguntas que ele fez e impedir que esses fatos venham à tona.

James olha para mim.

— Algo a dizer, Lina?

Ignoro o frio na minha barriga e inspiro para me fortalecer.

— Eu gosto de você, Max. Como pessoa. Bastante. Não esperava gostar, mas tenho feito muitas coisas que normalmente não faria nas últimas duas semanas, e estou bem quanto a isso. Não estou brava com você. Não mais. Gostaria que focássemos no que somos hoje e nos lembrássemos do nosso objetivo em comum.

Ele aperta os lábios e suspira.

— A apresentação. É claro. Como pude me esquecer.

Minha resposta o decepcionou. É porque quer que eu vá mais fundo? Revele mais?

— Não, não tem a ver só com a apresentação, Max. Não para mim, pelo menos — digo, e me inclino para a frente. — Mas por que isso importa tanto para você? Se conseguimos superar nosso passado?

— Isso é bom, muito bom — diz James. — Você está aberta ao que ele tem a dizer. Fazendo suas próprias perguntas. Todos os outros, tomem notas.

Max hesita, a boca se fechando rápido e depois abrindo de novo.

— Pode falar — digo, para encorajá-lo.

— Está relacionado com a terceira coisa que gostaria que você fizesse — responde.

Wanda balança a mão para Max.

— Diga sua terceira coisa, e depois vamos ouvir o que Lina tem a dizer.

Ah, não vamos ouvir porcaria nenhuma. Preciso sair daqui. Logo. Caso contrário, vou ultrapassar minha carga de emoções diárias, superaquecer e desmaiar.

— Tudo bem — diz ele, sem tirar os olhos dos meus. — Essa é a última coisa, mas é importante. Gostaria que você enxergasse o potencial que temos juntos. Eu sei que é difícil me ver com novos olhos, ainda mais devido ao nosso histórico, mas tem *alguma coisa* aqui. Não sei direito o que é, mas é forte o suficiente para que eu não queira ignorar. É pedir muito, eu sei. E é complicado. Tem ao menos uma dúzia de motivos para nem sequer tentarmos. E talvez você não consiga se ver comigo. Mas quero que você saiba que, se houver qualquer chance para a gente, eu quero tentar.

Uma das mulheres usando sandálias arfa. A outra desliza na cadeira. Tenho medo de piscar ou responder, mas estou tentada a seguir a onda delas. Esse exercício é feito sob medida para me pressionar de todas as formas, e é isso que Max está fazendo. Deveria ficar chateada com ele por me colocar nessa posição, mas, para ser honesta — *muito* honesta —, é libertador. Não preciso refrear meus sentimentos aqui, e posso escolher compartilhar o quanto quiser. Além disso, não posso ignorar as borboletas em meu estômago quando Max disse que quer uma chance para estar comigo. Não deveria encorajá-lo, não quando não posso oferecer o que ele busca, mas Max se expôs, e nada mais justo do que fazer o mesmo.

Wanda deve ter percebido o quanto estou me sentindo vulnerável, porque fala baixinho:

— Lina, você gostaria de compartilhar suas três coisas? Não precisa fazer se não se sentir confortável. Queremos que você tenha a sua oportunidade, mas também queremos fazer o que é melhor para você.

Olhando para Max, deixo o ar escapar devagar e me levanto.

— Claro. Eu topo.

Ok, Lina. Agora é tudo ou nada.

Capítulo Vinte

MAX

Então é assim que é uma experiência extracorpórea? Bem, não posso dizer que gostei.

Mal posso acreditar que despi minha alma em uma sala cheia de pessoas desconhecidas. Se Lina estiver puta da vida, não posso culpá-la. Porque a responsabilidade nesse caso é toda minha. Ela me deu uma brecha — disse que o que sentia em relação a mim não se relacionava só com a apresentação —, e eu peguei essa informação e fui correndo contra uma porra de uma parede com ela.

Após pigarrear, lanço um olhar significativo para ela e apresento uma válvula de escape.

— Hm, Lina, você não tinha uma ligação importante para retornar? — pergunto, olhando para o relógio. — Exatamente agora? Talvez seja melhor encontrarmos um lugar calmo para você fazer isso.

Lina me estuda, sua expressão não revelando nada. Após alguns segundos de um silêncio desconfortável, diz:

— Esqueci de te dizer. A ligação foi remarcada. Não preciso ir a lugar algum. Estou sem compromissos.

Eu me jogo na cadeira. *Entendi.* É provável que ela esteja arquitetando meu sumiço. Ou planejando compartilhar um fato vergonhoso a meu respeito. O incidente do bolo, talvez? E não me surpreenderia se inventasse algumas histórias nada lisonjeiras. Eu não teria o poder de me defender. Sendo sincero, depois do que fiz aqui, mereço isso e muito mais. Então me sento e a observo — e espero o que vou receber, sabendo que mereço.

Lina ainda está vestindo a camiseta do retiro de casais, mas deu um nó na lateral do corpo e consigo ver um pedaço de sua barriga. É como se estivesse olhando para um presente que esteve na minha lista de desejos durante anos e que, enfim, consegui rasgar a primeira camada do papel de embrulho. O único problema: Lina me bateria se eu rasgasse o resto da camiseta.

Ela esfrega as mãos nas coxas e pigarreia.

— Três coisas que gostaria que você não fizesse ou fizesse com menos frequência. Ok, aqui vamos nós. Primeiro, gostaria que você não fosse tão alheio às implicações do seu pedido para eu não ser tão fechada. Você quer saber se eu choro? Se fico irritada? Claro que sim. Só que preciso de um ambiente seguro para fazer isso, e não há muitos desse tipo disponíveis. Eu sou mulher, Max. Afro-latina também. Não é como se eu pudesse me permitir ter emoções a vontade, não sem repercussões.

— Amém, mulher — diz Wanda.

— Uma mulher negra nunca fica brava com razão, ela é sempre considerada *raivosa*. Quando uma pessoa latina confronta alguém, dizem que tem sangue quente e é explosiva. Não gosto de falar alto em público, por exemplo. Há muita bagagem associada a isso. Uma mulher que se emociona no ambiente de trabalho é taxada de *irracional* e inadequada para a liderança. Eu fui *demitida* por ser emotiva demais em um ambiente predominantemente masculino.

Estamos falando de vida real aqui. É óbvio que Lina está levando o exercício a sério, e com certeza vou agir da mesma forma. E, porque a vontade de perguntar é esmagadoramente forte, decido ceder, apesar de minhas ressalvas.

— O que aconteceu, Lina? Por que você foi demitida?

Ela fecha os olhos por alguns instantes, abrindo-os a seguir e erguendo o queixo.

— Antes de ser organizadora de casamentos, eu era paralegal em um escritório prestigioso. — O olhar dela vaga pelo rosto de todos na sala. — Eu amava aquele emprego. Era jovem, não fazia nem três anos que tinha terminado a faculdade, e tudo o que queria era provar que merecia estar ali. Quando consegui minha primeira chance auxiliando um dos sócios durante um julgamento, foi um evento grandioso. Mas, infelizmente, cometi um erro. Enorme. Enumerei as provas da forma errada. Não sei se foi o cansaço ou alguma outra coisa. Enfim, o juiz ficou confuso. O sócio ficou confuso. *Eu* estava confusa. O júri não tinha provas para olhar. E tudo isso poderia ter sido resolvido. O juiz teria nos dado tempo para corrigir as provas. Mas deixei as emoções me dominarem com tanta força e fiquei tão decepcionada comigo mesma que chorei. Não estou falando das lágrimas bonitas que vemos nos filmes. Foi aquele tipo de choro feio, com lágrimas pesadas daquelas que vêm quando a gente está chorando que nem um bebê. E, depois disso, fui totalmente ineficaz para consertar meu erro porque estava envergonhada. Acredito que não seja surpresa para ninguém que o sócio perdeu a confiança em mim.

É difícil imaginar a versão dela mesma que Lina está descrevendo, porém não duvido da história. Mas ela mudou muito desde então.

— Ser demitido não é a pior coisa que pode acontecer com alguém — diz ela. — Eu *sei* disso. Mas ser demitida por ser um desastre emocional foi difícil de engolir. Ainda é. Ainda mais quando penso na força da minha mãe durante tempos difíceis. *Odeio* pensar que não consegui enfrentar esse desafio. Enfim, depois disso, nenhum dos meus colegas de trabalho quis trabalhar comigo e acabei sendo dispensada. E, sem uma boa carta de recomendação, tive dificuldades em encontrar outra posição. Então, sabendo que eu estava triste com a situação, uma amiga me pediu para ajudá-la a planejar o casamento dela, e o resto, como dizem, é história. Só que não quero passar por isso nunca mais. Então, quando você me pede para demonstrar mais minhas emoções, não é tão fácil quanto você faz parecer.

Merda. Sou um homem branco, e fico envergonhado ao perceber que nada disso teria me ocorrido se Lina não tivesse me forçado a enxergar. É um privilégio que julgo como natural, a habilidade de *ser* quem eu quero ser e dizer *o que* eu quero independentemente de onde estiver. Quantas vezes vi um colega homem ficar com o rosto vermelho por um pequeno desentendimento e sair pisando duro pela sala de reuniões? Alguma vez olhei para ele com desdém? Não. Mas uma mulher chorando na mesma sala de reuniões? Sim, tenho que admitir que me sentiria desconfortável. Será por isso que minha mãe insiste que Andrew e eu esqueçamos que somos filhos dela assim que entramos no escritório? Para que não seja vista como nosso suporte emocional? Ou como uma líder fraca? É difícil dizer. Quanto a Lina, no entanto, tudo faz sentido agora. Lina construiu muros em volta de si mesma porque precisa deles.

— Sinto muito que você tenha passado por isso. E quero ser um espaço seguro para você. Seja como amigo ou... algo a mais, a escolha é sua, é claro.

— Isso significa muito — diz ela, dando um sorriso fraco. — Obrigada.

Wanda bate uma folha de papel em sua coxa.

— Vocês dois estão fazendo exatamente o que James e eu queríamos. Sendo abertos. *Se comunicando*.

Ela segura a mão de Lina.

— E estou orgulhosa, minha pequena. Você falou sua verdade, e fez com que ele ouvisse. Mais alguma coisa? Você pode parar por aqui se quiser.

Lina suspira.

— Sim, foi um dia longo e estou cansada e com fome, então acho que vou acabar logo com isso.

Eu me sento ainda mais largado na cadeira, exausto por nós dois. Se pudesse fazer qualquer coisa para aliviar a carga emocional que ela está vivendo, faria.

— Outra coisa que gostaria que você não fizesse — diz Lina.

Endireito o corpo na cadeira, meu olhar encontrando o dela com rapidez.

Ela pondera o que vai dizer, como se estivesse tentando formular um modo diplomático de abordar o assunto.

— Gostaria que você não usasse outras pessoas como referencial do seu sucesso. Mesmo pelo pouco tempo que te conheço, posso ver que você é uma pessoa incrível por mérito próprio. Competir com outra pessoa não vai te ajudar a encontrar o que está buscando. Sua competição deve ser com você mesmo. Quando estiver procurando melhorar, tenha como referência a última e melhor coisa que fez e parta daí.

Ela está falando de Andrew. Nós dois sabemos disso. E, sem saber, tocou no problema que me deixa reticente em relação ao que estou sentindo. Ela me compara com Andrew? Usa Andrew como referência para medir o *meu* valor? Suspeito que não. Caso contrário, por que me aconselharia a não fazer a mesma coisa? Ainda assim, estaria mentindo se dissesse que não me preocupo com isso.

— Não é fácil. Tenho que lidar com uma vida de comparações com outra pessoa. Mas prometo que vou prestar atenção nisso.

— Que bom — diz ela.

— Mais alguma coisa? — pergunta Wanda.

Lina balança a cabeça e senta.

Não posso negar que estou decepcionado. Ela ignorou a parte em que pedi que desse uma chance para nós dois. Mas, na verdade, o que poderia esperar? Que a ex-noiva do meu irmão admitisse que se sente atraída por mim? Que quisesse explorar a possibilidade de haver algo a mais entre nós?

Não consigo me lembrar dos motivos que Dean listou ao dizer que Lina e eu não funcionaríamos juntos. Mas isso não importa. Seja como for, Lina é uma mulher sensata e não vai alimentar minhas fantasias ridículas.

LINA

James anuncia uma pausa de quinze minutos. Antes que qualquer pessoa saia da sala, Max e eu vamos depressa até ele. Claramente, já estamos cansados dessa farsa.

— Estamos destruídos... — digo.

— Estamos famintos... — diz Max.

Max e eu paramos de falar e trocamos sorrisos de compreensão.

James revira os olhos.

— Deem o fora, vocês dois. Ganharam o resto da tarde livre — diz ele, e então se inclina em nossa direção e fala em voz baixa: — Boatos de que estão arrumando o buffet do jantar na cozinha. Pode ser que consigam comer algo lá.

Enquanto corremos pelas portas deslizantes, James fala em voz alta:

— Ainda quero a avaliação do curso de vocês amanhã de manhã.

— Claro — digo por cima do ombro.

— Vamos fazer — acrescenta Max, logo atrás de mim.

Enquanto todos os outros vão para fora tomar um pouco de ar fresco, Max e eu corremos para a cozinha, onde um homem e uma mulher estão cobrindo as bandejas do buffet com papel-alumínio.

O homem de meia-idade olha para cima e sorri.

— Chegaram um pouco cedo, pessoal. Ainda vai demorar cerca de meia hora para servirmos o jantar.

Max rosna — ou talvez seja o estômago dele roncando.

— Será que não tem como pegarmos alguns pedaços de pão? Mingau? Uma fatia de queijo? Não sou exigente.

A mulher ri.

— Bom, não podemos deixar nenhum dos hóspedes com fome, não é? — diz ela, nos entregando dois pratos brancos e grandes. — Temos frango assado temperado com limão e pimenta, salada de vagem e tomate, batatas doces picadas e pãezinhos quentes. Podem se servir — recomenda ela, espiando o corredor que leva para a cozinha —, mas não comam nas áreas comuns. Não quero começar uma revolução.

— É muito gentil da sua parte — respondo. — Você acaba de me poupar de um desmaio.

Max e eu trabalhamos juntos para tirar o papel-alumínio e nos servirmos. Quando nossos pratos estão cheios, equilibramos nossos tesouros — utensílios, guardanapos, copos de limonada e pratos cheios de comida — e passamos sorrateiramente pela porta da frente.

— É melhor irmos para o quarto? — sussurro.

Max concorda.

— Pode guiar o caminho.

Nos acomodamos nas poltronas em frente à lareira e devoramos a comida.

— Meu Deus, é disso que eu precisava — digo enquanto mastigo. — Desculpe. Não tenho educação nenhuma nesse momento.

Max ergue uma coxa de frango com o dedão e o indicador e morde como um cachorro atacando um osso.

— De boa. Também não sou o garoto-propaganda da etiqueta.

Minutos depois, após termos demolido o jantar e nos revezado para usar o banheiro do corredor, nos encontramos de volta nas poltronas, incapazes de resistir à maciez do estofamento.

A voz de Max me tira do meu coma alimentício.

— Sabe, não tem por que não tirar um cochilo na cama. A não ser que você não consiga se controlar. Quer dizer, sei que sou gostoso para caralho, mas, se você conseguir se controlar, podemos aproveitar um colchão firme e eu não preciso ficar com torcicolo.

Quero muito olhar para ele de canto de olho, mas meu cérebro me impede e me força a sorrir em vez disso.

— Não tenho certeza se nós três cabemos nessa cama.

— Três? — pergunta.

Abro um olho e pisco para ele.

— Eu, você e seu ego.

Ele ri e se levanta, esticando a mão — que pego, apesar de minhas ressalvas — para me puxar com facilidade. Esse era o plano, então por que de repente fiquei hesitante em dividirmos a cama? A declaração de interesse que ele fez durante o retiro não precisa significar nada a não ser que eu queira... mas talvez eu também queira. Preciso de espaço para pensar, e não posso fazer isso com Max a centímetros de distância. Agarro minha maleta de viagem como se fosse um colete salva-vidas que vai me impedir de me afogar.

— Estou toda suada e suja. Acho que vou tomar um banho antes que todos decidam fazer a mesma coisa.

— Boa ideia — diz ele. — Também vou tomar um depois de você.

Saber que ele vai tomar banho depois de mim não deveria desencadear pensamentos impróprios, mas nada nesse dia faz sentido, então claro que isso acontece. Eu o imagino ensaboando o corpo e se acariciando, cercado pelo vapor e pela água que escorre pelo tronco e pernas. Fechando os olhos bem apertados, tento apagar a imagem da minha mente, mas ela aparece ainda mais nítida, como se eu estivesse espiando em uma tela de computador e os pixels estivessem se formando à medida que o download progride. *O que diabo está acontecendo, cérebro? Pare com isso.*

— Beleza, não demoro.

Quando estou segura dentro do banheiro, ligo a água e tiro a roupa. Para o meu absoluto terror, descubro manchas de grama em uma das minhas calcinhas favoritas, uma edição limitada da La Perla que eu tinha intenção de ostentar em uma noite de núpcias que nunca ocorreu. Deveria tê-la jogado fora anos atrás, mas que se dane — essas calcinhas não são baratas. Com a esperança de remover as manchas antes que fiquem de vez, uso um sabonete líquido tamanho miniatura do meu kit de emergência e esfrego até sair, depois a coloco de molho em um dos copos de papel destinados aos hóspedes da pousada. Esse é o lado positivo da minha natureza planejadora: estou sempre preparada.

Sim, a lembrança de Max me perturbando por causa do meu carro diria o contrário, mas tanto faz. Ninguém é perfeito.

Tomo banho e me refresco em minutos, cantarolando enquanto coloco o sutiã de volta — meus seios não podem ficar desprotegidos com Max por perto — e então procuro por outra calcinha e a camiseta que Max ganhou do retiro, alguns tamanhos maior que a minha, que ele me deixou pegar emprestada porque a minha está suja. Encontro a camiseta em segundos, mas após procurar em cada canto da minha maleta pela única peça de roupa que sempre tenho a mão, encaro o fato de que me esqueci de colocar uma calcinha extra. Me encaminhando para a pia, encaro a única que tenho: encharcada e enfiada em um copo. Encarnando a personagem de Eartha Kitt em *O príncipe das mulheres,* olho para o espelho e resumo meu dilema em um sussurro:

— Estou sem calcinha.

Capítulo Vinte e Um

LINA

Vai ficar tudo bem. A camiseta termina logo acima do joelho, então não é como se eu fosse acidentalmente me exibir para alguém. Ainda assim, essa não é a situação ideal: estou guardando um segredo bastante sensual no exato momento em que não deveria estar pensando em sexo de forma alguma.

Deixo escapar um suspiro encorajador e entro de novo no quarto.

Max se levanta da poltrona, o olhar pairando acima dos meus ombros.

— Foi bom o banho?

Com a maleta de viagem traidora apoiada no ombro, puxo a barra da camiseta.

— Foi ótimo. Realmente ótimo. Não podia ser melhor. O banho mais gostoso que já tomei.

Ele inclina a cabeça, as sobrancelhas se erguendo.

— Uau. Uma aprovação e tanto.

Estou girando a cabeça como um ventilador de teto enquanto o festival de besteiras sai da minha boca.

— Sim, espera só até você tomar o seu. Revigorante. Muito mais do que refrescante. Você vai amar. Eu ga-ran-to.

Ele me olha com curiosidade.

— Hmmm. Mal posso esperar.

Eu o cumprimento enquanto se encaminha para a porta, com a mala em mãos.

— Aproveite!

Quando ele sai, resmungo e me jogo na cama. Deveria fechar os olhos e sucumbir a esse misto inebriante de ansiedade e exaustão. E quase o faço, até me lembrar que a calcinha ficou no banheiro.

De molho, dentro de um copo.

E Max está lá, também.

Nesse instante, balanço o cobertor no pé da cama e o jogo por cima da cabeça. Ao que parece, não preciso dormir para ter pesadelos.

Alguns minutos depois, meu coração acelera quando a porta do quarto se fecha. Pressiono minhas coxas uma contra a outra, meu rosto ainda enfiado embaixo do cobertor; assim, posso evitar o olhar de Max e ele não será queimado pelas chamas da vergonha que percorrem minhas bochechas.

O colchão se mexe quando ele deita na cama, mas fica em silêncio, talvez julgando que já dormi.

— Como foi o banho? — pergunto debaixo da minha capa anticonstrangimento.

Ele ri.

— Não tinha certeza se você estava acordada — diz ele, após uma pausa. — Foi decente. Boa pressão. Mas nada de especial.

— Você deve ser um tomador de banhos mais exigente do que eu, então.

— Você está conseguindo respirar aí embaixo? — pergunta.

Deixo escapar uma risada suave, tirando o cobertor do rosto, e me viro de lado. *Meu Deus.* Max está esparramado na cama com a mesma calça jeans que estava usando antes, os cabelos ainda mais escuros agora que estão molhados. Ele colocou uma camiseta diferente — mesmo estilo, outra cor. E os lábios estão mais carnudos e rosas que o habitual. Um agradável efeito colateral de um banho quente, talvez? Independentemente do motivo, ele está exalando uma confiança de Pica das Galáxias, e gosto disso.

— Desculpa pelo lance com o carro — falo de repente, precisando desesperadamente preencher o silêncio com conversas de cunho não sexual, independente de quão ilógico isso seja. — Você está preso aqui por minha causa, e me sinto mal por isso.

Ele se vira de lado e examina meu rosto com atenção antes de me olhar nos olhos.

— Não estou me sentindo preso, então não precisa se desculpar. Mas eu também preciso pedir desculpas por uma coisa.

Levanto a cabeça do travesseiro e me apoio no cotovelo, erguendo uma sobrancelha em surpresa.

— Precisa?

Ele concorda.

— Aham.

Ele suspira e se deita de costas, fechando os olhos.

Pegando a deixa dele, faço o mesmo.

— Desculpa pelo que aconteceu mais cedo — diz ele, a voz pouco acima de um sussurro. — Você não aceitou esse plano de passar a noite para ter a vida dissecada assim. Eu não deveria ter me aproveitado da situação. Posso ser impulsivo de vez em quando, e os resultados nem sempre são bons.

Dou uma risadinha, relembrando meu próprio comportamento impulsivo nada usual nas últimas duas semanas.

— Max, eu fingi que não conhecia você e seu irmão durante uma entrevista de emprego e convenci os dois a embarcarem nessa cilada. Rosnei para você em um restaurante. Quase nocauteei você na aula de *capoeira*. Acho que venci você na impulsividade esse mês. Além disso, você me deu uma escapatória, e eu não quis, então é claro que queria falar com você sobre aquelas coisas.

Ele não diz nada durante algum tempo, depois pergunta:

— Mas não sobre tudo o que eu disse, certo?

Abro os olhos e encaro o teto. Ele está certo. Eu não estava pronta para discutir tudo o que foi dito. Não diante de uma plateia. Aqui, no quarto, posso tentar. Ele me pediu para ver o potencial em nós dois, mas não há nenhum. Max é o exato oposto do irmão em muitos sentidos — e é por isso que somos incompatíveis. Não quero alguém que me deixe de joelhos bambos. Odeio a ideia de estar com alguém que vai me provocar para conseguir uma reação. Não estou interessada em pensar em alguém mais do que deveria. Tudo isso já aconteceu com Max — e nem ao menos estamos namorando. Além disso, que futuro sequer poderíamos ter juntos? Não posso imaginar ir jantar com os pais dele e encarar o rosto do meu ex-noivo do outro lado da mesa. É provável que acabe batendo nele com uma baguete.

Mas talvez, somente talvez, Max seja a pessoa perfeita para se ter um caso exatamente *porque* é, sem sombra de dúvidas, a pessoa errada para mim. Se já conheço Max e não posso ter um relacionamento duradouro, isso não me impediria de me apaixonar?

Mas não seria injusto com Max? Sim, se ele estiver procurando por mais do que estou disposta a dar. Parte do problema é que não sei o que ele quer.

Antes que possa perguntar, ele pula para fora da cama.

Eu me levanto e me sento na ponta do colchão, me certificando de manter as pernas fechadas.

— Qual o problema?

Ele agarra a barra da camiseta e puxa o tecido para longe do corpo, se abanando, como se de repente o quarto tivesse ficado muito abafado.

— Vou dar uma voltinha lá fora. Aproveitar um pouco do ar do campo.

Então, ele estica a mão para pegar na maçaneta. Saio correndo da cama e coloco minha mão em cima da dele, impedindo-o de abrir a porta.

Max espera, mas seu olhar não encontra o meu, então encaro o perfil do seu rosto.

— Não estou buscando nada sério — digo, minha voz mais ofegante do que eu pretendia. — Você, eu, nós. Não daria certo, Max. Não a longo prazo. Tem bagagem demais para ser ignorada.

Ele ergue a cabeça, olhando para o teto, e fico fascinada em ver como o pomo de Adão se mexe em sua garganta. Por fim, diz:

— Em outras palavras, você não está procurando um relacionamento.

— Exato. Mas *estou* aberta a uma companhia. Sem promessas.

Ele se vira de lado para me analisar, a cabeça e ombro apoiados na porta.

— E se eu disser que posso lidar com isso?

Estico o braço e acaricio o queixo dele. Os olhos de Max se fecham, então ele se aconchega na minha mão, esfregando os lábios na minha pele. Sinto o calor irradiar do meu peito e se espalhar lentamente como lava. Meus dedos estão loucos para explorar mais da pele dele, mas me forço a focar em responder à pergunta.

— Se você pode lidar com isso, então posso dizer o "eu gostaria que você não" que ficou faltando lá na dinâmica.

Ele abre os olhos.

— E o que seria?

— Eu gostaria que você não saísse desse quarto.

Os lábios dele se curvam em um meio-sorriso, como se julgasse o desejo promissor, mas quisesse se abster de avaliar algo até ouvir o fim dessa conversa.

— Posso dizer mais um dos meus desejos, então?

Estou na ponta dos pés, me inclinando para mais perto, mas sem tocá-lo, a sensação inebriante da antecipação percorrendo todo meu corpo até as pontas dos dedos.

— Diga.

Ele se endireita e ajeita um dos meus cachos que escapou do rabo de cavalo.

— Gostaria de poder beijar você. Gostaria de poder tocar você. Gostaria de poder... — Ele balança a cabeça e me espreita. — Não, você não está pronta para ouvir isso.

Eu o pressiono imediatamente para dizer mais, sem me importar que isso mostre como é fácil me provocar.

— O que mais? Posso aguentar o que quer que você tenha a dizer.

Com os dentes mordiscando de leve o lábio inferior, ele inclina a cabeça e me examina, buscando provas de que estou falando a verdade. É óbvio o esforço está fazendo para parecer apenas vagamente interessado no fruto da inspeção, mas sua respiração está pesada e as pupilas invadiram os olhos castanhos, escondendo a verdadeira cor. Max está excitado. *Por minha causa.* Não preciso nem ao menos ouvi-lo falar mais. O que quer que seja, sei que também quero.

— Tudo bem, então — diz ele em um suspiro, como se eu, por fim, lamentavelmente, o tivesse forçado a falar. — Eu gostaria de poder fazer você gozar tanto que ia gritar até quebrar as janelas dessa pousada ridícula de tão charmosa.

Inspiro o ar tão necessário para meus pulmões, meu peito subindo e descendo a cada inspiração. Esse é um desejo e tanto. A possibilidade de alcançar esse nível de entrega me preocupa, mas não posso negar que minhas mãos estão úmidas ou que estou contraindo meu sexo de propósito, devido ao tamanho da minha vontade. Se tivesse certeza de que isso não o assustaria, eu rasgaria a camiseta dele e passaria minhas mãos pelo peito para ver seus músculos flexionarem, como a própria natureza pede. E, claro, quero mais detalhes. Ele quer me deixar louca usando a boca? Os dedos? O pau? Todos os três? Não ao mesmo tempo, é claro, mas em múltiplas rodadas, talvez?

— Te deixei sem palavras? — pergunta, interrompendo meu fluxo de "paunsamento".

Balanço a cabeça.

— Não, não. Eu só duvido que isso seja possível.

O sorriso dele se esvai, como se estivesse esperando por uma resposta diferente e mais significativa.

— Ainda assim, gostaria de ver você tentar — acrescento.

Ele ergue a cabeça com rapidez e sussurra meu nome — não Lina, mas *Carolina* —, e então há um lampejo de movimentos que termina com as minhas costas sendo pressionadas contra a porta e os dedos dele entrelaçados na base do meu pescoço.

— Ah — digo —, você é ágil.

— Ágil demais? — diz ele, o olhar pairando em meu rosto a procura de sinais de que ultrapassou os limites.

Agarro a cintura dele e o puxo mais para perto, *querendo* que ele me pressione.

— Não, do jeito certo.

Muito certo, na verdade. É um começo impressionante para um encontro que, em segredo, eu preferiria que não fosse tão bom. Porque isso facilitaria muito toda essa bagunça, não? É fácil dispensar o sexo quando é ruim; sexo bom é difícil de se esquecer.

Devagar e com tanto cuidado que fico incerta de suas intenções, ele se afasta, ergue meu queixo com o dedo indicador e me encara com um olhar pesado que me faz pensar em domingos de manhã, lençóis amarrotados e a luz do sol entrando com delicadeza por cortinas que flutuam com a brisa. Incapaz de esperar mais, mordo o lábio inferior dele, puxando-o até que roce a boca contra a minha, para frente e para trás, para cima e para baixo. Ele faz isso mais vezes do que consigo contar, nos levando à beira do precipício, mas sem nos empurrar.

Quando estou prestes a atingir meu limite e implorar por mais, ele abre a minha boca com a dele e nossas línguas se encontram, as mãos deslizando acima da minha cabeça e me aprisionando. Não queria que fosse tão bom, mas maldito seja, se essa amostra é indicação de algo, é que com certeza será ótimo.

Quando finalmente nos separamos, ele ergue a cabeça, o desejo inconfundível estampado em seus olhos, e examina meu rosto à procura de… algo. Se estiver procurando por uma reação ao beijo, não é aí que vai encontrar. Mas, se abaixar o olhar alguns centímetros, vai ver o contorno dos meus mamilos duros. E, se descesse um dedo pelo meu peito, sentiria meu coração batendo acelerado. E, se escorregasse as mãos entre as minhas pernas, sentiria o calor que emana dali. Sim, esse corpo está pronto. Minha mente, entretanto, está alguns passos atrás. Porque não tem como nos recuperarmos disso. Uma vez que for feito, está feito. *Por favor*, seja ruim. *Por favor, por favor, por favor.*

— No que você está pensando? — pergunta.

Movo a cabeça e olho acima dele.

— Você não quer saber.

Ele aproxima o rosto e dá um único beijo no meu queixo.

— Me conta.

Esse simples contato me faz arrepiar. Mais uma vez, maldito seja.

— Para ser sincera, estou esperando que você seja ruim em proporções épicas. Quero que esse seja o pior sexo que já fiz. Isso resolveria uma montanha de problemas.

Ele levanta a cabeça e ergue uma sobrancelha.

— Porque aí você pode se livrar dessa mais fácil?

Não tem por que negar, então assinto com a cabeça.

— Aham.

Os lábios dele se erguem nos cantos.

— Então o que você está dizendo é que, se o sexo que fizermos for incrível, você vai ficar decepcionada?

Dou um sorriso amarelo.

— Perverso, né?

Ele ergue uma sobrancelha.

— Então, só tem uma coisa que você precisa fazer.

— E o que seria?

— Se preparar para ficar decepcionada.

Capítulo Vinte e Dois

MAX

Lina lançou um desafio sem saber, e tenho a intenção de cumprir. Ela deseja que o sexo seja ruim? Não se eu puder evitar. Mas *como* posso abordar a tarefa e incentivá-la a trabalhar comigo em prol de um objetivo em comum?

Dou um passo para trás e aliso meu queixo enquanto a estudo, procurando por um ângulo feito sob medida para desarmá-la. Ela ainda está encostada na porta, o peito subindo e descendo enquanto espera que eu diga ou faça alguma coisa. Repasso mentalmente nossos últimos minutos juntos e paro no momento em que ela tomou a iniciativa do nosso primeiro beijo; a lembrança me dá uma ideia que ou será brilhante, ou ridícula.

— Preciso que você me dê uma chance justa aqui, e acho que sei como ajudar com isso. Veja bem, eu sou bem parecido com um cachorro. Não daquele jeito "todos os homens são cachorros", como você pode ter pensado, mas no sentido de que sinto prazer em agradar e sou fácil de treinar. Então, se você me disser como ferrar com tudo isso, posso fazer o exato oposto — digo, fazendo o sinal de joinha com as duas mãos. — O que você acha, amiga?

Ela move o queixo enquanto analisa minha pergunta.

— Em outras palavras, você está colocando a responsabilidade em mim.

Eu balanço meu dedo indicador.

— Na-na-ni-na-não. Estou tornando nós dois responsáveis pelo sucesso dessa aventura conjunta.

Rindo, Lina abaixa o rosto e aperta as têmporas.

— Você fala demais.

— Verdade. E algumas pessoas, também conhecidas como *eu* mesmo, diriam que você não fala o suficiente. Então, o que acha? Pode me ajudar?

Após alguns instantes de silêncio, ela concorda.

— Tudo bem, vamos fazer do seu jeito.

Eu sorrio.

— Que é, na verdade, o *seu* jeito.

— Cala a boca, Max.

— Certo.

Ela fala comigo como se estivesse fazendo uma apresentação, as mãos gesticulando para enfatizar.

— Eis o que não me impressiona. Quando um cara acha que a resposta para tudo está no pau dele. Isso geralmente significa que ele vai apressar tudo, como se a penetração fosse o objetivo final do sexo. Não é. Um cara que não aproveita para explorar meu corpo está desperdiçando uma oportunidade de ouro de me causar o tipo de prazer que me faria sonhar acordada por semanas.

— Levando isso em consideração, posso começar? — pergunto.

Ela sorri.

— Pode.

Diminuo a distância entre nós e deslizo minhas mãos por baixo dos cabelos dela, massageando o pescoço.

— Como alguém não iria querer acariciar essa pele linda? Seria uma porra de um crime.

Com os olhos fechados, ela joga a cabeça para trás, deixando o pescoço à minha disposição. Eu passo meus lábios pelas clavículas até a lateral do pescoço, deixando um beijo suave em seu queixo. A pele dela tem um aroma intoxicante, uma combinação de pêssego e baunilha e, se eu conseguir sair com vida desse quarto, vou procurar sem cansar até encontrar uma sobremesa que me faça relembrar esse cheiro.

Minhas mãos pousam no tecido da camiseta, um pouco acima da cintura.

— O que tem aqui embaixo? Posso ver?

Como resposta, ela abaixa a cabeça e levanta a camiseta devagar, revelando as coxas macias como seda. Estou preparado para comê-la com os olhos, mas ela hesita.

— Me mostra, Lina.

Ela morde o canto do lábio inferior e ergue o tecido mais alguns centímetros. *Puta que pariu.* Ela está sem calcinha, e ver sua boceta é mais do que o meu coração já acelerado consegue aguentar.

— Uau, alguém aqui é muito eficiente.

Ela dá uma risadinha, e é o som mais doce que já ouvi.

— Isso não estava nos planos. É uma longa história.

— Começa com a calcinha que vi no banheiro, não?

Ela solta a camiseta e cobre os olhos.

— Sim.

— Não faça isso — digo, abaixando os braços dela. — Eu torci a calcinha e trouxe de volta para o quarto. Não queria que um dos hóspedes tivesse um ataque cardíaco. É nosso pequeno segredo agora, um que gostaria de saber meia hora atrás. Você pode tirar tudo?

— Claro — diz ela, alcançando novamente a camiseta, que tira em segundos, jogando-a na poltrona à direita.

A primeira olhada que dou quase me faz cair de joelhos.

— Lina — expiro, incapaz de dizer algo mais profundo.

Com quadris arredondados e seios fartos protegidos por um lindo sutiã azul, os mamilos escuros duros e a pele negra e brilhosa, Lina é tudo que poderia me deixar excitado. Meu pau pressiona a braguilha da calça jeans, e me remexo para aliviar parte do desconforto.

— Eu gosto de me exibir — diz ela, me tirando do transe —, mas só quando a pessoa também se exibe para mim. Não basta dizer que você me quer. Você tem que *mostrar* que me quer.

Minha camiseta desaparece em um segundo. A seguir, abro o botão da calça e puxo o jeans para baixo. Encarando-a com intensidade, abaixo a calça até o meio dos joelhos e liberto meu pau da cueca que o prendia. Ele balança, duro e apontando para o alto, até se acomodar, chamando a atenção e esperando por instruções.

— Melhor?

Ela concorda, os olhos escuros reluzindo com interesse.

— Muito. Com isso como parte do arsenal, suas chances de vencer a guerra são grandes. Vem aqui para eu poder tocar você.

— Por favor? — digo, um sorriso escapando e comprometendo o tom de afronta que coloquei em minha voz.

— Por favorzinho — diz ela, enquanto tira o sutiã, relevando seus lindos seios.

Distraído pela visão, dou um passo para a frente e quase me espatifo na parede.

— Você precisa tirar a calça antes — diz ela, rindo.

Resmungando para encobrir minha gafe, tiro a calça, chutando-a para fora do caminho.

— Outra coisa que com certeza torna o sexo menos impressionante é uma pessoa que não sabe se divertir com ele — diz Lina, direta. — Um pouco de bom humor e autodepreciação não são necessariamente ruins...

Entendendo o que ela quis dizer, me inclino e bato nas minhas coxas.

— Você viu isso? Quando tropecei no jeans? Hilário, não?

— Vem aqui, Max — diz ela, uma expressão divertida.

Gostando do tom brincalhão e mandão dela, não desperdiço tempo me aproximando, dando um passo gigante para a frente e colocando minhas mãos em sua cintura enquanto minha boca cobre a dela. Nós dois gememos em aprovação quando nossos corpos se conectam de novo. Estou cercado por calor e maciez e curvas, meu novo lugar feliz no mundo ali, conjurado em carne e osso. Lina desliza uma mão entre nós e me acaricia, segurando apertado e firme. Eu afasto minha boca, incapaz de controlar o silvo que escapa da minha garganta. Isso é demais. *Ela* é demais. Já consigo prever que vou querer fazer isso muitas vezes mais. Preciso me assegurar de que ela se sinta do mesmo modo até o fim da noite.

Fico de joelhos e olho para ela.

— Gostaria de passar algum tempo aqui. — Me inclino para a frente, sentindo o cheiro dela, e passo a língua nos meus lábios. — Dicas antes que eu comece?

Ela agarra a maçaneta da porta para se equilibrar melhor, os olhos vidrados.

— Não gosto quando homens usam as línguas como se estivessem cutucando um ninho de abelhas com uma vareta. Ou quando parecem achar que podem agir como se eu fosse um lanche crocante que encontram em uma loja de conveniências. Fazer sexo oral em uma mulher é uma arte. Requer imaginação e atenção aos detalhes. Ah, e eu adoro quando falam coisas safadas durante o ato. Com moderação, é claro, porque obviamente quero que você se concentre na tarefa que tem em mãos.

Será que ela faz ideia de que está falando coisas safadas para mim agora? Será que sabe quão tentadora ela fica enquanto esfrega as coxas em antecipação, as costas arqueadas enfatizando os lindos seios? Se eu puder dar metade do prazer que ela me dá apenas ficando parada ali, as janelas desse quarto *vão* se estilhaçar.

Eu toco na perna direita dela.

— Coloca essa perna por cima do meu ombro. E pode agarrar meu cabelo se quiser. Adoro isso.

Ela não solta a maçaneta, como se fosse a segurança de que não irá cair no chão, mas coloca a perna por cima do meu ombro e agarra minha nuca. Enterro meu rosto entre as pernas dela, lambendo seu meio, grunhindo ao perceber o quão molhada ela está.

— Meu Deus — geme. — Isso, Max. Assim...

Levanto minha cabeça e olho para ela.

— Me fala o que sua boceta quer, querida... Seja o que for, eu faço.

— Meu clitóris — sussurra —, preciso que você chupe. Passe os dentes de levinho...

E é o que faço. Sem pressa, deslizo minha língua por ela e a chupo, com rapidez e mais lentamente, passando meus lábios pelo clitóris e sugando-o com gentileza, meus dedos separando sua carne para que possa chegar exatamente aonde preciso.

Minutos depois, sinto a mão dela se afrouxar em minha cabeça, mas ela se endireita e agarra minha nuca ainda mais forte, os quadris se mexendo no ritmo certo para fazer minha língua deslizar.

— Ah, eu não... é... eu preciso... é tão bom, Max.

Consigo ouvir a voz dela ficar mais alta a cada palavra. Em um mundo perfeito, ela me diria se estivesse quase lá, porque me recuso a deixar esse pedaço do paraíso que encontrei sem um motivo razoável. Decidindo testar quão pronta ela está e usando um pouco da imaginação que pediu, passo meu dente pelo clitóris e, ao mesmo tempo, deslizo dois dedos para dentro dela. Ela grita enquanto goza, o corpo tremendo como se estivesse explodindo do centro para fora e a mão batendo contra a maçaneta até escorregar e parar de segurá-la.

Enquanto Linha pisca para retornar à consciência, limpo minha boca e me sento apoiado nos calcanhares para aproveitar a vista. Ela parece cansada e desalinhada, o prendedor de cabelo que segurava o rabo de cavalo pendurado na ponta dos fios e um brilho de suor em sua barriga e coxas.

Eu poderia observá-la nesse estado o dia inteiro, mas, nem dez segundos após Lina ter desmoronado na minha língua, alguém bate na porta.

— A cozinha vai fechar em breve, pessoal, mas enquanto isso fiquem à vontade para se juntarem a nós em uma bebida noturna no salão, se estiverem livres.

De olhos arregalados, Lina ri, então cobre a boca com a mão quando percebe que sua voz pode ultrapassar as portas do quarto.

— Obrigado pelo convite — digo. — Mas acho que vamos ficar por aqui essa noite.

Lina se inclina um pouco e franze o nariz para mim.

— Quem precisa de uma bebida noturna quando pode ter uma lambida noturna, não é?

Ela já era irresistível antes, mas descobrir esse senso de humor peculiar e tempo perfeito de comédia sela meu destino: essa mulher é perfeita para mim. E isso só pode significar problemas. Problemas puros, não adulterados, não geneticamente modificados. Mas, nesse momento? Eu não poderia me importar menos.

Capítulo Vinte e Três

LINA

Até agora, Max está fazendo um trabalho maravilhoso em me decepcionar. Deveria saber que ele não cooperaria. E, além disso, meu corpo também não está cooperando. Na verdade, ele acha que Max é um *bom menino*. E quem poderia culpá-lo, não é? Falei para Max que o sexo oral era uma arte, e ele assumiu a tarefa de criar uma obra-prima digna de uma ala própria no Louvre.

Maldito seja em um mundo sem bolos.

O homem que será a estrela dos meus devaneios durante as próximas semanas se levanta, o pênis grosso apontando para o teto. Quando ele se mexe, mais músculos do que pensava que alguém pudesse ter se flexionam em rápida sucessão, da forma como imagino o mecanismo de um relógio manual funcionando para marcar a passagem do tempo. É fascinante — e desorientador.

Tenho consciência de que ainda há chance de que tudo seja arruinado, mas as probabilidades não estão do meu lado e, como ele mesmo disse, o sucesso dessa empreitada também é responsabilidade minha.

— Me responde uma coisa — diz ele. — Você tem alguma coisa contra a cama?

— Não, nada — respondo, erguendo a sobrancelha. — Por que a pergunta?

— Porque estou começando a me perguntar se as suas costas não vão fundir com a porta.

Eu me afasto da porta, minhas bochechas queimando sob o escrutínio entretido dele. Olho para a cama, a cabeceira tão cheia de detalhes e cortinas elegantes acenando para mim. A cama é tão... íntima. Eventualmente acabaremos dormindo, talvez até de conchinha se estivermos nos sentindo aventureiros. E dormir juntos leva a pensar na manhã seguinte. Que é geralmente cheia de arrependimentos e "ai merda o que foi que eu fiz". Mas pensar que posso adiar tudo isso é bobagem, e fico feliz que Max tenha chamado minha atenção.

Aproveite o momento e se preocupe depois.

Balanço a cabeça.

— Não tenho problema algum com a cama.

Para provar, passo rapidamente por ele, puxo o edredom e engatinho no colchão. Deitada de lado com um cotovelo na cama e o queixo apoiado na mão, pergunto:

— E onde estávamos?

Ele se junta a mim, deitando-se de lado.

— Você estava me instruindo nas melhores formas de te dar prazer.

Não fico muito feliz com a afirmação dele. Não se trata apenas de mim, e é egoísta focar apenas no que eu quero, ainda mais considerando como Max foi atencioso com as minhas necessidades.

— Vamos mudar o roteiro e falar do que *você* gosta.

Ele pausa, parecendo pensativo, e franze a testa.

— Promete que não vai me julgar muito?

— Se merece meu julgamento, então nunca pode ser muito.

Grunhindo, ele revira os olhos.

— Tudo bem, vou arriscar. Vamos lá, digamos apenas que não gosto de sexo múmia.

Olho fixamente para ele.

— Sexo múmia? O que diabo é isso? Não me diga que você muda de forma.

Ele ri.

— Não, sexo múmia é quando uma mulher fica deitada na cama, como uma estátua ou, como gosto de pensar, como uma múmia. Isso me perturba para caralho. Assim, não me entenda mal, não sou um completo idiota, ok? Entendo se alguém não puder me cavalgar como a rainha do rodeio. Mas, tirando isso, gosto de um pouco de participação por parte da pessoa com quem estou transando.

Estremeço enquanto imagino o sexo múmia. Quando me recupero, ofereço uma explicação alternativa.

— Você tem certeza de que não era uma fantasia sexual e você não sabia?

— Se era, eu não fui avisado antes — diz Max.

— Ou talvez você não fosse tão interessante assim. Tem essa possibilidade, também.

— Você não tem coração, e não vou pegar leve só porque sua boceta é incrível — diz ele, se sentando de modo casual, e, antes, que eu possa adivinhar quais são suas intenções, Max agarra um travesseiro e bate com ele no meu rosto.

Grito, surpresa, enquanto luto para ficar de joelhos, e logo estou exibindo meu próprio travesseiro, pronta para atacar, até alguém bater na porta — de novo.

— Tudo bem aí? — pergunta alguém.

— Eu acho que é James — sussurra Max, então grita: — Estamos bem!

— É só uma guerra de travesseiros — explico em uma voz exageradamente alta.

— Ok, tudo bem, acho que algumas pessoas estão se preparando para ir deitar — diz James.

— Faremos menos barulho. Prometo — digo.

Max se levanta da cama e pega a calça jeans, procurando por algo em um bolso traseiro. Ele retorna com algumas embalagens de camisinha.

Olho para ele com compreensão, meus lábios pressionados em uma expressão que diz: *Claro que você fez isso, seu filho da mãe presunçoso.*

— Tinha algumas à mão por puro acaso, hein?

Ele aperta os lábios, fingindo estar ofendido com minha pergunta.

— Na verdade, não. Encontrei no banheiro, no armário de remédios. Fiz uma busca para o caso de isso acontecer.

— Você conferiu a data de validade?

— Aham.

— Me dá uma, por favor.

Ele vem de joelhos até o centro da cama e me entrega uma das camisinhas, a mão tremendo de leve enquanto espera que eu a pegue. Não quero que ele fique nervoso quanto a isso, mas me pergunto se toda a minha conversa sobre sexo, feita para me ajudar a criar coragem, colocou uma pressão desnecessária nele. Se for o caso, quero corrigir isso. Vou de joelhos até ele e coloco a camisinha na cama. Apoiando uma das mãos no seu ombro, me inclino para beijar o peito dele, depois o pomo de Adão, depois o queixo. Quando me endireito, lanço um olhar penetrante para ele.

— Foi tudo incrível até agora, e de fato acredito que não tem como ferrarmos com isso. — Dou um beijo suave em seus lábios e estico a mão, alisando o pau dele levemente. — Só quero que a gente se sinta bem, os dois.

Ele estremece, as pálpebras semiabertas.

— Ahh, Lina. Acho que podemos tirar isso da lista de coisas a fazer.

— Ainda não — digo, cutucando o ombro dele e indicando que se deite.

Max se apoia nos calcanhares, depois estica as pernas para a frente e se deita de costas. Eu olho por cima da pele macia dele, dos ombros largos, da ereção, tudo isso esperando por mim, e é alarmante como estou ansiosa.

— Lina, eu preciso de você — resmunga ele, a voz falhando como se tivesse pequenas pedras na garganta.

O desejo na voz dele alimenta minha própria fome, elevando-a a outro nível e ameaçando sair de controle. Meus mamilos estão tão duros que quase chegam a doer, posso sentir a umidade no centro das minhas coxas. Coloco minhas pernas uma de cada lado de seu corpo, alcançando a camisinha com dedos desajeitados e suspirando de frustração quando a embalagem não abre com facilidade. Max aperta meus seios, beliscando os mamilos com movimentos leves e torturantes, enquanto luto com a camisinha que se recusa a ceder. Quando, por fim, consigo abrir aquela filha da mãe, enfio um dedo dentro.

Meus olhos se arregalam, e minha barriga se revira.

— Está vazia.

Max levanta a cabeça da cama.

— Oi? Peraí, vou pegar outra.

Analiso o pacote e dou risada.

— Nem perca seu tempo. Esses pacotes são de zoeira, Max. A marca se chama Nojan. A embalagem diz "Para a pessoa que não vai se dar bem hoje".

O rosto de Max assume um adorável tom cor de rosa, estilo Meninas Malvadas, antes de ele cobrir o rosto com o travesseiro. Mas então pensa melhor e me espia.

— Admita, esse *é* o pior sexo que você já fez.

Eu jogo o travesseiro longe.

— Não o pior, mas com certeza o mais memorável.

Desço do colo dele e me movo para o lado, pegando seu membro grosso. Antes de colocá-lo na boca, digo:

— Mas não se preocupe. O melhor ainda está por vir.

Capítulo Vinte e Quatro

LINA

Max não está na cama quando acordo. Encaro o teto e espero pelo momento "ai merda o que foi que eu fiz" chegar, mas ele não vem. E é fácil de entender o porquê. Andrew é meu passado. Max é meu presente. Além disso, Max e eu não estamos interessados em construir um futuro juntos. Fomos pegos de surpresa por nossa atração mútua, e agora estamos apenas curtindo a situação como ela é. Nenhum de nós tem motivos para se sentir culpado, e não tem por que nos preocuparmos com as consequências a longo prazo, porque elas não existem.

Aconchego-me no edredom, querendo desfrutar da paz e tranquilidade por mais alguns minutos. Mas, segundos após fechar os olhos, Max irrompe pela porta com sua caneca de viagem nas mãos.

— Bom dia, flor do dia. Beba seu café pra gente cair na estrada.

Eu me sento e passo as mãos pelos meus cachos.

— Mas ainda estamos sem carro.

Ele fica parado ao lado da cama, coloca a caneca na mesa de cabeceira e se inclina para me dar um beijo suave. Enquanto se afasta, puxa levemente meu lábio inferior, forçando-me a ficar de joelhos para prolongar a doce saudação.

— TJ deixou seu carro aqui hoje cedo. Já paguei a conta e podemos dividir mais tarde. Estamos livres para ir. É domingo de Páscoa, então preciso voltar cedo para Vienna para jantar com a família.

— Putz, eu também — digo, saindo da cama e pegando a caneca com as duas mãos. — Já vou tomar uma bronca por ter faltado à igreja. — Tomo alguns goles, o líquido aquecendo minha barriga como comida reconfortante. — Vou só colocar uma blusinha e os jeans de ontem e podemos ir.

— E talvez você devesse escovar os dentes — diz Max enquanto arruma o carregador de celular chique.

Encaro as costas dele até ele virar a cabeça, olhando para mim com um sorriso malicioso. Resmungando, jogo um travesseiro em sua cabeça.

— Vou me lavar.

Ele me pega na porta e me envolve em um abraço por trás.

— Tenho uma sugestão.

— O quê? — pergunto, inclinando minha cabeça para que ele possa pressionar os lábios contra meu pescoço.

— Por que você não fica só com a camiseta? É longa o suficiente e fica bem bonito. Ninguém vai saber que não era para ser usado em público e vai me permitir apreciar a visão das suas belas coxas no caminho para casa.

Eu me afasto dele, divertida.

— Vou pensar nisso enquanto *escovo os dentes.*

No banheiro, decido que a ideia dele não é ruim e coloco um cinto fino na camiseta para fingir que é algo fashion. Não fica exatamente bom, mas se isso significa que Max poderá deslizar as mãos entre minhas coxas no carro, vou suportar esse crime da moda. Enquanto escovo os dentes, fico maravilhada com a facilidade da nossa relação esta manhã. Não há nenhum constrangimento, o que atribuo ao fato de sermos honestos a respeito das nossas intenções.

Quando volto a entrar na sala, Max está sentado na poltrona, com um livro de capa dura e uma folha de papel equilibrados no colo.

— Não se esqueça de preencher a avaliação do retiro. James está parado na porta da frente para se certificar que qualquer um que for sair mais cedo entregue a avaliação antes de ir.

Pego minha avaliação na cômoda e me sento na poltrona ao lado de Max, lendo a primeira pergunta.

— "O retiro ajudou você e seu parceiro a se aproximarem?" Hmm. Considerando que estávamos a minutos de sairmos na mão e acabamos dando orgasmos alucinantes um ao outro, vou marcar que sim.

Max ri enquanto rabisca com intensidade.

— Que coincidência. Eu escrevi exatamente a mesma coisa na seção de comentários.

— É mentira — digo, me inclinando para ler o papel dele.

Ele levanta a folha, apoiando-a contra o peito.

— Essas informações são particulares, senhorita. Cuide da sua própria avaliação.

Reviro os olhos e volto a responder às perguntas.

Após terminarmos, juntamos nossos pertences e nos preparamos para ir embora. Lanço um último olhar melancólico para o quarto antes de fechar a porta atrás de mim. Fazemos uma parada rápida na cozinha para pegar alguns bolinhos para a viagem e, então, encontramos James no saguão. Ele estende a mão. As avaliações são sua maior prioridade.

— Bem, amigos — diz ele com um sorriso —, foi um prazer conhecê-los. Queria que tivéssemos passado um pouco mais de tempo juntos, mas acho que vocês dois conseguiram o que precisavam com essa experiência.

Pisco para Max, e a boca dele treme.

— Com certeza — diz Max.

James se inclina na nossa direção.

— Devo confessar que, em todos os anos que Wanda e eu fazemos isso, é raro vermos novos casais tão abertos um com o outro. Isso me diz que vocês dois têm a base para fazer de fato funcionar. — Ele aponta para o coração de Max, depois para o meu. — As ferramentas estão aí. Tudo que vocês precisam fazer agora é usar. Lembrem sempre que comunicação é tudo.

A primeira pontada de culpa genuína me atinge. James é um homem tão doce, e odeio o fato de termos mentido para ele sobre nosso relacionamento só para conseguir uma estadia mais confortável. É verdade, porém, que Max e eu experimentamos um avanço ontem, e me dar conta disso alivia a pontada de remorso que se alojou em meu peito. Tiro um cartão da minha bolsa e entrego para James.

— Escute, se você e Wanda estiverem em D.C., me procurem. Adoraria levar vocês para almoçar um dia.

James analisa o cartão.

— Ah, com certeza. Só vamos a D.C. em ocasiões especiais, mas Wanda está sempre me perturbando para irmos assistir a uma apresentação no Kennedy Center. Talvez possamos fazer um programa juntos.

Eu concordo.

— Seria ótimo. Posso recomendar alguns lugares para jantar também.

Max pega minha mão, levanta-a na minha frente e passa os lábios nos nós dos meus dedos.

— Querida, precisamos ir. Temos uma longa viagem pela frente e quero dar um último passeio pelos campos de flores.

Meu choque momentâneo com a maneira casual com que ele beijou minha mão é eclipsado pela minha confusão. Ele quer visitar a fazenda outra vez? Isso é novidade para mim.

— Bem, não vou prender vocês — diz James. — Está um dia perfeito para curtir ao ar livre. Se vocês forem pela área de cultivo de tomates, não vão ver outra alma viva por horas. É um excelente lugar para um piquenique matinal.

— Sim — diz Max. — Hannah mencionou ontem que é um ótimo local para fotos. Achei que Lina gostaria de ver isso também.

Ela mencionou? Quando foi isso?

James ergue o queixo para Max.

— Certo — diz ele, levantando um chapéu imaginário para nós. — Aproveitem e voltem para casa em segurança.

Do lado de fora, dou a volta no carro e o inspeciono com o toque de uma mãe.

— Meu bebê está bem.

— Por enquanto — diz Max baixinho.

— E TJ limpou o carro também.

Ele olha para o carro, claramente não impressionado.

— Ele precisa de toda a ajuda possível.

— Olha aqui, sabe do que mais? — digo, apontando um dedo para ele. — Esse carro está te levando para casa, então seria melhor se você o tratasse com gentileza.

Ele balança a cabeça para mim, seus lábios curvados em desgosto fingido, mas, antes de entrar no carro, o ouço sussurrar:

— Desculpe, táxi bananão.

Assim que me acomodo, ligo o motor e coloco minhas mãos no volante.

— Tudo bem, como chegamos a esse lugar mágico que você mencionou?

Ele aponta para uma bifurcação na estrada de terra; ambos os caminhos abraçados por fileiras de árvores bem espaçadas.

— Saia por ali e não se desvie. Se seguirmos a estrada, não vamos nos perder.

— Beleza.

Baixo um pouco a janela do lado do motorista, o suficiente para ouvir os sons da manhã na fazenda, mas não o suficiente para enlouquecer meu cabelo. Espero ouvir o relincho de um cavalo ou um ocasional mugido de vaca, mas o que mais ouço são pássaros cantando e máquinas pesadas operando à distância. O sol está brilhando forte, seus raios lançando um brilho dourado pelos campos de feno.

— Lindo aqui, não é?

Max assente lentamente.

— Não poderíamos ter pedido um dia melhor.

Após um minuto de viagem, a cerca que separa o gado da fazenda termina e a terra se torna uma mistura de grama e árvores seguidas por diversas plantações, cada uma com sua própria placa indicando o tipo de hortaliça cultivada ali.

— Tem certeza de que essa é a direção certa?

Os cantos da boca de Max se curvam.

— Não tenho, mas com tudo isso do lado de fora da janela, quem liga para onde vamos parar?

— Bem, eu...

Antes que possa dizer que eu ligo, a cena que surge me rouba a capacidade de colocar um pingo de sarcasmo no mundo.

— Ah meu Deus, olhe só isso!

Fileiras e fileiras de tulipas amarelas, vermelhas e cor-de-rosa-claras cobrem a terra até onde minha vista alcança.

— Podemos parar?

— Eu estava esperando que sim — diz Max, seus olhos suaves enquanto estuda minha reação.

Estaciono o carro em uma pequena clareira e saltamos. Passo à frente de Max, correndo pelos caminhos estreitos entre as fileiras enquanto deixo meus dedos beijarem as pétalas. Eu me sinto como uma criança, sem preocupação alguma, e gostaria de poder ficar neste canto escondido do mundo para sempre.

Max tira uma foto minha com o celular e transformamos o momento em uma sessão de fotos boba, com caretas e poses clichês. Quando terminamos, corro na frente dele mais uma vez, agora na direção do carro, mas ele rapidamente me alcança e pega minha mão, diminuindo a velocidade para uma caminhada tranquila.

— É isso que você queria que eu visse? — pergunto.

— Aham. Li a respeito na resenha de uma cliente e achei que você ia adorar.

— E adorei — digo, descansando minha cabeça em seu ombro. — Obrigada.

Ele coloca um braço em volta de mim e enterra o nariz no meu cabelo.

— De nada.

Isso é coisa de casal, não é? De casal de filme, ainda por cima. Correr pelos campos de flores. Tirar fotos bobas juntos. Passear de mãos dadas. Isso não deveria ser nós, mas de alguma forma é. Fica claro que precisamos recalcular a rota.

Interrompo nosso abraço.

— Hora de voltar.

Caminhando com determinação, chego ao carro em pouco tempo, mas Max puxa minha mão e me para antes que eu possa entrar.

— Calma aí. Vira de novo. É sua última chance de curtir essa vista.

Com os ombros caídos, cedo e me viro. Ele observa meu rosto enquanto olho para o campo. Então, me puxa para o capô do carro.

— Senta aqui. Relaxa. Aproveita.

Suspiro, como se apreciar a natureza fosse desanimador. Rindo e balançando a cabeça, Max me levanta em seus braços e me senta com gentileza no capô.

— Me dá um beijo — diz ele, seus olhos brilhando com pó de pir- -lim-pim-pim da pegação das fadas.

Eu não deveria, por mais que esteja com vontade. Mas, então, não seria isso uma forma de recalcular a rota? O que quer que aconteça aqui irá nos lembrar que nossa relação se trata de sexo, com uma tentativa de amizade como acompanhamento. Armada com um raciocínio inabalável, levanto a barra da minha camiseta — ah, então *foi por isso* aquela sugestão... — e abro minhas pernas o suficiente para que ele possa se encaixar no meio. Ele preenche o espaço com facilidade, as palmas de suas mãos descansando na parte externa das minhas coxas. Deslizo minhas mãos ao redor do pescoço dele e o puxo para perto, inclinando minha cabeça antes que nossas bocas se encontrem.

Este beijo é diferente. Mais difícil. Mais confuso. A falta de elegância é compensada pelo entusiasmo. Estamos focados em resultados e não na execução, como se quiséssemos rastejar um dentro do outro e o beijo fosse a porta de entrada que nos permitirá entrar. Um grunhido cresce no peito de Max e escapa de sua garganta quando coloco sua mão entre minhas coxas.

— Me toca — consigo dizer entre meus próprios esforços para inspirar seu cheiro e esfregar meu nariz contra suas bochechas e mandíbula.

— Porra, Lina, você é... tão... quente... — diz ele.

Sua voz é rouca e irregular, mas o toque é decidido quando ele rapidamente empurra minha calcinha para o lado e desliza dois dedos para dentro de mim.

— Humm... Isso, assim — digo.

Incapaz de manter minha cabeça erguida, eu a jogo para trás, abrindo ainda mais minhas pernas.

Ele me toca sem parar, o polegar acariciando meu clitóris em duas etapas agonizantes que não proporcionam alívio. Desesperada pelo clímax, me ergo e afundo meus dedos em seus ombros, cavalgando sua mão para prolongar a sensação causada pelo seu polegar no meu centro. Apoio minha cabeça na curva do pescoço dele e me mexo contra o capô do carro.

— Quero te foder — sussurra Max. — Você gostaria disso?

— Quem dera — digo com um suspiro. — Assim que voltarmos, vou fazer um estoque de camisinhas para nós.

Ele me dá um tapinha no ombro e ergo a cabeça, vendo um pacote de papel laminado — um pacote de camisinha de verdade — em sua mão. Eu o pego e analiso como se fosse uma nova forma de vida.

— Onde você conseguiu isso? — pergunto.

Max sorri.

— O cara com os braços peludos? No nosso grupo? Ele me deu.

— Braços Peludos ao resgate! — grito. — Uhu!

Rasgo o pacote enquanto Max abre o zíper da calça jeans, puxando-a para baixo das coxas. Então, levanto minha bunda para que ele possa tirar minha calcinha.

— Vem mais perto — peço. — Vou colocar em você.

Me arrasto para a borda do capô e coloco a camisinha, meu olhar nunca desviando do dele.

— Pronto?

Ele morde meu lábio.

— Tão pronto que posso entrar em combustão espontânea de tanta frustração.

Minha mão mergulha entre nós enquanto o posiciono na minha entrada.

— Não podemos deixar isso acontecer, né?

— Não, nós... — Seu corpo todo endurece enquanto o recebo dentro de mim. — Porra, Lina. Eu... porra... isso é... eu... *porra*.

Meu corpo se estica ao redor do pau dele, tomando lentamente centímetro por centímetro. A sensação é inebriante, entorpece meus sentidos de visão, audição, tato, paladar e olfato enquanto afia um novo: meu sentido de Max. Se uma bomba explodisse a um metro de distância, é provável que eu nem percebesse. Mas, se Max piscar, vou saber sem precisar ver.

— Tão bom... — murmuro.

Max se sacode como se eu o tivesse trazido de volta à consciência, minhas pernas em volta dele, e bate as mãos no capô. Ele entra e sai de mim devagar, testando a fricção e avaliando minha resposta.

— Você gosta assim? É bom?

Fecho meus olhos para me concentrar em formular as palavras certas. Como eu explico que ele se encaixa perfeitamente em mim? Que quero fazer isso com ele todos os dias no futuro próximo? Que minha boca está seca e meus seios estão pesados e doloridos, e minha cabeça pode explodir porque é, ao mesmo tempo, demais e não é o suficiente? Não posso dizer nada disso. *Não, não, não.* Então, digo:

— Isso é bom. Muito, muito bom. — Abrindo meus olhos, vejo seu sorriso satisfeito, e a expressão no rosto dele me faz acrescentar: — Está *tão* gostoso que eu poderia explodir...

— Esse é o objetivo — diz ele com uma risada, e seus olhos ficam sérios, encobertos pelo desejo. — E assim?

Então ele aumenta o ritmo, se esfregando em minha pélvis entre uma estocada e outra.

Surpresa, me agarro nas costas dele, puxando a camiseta e buscando apoio para encontrá-lo no meio a cada estocada. Max tem outros planos, no entanto, e me abaixa com delicadeza para que minhas costas fiquem apoiadas no capô. Ele segura minha bunda com as duas mãos e me puxa para a frente. Meu corpo fica pendurado na beira do capô, mas a posição permite que ele apoie o peito no meu e faz nossos rostos ficarem a centímetros de distância. Estremeço e fecho os olhos.

— Abra os olhos, querida — diz ele. — Por favor.

Não quero. Não quero mesmo. Já estou sufocada por ele. Olhar em seus olhos enquanto ele me dá tamanho prazer vai fazer algo comigo que não estou preparada. Não sei exatamente o que, mas *sei* que fará. E que vai ser irreversível.

— Lina, não me deixa fazer isso sozinho — pede ele, rouco.

Eu não sei o que é "isso", mas o anseio em sua voz não pode ser ignorado, então abro os olhos e encontro seu olhar cheio de desejo.

— Aí está você — diz ele.

Max segura minhas mãos e as aperta bem forte. A dormência entre minhas pernas muda de lugar, se realocando em meu coração, que está batendo tão rápido que Max talvez precise fazer compressões torácicas em mim antes de terminarmos. *Não, não, não.* Eu me sacudo e prefiro agarrar a bunda dele em vez disso. E essa pequena mudança faz algo com *ele.*

— Porra, Lina... — Max geme. — Isso...

Ele ergue o torso e passa as mãos entre nós, colocando dois dedos no meu clitóris e fazendo movimentos circulares com habilidade.

A necessidade de liberar essa tensão acumulada faz com que eu me esfregue contra ele. Eu faria qualquer coisa para gozar. *Qualquer coisa.*

— Max... Estou quase lá. Eu...

Eu me reteso embaixo dele, que também fica imóvel. Então, todo o corpo dele começa a tremer, uma torrente incoerente de palavrões e *meu Deus* preenchendo o tranquilo ar primaveril. Apesar de seu estado alucinante, Max não se esquece de mim.

— Quero muito que você goze — diz ele.

Com um olhar cheio de determinação, ele move os dedos em um glorioso círculo curto e me sinto como se estivesse voando, me contorcendo embaixo dele e gritando como a raposa que vivia no terreno atrás da nossa casa quando eu era criança. Se alguém ouvir meu choro, vai pensar que Max está me matando. É um som perturbador, nada agradável de ouvir, completamente humilhante. Mas, quando o último dos tremores deixa meu corpo, sei disso: com certeza valeu a pena.

Max enrola um dos meus cachos no dedo e se inclina para pressionar os lábios contra os meus. Ele não tenta usar a língua. É apenas um grande encontro das nossas bocas. Um ponto no final dessa linda frase. Eu deveria estar me acalmando agora. Em vez disso, meu coração está batendo mais forte. Me remexo embaixo dele, meu olhar fixo no céu.

Consigo sentir que ele está me encarando, mas não posso retribuir o gesto.

Por fim, ele se levanta do carro e sai de mim. Há alguns ruídos e então ouço o barulho do zíper da calça jeans. Sem dizer uma palavra, ele abaixa minha camiseta e me puxa para que eu me sente. *Não posso* mais ficar sem olhar para ele. Seria mal-educado.

Ele morde o lábio inferior com leveza enquanto me analisa. Então, bate no capô do carro.

— Esqueça qualquer coisa de ruim que eu tenha dito sobre o táxi bananão aqui. Ele *e* você acabaram de me ajudar a riscar o primeiro item da minha lista de coisas a fazer antes de morrer. — Ele me beija na testa e me entrega um lenço. — Obrigado.

É a coisa certa a se dizer para alguém que está claramente tendo dificuldades em colocar o que acabamos em fazer na perspectiva certa. Mas *parece* errado — e isso é um problema.

Capítulo Vinte e Cinco

MAX

Estou atordoado e desorientado quando acordo. *Onde diabo estou?* Abro um olho e vejo um painel. Ah, claro. O táxi bananão agora é o táxi silencioso.

O fato é que fazer sexo com Lina esgotou minhas reservas com tanta intensidade que teria dormido de qualquer maneira, mas adormeci minutos após entrar no carro porque estava claro, pela falta de interação de Lina, que era isso que ela queria que eu fizesse.

Se ela precisa de espaço, vou dar espaço.

E, se está preocupada a nosso respeito, bem, ela não é a única. Esse final de semana foi mais intenso do que qualquer um de nós dois poderia ter previsto. Mas estaremos de volta em D.C. em breve, e a rotina vai ajudar a reestabelecer o relacionamento casual que concordamos em ter. Se conheço Lina, e acho que estou começando a conhecer, focar no trabalho vai aliviar parte do incômodo dela e lhe dar a confiança de que podemos lidar com um acordo sem amarras e sem futuro.

Eu me endireito no banco e reajusto o cinto de segurança em meu peito.

— Desculpa por ter apagado dessa forma. Você sugou minha energia.

Droga. Como isso seria focar no trabalho, Max?

Ainda assim, um sorriso surge nos lábios dela.

— Tudo bem, e totalmente compreensível. Algumas pessoas têm mais vigor do que outras. — Ela aperta os lábios em um óbvio esforço para suprimir um sorriso.

Não dê corda. Você vai levar isso longe demais, e ela vai ficar quieta de novo. Abro o aplicativo de notas no meu celular e pigarreio.

— Então, vamos tratar das ideias específicas ou conceitos que você tenha. No caminho da vinda, concordamos com o tema de fada-madrinha dos casamentos. Alguma ideia dos cenários em que poderíamos explorar esse tema?

Ela se endireita no banco, o rosto se iluminando de empolgação.

Essa mulher é fofa para caralho. Se eu não tomar cuidado, vou querer ficar por perto dela o tempo todo.

— Gosto da ideia de ser a calmaria em meio ao caos — diz ela. — Vejo imagens mostrando pequenas catástrofes à minha volta e eu no centro resolvendo tudo. Quando clientes me contratam, estão preocupados que o caos se instale se eu não estiver ali. Acho que seria inteligente comunicar isso.

Não é uma má ideia, mas há um porém que ela não levou em consideração, e estou aqui para apontar os problemas.

— Você está acostumada a trabalhar com vários fornecedores em locais diferentes e coisa do tipo. Mas, com os Cartwright, o hotel será o seu principal fornecedor. É ele que provê a localização, o serviço de bufê, os quartos para os hóspedes, até os arranjos de mesa e mais. Eu não acho que Rebecca gostaria da sugestão de que o hotel dela poderia ser o centro do caos, mesmo que a principal coordenadora de casamentos dela venha no fim de tudo para salvar o dia.

— Hmmm... Entendo o que quer dizer. Preciso pensar melhor a respeito, então — resmunga ela, divertida. — Tem gente que simplesmente precisa se mostrar e ser a autoridade especialista, né?

Dou risada, ainda que esteja tentando focar nos negócios.

— Não precisamos decidir isso hoje. E quanto às comodidades do hotel?

— O que tem elas? — pergunta.

— Você já testou todas? Uma das suítes do hotel? O restaurante? O spa em que os convidados do casamento podem ir se mimar um pouco antes do grande dia?

— Visitei o restaurante na semana passada — responde ela. — Durante o almoço. Preciso voltar lá para jantar. E Rebecca disse que ia organizar um tour pelas acomodações disponíveis quando eu puder. Estou pensando em propor que o hotel derrube as paredes entre dois quartos e crie uma suíte exclusiva para núpcias. Provavelmente mais do que uma. Vai consolidar a imagem do Cartwright como um local de casamento.

Assinto enquanto começo a escrever de novo.

— Tem razão. Podemos adicionar isso à lista de desejos. Com certeza não vamos conseguir ter esses quartos antes da apresentação, mas é uma tática inteligente apresentar essa ideia como parte da sua visão. Posso ir com você, aliás.

Consigo perceber o leve franzir da testa dela. Ao que tudo indica, não fui suave o suficiente ao apresentar essa sugestão.

— Ir comigo aonde? — pergunta ela.

— Ao Blossom — respondo. — O restaurante do hotel. Para o jantar. Quer dizer, deveríamos poder aproveitar uma refeição juntos de vez em quando, certo?

— Hm, claro. Seria bom. — Após alguns instantes de silêncio, Lina pergunta: — Você gosta do que faz?

A pergunta surge do nada, e ergo minha cabeça em surpresa. Não tenho certeza se ela está desconfortável com a ideia de ir jantar comigo ou se está de fato curiosa a respeito das minhas aspirações profissionais. Podem ser as duas coisas.

Ela se apressa para explicar antes que possa responder.

— É só porque Rebecca me perguntou isso recentemente, e percebi com que frequência as pessoas podem ser competentes e até mesmo ótimas em seus empregos sem serem apaixonadas pelo que fazem.

— Tem muitos aspectos que amo — respondo. — Aprender a respeito do negócio dos meus clientes. Pesquisar o mercado. Elaborar uma estratégia de marketing para concretizar os objetivos do cliente. Gosto que minha profissão atualmente seja baseada parte em ideias e parte em análise de dados. Isso alimenta meu lado criativo e meu lado que precisa ver resultados.

— Então quais são os aspectos que você *não* gosta? — pergunta.

— Ter que puxar saco — respondo na mesma hora. — Ter que puxar saco pra caramba. Bajular. Além disso, algumas vezes nossos clientes têm péssimos negócios ou estratégias que são uma porcaria, e não há marketing no mundo que possa ajudar a vender uma ideia de merda.

Lina concorda, pensativa.

— Como é trabalhar com sua mãe?

Viro a cabeça na direção dela, meu rosto sério.

— Desafiador. Ela é uma boa chefe, mas tem dificuldade em aceitar que Andrew e eu não podemos nos fundir em um único e perfeito ser humano. Estou tentando quebrar a bolha a nossa volta, mas minha mãe acha que tudo está funcionando como deveria.

— O projeto com a Rebecca — observa ela. — Imagino que seja a oportunidade de mostrar o que consegue fazer sozinho.

Exatamente. Não preciso explicar por que quero me desvencilhar de Andrew. Ela entende.

— Você está cem por cento certa. Se conseguir impressionar Rebecca, quem sabe ela queira que eu seja o gerente principal do projeto.

Ela me lança um olhar rápido e depois volta a olhar a estrada.

— Isso *se* ela achar você mais impressionante do que Andrew, você quer dizer.

— Bom, sim. É meio que inevitável. Mas veja dessa forma: ao trabalhar comigo, você está obrigatoriamente ferrando o Andrew.

As sobrancelhas dela se juntam em confusão.

— Mas esse nunca foi meu objetivo. É o seu.

Dou de ombros.

— Não é um objetivo. É só uma consequência.

— Meu radar de conversinha fiada diz o contrário.

Droga. Achei que Lina entendesse. Mas parece que não. Esse é o problema em ter uma ligação indissociável com Andrew: até quando estou tentando fugir de viver na sombra dele, para o meu próprio bem, sou colocado de volta na competição com ele. Não é culpa minha que meu sucesso tem como consequência obrigatória a derrota dele. Sabendo que essa conversa pode não terminar bem, finjo um grande bocejo, abrindo minha boca exageradamente e me espreguiçando, esticando os braços acima de mim.

— Acho que preciso tirar outro cochilo. Você se importa?

Ela aperta os lábios enquanto balança a cabeça.

— Nem um pouco. Você sabe que gosto de silêncio. E, como disse, algumas pessoas têm mais vigor do que outras.

De alguma forma acho que ela não está falando da minha resistência física, mas, se estiver, prefiro não confirmar.

Quando não quero lidar com um problema, dormir é a melhor resposta. Sempre.

— Você quer subir? — pergunto. Quando Lina não responde, adiciono: — Só para conhecer.

Estamos estacionados em fila dupla em frente à minha casa, uma germinada de três andares que o dono dividiu em três grandes habitações, único motivo pelo qual consigo pagar. A maior desvantagem é que meus colegas de casa e eu dividimos a cozinha. Durante a maior parte do tempo, no entanto, não ficamos no caminho um do outro.

Lina faz uma careta.

— Adoraria conhecer sua casa, mas não tenho um curso avançado em ler placas de estacionamento no Distrito, então provavelmente vão me rebocar. — Ela espia a rua através do para-brisas. — Além disso, acho que não tem lugar para estacionar.

— Não precisa pagar para estacionar aos domingos, mas, sim, a rua parece cheia.

Olho para cima e para baixo no quarteirão e não vejo nada além de vagas ocupadas. Saio do carro, relutante, a vontade de prolongar nosso tempo juntos me desacelerando.

— Bom, tudo bem, talvez possamos tentar outro…

— Ei, Max — diz Jess.

Meu colega de casa, que é chefe de gabinete para um membro do Congresso em D.C. e quase nunca está em casa, está com metade do corpo para fora da porta principal.

— Estou indo para o escritório — diz ele, e olha para o carro. — Precisa que eu tire o carro?

Grande Jess. Seremos melhores amigos um dia.

— Sim, seria ótimo. Obrigado.

— Sem problemas — diz, antes de desaparecer dentro da casa.

Após Jess e Lina fazerem a cobiçada troca de vagas de estacionamento de D.C., ela me segue pelo curto caminho que leva até a porta de entrada.

— Bem-vinda à minha humilde residência — digo a ela. — Moro no segundo andar.

— Você mora em Adams Morgan — diz Lina, enquanto começa a subir os degraus. — Quão humilde pode ser?

— Justo.

Ela passa a mão pelo corrimão.

— Olha, não vou ficar muito tempo. Só vou dar uma olhada porque estou curiosa e depois vou embora.

Passo por ela para abrir a porta do apartamento.

— Tudo bem, sem problemas. É exatamente o que achei que você ia fazer. — Fingindo estar nervoso, inspiro fundo e abro a porta. — Aqui está.

Ela olha para dentro e o queixo dela cai.

— Uau. É uma perfeita exposição da Crate & Barrel. Edição de solteiro.

Lina foca de imediato na minha parte favorita do apartamento: a parede de tijolo exposto do outro lado do apartamento. Há mais de duas dúzias de fotografias em preto e branco penduradas ali. Ela se vira e olha para mim, apontando com o dedão.

— Não me diga que foi você quem tirou essas fotos.

Nego com a cabeça.

— De jeito nenhum. Sou fã de fotos em preto e branco. Eu pego algumas quando encontro. Por algum motivo, festivais de vinho são um excelente lugar para comprar arte.

Ela olha para a parede oposta, o olhar pousando na pequena academia no canto.

— Ah, então é daí que vem o tanquinho.

Faço que sim.

— Tenho uma regra pessoal: se estou assistindo à televisão, estou naquele aparelho.

— Que desumano — diz ela, enrugando o nariz. — Quando estou assistindo televisão, meu exercício consiste em paradas para ir ao banheiro e à geladeira. — Ela levanta o dedo indicador. — Antes que você me critique, saiba que bebo bastante água quando vejo televisão, então é provável que dê centenas de passos como parte do planejamento.

Ergo as mãos, me rendendo.

— Eu não disse nada.

— Um homem esperto — diz ela, e aponta para o corredor. — Quarto?

É uma pergunta simples, então por que a resposta está presa na minha garganta?

Meu Deus. Se recomponha, Hartley.

— Sim.

— Deixa de ser safado, Max. Só quero ver se você é um dos poucos homens abaixo dos 30 anos que usa jogos de lençóis.

Dou risada quando ouço isso. Quem diria que ela é tão espertinha? Cobrindo minha boca com a mão, me inclino como se fosse compartilhar um segredo.

— *Pffff.* Eu até tenho uma saia de cama.

Com essa novidade, ela marcha de modo teatral até a porta do quarto.

— Ah, eu *preciso* ver isso. Será algo tão raro quanto o diamante Hope.

Parada na soleira, ela se inclina e percorre o quarto com o olhar. Eu a observo do corredor. Será que está me imaginando ali, dormindo? Melhor ainda, será que está imaginando nós dois ali, *não* dormindo? Consigo vê-la deitada nos meus lençóis, os cabelos bagunçados caindo em seu rosto, enquanto ergo meu corpo como se fosse fazer uma flexão e mergulho naquele corpo maravilhoso que ela tem.

Ela bate palma alto, o som apagando o fogo que estava crescendo em mim. *Merda.* Não consigo nem ver uma cama sem pensar em estar deitado ali com ela. Sou um homem muito, muito infeliz.

— Bom, isso foi ótimo — diz ela. — De fato muito legal. Obrigada por me deixar ver sua humilde residência. Foi bom. Muito bem.

Até agora, só vi esse lado tagarela da Lina quando ela está excitada e acha que não deveria estar. Achei que havíamos optado por um romance sem compromissos, mas algo nos eventos dessa manhã deve ter nos levado de volta à estaca zero. Não sei o que se passa na cabeça dela, mas gostaria que se sentisse confortável perto de mim e, se isso quer dizer que preciso esperar que ela resolva o que quer que a esteja assustando, então assim será.

— Me leva até a porta? — pergunta.

Como se houvesse qualquer dúvida de que eu o faria. *Poxa, srta. Santos. Eu espero que você me conheça o suficiente para esperar bons modos sempre.*

— Claro.

Antes de chegarmos até a porta, ela se vira e apoia a palma da mão na minha barriga.

— Tenho agido de modo estranho, não acha? Você percebeu, né?

Minha boca me trai e tenta se curvar em um sorriso, mas estou lutando contra ele, sem querer fazer nada que a deixe inquieta.

— Me diz o que está acontecendo.

Ela suspira.

— Eu só… acho que estava cheia de adrenalina e feromônios e com um acesso de primavera-está-no-ar-ite esse final de semana. E tudo estava bem, até você me levar no campo de flores e eu sentir como se fosse coisa demais. Quando estávamos no carro, toda a adrenalina e feromônios e primavera-está-no-ar-ite foram embora, e fui atingida pela enormidade do que fizemos.

Só uma pessoa desconectada da realidade se surpreenderia com a explicação dela. Fico feliz em saber que não é o meu caso.

— Sendo sincero? Eu percebi. Mas não tem que ser um grande problema, lembra? Vamos fazer da forma que você quiser. De olhos abertos. Sem promessas. Não precisa ser mais do que é.

— Sim — diz ela, os lábios apertados enquanto seus olhos pairam além da minha cabeça. Então ela balança os braços, como se estivesse exorcizando o que quer que a esteja atormentando. — Você está certo. Bom, eu vou embora. E talvez possamos nos ver essa semana?

Eu assinto com a cabeça.

— Esperava que você fosse dizer algo assim.

— Tudo bem — diz ela, acariciando minha barriga. — Bom, bom. — Ela se vira para a porta, hesita, então me olha de novo, a expressão suave e a voz insegura. — Posso dar um beijo de despedida?

Essa maldita pergunta. É uma que tem pulsação e dedos próprios e está escavando meu peito como se quisesse arrancar meu coração e entregá-lo para ela. *Que. Merda. É. Essa.* Eu inflo as bochechas, tentando fingir que estou ponderando a pergunta dela, porque não sei o que mais posso fazer.

— Estou pensando.

Ela me cutuca na barriga.

— Sim ou não?

Seguro os pulsos dela com gentileza e a puxo na minha direção.

— Com certeza.

Ela se inclina para o meu lado e coloca a mão direita sobre a minha mão esquerda. É uma pose que já vi dezenas de vezes em ocasiões especiais, quando os recém-casados dançam pela primeira vez. Me pergunto se Lina também viu com tanta frequência que se sentiu tentada a imitar.

— Vamos dançar? — pergunto.

— Não — diz ela, entrelaçando nossos dedos. — Só gosto de ficar aconchegada em você.

Eu me inclino e passo os lábios pela testa dela. Lina aproveita a oportunidade para colocar o dedo indicador no meu queixo e virar minha cabeça para nossas bocas se encontrarem. A língua dela indica o caminho e a minha se limita a seguir. O único dedo virou cinco dedos que acariciam minha bochecha e mandíbula e, apesar dos muitos pontos de contato entre nós, é essa mão que me faz estremecer. Nos afastamos devagar, ambos um pouco atordoados, e agora sou eu que fui atingido pela enormidade do que acabamos de fazer — porque, de todas as coisas que compartilhamos esse final de semana, é desse momento que mais vou me lembrar.

Capítulo Vinte e Seis

LINA

Rey ergue as mãos no ar, empolgado.

— Aumenta, aumenta.

Meu irmão mais velho é exigente quando o controle remoto não está nas mãos dele. Sabendo disso, Natália e eu instintivamente jogamos o dispositivo entre nós para mantê-lo fora do seu alcance.

— Vocês são duas chatas — resmunga ele enquanto tenta pegar o controle ainda no ar.

Por fim, Natália e eu paramos de brincar e aumento o volume.

Estamos na sala de estar da pequena casa que minha mãe e as irmãs compartilham em Silver Spring. Todos vestem os melhores trajes de Páscoa, com exceção de mim e de Jaslene, e para que eu não me esqueça, minha mãe de tempos em tempos aperta os lábios para me lembrar que minhas roupas — uma blusa cor de creme e calça social marrom — não são apropriadas. Jaslene, que por vezes passa datas comemorativas conosco porque mora sozinha e a família está em Nova York, consegue escapar da ira da minha mãe — por enquanto.

Paolo conseguiu colocar o YouTube na televisão, e estamos assistindo aos vídeos do desfile de carnaval desse ano no Sambódromo no Rio de Janeiro. É o auge de um intenso e aparentemente desgastante esforço por parte de dúzias de escolas de samba para colocar em andamento um dos desfiles mais elaborados do mundo.

— Então, qual escola de samba é essa? — pergunta Jaslene, com um *pastel de carne* na mão.

Estadunidenses a definiriam como uma empanada de carne no estilo brasileiro, mas, porque brasileiros tendem a fazer tudo em grande escala, essa versão é do tamanho de um pedaço de pizza.

— Essa é a *Mangueira* — diz Natália de onde está sentada, no braço da poltrona em que Paolo está. — O tema deles esse ano foi perfeito, eles vão ser campeões de novo.

Tia Izabel resmunga.

— Eu queria que a *Unidos da Tijuca* ganhasse.

Todos a vaiam, com exceção de Jaslene.

— Calma aí — diz Jaslene, a testa franzida. — O que tem de errado no que ela disse?

— As escolas de samba do Brasil são clubes ligados a diferentes partes da cidade — explico. — Para muitas pessoas, a escola de samba está no mesmo nível que o time de futebol favorito. Então, afinidades e rivalidades são inevitáveis. — Lanço um olhar malvado e divertido para minha tia. — É como dizer que você torce para o Philadelphia Phillies em um bar cheio de torcedores do New York Mets. Não é algo inteligente. E qualquer um nessa casa que não torça para a *Mangueira* é considerado suspeito.

Tia Izabel resmunga e se junta à minha mãe e *tia* Viviane na cozinha, enquanto Natália ri e bate na palma da minha mão.

— Olha a bandeira — diz Rey. — Isso deve ter causado confusão.

Ele está se referindo ao fato de que a *Mangueira* reimaginou a bandeira brasileira, mudando as cores de verde e amarelo para rosa, verde e branco, para representar aqueles que são esquecidos na sociedade brasileira: os indígenas, pessoas de ascendência africana e os pobres.

— Olha a fantasia daquela mulher — diz Jaslene, rindo. — Acho que minha bunda está doendo em empatia. De jeito nenhum aquele material deveria estar ali.

Para alguns, as fantasias são chocantes, mas para mim são um símbolo extravagante da nossa cultura, e fico fascinada pelo espetáculo colorido e instigante que promovem. Independentemente de quantas vezes eu veja o Carnaval, seja pessoalmente ou na televisão, os desfiles das escolas de samba nunca deixam de me surpreender. Eles se preparam para isso durante meses, construindo carros alegóricos elaborados, desenhando figurinos de cair o queixo e aperfeiçoando as músicas e danças que, com sorte, conquistarão seus fãs e os juízes da competição.

— Queria ter ido esse ano.

— *Quem sabe no próximo ano, filha* — diz minha mãe, colocando a cabeça para fora do espaço que liga a sala com a cozinha.

— Mas ainda falta muito para o ano que vem, e é difícil conseguir folga em fevereiro, já que estou sempre me preparando para a ameaçadora temporada de casamentos.

Natália vem até mim e bate na minha coxa.

— Isso me faz lembrar que a mãe disse que você ficou presa em Virgínia a trabalho. O que aconteceu?

Meu rosto fica sem expressão, mas meu cérebro está em alerta máximo e sinto minha barriga se agitar.

— O carro me deixou na mão — digo, acenando a mão em desprezo. — Não foi nada de mais. O local de casamento que fui visitar ficava a apenas três quilômetros de distância. Fiquei na pousada lá.

Nada mal, Lina. Informativo mas sucinto. Com alguma sorte, ela vai ficar satisfeita com essa resposta e deixar para lá.

— Max deve ter adorado isso — diz Jaslene.

Merda.

As mulheres ao meu redor e na cozinha viram a cabeça na minha direção. Na verdade, tenho quase certeza de que a força combinada de seus movimentos causou a corrente de ar que passou por mim.

Eu bufo e massageio minhas têmporas.

— Não foi nada de mais, de verdade. Passamos a noite e voltamos na manhã seguinte.

— Fico feliz que tenha dado certo, então — diz Natália, desinteressada, enquanto se levanta. — Bom, já que você e Jaslene estão as duas aqui, será que podemos falar de algumas ideias de última hora que surgiram para o casamento? — Ela gesticula com seus olhos esbugalhados e braços exagerados para os quartos no andar de cima. — Parte disso tem a ver com o que vou usar, então Paolo não pode estar por perto.

Ergo o rosto para o teto, ciente de que ela está planejando conseguir informações sobre a viagem para Virgínia. Natália é minha prima mais próxima, mas também é volátil e imprevisível. Além disso, ela é a membra da minha família com maior probabilidade de divulgar segredos de décadas da família quando está bêbada, por isso é sempre aconselhável tomar cuidado quando estamos perto dela. Jaslene, por outro lado, é discreta e nunca julga ninguém além de si mesma. Sua presença por si só deixará Natália menos ansiosa, então estou feliz que ela esteja por perto.

Eu suspiro.

— Tudo bem, vamos lá para cima, no seu antigo quarto.

— Não demorem — diz *tia* Viviane atrás de nós. — Vamos comer em breve.

Natália sobe os degraus de dois em dois. Jaslene e eu subimos como duas adultas bem-ajustadas funcionando na velocidade normal.

Dentro do quarto, Natália pula na antiga cama, caindo de barriga e se erguendo com os cotovelos.

— Conta tudo. E faça ser interessante.

Jaslene se senta em uma cadeira e apenas esperar que eu comece a falar. Antes que possa fechar a porta, Rey entra e se apoia na parede.

— Também quero ouvir a fofoca — diz, mexendo as sobrancelhas.

Eu bufo para ele e reivindico meu lugar ao lado da cabeça de Natália. Não há mágica em compartilhar o que aconteceu, então apenas abro a boca e rezo pelo melhor.

— Max e eu fomos para Virgínia para conferir um local de casamento, a bateria do carro acabou, não havia espaço na pousada, brigamos, uma pessoa que estava organizando um retiro de casais nos ouviu e nos convidou para participar, aceitamos, fingindo que éramos um casal para que pudéssemos ficar no único quarto disponível e depois transamos. É isso. Foi o que aconteceu. — Engulo em seco depois de vomitar todas essas palavras. — Ah, nós também concordamos em continuar saindo casualmente. Alguma pergunta?

Rey revira os olhos.

— Héteros tornam tudo complicado demais. Boa sorte. Use camisinha. Estou fora.

Ele sai, fechando a porta atrás de si. Retomamos nossa discussão como se Rey nunca tivesse entrado na sala.

— Vocês são exclusivos? — pergunta Jaslene.

Eu balanço a cabeça.

— Quê?

Jaslene pega minha mão.

— Você e Max concordaram em se ver de forma exclusiva e não permanente?

Eu penso na pergunta enquanto ambas olham para mim. Natália, por sua vez, está perturbadoramente tranquila.

Agora que parei para pensar, Max e eu não falamos muita coisa. Apenas o suficiente para decidir o que o nosso relacionamento *não seria* em vez do que seria.

— Nós não discutimos exclusividade. Acho que devo falar com ele a respeito disso.

Natália sorri para mim, então diz:

— A menos que haja outro irmão, porque nesse caso seria bom manter suas opções em aberto.

Eu faço cara de metida.

— Você sabe que posso providenciar para que um enxame de abelhas seja liberado no final da sua cerimônia, não sabe? — Estendo as mãos como se estivesse pesando opções. — Borboletas. Abelhas. Qual é a diferença, na verdade?

Natália mostra a língua para mim.

— Tanto faz. Não se esqueça que estou te pagando.

— Com um grande desconto, então não fique se achando — digo. — Você recebe o que você paga.

Estou brincando, é claro. Natália está recebendo o mesmo tratamento que dou aos meus clientes regulares e pagantes. O benefício para mim é que posso dizer a ela coisas que não diria a mais ninguém, o que é mais do que suficiente para justificar a taxa reduzida que estou cobrando por meus serviços.

Jaslene se apoia na ponta da cadeira.

— Lina, você acha que a apresentação do mês que vem pode ser afetada pelo fato de você e Max estarem fazendo... — ela acena com as mãos diante de si — ... o que quer que vocês dois estejam fazendo?

Eu ergo uma sobrancelha.

— De uma forma negativa, você quer dizer?

Ela dá de ombros.

— Não sei. De qualquer forma, eu acho.

— Se vai afetar de alguma maneira, acho que vai até ajudar — respondo. — Desde o começo a gente discordou a respeito de tudo. Quer dizer, desde o começo eu afirmei que não ia cooperar. Mas agora? Agora estamos trabalhando juntos em direção a um objetivo comum. Essa é a parte mais fácil.

— Qual é a parte difícil? — pergunta Jaslene.

Eu suspiro.

— Garantir que Max e eu não sejamos estúpidos de pensar que isso pode ser mais do que uma aventura.

Jaslene franze a testa.

— Mas por que não pode? Você e Andrew não estão mais juntos, então o que você e Max fazem não é da conta dele.

Ela não está errada. Andrew e eu nos separamos há muito tempo, e foi escolha dele, não minha. Meu relacionamento atual não deveria ser da conta dele. Ainda assim, não quero ficar entre dois irmãos que já têm uma relação tensa. Além disso, eu jamais concordaria com uma vida inteira precisando interagir com meu ex-noivo. Seria muito estranho... em especial para Max. E os pais dele? Meu Deus, o que eles diriam sobre tudo isso?

Natália solta um suspiro dramático.

— Meu Deus, consegue imaginar como seriam os jantares com seus sogros?

— Exatamente — digo. — E, mesmo que Max não fosse irmão de Andrew, ele ainda seria muito... tudo. Fico desequilibrada quando estou perto dele. Propensa a dizer e fazer coisas que não costumo. Ele não é o homem com quem imagino passar a vida.

Jaslene estreita os olhos.

— Você não quer Andrew, mas quer alguém como ele, certo?

— *Agora* você está entendendo — digo a Jaslene. — Eu preciso de alguém tão longe de provocante quanto possível. De qualquer forma, não sei como essa conversa chegou tão longe.

— Eu sei por quê — diz Jaslene com um sorriso secreto.

— Olhe só para você — diz Natália para Jaslene. — Sentada aí como um oráculo e merda do tipo.

Eu estico a mão e balanço a cabeça.

— Bem, gostaria de compartilhar?

Desempenhando o papel que Natália lhe deu, Jaslene se endireita e acena com as mãos, adotando uma voz majestosa.

— Porque, apesar de todas as razões pelas quais você e Max não deveriam estar juntos, você mesma admitiu que limitar seu relacionamento a uma aventura seria, e cito, "a parte difícil". O que acha que significa você precisar se relembrar desse fato?

Natália inclina a cabeça e assente.

— Ela tem razão.

Eu pulo e aliso as mãos na frente da calça.

— Significa que sou uma pessoa cuidadosa, só isso. Você já deveria saber disso a essa altura. Então, aposto que é hora de comer. Prontas para voltar?

Natália e Jaslene sorriem uma para a outra, ainda que eu não me lembre de ter dito nada de engraçado.

A campainha da frente toca quando estamos nos preparando para jantar. Rey volta com Marcelo a tiracolo, e nosso amigo da família toma o lugar vazio ao lado de *tia* Viviane. Ele a cutuca com o ombro e ela pisca em resposta. Sim, tenho certeza de que esses dois já se viram pelados.

Passamos tigelas de comida uns para os outros em uma comilança daquelas. Se durante qualquer parte desse processo os pratos forem passados no sentido anti-horário, algo está errado. Sou a última a receber a *feijoada* e, como era de se esperar, os abutres despojaram o prato de todos os deliciosos pedaços de carne de porco e de boi que fazem desta uma das minhas refeições favoritas.

— Sério, gente? — digo, empurrando a concha. — Não sobrou *linguiça*.

Feijoada não é feijoada sem linguiça de porco picante, então agora estou pronta para brigar com alguém. Minha mãe, que está sentada à minha direita, joga um pedaço de linguiça no meu prato e continua a passar os pratos enquanto eles vão até ela.

— *Obrigada, mãe* — digo.

Ela sorri, encantada como sempre, quando uma ocasional palavra em português sai da minha boca.

— *De nada, filha.*

Enquanto comemos, Marcelo nos conta sobre a casa da filha em Vero Beach, Flórida. É espaçosa e, pelo que diz, vai ter uma suíte só dele.

— Você pode ir me visitar — diz ele a *tia* Viviane.

— Ou você pode vir me visitar quando for embora — responde ela, erguendo o queixo.

— Talvez eu venha — diz ele, inclinando-se para ela.

— Você vai ser um daqueles pervertidos que ficam observando as pessoas na praia, não é? — pergunta Natália, olhando para ele com um sorriso.

Paolo resmunga.

— Querida, não. É domingo de Páscoa...

— Não — diz Marcelo, falando por cima de Paolo e balançando a cabeça. — Quando as mulheres me virem de trajes de banho, serão elas a me observar. — Ele se inclina para a frente e acrescenta em um sussurro: — E é uma sunga.

Natália enfia o dedo na boca e engasga; Rey se encolhe. Jaslene apenas pisca e encara Marcelo.

As piadas sobre a mudança próxima dele ignoram o inevitável: em breve não terei um escritório e, a não ser que consiga o emprego no Grupo de Hotéis Cartwright, vou precisar administrar meu negócio do banco de passageiro do carro.

Talvez eu faça uma careta ao pensar nas repercussões, porque Marcelo para de rir e sua expressão fica séria.

— Conseguiu encontrar um novo escritório? — pergunta ele.

— Ainda não. Mas Jaslene e eu temos dedicado algumas horas por dia para identificar potenciais lugares.

— Sua tia me disse que você está tentando conseguir um novo emprego... Que emprego é esse?

Conto a ele sobre o cargo, inclusive mencionando o aumento potencialmente significativo de salário.

— *Cha-ching* — diz Natália, entre uma garfada e outra.

— Então, se você conseguir o emprego, não vai precisar se preocupar com o aluguel, certo? — pergunta Rey.

— Exato. Isso com certeza vai aliviar a pressão em cima de mim. Além disso, eu ganharia mais.

— Mas você estaria trabalhando para outra pessoa — observa *tia* Viviane. — Você está pronta para alguém te dizer o que fazer? Mesmo que isso signifique mais dinheiro?

Estou pronta? Nossa, sim, estou bem pronta. Ter meu próprio negócio é estressante — tenho calafrios quando chega a hora de pagar os impostos — e desistiria de bom grado se surgisse uma oportunidade melhor. Mas essas mulheres ririam na minha cara se eu contasse quais são os meus problemas. Elas vieram de outro país, se casaram e se divorciaram, aprenderam a falar inglês e abriram o próprio negócio. Elas não têm tempo para ouvir sobre meus fúteis problemas estadunidenses. Então, encaro com leveza a pergunta de *tia* Viviane, porque é mais fácil assim.

— Ha-ha. Eu sou organizadora de casamentos. As pessoas me dizem o que fazer o tempo todo.

— Você entendeu o que eu quis dizer — insiste *tia* Viviane.

— Eu não preciso fazer isso para sempre — digo, me esquivando. — Então acho que essa é uma ótima oportunidade.

— Parece que sim — diz *tia* Izabel, me dando um sorriso encorajador.

— Ter opções nunca é algo ruim — acrescenta minha mãe categoricamente.

A tensão me mantém no lugar como um peso de papel. Não consigo deixar de pensar que elas estão decepcionadas comigo, Viviane em particular. Ela é a mais velha, e a razão pela qual minha mãe e Izabel puderam vir para os Estados Unidos em primeiro lugar. Mas todas elas enfrentaram obstáculos e os superaram — em circunstâncias muito mais desafiadoras do que as minhas.

A verdade é que o fracasso não deveria ser uma opção para mim, mas, se nem o Plano A nem o Plano B funcionarem, como evitá-lo? É só então que eu de fato percebo a extensão do meu problema: preciso de um plano C, mas não tenho um.

Capítulo Vinte e Sete

MAX

Minha semana de trabalho começa da mesma forma que provavelmente vai terminar: pensando em Lina.

Gostaria de falar com ela, mas não tenho certeza de como fazê-lo. Um e-mail talvez seja impessoal demais. Uma mensagem pode ser íntima demais. Não, eu deveria ligar no escritório dela. Dessa forma, posso começar a conversa falando de negócios e testar para ver se cabe usar um tom mais pessoal. Após digitar o número do escritório de Lina no viva-voz, olho para minhas mãos suadas. Mas que droga, estou no ensino médio de novo.

Uma voz alegre atende.

— Boa tarde, aqui é do Pingos nos Sins, onde nenhum detalhe passa despercebido. Como posso ajudar?

— Hm, oi... Aqui é o Max Hartley. A Lina... Carolina Santos está, por favor?

— Max, é a Jaslene, assistente da Lina.

— Oi, Jaslene. Bom falar com você em circunstâncias mais favoráveis. Ela ri.

— Sim, Natália estava com força total naquele dia. Desculpa se fizemos você não se sentir bem-vindo.

— Não se preocupe. É bom que Lina tenha pessoas que a apoiem.

— Ela com certeza tem — diz Jaslene. — Olha, a Lina já está no Cartwright, você pode encontrar com ela lá.

— No... Cartwright?

Reviro meu calendário mental, me perguntando se esqueci de algum compromisso. Então, verifico o calendário no meu relógio, que indica que tenho a tarde livre.

— Vocês não iam se encontrar para fazer um tour do... Ah, merda. Esquece, Max. Devo ter entendido errado os planos da Lina.

Então Lina está no Cartwright, fazendo o tour dos quartos do hotel que tem a ver com o *nosso* projeto, mas não me convidou para ir com ela. *Interessante.*

— Obrigado de qualquer modo, Jaslene.

— Max, calma aí — diz ela, e consigo notar que seu tom de voz está menos animado do que quando atendeu.

— Sim?

— Se você for até lá, verifique com ela antes, ok? Não apareça sem avisar. Já me sinto mal por ter dito onde ela está.

— Te dou minha palavra.

— Beleza, mas faça ela valer alguma coisa, está bem?

Jaslene e Natália são ferozmente leais a Lina. Jaslene lida com essa ferocidade de modo sutil, enquanto Natália parece usar a dela para cortar a pessoa ao meio. De qualquer modo, fico feliz que essas mulheres sejam tão protetoras com ela. Se Lina deixasse, eu também a protegeria.

> **Eu:** Oi, Lina. Só checando para saber se você quer fazer o tour dos quartos do Cartwright juntos. Minha agenda está bem flexível essa semana.

Tenho toda a intenção de revelar minhas fontes, mas estou curioso para ver como ela vai responder à minha questão em aberto.

> **Lina:** Na verdade, estou no Cartwright agora. Não tem muito para ver. Tirei algumas fotos, mas a maioria das informações está disponível no site.
> **Eu:** Talvez eu possa ver algo que você não tenha visto. Sabe como é, mais dois pares de olhos e tal.
> **Lina:** Hmmm.
> **Eu:** Tudo bem, você ganhou. Eu só queria ver você.
> **Lina:** Você consegue chegar rápido?

Eu: Estou no saguão do hotel. Chego em um minuto, talvez?
Lina: ???
Eu: Explico quando chegar aí em cima, se ainda quiser que eu te encontre.
Lina: Claro, sobe aqui. Quarto 408.
Eu: A caminho.

O elevador não é tão rápido quanto achei que seria, então levo dois minutos para chegar lá. Bato na porta e aliso as laterais do meu cabelo enquanto espero que ela responda.

Lina abre a porta e dá um passo para o lado para me deixar entrar.

— Estamos fazendo coisa de alto nível aqui. Cadê seus seguranças?

— Estão lá embaixo. Dei ordens para que não deixem ninguém subir.

Entro no quarto e analiso brevemente os arredores antes do meu olhar pousar em Lina. Ela está usando um vestido amarelo com florzinhas azuis na saia. É justo na cintura e ressalta suas curvas. O cabelo está solto, apenas parte da frente trançada e presa com dois grampos amarelos. De repente, fiquei com vontade de comer torta cremosa de banana.

— Oi, você.

— Oi, você também — diz ela, os olhos brilhando. — Como você me encontrou?

Eu ergo as mãos no ar.

— Por favor, não use isso contra ela, mas Jaslene me contou sem querer onde você estava — digo, franzindo a testa. — Ela parecia achar que faríamos o tour juntos.

Lina se vira na direção da janela.

— Eu não estava tentando excluir você, se é isso que está insinuando.

— Não estou insinuando nada, estava só me perguntando. Seja como for, entendo se você não se sentir confortável em ficar sozinha comigo em um quarto de hotel. Nós dois sabemos que, quando se trata da minha pessoa, você não consegue se controlar.

Ela olha para mim e mexe as sobrancelhas.

— Você está dizendo isso em tom de brincadeira, mas é a mais pura verdade.

— E isso é um problema?

Ela enruga o nariz e balança uma mão, dizendo que mais ou menos.

— Um pouco, mas estou começando a me acostumar.

Essa é uma confissão e tanto, mas sou esperto o suficiente para não fazer alarde. Mexo meus braços no ar.

— Então, você teve alguma ideia brilhante de como usar o quarto?

Lina pressiona dois dedos nos lábios entreabertos enquanto me estuda, os olhos reluzindo com malícia.

— Com certeza.

Minha boca fica seca e meu coração parece balançar como uma cortina na tempestade. Ainda assim, preciso ser a voz da razão, porque estamos no local que, um dia, pode vir a ser o trabalho dela.

— Gosto do seu jeito de pensar, mas preciso ressaltar uma coisa óbvia.

Ela se aproxima.

— Que é?

Ergo uma mão.

— Você nunca sabe quem pode estar por perto, ou até se Rebecca vai querer aparecer aqui, o que seria... constrangedor.

Dean acha que não sei me controlar. Queria que ele pudesse me ver agora. Teria tanto orgulho de mim.

Ela congela no lugar, inclina a cabeça e aperta os lábios, pensativa.

— Mas um beijo não vai machucar ninguém, certo?

Lina dá os melhores beijos, então eu jamais diria não para essa sugestão. Diminuo a distância entre nós e puxo o corpo dela para perto do meu. Ela imediatamente coloca os braços nos meus ombros e entrelaça os dedos nos cabelos na minha nuca, ficando na ponta dos pés e inclinando a cabeça em uma sequência fluida. É uma sucessão de movimentos que parece instintiva, como se me beijar fizesse parte da memória muscular dela.

O beijo é preguiçoso e suave, então meus olhos se abrem quando a mão dela desce pelas minhas costas e pousa na minha bunda. Eu gemo e esfrego meu corpo contra o dela, incapaz de resistir à possibilidade de criar fricção o suficiente para fazê-la ficar excitada ainda de roupas.

Alguém bate na porta e nós congelamos.

— Merda — sussurra ela.

— Caralho — sussurro de volta.

— Lina, é a Rebecca. Achei que poderia passar para dizer oi.

Lina olha para mim, os lábios curvados em zombaria.

— Você a convocou aqui.

Eu cerro os dentes.

— Não temos tempo de ficar apontando dedos.

Ela dá de ombros.

— Entra no jogo. Estamos aqui a trabalho.

Olho para a minha virilha, que mostra uma ereção de tamanho considerável.

— Isso não sugere que estejamos trabalhando. E eu não tenho um casaco para cobrir.

— Entra no chuveiro — diz ela. — Ela nunca vai adivinhar que você está aqui.

Então é isso que minha vida se tornou. Agora eu me escondo em chuveiros.

Ela arregala os olhos e faz sinal para eu me afastar.

— Vai.

Vou até o banheiro na ponta dos pés enquanto ela caminha até a porta. Puxo a cortina e entro na banheira, tentando ser o mais silencioso possível.

— Olá — diz Lina para Rebecca. — Estou quase acabando aqui.

— Não quero atrapalhar seu trabalho, mas o Bill na recepção me disse que você estava visitando e decidi vir aqui te dar um oi.

— Ah, poxa, que gentil da sua parte.

— Então, o que você acha do quarto? — pergunta Rebecca.

— É espaçoso. Enorme. Imenso. *Impressionante.*

Se eu não soubesse melhor, diria que ela estava falando da minha ereção.

— Você acha? — pergunta Rebecca. — Não tinha notado que era maior que a média.

— Ah, sim. É sim. E eu saberia bem. Já vi alguns na minha época, mas com certeza esse é uma estaca. *Se destaca.* Quis dizer se destaca. — Sim. Ela está falando do meu pau. *Ótimo, Lina. Ótimo.* — É funcional e, ainda assim, atrativo. Com certeza será muito prazeroso para quem quer que tenha a sorte de usá-lo. E a melhor parte é que tem potencial para um aumento significativo se você usar a imaginação.

Com certeza, srta. Santos.

— Uau, fiquei intrigada — diz Rebecca. — Mal posso esperar para ver o que você tem aí.

— Também mal posso esperar para mostrar.

A porta do quarto se abre.

— Já está pronta? — pergunta Rebecca.

Eu fecho os olhos apertado.

— Infelizmente, ainda não — diz Lina. — *Mas em breve.*

— Tudo bem, então. Bom ver você de novo.

— Sim, muito bom ver você também.

Quando ouço a porta se fechar, conto até quinze, então pulo para fora da banheira e saio do banheiro.

Lina está parada perto da janela com um sorriso malicioso.

— Você é má influência para mim.

Eu a puxo para perto do meu peito. Em segundos, seu olhar fica pesado em antecipação.

— Seu comportamento inadequado, no entanto, acarretará consequências — digo.

Ela me dá um sorriso provocantes.

— Ah é? Quando elas vão ocorrer?

Eu dou um passo para trás e aperto o nariz dela.

— Infelizmente, não agora. *Mas em breve.*

Lina leva as mãos a lateral do corpo e bate o pé.

— Quando é *em breve*?

— Quando vou poder conhecer sua casa? — pergunto.

— Você está tentando conseguir um convite?

Com toda a certeza. Será bem mais fácil fantasiar com Lina se puder imaginá-la em sua própria cama. Ou andando pela casa de calcinha e uma blusinha apertada que comprime seus seios e...

— Max — diz ela, bruscamente.

— Qual foi a pergunta?

Ela bufa.

— Perguntei se você estava pescando um convite para ir à minha casa.

Fingindo que tenho uma vara de pescar nas mãos, jogo a linha e começo a puxar.

— Sim, com certeza estou pescando um convite.

Ela leva uma mão ao coração e lambe os lábios.

— Você está cordialmente convidado para ir jantar lá em casa, então.

— Quando? — perguntou, sabendo que isso é algo importante para ela.

— Que tal na sexta?

Ainda faltam quatro dias até lá. Me sinto tentado a bater o pé e pedir para ir hoje, mas, como estava aclamando meu autocontrole alguns minutos atrás, não posso reclamar sem ser hipócrita para caralho.

— Sexta está ótimo.

— E não precisamos nos preocupar em acordar cedo — diz ela, dando um longo suspiro. — Isso é, se você quiser ficar. A decisão é sua. Estou acostumada a dormir sozinha, então você não precisa se sentir obrigado. É só um...

Dou um passo na direção dela e entrelaço nossas mãos.

— Lina, eu gostaria de dormir lá.

Ela expira.

— Tudo bem, ótimo. Está combinado nosso jantar.

— Talvez possamos assistir a um filme, também?

— Talvez — diz ela, dando de ombros. — Se tivermos tempo.

Se tivermos tempo? Com certeza gosto de como isso soa.

— Já que já estabelecemos sua falta de controle perto de mim, vou embora. — Eu vou até a porta. Quando chego lá, me viro de volta e pisco para ela. — Te vejo na sexta.

Droga. Quatro dias que mais parecerão uma eternidade.

Capítulo Vinte e Oito

LINA

De: MHartley@ComunicacoesAtlas.com
Para: CSantos@PingosNosSins.com;
KSproul@ComunicacoesAtlas.com
Data: 24 de abril – 9h37
Assunto: Materiais para a apresentação do Grupo de Hotéis Cartwright

---

Lina, essa é a Karen.
Karen, essa é a Lina.
Lina, a Karen é a designer gráfica da nossa empresa. Ela vai nos ajudar a preparar o material para a apresentação do Grupo de Hotéis Cartwright do dia 14 de maio. Inicialmente pensamos que Karen poderia fazer exemplos de páginas iniciais do site, gráficos de mídias sociais e roteiros para o material em vídeo. Me diga o que acha dessa ideia.
O tema fada-madrinha de casamento é uma boa, mas ainda estou trabalhando na estrutura do conceito. Está levando mais tempo do que imaginei, então, se tiver alguma ideia, sinta-se à vontade para me enviar sugestões.
Atenciosamente,
Max

24 de abril – 9h54
Eu: Gosto quando você está no modo negócios. Me faz querer visitar você no seu escritório para fingir ser sua assistente. Sou excelente em *digidar*.

24 de abril — 9h57

Max: Isso pode ser arranjado. Você poderia *digitar* bastante para mim.

24 de abril — 9h58

Max: Isso aqui é um *sexting*???

24 de abril — 9h59

Eu: Aham.

24 de abril — 10h

Max: O que os olhos não veem, o pau sente.

De: CSantos@PingosNosSins.com
Para: MHartley@ComunicacoesAtlas.com;
KSproul@ComunicacoesAtlas.com
Data: 24 de abril – 10h13
Assunto: Re: Materiais para a apresentação do Grupo de Hotéis Cartwright

---

Um prazer conhecer você, Karen.

Max, concordo em usar as tipologias de materiais para apresentação que você citou e, se tiver alguma ideia, definitivamente irei informá-lo. Talvez haja um motivo pelo qual você esteja levando mais tempo do que o esperado no tema da fada-madrinha? Vou pensar a respeito disso, também. De qualquer modo, mal posso esperar para ver o que você irá criar.

Atenciosamente,
Lina

24 de abril – 10h09

Eu: Pensando em cozinhar na sexta à noite. Um prato brasileiro. Alguma alergia? Comidas que você odeia?

24 de abril – 10h12

Max: Nenhuma alergia. Não suporto ervilhas. E, só para que você saiba, desenvolvi uma aversão a pimentas picantes demais. Estarei atento caso haja alguma dessas. Enfim. Posso levar algo?

24 de abril – 10h13
Eu: Sobremesa do Sugar Shoppe?

24 de abril – 10h14
Max: Feito. Ansioso.

24 de abril – 10h15
Eu: Eu também.

O interfone toca quando estou removendo o *empadão* do forno. Tentei dominar a receita, mas a superfície escurecida e cheiro forte de massa queimada confirma que sou eu a submissa.

Resmungando o equivalente a um ano de obscenidades em vinte segundos, coloco a forma no fogão e arremesso as luvas de cozinha para o outro lado do ambiente. O cardápio agora consiste em salada verde e cenouras assadas. Aparentemente estou esperando um coelho para o jantar.

Aperto o botão do interfone com mais força do que o necessário.

— Sim?

— Lina, é o Max.

— Oiê — digo no tom de voz mais alegre que consigo. — Que bom que veio. Sobe.

Aperto o botão para ele entrar.

Lembrando-me do estado da minha cozinha, empurro a porta e a escancaro. Quando Max sai do elevador, uma caixa da confeitaria em mãos, estou abanando a porta para fazer o ar ventilar. Dou uma breve olhada nele, absorvendo a calça jeans escura e camisa branca desabotoada. Seja em trajes casuais ou de negócios, ele sempre exala confiança em seu estilo pessoal, nunca parecendo que está se esforçando demais. *Eu gosto do que vejo.*

As sobrancelhas dele se erguem enquanto se aproxima.

— Problemas técnicos?

— Isso sendo bondoso. — Quando Max chega perto de mim, apoio minha cabeça no peito dele. — Estraguei o jantar.

Com a mão livre, ele segura meu cabelo e o afasta, o que me priva do meu esconderijo natural.

— O jantar só seria estragado se eu não pudesse estar com você.

Olho para ele. Estou fazendo um enorme esforço para suprimir a paixão em meus olhos, mas é provável que esteja igual ao emoji dos olhos com corações.

— Ah, isso é muito fofo. Mas ainda recomendaria que você guardasse essas palavras para depois que vir o que temos para jantar.

Eu deveria também dizer que frases fofas são um desperdício em algo casual, mas não consigo minimizar aquela afirmação incrível. Talvez ele não precise de um lembrete de que esse é um relacionamento casual, mas eu preciso. *Nota mental: não tenha ideias ridículas sobre um futuro a longo prazo com Max.*

Ele me segue para dentro do apartamento, coloca a caixa da confeitaria no balcão da cozinha e analisa a área. A administração chama o conceito do design de espaço aberto. Na realidade, são apenas pães-duros demais para colocar paredes.

— Uau — diz ele, girando. — Você zombou da minha sala da Crate & Barrel. Agora posso provocar você quanto à sua sala. Será que você tem velas o suficiente, Lina? — pergunta ele, balançando as mãos. — Plantas, almofadas peludas e tapeçaria, meu Deus!

Eu o empurro de modo divertido na direção da cozinha.

— Que grosseria. Convidados não deveriam comentar sobre... vou ficar quieta agora.

— Uma mulher inteligente — diz, piscando para mim. Ele olha para o fogão e aponta para o *empadão*. — Esse é o paciente?

Eu dou risada.

— Aham.

Ele vai até o fogão, uma mão no queixo, então concorda gravemente.

— E o que deveria ser isso?

— Um *empadão de frango*. É basicamente uma torta de frango brasileira. A crosta deveria ser amanteigada e macia. O creme de frango dentro dele deveria estar molhadinho e temperado à perfeição. Em vez disso, temos essa monstruosidade.

— E tem por que guardar ele? — pergunta Max.

— Só se eu quiser um lembrete de que nunca vou conseguir recriar os pratos que minha mãe faz. — Deixo escapar uma respiração pesada, segurando as lágrimas que sempre ameaçam cair quando fico um pouquinho emocionada. — Eu mal consigo assar uma torta.

Max ergue uma sobrancelha.

— Ei, ei. Assista uma hora de *Mandou bem* na Netflix e você verá que não está sozinha. É só uma torta.

Eu me jogo em um dos banquinhos da cozinha.

— Não é só uma torta, Max. Queria fazer um jantar especial. Compartilhar algo da minha cultura. E é óbvio que não deu certo. Não sei como devo passar as tradições familiares adiante se não consigo seguir uma receita básica.

Ele senta no banco ao meu lado e coloca as mãos no balcão.

— É da sua mãe?

Eu ergo a cabeça.

— O quê?

— A receita — diz ele. — É da sua mãe?

— Por Deus, não. Ela não anota nada. Diz que a melhor forma de aprender é assistindo e ajudando. Eu não entendo como pode ser tão fácil para ela. Quando pergunto quanto preciso acrescentar alguma coisa, tipo farinha, tomate, alho, seja o que for, ela diz "um pouco disso, um pouco daquilo". Max, minha mãe nem tem copos de medida na cozinha.

A maioria das pessoas riria desse fato, mas em momentos como esses eu gostaria de ter as receitas da minha mãe impressas, com coisas como três colheres de sopa de óleo — e não "hm, coloca um tanto assim, *filha*" — escritas nelas.

— Talvez você pudesse forçá-la a fazer do seu jeito. Quer dizer, aparecer um dia com xícaras e colheres de medida e um caderno. Quando ela disser "um pouco disso", você diz "me mostra usando a xícara". Então, escreva cada etapa para você poder trabalhar a partir daí.

Eu viro minha cabeça na direção dele, imaginando como isso funcionaria.

— Bem, não é uma má ideia. E talvez eu pudesse gravar enquanto ela prepara um prato. Seria legal guardar isso para a posteridade.

Eu fecho os olhos brevemente, chateada comigo mesma por revelar como até mesmo algo pequeno pode me tirar do sério. Max deve estar se arrependendo desse jantar enquanto falamos. Balanço as mãos como se pudesse apagar os últimos minutos com um movimento.

— Bom, mas chega disso. Você não veio até aqui para me ouvir falar dessas coisas.

Ele vira o corpo de lado, apoiando o pé no meu banquinho, e vira meu queixo com gentileza na direção dele. Eu também me viro para ficar de frente para ele.

— Vim aqui para passar tempo com você — diz ele. — E, se isso quer dizer falar sobre algo que te incomoda, então não vejo problema algum. Uma relação casual não significa que eu não me importe com você enquanto pessoa. Isso seria impossível. E tenho minhas suspeitas de que seria impossível para você também. Quer dizer, tenho a sensação de que você não compartilha o que te incomoda com qualquer pessoa. — Ele acaricia meu rosto e dá um beijo na minha testa. — Então, obrigado por me deixar ser mais do que qualquer pessoa.

É possível que um coração se expanda dentro da caixa torácica? Não sei o suficiente sobre anatomia para dizer com certeza. Mas *parece* que meu coração está abrindo espaço para Max entrar, embora eu não o queira lá. *Bem, coração, certamente não podemos ter nada disso.* Obviamente, nós dois precisamos nos lembrar por que estamos aqui.

Eu pego as mãos de Max, me inclino para a frente e beijo o pescoço dele, enterrando meu nariz em sua pele e respirando fundo. Ele cheira a uma mistura de terra e frutas cítricas, como se uma laranja caísse de uma árvore e alguém a arrancasse do solo rico e a embalasse na hora.

— A salada vai aguentar, e as cenouras podem ser reaquecidas. Podemos pular para a atração principal? Usei uma saia para a ocasião.

Os olhos dele escurecem enquanto analisa meu convite.

— O jantar não era a atração principal?

O jantar *não* pode ser a atração principal. Não é isso que casinhos fazem.

Em vez de responder à pergunta dele, me levanto do banco e o puxo pelas mãos.

— Vamos chegar lá juntos.

Max se levanta com relutância, seu olhar voltando para a torta arruinada no fogão. Ele abre a boca, fecha e depois abre mais uma vez. O que quer que ele ia dizer foi suprimido, escondido atrás da curva safada de seus lábios.

— Você disse de modo literal, não é?

Concordo com a cabeça enquanto o conduzo até meu quarto.

— Com certeza.

Quando cruzamos o limiar, Max diz:

— Mais almofadas e velas, estou vendo.

Ele leva um tapa na bunda por isso. Então se vira para mim e levanta a mão.

— Escute, sei que você está morrendo de vontade de tocar na minha bunda, mas você não precisa fingir que está fazendo isso para me punir por fazer uma observação válida sobre o que estou vendo no seu quarto.

Meu olhar se estreita.

— Eu acertei um ponto fraco quando mencionei Crate & Barrel, hein?

Ele cruza as mãos sobre o peito e levanta o queixo.

— Talvez. É porque é onde minha mãe faz compras, e sempre considerei o estilo dela... nada como o meu.

— Ah, não quis deixar você constrangido. Esqueça o que eu disse. — Sem alarde, puxo minha blusa de manga curta pela cabeça e a jogo atrás de mim. — Será que isso vai ajudar você a esquecer?

Estou diante dele com um sutiã azul-claro bastante inútil. O tecido não serve para nada além de fazer meus seios parecerem que estão sendo apresentados em uma bandeja. Eu chamo isso de armadura cosmética, um pedaço de material feito exclusivamente para, um, deixar meu decote em evidência e, dois, ser removido. Max leva dois dedos aos lábios e respira devagar.

— Quem é você? Onde estou? Que dia é hoje?

Apoio minhas mãos no peito dele e dou um passo à frente, forçando-o a recuar até que a parte de trás de seus joelhos batam na cama e ele caia sentado nela. Estou em cima dele com a velocidade e destreza de um atleta olímpico. Enquanto isso, ele mexe com o fecho frontal do meu sutiã como se estivesse executando a música da "Dona Aranha".

— Precisa de ajuda, parceiro? — pergunto.

Ele range os dentes.

— É como arrombar uma fechadura. Você tem um alfinete de segurança ou algo assim? Cartão de crédito, talvez?

Eu afasto a mão dele.

— Deixa que eu faço. Assista e aprenda. É assim, você precisa virar o fecho para fora e puxar para cima.

Sua boca se abre em espanto.

— Nossa, genial.

Eu amo perceber o quanto nos sentimos confortáveis um com o outro. Amo que não tenho que adivinhar o que ele está pensando. A gente simplesmente encaixa. Sem joguinhos. Somos apenas duas pessoas se divertindo — na cama e fora dela.

Ele levanta as mãos.

— Posso?

Concordo e ele desliza as mãos sob as alças do sutiã e o tira.

— E estes são lindos — diz ele.

— Vá em frente, pode tocar. Você sabe que quer.

Ele segura meus seios, as pontas dos dedos percorrendo minha pele enquanto me acaricia. Ele olha para cima, observando minha reação. Mas meu rosto só pode contar parte da história. Estou me mexendo descaradamente em cima da coxa dele, incapaz de permanecer imóvel. E quero acelerar as coisas porque sei o que me espera perto da linha de chegada. Quando os polegares de Max roçam meus mamilos, eu me jogo para a frente, me esfregando nele.

— Posso pegar uma camisinha? — pergunto. — Por favor? — Minha voz é baixa e urgente. Absolutamente desesperada de desejo.

Ele assente com a cabeça, sua boca se abrindo sem formar palavras.

Eu saio da cama e pego um pacote da tigela de preservativos na cômoda. Jogo o pacote na cama, tiro minha saia e calcinha e ataco a calça jeans dele. Max, meu fiel assistente, desabotoa a camisa e a tira bem antes de eu terminar.

— Você é rápido — digo, dando um passo para trás para dar espaço para descartar as roupas dele.

— Sou impaciente.

Ele se levanta da cama tempo suficiente para tirar os sapatos e puxar o jeans para baixo, chutando ambos para o lado. Meu olhar encontra o dele quando ele coloca a mão no pau e o acaricia — devagar. *Meu Deus*. Minha sauna pessoal me engole, o calor se originando dentro de mim e se espalhando pelos meus braços, a parte de trás dos meus joelhos e toda a pele entre as minhas coxas. Me sinto oscilante e zonza. Com as mãos trêmulas, estendo a mão para segurar a cômoda atrás de mim. Ele me observa com atenção enquanto se toca, tornando fácil imaginar que sou eu quem está lhe dando prazer.

Ainda me observando e acariciando sua ereção, ele desliza a mão livre para o lado e dá tapinhas na cama até que os dedos encontram o preservativo. Max abre o pacote com os dentes, a intensidade do movimento falando por ele, como se dissesse "Isso é o que você faz comigo".

Ele coloca o preservativo sem olhar, seus olhos fixos no meu rosto. Eu o encaro enquanto faz isso, meus lábios separados para garantir que me lembre de respirar e as mãos na cômoda para me apoiar.

— Me pergunto se você me quer tanto quanto eu quero você — diz ele.

Eu não sei a extensão da necessidade dele. Se for a ponto de confundir seu cérebro e fazê-lo doer em todos os lugares, então a resposta é sim.

— Vou arriscar e dizer que sim.

— Então vem aqui e pega o que você precisa.

Eu me endireito e caminho em direção à cama, estendendo minhas mãos quando estou perto o suficiente para alcançar seu corpo. Ele entrelaça suas mãos com as minhas e me segura para que eu possa montar em suas coxas. Uso meu corpo para provocar, roçando seu pau enquanto me endireito, até que nossos corpos se alinham e eu afundo nele.

— Max... — digo, fechando meus olhos e vendo manchas de luz.

Somos uma combinação primorosamente justa. Fico parada por alguns segundos, apenas experimentando a sensação do meu corpo ao redor dele. Então, aperto meu núcleo e levanto meu corpo, me deleitando com a fricção.

Max se engasga com meu nome e agarra minha bunda, estocando quando empurro meu corpo para baixo.

— Podemos fazer isso para sempre?

Meus olhos se abrem. A julgar por seus olhos arregalados, deduzo que a pergunta o assustou também. Eu me remexo mais rápido, me concentrando no formigamento no meu corpo, em vez de em qualquer pensamento que ameaça criar raízes no meu cérebro não confiável. Max sobe as mãos pelas minhas costas, acariciando meus ombros antes de correr os dedos sobre meus mamilos novamente. Seu toque deixa pequenas faíscas por onde passa, aumentando a pulsação entre as minhas pernas. É preguiçoso e safado e deliciosamente torturante. Quanto mais rápido eu cavalgo, mais devagar ele se move, até que ele está me tocando em um ritmo glacial, como se quisesse me mostrar que nem tudo está sempre sob meu controle.

— Preciso gozar — digo, em uma corrida sem fôlego.

— E você vai — diz ele, sua voz tão irregular quanto a minha. — Olha para mim, Lina.

Arrasto meu olhar do local sobre o ombro dele de volta para seu rosto, diminuindo a velocidade para focar melhor.

— Estou aqui.

— Está? — diz Max. — Deixa de lado o que você acha que a gente deveria ser e aproveita o momento. Prometo que estarei lá com você.

Eu poderia me apaixonar por ele com facilidade. Fazer papel de boba com corações nos olhos e glitter saindo do meu peito. Por tantas razões, Max não deveria ser a pessoa certa para mim. E, com certeza, não para a versão de mim que eu preciso ser. Estou presa em um labirinto, sem saber para onde me virar, mas, em algum lugar distante, a voz de Max chama. Embora eu não saiba onde essa voz vai me levar, a sigo mesmo assim. Aproveitar o momento? Posso fazer isso. Estou com ele? Sim, quero estar. Então, concordo.

Com um brilho triunfante nos olhos, Max puxa meu torso contra ele e enterra seu rosto em meus seios. Nós balançamos um contra o outro por vários minutos, os únicos sons na sala sendo nossa respiração áspera e o bater de nossas coxas. Eu me afasto, procurando por seus lábios, e encontro sua boca tão ansiosa quanto a minha.

Em meio a tudo isso, cavalgo com força e, quando tomamos ar, ele acaricia meu queixo, salpicando-o com beijos enquanto tenta avaliar se meu orgasmo está próximo.

— Lina, querida... você está... quase lá?

— Estou — consigo dizer.

Mal consigo manter a cabeça erguida. O prazer espiralando pelo meu corpo é como uma âncora, me prendendo a este momento e não deixando espaço para mais nada.

— Max, preciso dos seus dedos.

Ele rosna no meu ouvido e serpenteia sua mão entre nós, seu polegar roçando meu clitóris.

— Isso, assim... — digo, ainda balançando contra ele.

Max olha para mim, seu olhar pesado e lábios inchados transmitindo que ele está tão amarrado a mim quanto eu a ele.

— Me aperta, Lina. O mais forte que puder.

A voz dele está cheia de desejo, o que só aumenta o meu.

Enquanto me contraio ao redor dele, os dedos de Max vagam, até que ele encontra um ângulo glorioso que produz a quantidade certa de fricção contra meu clitóris. Tudo o que posso fazer em resposta é me segurar nele e dizer seu nome:

— Max... Max... isso, bem aí, Max.

— Meu Deus... — diz ele, sua voz tingida de admiração. — Não consigo acreditar em como somos bons juntos, amor. Como você não quer isso de novo e de novo?

Eu contraio a musculatura ao redor dele, tentando extrair o orgasmo que está apenas um centímetro fora de alcance, mas cada vez mais perto. Quando Max altera sua abordagem, usando seus dedos médio e indicador para desenhar círculos perfeitamente centrados no meu clitóris, todas as minhas terminações nervosas parecem se fundir em um ciclo contínuo de prazer que flui através de mim como bilhões de fogos de artifício explodindo ao mesmo tempo. Gritando seu nome, tremo, estremeço e me contorço, uma massa de vibrações e movimentos que não posso controlar mesmo se quisesse.

Eu fico assim pelo que parecem minutos, experimentando pequenos tremores secundários, e quando, por fim, consigo começar a me recuperar,

Max está estremecendo contra mim também, seus braços me puxando para seu abraço apertado enquanto continua dentro de mim.

— Porra, Lina. Isso... Assim... caralho, sim, caralho.

Ele para, e então solta um longo gemido e cai para trás.

Quando nossos corações não estão mais acelerados, pressiono um beijo leve em sua testa e sorrio para ele.

— O que é tão divertido? — pergunta ele, seu hálito quente provocando meu pescoço.

— Estava pensando que somos um par eloquente. Todos esses *sim* e *caralho* são uma prova da verdadeira profundidade do nosso vocabulário.

— Ter vocabulário é importante — diz ele, soltando uma risada. — E, de qualquer maneira, nossos corpos estão se comunicando como se tivessem língua própria. Por mim tudo bem. E você?

Imito suas palavras porque não posso fazer muito mais.

— Sim, por mim tudo bem também.

Agora que sou capaz de juntar pensamentos coerentes, lembro que o objetivo dessa "atração principal" era nos lembrar — bem, principalmente a mim — que estamos tendo um caso. Mas, quando envolvo meus braços ao redor dele, admito para mim mesma que não cheguei nem perto de alcançar o objetivo.

Capítulo Vinte e Nove

MAX

Sentir as costas de Lina contra a minha ereção matinal se tornou minha nova forma favorita de acordar. Atraído pelo aroma de pêssego de seu cabelo, coloco o braço em sua cintura, me aproximo e a inspiro. Ela geme e se aconchega na nova posição.

Não sei para onde estamos indo, ou mesmo se estamos indo para algum lugar, mas suponho que a melhor abordagem seja seguir meu próprio conselho e não me preocupar com o que *foi* ou *deveria ser* e me concentrar no que é. Porque estou dormindo com a mulher com quem meu irmão quase se casou e não tenho interesse em mudar meu status atual.

Lina estica os braços e solta um suspiro feliz.

— Bom dia — digo em seu ouvido.

Ela estica a mão para trás e acaricia minha mandíbula.

— Bom dia para você também — responde ela, e então levanta a cabeça. — Ai. Por que tem um galho na cama?

— O quê?

Franzindo a testa, ela se senta e coloca a mão debaixo das cobertas, procurando o que quer que a tenha distraído. Até que ela agarra meu pau.

— Ah. Desculpe. Confundi isso com um galho. Pensei que poderia ter ficado preso em mim quando estava cuidando do jardim. Esquece.

Minha boca se curva, divertida, e não faço nada por vários segundos — e então pulo em cima dela, lutando com Lina enquanto ela grita e finge indignação. Eventualmente, consigo prendê-la e pressiono meu "galho" no meio de suas coxas.

Bastante satisfeita consigo mesma, ela me dá um sorriso torto, os olhos brilhando com malícia.

— Você sente cócegas? — pergunto.

Ela balança a cabeça.

— Nem um pouco.

Eu a observo em silêncio e vejo seus olhos viajarem para um ponto acima do meu ombro. Esse é o seu olhar mentiroso, e não serei mais enganado.

— Bem, se é esse o caso, então você não se importaria com isso...

Rosnando, mergulho debaixo das cobertas e faço cócegas na parte de trás das pernas e laterais da cintura dela. Lina grita, arqueando as costas para resistir e me afastando dela em segundos.

Eu me deito na cama e olho para o teto, um sorriso que eu posso até *sentir* que é bobo estampado no meu rosto. Se dependesse de mim, passaríamos o dia juntos, alimentando essas boas vibrações. Mas não depende, e Lina ainda está nervosa com nosso relacionamento. Talvez haja uma maneira de manter este dia neste clima sem causar esse nervosismo nela. Conhecendo Lina, se tiver trabalho envolvido, ela vai topar.

— Vamos jantar hoje à noite. No Blossom. — Eu me viro de lado e percebo como seus olhos se arregalam com a sugestão. — Faltam pouco mais de duas semanas para a apresentação, então provavelmente devemos começar a descobrir como apresentar o restaurante do hotel.

Ela se senta e coloca alguns fios de cabelo atrás da orelha.

— Sim, obrigada pelo lembrete. A apresentação *deve* ser nossa prioridade — diz ela, e depois solta um suspiro pesado e revira os olhos. — Mas tenho muita coisa para fazer hoje. Nos encontramos lá?

— Não me importo de vir buscar você.

Ela balança a cabeça.

— Não, tudo bem. Provavelmente já estarei daquele lado da cidade, então será fácil pedir um Uber direto para o hotel.

Se isso vai fazer você se sentir melhor, com certeza. Para ela, digo:

— Por mim, pode ser. Preciso fazer algumas coisas antes de ir para lá. — Eu me inclino e beijo sua bochecha. — Me diverti muito. Vou usar o banheiro e deixar você em paz, beleza?

Não posso dizer que a culpo por querer manter nosso relacionamento casual, mas uma parte de mim se pergunta por que isso exige tanto esforço da parte dela. Este sou eu, tentando manter as coisas casuais. Por que ela não pode fazer o mesmo? Talvez sua necessidade de se distanciar seja um sintoma do turbilhão que nos uniu em primeiro lugar. Talvez sejamos apenas nós. O que sei é que Lina é preciosa para caralho quando está com dúvidas em relação a mim. Ou eu estou com dúvidas quanto a ela? Ela poderia muito bem ter um monte de merda para fazer hoje, e talvez eu simplesmente esteja me sentindo inseguro quanto ao meu lugar na vida dela. *Por Deus.*

Ela abaixa os ombros, provavelmente surpresa por eu não estar insistindo para fazermos mais sexo.

— Ah. Ok, beleza. Que tal se eu fizer uma reserva para as seis?

Levanto e me espreguiço, bocejando o resto da minha sonolência.

— Perfeito.

O que é ainda mais perfeito? Manter Lina desequilibrada. Porque eu não quero estar nisso sozinho. *Bem-vinda ao Clube Estou a Fim de Você e Não Sei o Que Fazer Quanto a Isso, srta. Santos. Estávamos esperando por você.*

— Bem-vindos ao Blossom, pessoal. Meu nome é Camille e serei a responsável pelo atendimento de vocês esta noite. Algum de vocês já esteve aqui antes?

Lina assente.

— Mas só durante o almoço. Estou ansiosa para provar algo diferente no cardápio.

Camille sorri.

— Excelente. Ficamos felizes em ter a senhorita de volta. Só para explicar ao cavalheiro — diz ela, se virando na minha direção —, qualquer funcionário no salão pode ajudá-lo, seja para trazer mais água ou algum utensílio, ou caso eu demore um pouco para trazer a conta. — Ela se inclina e baixa a voz para um sussurro: — Esse último nunca acontece.

Um garçom diferente chega para encher nossos copos de água e outro coloca uma cesta de pão no centro da mesa.

Camille entrega a cada um de nós um delicado pedaço de papel.

— E este é o nosso menu degustação. Muito popular no momento. Ficarei feliz em responder às suas perguntas assim que tiverem a chance de dar uma olhada, ok? Enquanto isso, querem começar com um drinque?

Lina pede um martíni de romã. Eu peço um gim com limão.

Quando Camille se vai, Lina se inclina para a frente como se quisesse me contar um segredo.

— Estava morrendo de vontade de experimentar o martíni. Eu vi no menu quando vim almoçar, mas não quis arriscar ficar bêbada durante um compromisso à tarde.

— Bem, agora você pode ficar bêbada comigo. Isso vai ser divertido.

Um sorriso dança em seus lábios quando ela olha o cardápio. Não consigo parar de olhar para ela. O vestido simples que está usando envolve suas curvas, o tom profundo de vermelho acentua sua pele brilhosa. O cabelo cai para o lado em cachos, uma presilha dourada em sua têmpora ajudando a segurar um pouco no lugar.

Seu olhar se encontra com o meu por cima do cardápio. Eu me endireito no meu assento.

— No que você está pensando? — pergunta ela.

Para ser sincero, estou pensando em como ela é bonita. Quanto ao cardápio, nem cheguei a olhar para ele.

— Estou pensando na versão de paella que eles fazem — continua ela. — Coelho, porco, arroz, chouriço, *hmm*. A lista de ingredientes continua. Mas é para dois. Estaria interessado em dividir?

Coloco o cardápio de lado.

— Eu adoraria embarcar nessa com você. — Examino a área de jantar principal do restaurante, observando a decoração. — Então, o que achou do design do ambiente?

Lina coloca o cardápio na mesa e se vira para os dois lados em sua cadeira antes de examinar a área atrás de mim.

— Adorei as paredes cinzentas de madeira. E as flores silvestres abaixo das arandelas são o toque perfeito. É um pouco mais escuro do que eu gosto, mas é aconchegante. Quase como uma casa de fazenda chique.

— Seu olhar pousa no centro da mesa. — Uma vela em um frasco de vidro vintage colocada em uma bandeja é exatamente o que esta sala precisa. É rústico *e* chique.

Enquanto vejo Lina descrever sem esforço o design de interiores do restaurante, finalmente descubro o que está me incomodando no conceito de fada-madrinha que escolhemos para a apresentação: não é o melhor modo de mostrar os talentos dessa mulher incrível.

Estava tão convencido de que o elemento pessoal tinha que estar na frente e no centro que perdi de vista a pessoa real por trás do serviço que estamos tentando vender. Caí na armadilha de pensar que a armadura que Lina desenvolveu para si mesma era uma coisa ruim. Mas, depois dos momentos que passamos na Fazenda Surrey Lane, acho que Lina deve grande parte do seu sucesso à habilidade que tem em usar essa armadura a seu favor, se e quando precisar. Em última instância, é escolha dela quem vai entrar em sua vida, na frente de quem irá chorar, quem ela permite espiar atrás de suas paredes e com quem compartilha suas emoções. E isso não diminui o que ela oferece, apenas permite que ela navegue em ambientes diferentes enquanto permanece na sua zona de conforto.

A força de Lina é fazer as coisas acontecerem. Como ela deixou claro desde o começo, ela não será a melhor amiga de um cliente. Ela não vai chorar durante a cerimônia ou dar pulinhos quando a noiva encontrar o vestido perfeito. Esse não é o estilo dela. Mas ela vai organizar o melhor casamento que puder com os recursos que tiver. E é *isso* que qualquer cliente deve querer. Agora, só preciso explicar por que estou defendendo uma mudança na nossa tática.

— Podemos falar sobre a apresentação um minutinho?

Ela toma um gole de água e cruza as mãos no colo.

— Claro. Está tudo bem?

— Está, sim — digo. — É só que... acho que não devemos usar o conceito de fada-madrinha de casamento. Não é você.

Ela se reclina na cadeira, e seu sorriso se alarga pouco a pouco.

— Posso te contar um segredo?

— É claro.

— Estou aliviada. Pensei bastante nisso nos últimos dias e estava esperando o momento certo para falar com você. Comecei a me preocupar que o conceito faria parecer que estávamos tentando demais. Ou que estaríamos me tornando acessível às custas do que eu faço de melhor.

Eu concordo.

— É isso mesmo. Que se foda ser acessível. Não precisamos mudar nada em você. Só precisamos jogar com seus pontos fortes, que são muitos. Estou pensando que um tema focado em seu papel como concierge de casamento pode ser eficaz. Ele combina com a ideia do hotel, e ainda evoca a ideia de que você vai dar seu toque pessoal a cada casamento, o que pode atrair uma cartela mais diversificada de clientes. O que você acha?

Ela se inclina e aperta minha mão.

— Acho que tenho sorte de estar trabalhando com você e que agora estou mesmo ansiosa para fazer essa apresentação.

Eu devo estar radiante. Agradar a Lina me agrada, mas é muito especial poder impressioná-la simplesmente fazendo meu trabalho.

— Excelente. Então vou falar com...

Uma mão pousa no meu ombro, e uma voz atrás de mim exclama meu nome.

Assustado, me viro para ver Nathan Yang, um amigo de infância do antigo bairro, sorrindo para mim. Meu coração retoma um ritmo normal.

— Nathan, caramba, como você está? Quanto tempo!

Ele concorda.

— Sim, sim, muito tempo mesmo — diz Nathan, e então olha para Lina. — Desculpe interromper, mas tive que vir cumprimentar um velho amigo.

Ela lhe dá um sorriso amigável.

— Sem problemas.

— Você está jantando sozinho? — pergunto.

Nathan passa as mãos na frente do paletó preto.

— Não, não. Sou o gerente. Este tem sido meu trabalho há cerca de um ano.

— Uau. Isso é fantástico! — digo. — Parabéns, cara. Lina e eu estávamos admirando a decoração.

— Muito obrigado. Tenho orgulho deste lugar.

Ele olha para Lina de novo, seus olhos se estreitando como se estivesse tentando descobrir onde a viu antes.

Minha boca fica seca. *Ah, merda.* Nathan também era amigo de Andrew, e tenho certeza de que foi convidado para o casamento dos dois.

Se houvesse uma maneira de desativar a parte do cérebro que controla o reconhecimento facial, eu estaria realizando uma cirurgia em Nathan neste minuto.

— Lina. Max. Que bom ver vocês — diz uma voz atrás de Lina. — Nathan está tratando vocês bem?

Rebecca? Só pode ser brincadeira, né? Quem eu ferrei numa vida passada? Meu olhar se volta para Lina, que parece congelada no lugar. *Está tudo bem. Podemos lidar com isso, sem problemas. Estamos trabalhando. Não é nada de mais.* Eu me levanto e aperto a mão de Rebecca.

— Oi, Rebecca. Que bom te ver. Nathan e eu estávamos apenas nos atualizando. Somos amigos de infância — digo, e então aceno minha mão entre Lina e eu —, e Lina e eu estávamos conversando sobre o design de interior do restaurante. Tentando descobrir os principais pontos de venda do local. Há muito a recomendar. Vamos experimentar a comida a seguir.

Rebecca esfrega as palmas das mãos.

— Ah, fico muito feliz que vocês estejam gostando até agora — diz ela, e se inclina para que apenas nós possamos ouvir. — O restaurante é mais impressionante durante o fim de semana, então fizeram uma boa escolha em vir durante o horário de pico. Não deixem de experimentar o menu degustação especial se tiverem a oportunidade. Nathan fez um trabalho incrível.

Lina lhe dá um sorriso tenso.

— Aposto que sim.

Rebecca olha para seu fino relógio dourado de pulso.

— Estou indo encontrar meu avô para jantar. Ele está dando uma checada nas nossas propriedades. E em mim também, provavelmente.

Nathan coloca um dedo sobre os lábios enquanto estuda Lina.

— Desculpe se estiver encarando, mas você me parece tão familiar. Já nos encontramos antes?

Lina afunda mais na cadeira e se abana.

— Está quente aqui? Alguém deve ter aumentado a temperatura do aquecedor.

Enquanto isso, Rebecca lança olhares curiosos para todos nós, numa grande imitação de uma espectadora de tênis.

— Lina, você está bem?

— Ah, estou bem, sim — diz Lina, com a voz rouca, e então pigarreia. — Só me sentindo um pouco mal de repente.

Quero envolver Lina em meus braços e escondê-la do escrutínio de Nathan, mas isso não seria profissional — e, além disso, seria estranho. *Fique tranquilo, Max. Com alguma sorte, Rebecca irá embora antes que Nathan faça a conexão.*

— Ei — diz Nathan, apontando um dedo na direção de Lina. — Agora me lembrei. Carolina Santos, você estava noiva do irmão de Max, Andrew. Sinto muito que não tenha dado certo. — De repente, o rosto dele fica vermelho. — Droga, olha eu falando besteira. Peço desculpas por mencionar isso.

Droga. Merda de sorte nenhuma.

Rebecca inclina a cabeça e estuda Lina.

Com a expressão desprovida de emoção, Lina analisa o restaurante com os olhos apertados, como se estivesse procurando a rota de fuga mais eficaz.

Como ela está se segurando é um enigma. Eu? Estou pronto para rastejar para debaixo da mesa, e meu cérebro não está funcionando rápido o suficiente para neutralizar a situação. Além disso, que merda eu diria?

Rebecca balança a cabeça.

— Bem, devo ter perdido alguma coisa, mas podemos resolver tudo na segunda de manhã. — Ela olha para mim e para Lina, sua boca em uma linha dura, e então acrescenta: — A *primeira* coisa a fazer segunda de manhã, talvez?

Acenamos com a cabeça, nenhum de nós encarando Rebecca.

— Preciso usar o banheiro — diz Lina, levantando-se abruptamente, seu rosto ainda sem expressão alguma. — Foi ótimo ver você de novo, Rebecca. — Então ela olha para Nathan. — E prazer em conhecê-lo.

Eu a vejo caminhar rápido na direção do banheiro. Rebecca e Nathan a observam partir também.

Que confusão da porra.

Capítulo Trinta

LINA

A esperança é a última que morre, prima, *mas saiba que a mentira pode morder você bem na bunda.*

O aviso de Natália soa em meus ouvidos como um sino de igreja. BLEM. *Oi? Você está surpresa?* BLOM. *Claro que você foi pega.* BLEM. *Agora, Rebecca não apenas sente pena de você, mas também está desconfiada.* BLOM. *O que você vai fazer?* BLEM. *Acho que você pode esquecer essa posição com o Cartwright.* BLOM. *Pelo menos você não chorou na frente de todo mundo.*

Com os punhos cerrados ao lado do corpo, ando de um lado para o outro no banheiro, evitando meu reflexo no espelho. Não preciso ver minhas lágrimas. Posso senti-las deslizando pelas bochechas.

Alguém bate na porta.

Estremeço e enxugo meu rosto com rapidez — ou tento.

— Tem gente! — grito.

A porta se abre um pouco.

— Lina, sou eu. Posso entrar?

— Não é uma boa ideia, Max. Vou ficar bem. Só me dá um tempo — digo, e soluço. — Um segundo e eu saio.

— Querida, você está chorando. Quero ajudar você.

— Como você pode ajudar, Max? Eu fodi tudo sozinha.

Ele fica quieto por um momento. Então, o ouço falar com outra pessoa.

— Nós só precisamos de um minuto, ok? — diz à pessoa. — Ela está com uma crise menstrual.

Devo ter ouvido errado.

— Você acabou de dizer que estou tendo uma crise mental?

— Não, jamais brincaria com isso. Eu disse *menstrual*. Só tenho uma vaga ideia do que isso poderia implicar, mas ela pareceu entender e recuou.

Eu bufo. Mesmo quando estou tendo uma "crise menstrual", ele me faz rir.

— Você está rindo? — pergunta. — Viu? Já estou ajudando.

Vários segundos de silêncio se passam, e meu estômago se revira quando considero a possibilidade de ele ter ido embora.

— Max? Você ainda está aí?

— Estou aqui, Lina. Me deixa entrar? Por favor.

A urgência em seu tom sugere que ele está pedindo mais do que apenas minha permissão para entrar no banheiro. Mas, se me vir assim e não me julgar ou tiver pena de mim... O que vai acontecer? Bem, é provável que me apaixone por ele, é isso. Porque ele vai ser o único homem que viu meu verdadeiro eu e não me diminuiu por isso. Andrew nunca viu meu verdadeiro eu. E, por causa disso, consegui lidar com nosso rompimento com maestria. Não chorei, não gritei nem fiz alarde. Mantive minha dignidade diante do abandono de Andrew — porque ele nunca teve o meu coração. Mesmo quando pedi a ele que reconsiderasse sua decisão, fiz isso com calma e lógica, apontando as razões pelas quais fazíamos sentido. E, quando ele se recusou a mudar de ideia, segui em frente.

Então por que eu deveria dar a alguém o poder de me fazer sentir fraca mais uma vez? Essa seria a própria definição de autossabotagem. Além disso, já sei o que preciso fazer; considerando o que aconteceu lá fora, acho que seria sensato impor uma moratória para tirar minha própria autonomia.

— Ei, Lina — diz Max.

— Sim?

— Só quero conversar, tudo bem? Acho que pode ajudar.

Eu soluço novamente.

— Ok.

— Então, olha só. Gostaria que Andrew e eu fôssemos mais próximos. Mas nós simplesmente não somos. Desde cedo, meus pais incentivaram essa competição entre nós. Eles acham que a rivalidade entre irmãos pode ser uma coisa boa. Impulsionamos um ao outro, eles dizem. O que até certo ponto é verdade, mas também significa que não sabemos como nos relacionar a não ser quando estamos tentando ser mais esperto, mais bem-sucedido, mais tudo do que o outro. E estou de saco cheio disso.

Isso é revelador. Andrew mal falava sobre Max quando namorávamos. Agora entendo o porquê. Quando penso no que sabia sobre Max na época — o irmão mais novo de Andrew que morava em Nova York — e o que sei agora, vejo que a diferença é risível. O homem na porta é vibrante e doce e engraçado e sexy e muito mais que "o irmão mais novo de Andrew".

— Não tenho certeza — diz ele. — O banheiro transbordou, então estão limpando.

Franzo a testa.

— O quê?

— Estou explicando por que essa pessoa não pode entrar no banheiro — diz.

— Ah.

— Seja como for, esta tarefa com Rebecca — continua ele —, sei que disse que essa é minha chance de me separar de Andrew no trabalho. Me destacar para não ter que estar ligado a ele a cada passo, a cada coisa. Mas é mais do que isso. Eu só quero ser eu mesmo. Viver a minha vida. Sem referência a Andrew. Eu quero ser a primeira escolha de Rebecca por nenhum outro motivo além de ser bom no que faço. Assim, quem sabe, Andrew e eu podemos aprender a gostar um do outro. — Ele fica em silêncio por um momento, então sua voz preenche o ar mais uma vez, embora esteja mais fraca do que antes: — Não sei por que estou dizendo tudo isso. Achei que você deveria saber que o que aconteceu esta noite também me afeta. Este cliente poderia me ajudar a me virar sozinho. E acho que podemos consertar essa situação juntos, se você me deixar entrar, é claro.

De alguma forma, Max sabe que, compartilhando um pedaço de si mesmo, estarei inclinada a fazer o mesmo. Não posso mantê-lo do lado de fora. Seria inútil tentar. Então ando até a porta, puxo a maçaneta e espio. Max está encostado na parede à direita da porta, com as mãos atrás das costas e a cabeça voltada para o teto.

— Oi — digo.

Max se vira para mim, seu corpo ainda encostado na parede.

— Oi.

Pego a mão dele e o puxo para dentro do banheiro. Em segundos, ele está passando os polegares embaixo dos meus olhos e enxugando minhas lágrimas.

— Tão corajosa — diz com suavidade, e, depois de uma pausa, acrescenta: — Ainda parece bem fodona, mesmo com as lágrimas.

Reviro os olhos e mexo as mãos para cima e para baixo, indicando meu corpo.

— Lá fora, talvez. Aqui? Este não é o olhar de uma mulher fodona.

Ele estica os braços na frente do corpo e vou na direção dele, soltando uma respiração trêmula enquanto sou envolvida em um abraço apertado.

— A questão é: — diz Max, o queixo apoiado na minha cabeça — não existe uma única maneira de ser fodona, sabe? Sua mãe e suas tias vindo aqui e criando vidas novas para elas mesmas? Fodonas. Minha mãe administrando a própria empresa mesmo depois que ela e meu pai se divorciaram? Fodona. Você enfrentando os obstáculos no caminho e se reinventando no processo? Fodona. Há espaço para diferentes tipos de grandeza, sabe? Mesmo se você chorar fazendo isso. Na real, *ainda mais* se você chorar fazendo isso.

— Não é tão simples, e você sabe disso — digo com o rosto encostado em seu peito.

— Você tem razão. Eu sei disso. Ou sei agora. Porque você me fez ver que é complicado. Só preciso que você entenda que acho você incrível e forte e, sim, uma fodona. Não posso controlar o que os outros pensam, mas sei o que sei.

E pensar que eu não queria deixar Max entrar no banheiro. Ou no meu coração. Não consigo mais imaginar não fazer as duas coisas. Não costumo compartilhar quem sou com muitas pessoas. Minha família e Jaslene são as únicas exceções. Mas estou pronta para abrir uma exceção para Max também. Ele me entende. Como nenhum outro homem jamais entendeu.

Alguém bate na porta e, segundos depois, uma garçonete enfia a cabeça para dentro.

— Pessoal, temos uma longa fila lá fora. Você já resolveu seu problema de crise menstrual, senhorita?

Max e eu nos separamos, meu queixo afundando com as palavras dela. Como a noite progrediu a ponto de ela me fazer essa pergunta com uma cara séria?

— Está tudo certo — respondo. — Obrigada.

Arrasto Max para fora do banheiro, meu rosto virado para o outro lado a fim de evitar os olhares irritados das pessoas esperando a vez para usar um banheiro com apenas duas cabines.

— Preciso ir para casa e beber até dormir — digo a Max. — Podemos falar sobre o problema de Rebecca amanhã.

Ele apoia um braço em volta do meu ombro.

— Mas nós ainda precisamos comer. Que tal levarmos a paella?

Eu resmungo.

— Me parece uma boa ideia, mas vai levar uma eternidade para ficar pronta.

— E se dissesse que já pedi? — pergunta ele, as sobrancelhas subindo e descendo.

— Agradeceria do fundo do meu coração e diria que vamos malhar hoje à noite.

Ele faz uma careta.

— Merda. Que pena.

— Por quê?

— Porque ainda não pedi — diz.

— Mas eu pensei... — Balanço a cabeça. — Esquece.

O homem é ridículo, mas eu não o teria de outra maneira. Arrasto Max porta afora. Paella ou não, nós dois ainda vamos malhar esta noite.

— Max, eu preciso sair da cama — digo, batendo no polvo esparramado em cima do meu corpo. — Max.

Ele não se mexe.

— Max, tem bolo mármore com cobertura de creme de manteiga na cozinha.

Ele se estica e levanta a cabeça.

— O quê? Tem?

Aproveito o torpor para sair debaixo dele. *Tão* inocente. Por mais que eu queira ficar de conchinha na cama a manhã toda, prometi a Natália e Paolo que os encontraria no Rio de Trigueiro para revisar o mapa de assentos para a recepção.

Max se senta, uma mão estendida atrás dele e a outra esfregando a parte de trás da cabeça, o lençol abarrotado na parte debaixo do corpo.

— Você mentiu sobre ter bolo só para me fazer acordar?

— Menti, desculpe.

Ele esfrega a mão no rosto.

— Anotado. Mas hei de me vingar. — Depois de afofar o travesseiro, ele se recosta na cabeceira da cama e me observa prender meu cabelo em um rabo de cavalo alto. — Então, você está pronta para falar sobre um plano para lidar com Rebecca Cartwright? Ignorar o problema não vai fazê-lo desaparecer, você sabe.

Escovo o cabelo, tirando alguns fios do meu rosto — estou enrolando. Não sei como explicar minhas ações para Rebecca sem me diminuir ainda mais aos olhos dela. Além disso, suspeito que as chances de ela me dar uma chance justa na concorrência pela vaga sejam quase nulas. Se eu pensar muito sobre a oportunidade que desperdicei, ficarei ainda mais afetada, e isso não vai mudar nada. Acho que, neste instante, deveria me concentrar em assumir meu erro e garantir que nem Andrew nem Max paguem por isso. Ah, e seria bom encontrar um escritório alternativo.

— Sendo sincera, ainda não sei o que vou dizer para Rebecca, mas gostaria de falar com ela a sós. Essa bagunça é minha, e sou eu quem precisa limpar. — Pigarreio e apoio a bunda na cômoda. — Tudo bem para você se for assim? Quer dizer, sei que você também vai querer falar com ela, mas gostaria de poder fazer isso primeiro.

Max me estuda por um momento, então concorda.

— Confio em você para lidar com a situação. Apenas me diga como ela reagiu e posso falar depois de você.

— Combinado. E agora preciso *mesmo* me arrumar.

— Não quero atrapalhar você — diz ele, dando de ombros.

Max finge não ter interesse em atrasar meu progresso, mas eu sei que tem. Com minha visão periférica, posso vê-lo lentamente traçando os dedos sobre os lábios em um movimento circular. O lençol que segundos atrás o cobria da cintura para baixo parece ter mergulhado na parte inferior das coxas. Enquanto corro pela sala juntando roupas descartadas e procurando novas, eu semicerro os olhos sempre que Max está na minha linha de visão. Isso tem o efeito desejado de transformar seu corpo em um borrão disforme sem apelo algum. A outra opção seria pular em cima dele e perder meu compromisso com Natália e Paolo.

Max fica de joelhos, o pênis balançando ao bel-prazer e, então, vai de joelhos até a beirada da cama.

— Qual o problema com seus olhos? Está se sentindo bem?

— Estou bem, sim — digo, estreitando os olhos com mais força.

Assim, o pau dele me faz lembrar de um papagaio balançando em uma gaiola. E... Ah meu Deus, essa é definitivamente a minha deixa para ir.

— Acho que meus olhos estão um pouco cansados de tanto chorar ontem. Minha visão deve melhorar em breve.

— Mas por que você não está olhando para mim? — pergunta, com a voz chateada.

Eu inflo as bochechas e o encaro.

— Max, estou tentando ser uma boa pessoa aqui. Preciso ir para meu compromisso, mas você está ajoelhado na minha cama com o pau balançando — digo, e arrisco um olhar para ele. — A propósito, quando ele vai parar de fazer isso? Um pêndulo não para em algum momento?

Ele ri e balança os quadris, acionando o pêndulo outra vez.

— Parar de fazer o quê?

Ah, pelo amor de Deus. Eu ainda nem tomei café. Resmungando baixinho, pego minha calcinha limpa e meu roupão e aceno para ele.

— *Tchau*, Max. Estou indo tomar banho.

— Posso ir com você? — pergunta ele, olhando para mim com olhos de cachorrinho.

Faço uma pausa na porta e aponto um dedo para ele.

— Não. Você fica aí. Se você se importa comigo, nem que seja um pouquinho, vai ficar exatamente onde está.

Max levanta as mãos como se estivesse se rendendo e cai de volta na cama.

— Eu me importo muito mais do que — ele faz aspas no ar — "um pouquinho" com você, então me considere neutralizado. — Ele ajeita o travesseiro e se deita, fechando os olhos. — Bom banho.

Ah, ele é muito esperto. Como posso resistir quando ele me desarma apenas com as palavras? É impossível. Aceitando a derrota (ou talvez seja uma vitória), caminho de volta para o quarto, me apoio com as mãos na cama e me inclino para ele.

— Vou aproveitar meu banho ainda mais se você estiver lá.

Ele rouba um beijo tímido.

— E Natália e Paolo?

— Vou diminuir meu tempo de me arrumar — digo, e franzo o nariz para ele —, por sua culpa.

Assim que digo as palavras, me ocorre que tenho feito muitas coisas por culpa dele ultimamente — e essa percepção não me perturba tanto quanto deveria.

Capítulo Trinta e Um

LINA

Uma hora após começarmos a revisar o mapa de assentos do casamento de Natália e Paolo, encontramos um impasse, e o nome desse impasse é Estelle. Ela é aquela amiga da família que aparece em todos os eventos, mesmo que ninguém admita tê-la convidado.

Natália desenha um X vermelho sobre o nome dela.

— Ela não pode sentar perto da minha mãe. Se Estelle reclamar do bolo, a *mamãe* vai dar com ele na cara dela.

Tia Viviane passa pela mesa e faz seu próprio comentário.

— Eu vou mesmo. Vou dar com o bolo na cara dela e vai ser *tão* bom.

Ela diz a frase inteira sem parar de andar, de modo que, quando olho para cima, ela já se foi.

— Isso vai acontecer antes ou depois da *tia* Viviane tomar umas *caipirinhas*?

— Isso seria com ela sóbria e feliz como nunca — diz Natália, apontando o polegar na direção em que Viviane sumiu.

— Ok — digo. — Que tal se a gente colocar Estelle na mesa doze?

Paolo balança a cabeça.

— Estelle e Lisandro tiveram um caso um tempo atrás. Bastariam alguns drinques para eles estarem um em cima do outro. Tem crianças na mesa.

— Ok, e a mesa sete? — pergunto.

Natália resmunga.

— Estelle está brava com Lynn porque Lynn não convidou Estelle para uma viagem de fim de semana que fez com algumas amigas para Nova York alguns meses atrás.

— Já sei — digo, estalando os dedos. — Vamos passar o endereço errado para Estelle e pronto, problema resolvido.

— Bem que eu queria — resmunga Natália. — Calma aí. Vamos colocar Estelle na sua mesa. Você pode ser uma influência positiva para ela. Jaslene não precisa de um lugar para sentar porque vai assumir o papel de organizadora principal o dia todo.

Este é um bom argumento. Jaslene e eu não costumamos trocar de papéis durante uma tarefa pendente, mas fiquei em segundo plano neste casamento porque Natália é minha prima favorita e seria bom poder aproveitar o tempo com ela e minha família. Além disso, Jaslene recentemente me pediu para ter mais responsabilidades, e essa é a oportunidade ideal de dar o que ela quer.

Paolo tenta ser discreto ao cutucar Natália, mas nada em Paolo é sutil. Ela se vira para ele, os olhos arregalados.

— O quê?

Ele acena com a cabeça em minha direção.

— Ah, droga — diz Natália. — Você não está pensando em trazer ninguém, está? Um acompanhante ou algo assim?

Jeito interessante de falar, Nat. Imagino que ela queira que a resposta seja não, mas estou pensando em convidar Max para vir comigo, sim. Se eu tiver coragem.

— Bem, agora que você mencionou, queria falar com você sobre isso.

Viviane aparece do nada... assim como minha mãe.

— Sim? — pergunto a elas.

— Ah, nada — diz minha mãe enquanto limpa as mãos em uma toalha e olha por cima do meu ombro. — Só queria ver o gráfico.

— Estamos trabalhando nisso faz uma hora — digo, reconhecendo uma mentira maternal assim que a ouço. — Deu vontade de ver agora?

— Aham — diz ela, fazendo que sim com a cabeça — Foi exatamente o que eu disse.

Tia Viviane está impaciente demais para absorver informações às escondidas. Ela é o tipo de pessoa que gosta de extrair da forma direta, e na hora que quiser.

— O que é isso de acompanhante? Quem você traria?

Eu engulo um suspiro e deixo o ar sair devagar.

— Max Hartley, ok?

Viviane acena em desprezo.

— Mais trabalho de novo? Você acha que, se trouxer esse cara para o casamento, ele vai ajudar você a conseguir o emprego?

Natália e eu trocamos olhares divertidos.

Sua mãe é tão perdida.

Menina, eu sei. Deixa para lá.

— *Tia* Viviane, estou pedindo para o Max vir comigo porque gosto de passar tempo com ele. Essa é uma explicação boa o suficiente?

— Hmm... — é tudo o que ela diz.

Natália aperta minha mão.

— Claro que ele pode vir, boba — diz ela, dando uma cotovelada em Paolo. — Certo?

Ele dá de ombros.

— Sim, claro.

— Isso seria apenas um compromisso social, certo? — Pretendo só mencionar as últimas notícias despretensiosamente, na esperança de que ninguém dê muita importância. — O trabalho já não está mais ao meu alcance. Minha chefe hipotética descobriu que menti sobre conhecer Andrew e Max, então duvido que vá me deixar fazer a apresentação.

Tia Viviane e minha mãe arrastam cadeiras até a mesa minúscula e me olham com expectativa. *Droga.* Claro que elas querem uma explicação. Felizmente, alguém chama minha mãe no balcão, e sua expressão mal disfarça o aborrecimento por alguém querer comprar algo em uma loja.

Tia Izabel emerge da sala dos fundos.

— O que está acontecendo?

Tia Viviane a informa.

— Aquele emprego que Lina está tentando conseguir? Ela mentiu sobre conhecer o ex-namorado e o irmão dele. Estamos esperando o resto da história.

Minha mãe volta e fica em pé ao nosso lado, com as mãos na cintura.

— Vamos lá. Termina de contar.

Eu conto a versão resumida do desastre. Eles fornecem os efeitos sonoros — um coro de *ooh, ahh, tá brincando, né*, que entendo como "Você tá zoando com a minha cara?".

Tia Izabel se abana com as duas mãos.

— Vocês, crianças americanas, têm tempo demais para se meter em problemas. Fique em casa com a família e coisas assim não acontecem.

— Sim, é exatamente por isso que Solange despirocou quando saiu — diz Natália baixinho.

Chuto Natália por baixo da mesa e murmuro "cala a boca"; ela revira os olhos em resposta.

Tia Izabel não sabe que sua única filha, Solange, teve um período um pouco rebelde depois que saiu de casa para a faculdade, e tenho certeza de que Solange adoraria que minha tia nunca soubesse de suas façanhas. De qualquer forma, são coisas do passado. Agora que Solange está na pós-graduação, ela se acalmou bastante.

— *Filha* — diz minha mãe —, mas o que acontece agora?

— Não tenho certeza — respondo, e massageio minhas têmporas. — E sinto muito. Eu sei que estou desperdiçando as oportunidades que você me deu, e odeio que minhas emoções bobas tenham me levado para um caminho destrutivo mais uma vez. Acredite, eu sei que nenhuma de vocês cometeria os erros que cometi. Mas vou dar um jeito nessa bagunça. De uma forma ou de outra, vou me certificar de não ser uma decepção para você.

Minha mãe abaixa os braços e pousa a mão na minha.

— Por que você diria algo assim? Você nunca poderia ser uma decepção. Tudo o que queremos é que você seja feliz.

— A felicidade não parece suficiente, *mãe* — digo a ela. — Não quando penso nos sacrifícios que você fez. — Eu olho para minhas tias. — Não quando penso nos sacrifícios que *todas* vocês fizeram. Eu deveria estar construindo sobre a base que você me deu. Trabalhando mais. Alcançando mais. Não é isso que a próxima geração deve fazer?

Minha mãe suspira.

— Eu trabalhei duro para que você e seu irmão não precisassem fazer o mesmo. Minha recompensa é ver que você está fazendo algo que ama e ganhando a vida com isso. Isso é tudo que eu sempre quis, que você ficasse bem, e você está *mais* do que bem, Lina. Foque nisso, está bem?

— Eu só queria ser tão forte quanto você — digo. — Olha só para tudo que você conseguiu fazer.

Minha mãe balança meu braço.

— E olha só tudo o que *você* conseguiu fazer. Você tem seu próprio negócio, *filha*. Isso exige habilidade e muita força. Sim, você enfrentou alguns obstáculos ao longo do caminho, mas a vida é assim. Nunca pense que você precisa ser exatamente como eu, ok? Não somos a mesma pessoa. Não sou perfeita ou uma super-humana. Eu só fiz o que tinha que fazer na época. Agora é sua vez. E você é muito mais forte do que imagina.

Ela está repetindo o que Max me disse quando estávamos escondidos no banheiro da Blossom. Talvez eles estejam certos ao dizerem que não me dou crédito o suficiente pelo que consegui alcançar até agora. Minha mãe passa por trás de mim e apoia os braços nos meus ombros.

— Viva a sua vida, não a nossa. Você tem feito um ótimo trabalho até agora. E, se este trabalho é o que você quer, lute por ele. Se você quer continuar com seu próprio negócio, então faça isso. Construa um futuro que faça sentido para você, não para outra pessoa.

Meu Deus, ela está certa. Em vez de me preocupar em viver de acordo com os padrões delas, preciso me concentrar em atender aos *meus*. Embora tudo aquilo que aprendi com minha mãe e tias sempre me servirá de guia, o que faz sentido para elas nem sempre fará sentido para mim. Isso não significa que eu esteja falhando, certo? Significa apenas que estou vivendo minha própria vida. Eu alcanço a mão da minha mãe e a aperto.

— Obrigada por sempre me apoiar, *mãe*.

— Só se lembre de uma coisa — acrescenta ela.

— O quê?

Ela levanta um dedo indicador e estreita os olhos para mim.

— Se você me colocar em uma casa de repouso, volto do túmulo para te assombrar.

Eu: Acabei de chegar em casa. Passei a noite com minha mãe.
Max: Da próxima vez que encontrar com ela, diga que sinto falta dos brigaderos.
Eu: Brigadeiros.
Max: Certo. Não vou errar de novo. Como foi o planejamento dos lugares?
Eu: Tudo certinho. Mas tem um lugar vazio do meu lado. Quer ocupar?

Max: Quando é o casamento? Esquece. Seja qual for a data, sendo em um final de semana, eu vou. Mas preciso saber a data para colocar no meu calendário.

Eu: 18 de maio, 11h da manhã.

Max: Droga. Estarei voltando de uma viagem de negócios nessa manhã. Vou chegar um pouco atrasado. Tem problema?

Eu: Tudo bem, você pode me encontrar na recepção. Um pouco de Max é melhor do Max nenhum.

Max: Você é tão xavequeira... Está marcado, então.

Eu: Estou nervosa por causa da conversa com Rebecca amanhã.

Max: Ela é mais tranquila do que a maioria dos chefes. Não tenho dúvidas de que você vai descobrir a coisa certa para falar.

Eu: Obrigada, vou fazer o melhor que posso. Vou deitar agora.

Max: Boa noite, L.

Eu: Boa noite, M.

Mas provavelmente não vou dormir nem um minuto. Não quando tem tanto em jogo na minha reunião com Rebecca pela manhã.

Os escritórios comerciais da Cartwright são feitos para serem caóticos. Pessoas em cubículos pequenos gritam instruções ao telefone. Esses mesmos telefones tocam sem parar, como se ninguém soubesse atender uma chamada. Um grupo de homens está parado ao redor de um bebedouro de verdade, como se esperasse que alguém capture a cena para colocar em um banco de imagens.

Rebecca sai de seu escritório e tira os óculos de um jeito bem *O diabo veste Prada*, com um movimento do cabelo que me diz que ela pretende jogar a real nesta reunião. Com o canto do olho, vejo os homens perto do bebedouro se dispersarem em várias direções. É como se Rebecca tivesse gritado "Prontos ou não, lá vou eu!" e agora todos estão brincando de esconde-esconde. Esta não é a Rebecca com a qual estou acostumada, e a presença dessa versão dela não é um bom presságio para mim.

— Lina — diz ela. — Cadê o Max?

Uau. Aparentemente ela não está feliz em me ver.

Eu me levanto e aliso as mãos na calça.

— Pedi a ele que nos deixasse conversar sozinhas primeiro.

Rebecca cruza os braços, as sobrancelhas se juntando como se a ideia fosse absurda.

— Você não tem a intenção de fazer uma conversa de mulher para mulher, espero.

— Não — digo. — Quero falar com você de pessoa para pessoa.

Ela suspira, abaixa os braços e gira em direção à porta do escritório.

— Venha comigo, então.

Ela não fala no caminho até lá. É alarmante ver o quanto seu comportamento mudou desde que ela descobriu que Andrew e eu já fomos um casal.

Entro em seu escritório e sento na cadeira que ela me indicou. A decoração aqui é uma extensão do hotel: agradável, mas sem nenhum toque pessoal para marcá-lo como o domínio de Rebecca.

Ela senta em sua mesa, com as mãos cruzadas na frente dela, e me analisa.

— Não tenho o que contribuir para a conversa no momento, então pode dizer o que você acha que precisa dizer.

Respiro fundo o suficiente para que meu peito suba, e então faço o que deveria ter feito desde o início: digo a verdade.

— Andrew e eu ficamos noivos há quatro anos e íamos nos casar há três. O casamento nunca aconteceu. Ele decidiu que não queria seguir em frente. Avancemos para o dia em que você levou Andrew e Max para a sala de reuniões. Eu não via Max desde o casamento e não via Andrew desde uma semana depois do casamento. Sendo sincera, naquele momento eu entrei em pânico. Queria continuar impressionando você. Queria fazer você pensar que eu era essa organizadora de casamentos superprofissional, que tinha tudo o que você buscava e era imperturbável. Basicamente, ser a pessoa que atraiu sua atenção em primeiro lugar. Mas estava preocupada em como você reagiria, e mais do que isso, como *eu* reagiria ao estresse de enfrentar uma reunião inesperada e indesejada com meu ex-noivo. Agora, pensando nisso, o que teria sido realmente impressionante é ter reconhecido Andrew como meu ex-noivo sem demonstrar nenhum sentimento. Você provavelmente teria me contratado na hora.

O rosto de Rebecca suaviza de granito para lixa — ainda duro, mas agora demonstrando certa flexibilidade.

Eu continuo:

— Não queria que você me visse emocionada, ou pior, chorando. E preciso dizer — digo, assentindo com a cabeça vigorosamente — que isso era uma possibilidade real. Eu odeio a ideia de parecer fraca sob qualquer circunstância, e me retraio ao pensar que alguém perderia o respeito por mim por causa disso. Então, estendi a mão e fingi não conhecer Andrew e, provavelmente como resultado do choque ou algum senso de dever comigo, Max e Andrew entraram na farsa. Não foi ideia deles, mas, uma vez que o primeiro passo foi dado, acho que não conseguiram descobrir uma forma de contar a verdade que fosse satisfazer você. Sinto muito por ter arrastado os dois para essa mentira, e espero que você não os culpe pelo meu erro.

Rebecca se recosta na cadeira.

— Você não precisa defender os dois. Sua versão do que aconteceu será o suficiente, por enquanto.

Eu deixo o ar e encontro seu olhar morno.

— Bem, para ser completamente honesta, devo contar que Max e eu estamos saindo juntos. E Andrew não sabe.

Os olhos de Rebecca se arregalam e seu queixo afunda.

— Meu Deus, é uma porra de uma novela.

Ah. Ela progrediu para palavrões. Estou em apuros agora.

— Eu não espero que você entenda por que fiz o que fiz...

— Lina, eu entendo — diz ela, calma. — Não me agrada que você tenha feito isso, mas entendo o porquê. Veja bem, sou a CEO de um grupo de hotéis fundado pelo meu avô. Minha preocupação sempre foi que as pessoas pensem que podem me sacanear porque estou — diz ela, e revira os olhos — nessa posição claramente por causa do favoritismo. Também não estou inventando isso. Já aconteceu tantas vezes que já fico sempre esperando. Com você, porém, não tive a sensação de que seria um problema. Eu tento não construir o tipo de muro que dificultaria a interação com minha equipe, mas tenho meus dias. E hoje foi esse tipo de dia, em grande parte porque descobri que você, Andrew e Max me enganaram. As pessoas fazem o que precisam para se proteger das coisas que temem. Eu não sou diferente. Nem você, ao que tudo indica. Então, sim, entendo, mas não me agrada. Isso é tudo o que posso dizer a você.

É revigorante falar com alguém que não apenas se relaciona com a minha experiência, mas também não acha que a maneira como respondo a ela é totalmente falha. Se proteger da dor não significa que você está destroçado. Significa que você é humano. Sou grata a Max por me ajudar a enxergar isso. Cada pessoa tem que decidir se e quando deve baixar a guarda. Isso não é algo que a gente ofereça a todo mundo. Eu não abaixei a minha com Andrew. E às vezes o privilégio de espiar atrás dessa proteção precisa ser conquistado. Assim como Max ganhou o privilégio de espiar atrás da minha.

— Significa muito que você entenda, mesmo que esteja chateada com isso. Posso ao menos sair dessa experiência sabendo que minha reação não foi completamente sem fundamento. Isso já é alguma coisa — digo, me levanto da cadeira e estendo minha mão. — Foi um prazer conhecer você, Rebecca, e desejo boa sorte com a busca.

Rebecca olha para minha mão, suas sobrancelhas juntas.

— Não tão rápido, Lina. Nós não acabamos aqui. Vejo isso como parte de sua entrevista. Disse que levaria tudo em consideração quando tomasse minha decisão, e esse ainda é o caso — diz ela, erguendo o queixo para me estudar. — A menos que você queira retirar seu nome do processo seletivo?

— Com certeza não — digo sem hesitação. — Ainda gostaria de ser considerada. Obrigada.

Ela abana a mão.

— Diga a Max que ele está fora da minha mira. Por enquanto. É como se eu não soubesse de nada. Vou deixar que você resolva as coisas com ele e Andrew.

Eu concordo.

— Agradeço por essa chance, Rebecca.

— Francamente, espero que você me surpreenda durante a apresentação — diz ela. — Porque isso foi... coisa demais.

Não poderia concordar mais. Mas, se Max e eu nos concentrarmos em montar uma apresentação incrível, podemos conseguir o que queremos, afinal.

Capítulo Trinta e Dois

MAX

O interfone toca e a voz de Sammy preenche meu escritório.

— Max, tem alguém aqui que diz que vocês dois são melhores amigos. Ele também disse que você está fazendo um péssimo trabalho na sua parte do relacionamento.

Balanço a cabeça. *Que filho da mãe carente.*

— Diga para ele entrar, Sammy.

Menos de dez segundos depois, Dean aparece na minha porta com um sorriso convencido estampado no rosto e um terno de três peças.

— É primavera, cara — digo para ele. — Não precisa dessa roupa toda.

Ele desliza para dentro do escritório e se joga na cadeira de convidados.

— Não vim até aqui para você criticar minhas escolhas de roupa.

Eu me levanto e fecho a porta, em grande parte por segurança, porque nunca se sabe o que vai sair da boca de Dean.

— Por que você está aqui, então?

Juntando as pontas dos dedos, ele se inclina, apoiando os cotovelos nas coxas e me encarando.

— Tenho tentado descobrir por que não ouço falar de você faz uma semana e meia. Tudo bem se a gente não se falar todo dia, é claro, mas nós temos um compromisso semanal no basquete, que, aliás, é minha única forma de exercício, e, pela primeira vez em sei lá quanto tempo, você não apareceu. Então, fiquei tentando adivinhar o que estava tomando todo seu tempo. — Ele se endireita na cadeira. — E aí, uma lâmpada se acendeu. Ele tem passado bastante tempo com Lina, trabalhando com dedicação na proposta do Cartwright, pensei. Então, me perguntei: "Bom, se Max está passando bastante tempo com Lina, qual o cenário mais provável que levaria Max a ignorar o melhor amigo?", e foi quando percebi. — Nesse momento, Dean finge estalar um chicote. — A verdade veio como um relâmpago: Max e Lina estão dançando samba na horizontal.

Eu suspiro.

— É dançando na horizontal só, idiota.

Ele levanta um dedo.

— Antes de mais nada, ela é brasilo-estadunidense, então vamos continuar com o samba. Eu pesquisei essa merda. E, em segundo lugar, isso é tudo que você tem a dizer?

Passo uma mão pelo rosto. Quando Deus estava distribuindo melhores amigos, eu sinto que deveria ter feito mais perguntas sobre as qualificações desse que escolhi. Dean consistentemente oferece uma desconcertante mistura de conselhos sábios e comentários duvidosos, o último sempre me fazendo questionar se deveria aceitar o primeiro. De qualquer modo, agora não dá mais para trocá-lo por outro.

— Tudo bem. A verdade é essa. Nós fomos juntos em uma pequena viagem e coisas aconteceram.

— Coisas aconteceram? — pergunta ele, erguendo as sobrancelhas.

— E continuam acontecendo. Isso é tudo que posso contar para você.

— Não é, não — diz Dean. — Não preciso de todos os detalhes, mas você pode me dizer o que está pensando. Sabe, dar uma pista ou duas dos seus planos com essa mulher.

Não posso deixar de rir com a falsa indignação na voz dele.

— Você está me perguntando se minhas intenções são boas?

Ele dá de ombros.

— Algo do tipo. E não só por causa dela, mas por sua causa também.

Não há dúvidas de que Dean se importa. Eu não deveria ser tão duro com ele. Mas aqui não é o lugar certo para falar de Lina e de mim. E, além disso, não posso fazer planos com Lina se não o fizermos juntos.

— Cara, eu não tenho respostas. Só sei que gosto dela. Muito mais do que deveria a essa altura.

Ele concorda.

— E qual o papel do seu irmão nessa história?

Eu pego uma caneta da mesa e começo a brincar com ela.

— Ele não tem papel nenhum. Não falamos muito sobre ele. Quando estamos juntos, é só nós dois e mais ninguém. Não estou pensando em Andrew, e ela também não. Quer dizer, dependendo de como as coisas rolarem, vamos ter que contar para ele o que está acontecendo. Por educação ou algo assim. Mas, enquanto isso, estou focado em Lina.

— Bom, e quanto a tudo aquilo que falamos? — pergunta Dean. — Os motivos pelos quais vocês não deveriam ficar juntos. Sair da sombra do seu irmão. Sua família. A competição entre você e Andrew. Tudo isso é irrelevante agora?

— Tudo isso ainda é importante — respondo —, só não importa tanto quanto eu achei que importaria. Em primeiro lugar, não estou mais interessado em competir com Andrew. Lina diz que devo competir comigo mesmo, com a melhor versão possível de mim. E ela está certa.

Dean concorda.

— Gosto dessa mulher.

— Além disso, até onde sei, Andrew é só um cara que ela namorou muito tempo atrás. Todo mundo tem um histórico de relacionamentos. Só que o de Lina inclui meu irmão mais velho.

— E quanto aos seus pais? — pergunta Dean.

— Meu pai não vai se importar. Minha mãe vai se ajustar. E quem sabe? Talvez ela possa ser sogra da Lina no fim das contas, como ela tanto queria.

— Ei, ei, ei. É nessa direção que vocês estão se encaminhando?

Eu balanço a cabeça.

— Ainda não. Mas quem foi que disse que não poderia acontecer algum dia? Olha, não vou mentir e dizer que nada disso importa. Mas se eu quiser muito estar nesse relacionamento, e quero, vou descobrir como lidar com esses problemas que podem ser facilmente colocados de lado.

Eu revejo minhas palavras em minha mente: *Se eu quiser muito estar nesse relacionamento, e quero...*

Por que raios estou sentado aqui falando com Dean a respeito disso? Eu preciso falar com Lina e dizer que quero mais do que um caso, apesar de todos os obstáculos. Não tem motivo para não termos um futuro juntos — se ambos quisermos isso.

A expressão carrancuda de Dean diminui minha empolgação, no entanto.

— Por que essa cara? Me fala o que está pensando.

Dean suspira.

— Eu não sei, Max. Tudo aquilo que rolou com a Emily fez você questionar seu próprio valor. Só estou preocupado que você esteja fazendo vista grossa, sem parar para pensar em como isso pode ferrar com você.

Emily ferrou mesmo comigo. Quer dizer, não é todo dia que alguém que você namorou por anos diz que gostaria de ter conhecido seu irmão mais velho antes. Mas Lina já superou Andrew. A situação não é nem um pouco parecida.

— Sim, eu entendo. E olha, se tivesse qualquer suspeita de que Lina ainda está interessada em Andrew, talvez eu pensasse diferente, mas ela não parece nem um pouco a fim de reviver o relacionamento deles. Isso já é bom o suficiente para mim — digo, e pulo da minha cadeira. — Dean, agora preciso ir. — Estou na porta, escancarando-a, quando ele me pergunta aonde diabo estou indo. — Se eu quiser estar nesse relacionamento, preciso falar para ela, você não acha?

— Falar o que para quem? — pergunta minha mãe do lado de fora do meu escritório. — Você está namorando e não me contou?

Merda. Eu não preciso disso agora. Coloco minhas mãos nos ombros dela.

— Mãe, amo você. E prometo que vou explicar. Mas preciso fazer uma coisa antes que eu perca a coragem.

Ela coloca as mãos no meu queixo e sorri.

— Bom, olha só para você. Alguém está apaixonado.

Minha mãe nunca faz demonstrações públicas de afeto no escritório com Andrew ou comigo. Imagino que a perspectiva de me ver em um relacionamento sério a faça quebrar sua regra pessoal.

Ela levanta o queixo, fingindo estar ofendida com meu silêncio.

— Bom, tudo bem. Faça o que você precisa fazer. Mas deixa eu te perguntar uma coisa: você viu seu irmão? Tem um monte de papéis da apresentação do Cartwright espalhados na sala de reuniões.

— Vi quando ele estava andando para lá e para cá nessa mesma sala, quando cheguei — diz Dean.

— Não faço ideia de onde ele está — digo para minha mãe, então olho para Dean, que está curvado na cadeira e massageando a nuca. — Dean, se acalme. Vai dar tudo certo. Vamos jogar basquete essa semana, ok?

Ele acena para mim com desdém e coloca a mão na testa. Um gesto que escolho ignorar. Porque agora estou determinado a dizer a Lina como me sinto, e não posso deixar as preocupações de Dean me desanimarem.

Enquanto estou pegando o Uber, penso que meu plano de expor meu coração é falho por pelo menos duas razões: um, ainda estou esperando para ouvir o resultado do encontro de Lina com Rebecca, e dois, não sei se Lina está no trabalho. Se a reunião não correu bem, não farei grandes declarações hoje. Então, envio uma mensagem cuidadosamente redigida para ela a fim de obter as informações necessárias, ao mesmo tempo que escondo minha intenção de surpreendê-la.

Eu: Ei L. Já voltou da reunião com Rebecca?
Lina: Estava prestes a te mandar mensagem. Transmissão de pensamento... Sim, já estou no escritório. A reunião correu bem. Quer conversar sobre isso durante um almoço?

Agora que ela fez o convite, não tem por que esconder meu plano.

Eu: Perfeito. Posso passar aí em 20 minutos.
Lina: Como? Vc não está no escritório?
Eu: Estou no Uber. Já estou a caminho.
Lina: Tá bem. Te vejo em breve, então.
Eu: 👍

Enquanto o carro percorre a George Washington Parkway, vislumbro trechos do rio Potomac entre as muitas árvores ao longo da estrada. Não consigo olhar para nada relacionado à natureza sem lembrar de quando Lina e eu transamos no capô do carro dela. Linda flor desabrochando em um arbusto? *Capô.* Grama crescendo no chão? *Capô.* Pássaro no céu? *Capô.* E está ficando inconveniente... Há muita natureza na cidade.

— Qual é a desse sorrisão, cara? — pergunta o motorista do Uber, Benny.

Ele parece ter por volta de 50 anos com uma pança que me lembra meu pai.

Olho para ele pelo retrovisor.

— Pensando em uma mulher. Estou querendo dizer para ela que devemos ficar juntos.

Ele assente, sua boca se curvando em um sorriso melancólico.

— É sempre melhor dizer como você se sente para quem você gosta, seja algo bom ou ruim. Honestidade é a *única* política, é o que sempre digo.

— Sim, só espero que ela goste do que tenho a dizer.

Quinze minutos depois, Benny me deixa na frente da Algo Fabuloso. A vitrine apresenta manequins usando vestidos de noiva com buquês de flores no lugar de suas cabeças. Um toldo azul-claro adornado com laços serve de cobertura para a pequena vitrine. Quando entro, um sino acima da porta toca.

Um homem com cabelos cacheados e escuros, começando a ficar grisalho nas têmporas e com uma fita métrica pendurada no pescoço, me cumprimenta com um sorriso.

— Olá. Meu nome é Marcelo. Posso ajudar?

— Estou procurando a Lina... Carolina Santos, quero dizer.

Ele inclina a cabeça e estreita os olhos.

— Ela está esperando por você?

Respiro fundo e endireito minha postura.

— Está, sim.

O homem sorri para mim.

— Pode ir lá atrás. Ela está terminando uma prova.

Ando por um corredor estreito até chegar a quatro provadores diferentes, cada uma com cortinas transparentes cobrindo uma entrada em arco. Há atividade em dois deles.

— As garotas...

— Chame de suas "mulheres" se precisar — diz Lina —, ou suas "damas", embora eu também não seja fã dessa. Mas peitos não são garotas. *Tetas* também pode. E, por favor, não chame de modo algum de "parte feminina".

— Tudo bem — diz a pessoa em voz alta —, quando o Paolo vir minhas *tetas*, o *pau* dele vai explodir.

Natália. Em resumo.

Um suspiro vindo de outro provador me faz lembrar que estou espiando. Eu bato na parede externa.

— Lina, sou eu, Max. Cheguei. Quer que eu espere lá fora?

Ela abre as cortinas e coloca a cabeça para fora, um sorriso doce no rosto.

— Oi, você. Estamos quase terminando, e Natália já está vestida. Espera um pouco.

Um minuto depois, ela puxa a cortina. Sapatos, caixas abertas e lenços de papel estão espalhados pelo chão. Natália está sentada em uma cadeira amarrando o tênis, e Jaslene está colocando, com muito cuidado, a roupa de Natália em um saco apropriado.

— Ora, ora se não é o cara que de alguma forma conseguiu rastejar para o coração da minha prima — diz Natália.

Lina olha para Natália, boquiaberta, depois se vira.

— Você quis dizer *entrar?* — pergunto, sorrindo.

Natália balança a cabeça, aponta os dedos indicador e médio para os olhos, depois para os meus.

— Não, quis dizer rastejar.

Jaslene fecha a bolsa de roupas e pega uma caixa.

— Ignore ela, Max. Natália é assim com todo mundo. — Ela pega os lencinhos e os coloca em uma lixeira de reciclagem. — Até com o futuro marido.

Natália joga a cabeça para trás.

— Não sou uma ogra — diz ela, me olhando de cima a baixo —, mas, só para deixar claro: você ainda está em liberdade condicional.

— Agradeço a oportunidade de fazer você mudar de ideia — digo.

Jaslene afasta Natália.

— Vamos, vamos dar privacidade para eles. Eu pago uma vitamina para você naquele lugar no fim da rua.

Que Deus abençoe essa mulher. Vou enviar algo da Sweet Shoppe de presente para ela hoje mesmo.

Depois de empilhar a última das caixas em uma cadeira, Lina caminha até mim, seus olhos escuros e atraentes.

— Oi, você.

Ela coloca os braços em volta do meu pescoço, fica na ponta dos pés e roça os lábios na minha boca. É exatamente *isso* que quero. Cumprimentos com beijos. Encontros no meio do dia para ir almoçar. Escapadas para uma rapidinha em algum lugar quando der vontade. Coloco minhas mãos em sua cintura e a puxo para mais perto, aprofundando o beijo. Nós dois gememos quando nossas línguas se encontram.

Em algum lugar distante, alguém pigarreia. Embora eu saiba que devo me afastar dela, ainda estou atordoado, o que destaca ainda mais o momento em que Lina arfa.

— Andrew, o que você está fazendo aqui? — pergunta.

Eu me viro para ver meu irmão parado do lado de fora de um dos provadores. Seu rosto está branco, mas uma de suas mãos está fechada ao lado do corpo.

— Vim perguntar sobre a sua apresentação — diz ele a Lina. — Queria ter certeza de que Max estava fazendo o trabalho dele. Mas então deparo com isso. Meu irmão e a mulher com quem eu ia me casar se beijando em uma loja de noivas.

Lina, cuja mão está cobrindo a boca que há pouco me beijava com tanta destreza, abaixa os braços e se vira para encará-lo.

— Ah, corta essa, Andrew. Sei que isso deve ser um pouco chocante, mas não vamos interpretar o papel do irmão injustiçado aqui, ok? Você terminou comigo, lembra? No dia do nosso casamento, ainda por cima. *Três* anos atrás.

Eu nunca imaginei esse cenário, então estou tendo dificuldade em formular as palavras certas para responder a isso. O que digo é desajeitado e ineficaz:

— Andrew, não estamos fazendo nada de errado. Se você pensar por um minuto, vai ver que estou certo.

Andrew me encara e bufa.

— Eu entendo, Max. Não é como se tivéssemos seguido um código entre irmãos ou algo assim.

— Deus, espero que não — diz Lina com escárnio.

Olho para o teto e conto até dez. *Não deixe ele te irritar. Ele vai atacar porque foi pego de surpresa.* Me arrependo de não termos contado antes. De fato me arrependo. Meu irmão e eu podemos não ser próximos, mas, se eu me colocar no lugar dele, posso entender por que ele gostaria de saber o que está acontecendo.

— Acho que deveria ter previsto isso — continua ele. — Tudo vira uma competição com você, né? Sim, é possível que você goste de Lina, mas eu sei que, no fundo do seu cérebro, você queria ganhar o que já foi meu.

Dou um passo à frente.

— Não seja babaca, Andrew. Ela nunca foi sua para começar, e você sabe que não é...

Lina dá um passo à frente também.

— Sei tudo sobre o histórico de competição de vocês dois, Andrew. Max me disse o que precisava saber. É inútil seguir esse caminho.

Andrew inclina a cabeça e levanta uma sobrancelha.

— Ah, é? Como você pode ter tanta certeza, Lina? Conheço meu irmão há muito mais tempo do que você. — Sua expressão presunçosa me faz paralisar. — Isso tudo é por causa da Emily? Esta é a sua maneira de tentar provar para você mesmo que também pode roubar o coração de uma mulher? Bem, não vai funcionar. Tenha isso em mente, irmãozinho. *Lina* queria se casar *comigo*. *Eu* resolvi não me casar com *ela*. E, mesmo depois que não apareci no casamento, ela me pediu para reconsiderar.

Lina suspira. Sinto minha barriga se contorcer. Eu não fazia ideia de que Lina havia tentado se reconciliar com ele. Algo sobre esse fato me perturba e, embora adorasse deixar isso de lado, não consigo. Ele está tentando entrar na minha cabeça. Eu *sei* disso. Mas não posso negar que está conseguindo. Lina quis Andrew primeiro. Ela ainda estaria com ele se Andrew não tivesse ido embora. Inferno, ela o quis mesmo *depois* de ser abandonada.

— Pense nisso, Max. Se eu não tivesse dito não, estaríamos casados agora. Você poderia até ser tio a essa altura — diz ele, e balança a cabeça. — Não consigo entender. Você sempre se preocupou em viver na minha sombra, mas resolve perseguir a mulher com quem eu ia me casar. Não me parece uma estratégia vencedora.

A porra do meu irmão não para de falar. Eu nunca o vi assim. Ele continua lançando golpes verbais sem desistir. O problema é que ele é meu irmão. Sabe exatamente quais são os meus pontos fracos. Mas Lina não precisa ouvir essa merda. Ele já fez o suficiente para ela.

— Andrew, você não vai conseguir nada com isso. Tente pensar em outra pessoa pelo menos uma vez — digo, e aponto para Lina. — Pode dizer o que quiser sobre mim. Mas ela não merece isso.

Lina coloca a mão nas minhas costas. Essa pequena demonstração de solidariedade me mantém com os pés no chão.

Andrew estala a língua.

— Bem, isso está ficando estranho, então vou deixar vocês se resolverem. — Ele se vira para sair, então para, levantando um dedo no ar. — Ah, espere um minuto. Esqueci de contar a parte engraçada. Você vai adorar isso, Max.

— Ah meu bom Deus — murmura Lina.

Jesus. Por que ele não vai embora? Se tivesse certeza de que não destruiríamos este lugar, eu mesmo o expulsaria.

— Andrew, fala logo o que você quer falar e dá o fora daqui.

— Considere este meu pequeno presente para você. Um presente de casamento antecipado, se preferir. Max, você não me encorajou a cancelar o casamento. Na verdade, você passou a maior parte da noite falando sobre onde passaria sua lua de mel se um dia se casasse — diz ele, e se inclina para dizer a Lina em um sussurro: — Costa Rica é o lugar favorito dele, a propósito.

Eu balanço a cabeça.

— Mas na mensagem você dizia que eu estava certo. Que o que eu disse sobre você não estar pronto para se casar faz sentido. Porra, eu vi com meus próprios olhos. Lina também.

— Você viu — diz Andrew —, mas se lembra de ter dito?

Minha visão escurece e uma nova onda de adrenalina corre pelo meu corpo. Ele só pode estar brincando comigo. Que merda diabólica está inventando agora?

— Por que porra você mentiria sobre algo assim?

Andrew suspira.

— Sendo sincero? Não queria enfrentar nossos pais sozinho. Seria muito mais fácil lidar com a decepção deles se meu irmão mais novo, superpersuasivo, também tivesse participado da decisão. — Ele encara Lina, que está balançando a cabeça e andando furiosa atrás de mim. — Seja como for, eles vão ficar felizes em saber que está voltando para a família, Lina. Tenho certeza de que minha mãe não vai se importar em como seu reaparecimento vai afetar a dinâmica da família. Também tenho certeza de que é um alívio saber que você não tinha motivos para odiar

Max, especialmente agora que vocês dois têm todos os motivos para me desprezar. Graças a esse que vos fala, vão poder desfrutar de um novo começo brilhante, e todos seremos uma grande família feliz.

Lina dá um passo à frente e fica ao meu lado. Nós olhamos para ele, ambos com expressões atordoadas.

Andrew suspira.

— Essa última parte foi sarcasmo, a propósito — diz ele, acenando para nós, e como um presente de despedida final, abre o sorriso de babaca comedor de merda que lhe cai tão bem. — Se cuidem.

Quando ele vai embora, abaixo a cabeça e inspiro fundo. Aquela mensagem. Aquela mensagem idiota que foi passada para cada membro da nossa família como evidência do meu papel em todo o fiasco era uma mentira. Que merda. Ainda assim, por mais que queira dar um soco na cara de Andrew, aquela mensagem é a menor das minhas preocupações.

Todos os relacionamentos dão trabalho. Mas um relacionamento que começa como o nosso começou não tem as melhores chances. E aonde isso nos levaria? Eu terminando exatamente onde não quero estar? Preso mais uma vez na sombra de Andrew? Vivendo a vida da qual *ele* se afastou? Amando a pessoa que amou *ele* primeiro? Uma vida me perguntando se sou bom o suficiente para substituir a pessoa com quem *ela* queria estar? Eu não mereço isso. Nem ela. Achei que poderia superar a conexão da Lina com meu irmão, mas a verdade é que não posso. Sempre me preocuparei em ser o segundo melhor. Ou que ela esteja apenas se acomodando. É sobre isso que Dean tem me alertado o tempo todo, não é?

É então que percebo: estou em um relacionamento que não tem possibilidade real de florescer. E isso não é justo para nenhum de nós. A honestidade é a *única* política, certo?

Lina balança a cabeça.

— Isso acabou de acontecer? Sinto que estou em um episódio de *Além da Imaginação*.

Solto um longo suspiro.

— Aconteceu.

E, infelizmente, só vai piorar a partir daqui.

Capítulo Trinta e Três

LINA

E pensar que quase me casei com esse homem. Com certeza escapei de um escroto quando tudo acabou.

Max ainda está com a cabeça entre as mãos. Ele deve estar com o coração partido sabendo que Andrew o apontou como parte da razão pela qual decidiu não se casar comigo. Merda, me arrependo de todas as coisas que *eu* disse e fiz quando pensei que Max também era culpado. Mas chegamos aonde precisávamos estar de qualquer maneira, não é?

Eu aperto o ombro dele.

— Ei, está tudo bem. O pior já passou.

Max levanta a cabeça e me dá um sorriso triste.

— É, eu não esperava lidar com isso hoje. Com certeza tinha outros planos.

Passo a mão pelo peito dele e enfio um dedo no cinto de sua calça.

— Quer sair? Podemos conversar durante o almoço.

Seu olhar viaja para um ponto atrás do meu ombro. Conheço bem esse movimento, então entro em alerta máximo na mesma hora.

— Acho que todo aquele confronto acabou comigo — diz ele, massageando a nuca. Ele olha para mim. — Tudo bem se a gente cancelar o almoço?

Isso é compreensível. Não é todo dia que seu irmão descobre que você está namorando a ex-noiva dele.

— Tudo bem, mas deixa eu te contar sobre o que aconteceu com Rebecca. Tivemos uma ótima conversa. Um tanto quanto estranha, mas útil. Ela entendeu por que senti necessidade de mentir. Não gosta da ideia, mas entende. Disse que tudo isso é uma novela.

Os ombros dele ficam tensos.

— Ela não está errada. Para ser sincero, toda essa confusão me obriga a fazer a pergunta de um milhão de dólares: o que diabo a gente está fazendo, Lina?

Minhas sobrancelhas se erguem e dou um passo para trás, removendo meu dedo do cinto dele.

— O que você quer dizer?

Ele se vira e anda de um lado para o outro.

— Quero dizer, por que estamos — diz ele, e acena com as mãos entre nós — juntos? O que achamos que vai acontecer aqui? — Max continua andando de um lado para o outro, esfregando as têmporas como se responder sua própria pergunta fizesse sua cabeça doer. — Eis o que acho. Ficamos presos em um mundo de sonhos. Nesse mundo, não importava que você quase se casou com meu irmão. Lá, não importava que ele sempre estivesse em algum lugar em segundo plano. Você sabe dos meus problemas. Essa sensação de que Andrew está sempre olhando para nós com aquele sorriso presunçoso é... — Max levanta as mãos e dobra os dedos como se fossem garras. — Irritante para caralho. Inferno, você até me disse desde o início que não pensaríamos em nada a longo prazo — ele suspira —, e essa é a verdade: nós dois merecemos um relacionamento que não exista na sombra do meu irmão. Vamos ser honestos, você sabe exatamente o que quer e está muito mais perto de Andrew do que jamais estarei.

Alguém conseguiu me ler toda, e está muito errado. Mas meu instinto me diz que isso se trata mais dos problemas dele do que dos meus.

— O que *você* quer, então?

Ele esfrega o rosto com a mão e solta um longo suspiro.

— Quero estar em primeiro lugar. Quero alguém que pense que *eu sou* a melhor coisa que já aconteceu com ela. Vocês iam se casar, Lina. *Ele* escolheu ir embora, não você. Mesmo depois de ele ter fugido do casamento, você tentou fazer com que ele mudasse de ideia. Isso significa algo. Não posso ser sua segunda escolha. Há muita história entre Andrew e eu para deixar isso de lado.

— Sim, eu realmente tentei fazer com que ele mudasse de ideia. Achei que ele era o que eu queria. O que eu precisava. Mas estava errada e...

Ele levanta a mão.

— E eu quero saber que não persegui a mulher que amo por causa de alguma competição boba com meu irmão. Não posso ter cem por cento de certeza disso, Lina. Nunca. Você poderia? Isso é justo para qualquer um de nós?

Sinto um frio na barriga. Essa parte é uma besteira completa. Uma desculpa para se afastar de mim. Para fingir que parte do que está fazendo é em meu benefício. Se ele tivesse me perseguido para me "ganhar", não se importaria com o que sinto por ele; ia querer ganhar a qualquer custo. Não, Max está se prendendo a falsos argumentos. Depois de toda a conversa sobre *estar com ele no momento*, *se libertar*, *deixar ele entrar*, algumas palavras coniventes do idiota do irmão o deixam em parafuso. *Inacreditável*. A pontada no meu peito me leva a falar.

— Você acha que estamos fadados a dar errado.

Nós nos encaramos. Max quebra o contato visual primeiro.

— Acho — diz ele. — Qual é o sentido de tentar consertar algo que pode não ser consertado? Não seria melhor cortar os laços agora? Antes que alguém se machuque?

Quero gritar que ele está me machucando para caralho agora, mas anos de autopreservação colocam uma mão invisível sobre minha boca. Por que ele me perseguiria? Por que diria todas aquelas coisas no retiro? Sobre o nosso potencial. Sobre como não consegue parar de pensar em mim. Por que me diria que se importa comigo muito mais do que "um pouquinho"? Por quê? Por quê? Por quê?

O espaço onde meu coração deveria estar parece oco, como se alguém tivesse arrancado o órgão do meu peito com a mesma facilidade com que uma pessoa arranca uma folha de caderno. Se é assim que me sinto agora — a segundos de chorar pela dor que ele está me causando —, imagine como seria daqui a um ano. Ou dois. Ou cinco. Esses sentimentos grandes não são saudáveis. Extraem emoções que seriam melhores mantidas trancadas a sete chaves. Bom, Max não vai conseguir isso de mim. Nem hoje, nem nunca.

Ainda assim, uma vozinha na minha cabeça me diz para lutar pelo que temos. Ele está com medo, e entendo o porquê. Acha que não é o suficiente. Não consegue entender a ideia de que eu o escolheria em vez de Andrew. Acredita que estou me contentando com o segundo melhor. Mas dizer que nada disso é verdade não vai fazê-lo mudar de ideia, e não sei se há alguma maneira de convencê-lo de que está errado.

Ele pega minha mão e a aperta, me tirando dos meus pensamentos conflitantes.

— Ei.

— Ei — digo.

— Isso não é fácil para mim — diz ele. — Mas nós dois sabíamos que esse relacionamento tinha data de validade. A aparição de Andrew hoje só encurtou nossa linha do tempo. E talvez seja melhor assim.

Ouvi-lo explicar nosso relacionamento de forma tão sucinta drena qualquer energia que eu tinha para lutar por nós. Não posso forçá-lo a ficar comigo, e não deveria. A melhor abordagem é dizer o que tenho para dizer e voltar ao que preciso fazer. A postura de "acessível mas fodona" deve funcionar bem.

— Olha, acho que você está nos subestimando, mas não vou implorar para você ficar comigo. Se o que quer que somos termina aqui, então que assim seja. O melhor é que estou confiante de que podemos lidar com isso como adultos. Temos apenas duas semanas antes da apresentação e todo esse trabalho pode ser feito por e-mail ou telefone. — Uso minha mão livre para apertar a dele. — Então, vamos terminar essa apresentação para eu arranjar um emprego logo, beleza?

Ele abre um sorriso fraco.

— Beleza.

— Você sabe onde fica a saída, certo?

Ele se endireita.

— É claro. Nos falamos em breve.

Vai embora logo. Vai, vai, vai.

Quando o vejo sair da área dos provadores, inspiro, trêmula, e deixo as lágrimas fluírem.

Notícia boa: não chorei na frente dele, embora quisesse desesperadamente.

Notícia ruim: a julgar pelo quanto dói vê-lo partir, acho que já estou apaixonada.

— Lina, o que você ainda está fazendo aqui? Já faz uma hora que saímos.

Jaslene me encara da entrada dos provadores, um grande copo de papel na mão.

O que estou fazendo? Ficando deprimida. Sentindo pena de mim mesma. Refazendo meus passos para descobrir o que deveria ter feito diferente.

— Fiquei cansada e decidi me sentar aqui, é só isso.

Ela se aproxima e coloca a mão na minha testa.

— Você está se sentindo mal? Quer que pegue algo para você?

— Não estou doente, Jaslene. Não fisicamente, ao menos.

Como sei que Jaslene assume os problemas de todos, não fico surpresa quando a vejo sentar em uma cadeira do outro lado da mesa entre nós.

— Mas está com o coração partido. É isso?

As lágrimas agora caem sem parar.

— É. É assim que se chama quando você quer remover o coração do corpo e nunca mais usá-lo?

Jaslene coloca o copo na mesa, certificando-se de colocar um guardanapo embaixo dele, e então me entrega um lenço de papel.

— O que aconteceu?

— Andrew.

Ela se vira na cadeira, os olhos arregalados como pires.

— O quê? Ele passou aqui? — pergunta ela, e os olhos se estreitam. — Ah... *ah*... ele viu Max, não foi?

— Sim.

— *¡Chacho!* Que *timing* horrível! Vocês estavam...

Natália irrompe na área dos provadores, um copo duas vezes maior que a de Jaslene na mão.

— Estou de volta, *mulheres*! Sentiram minha falta?

— Sempre — diz Jaslene, seu tom monótono ressaltando seu sarcasmo.

Natália mia e assobia para ela, acrescentando um arranhão de dois dedos no final.

— Continue assim e vou retirar seu convite para minha despedida de solteira.

Ela se joga no chão na nossa frente, se arrumando dramaticamente para se sentar de pernas cruzadas.

— Agora, me conta o que aconteceu. Ah, merda, Lina, você está chorando.

Faço que sim, depois conto a versão resumida do incêndio de merda que ocorreu esta tarde, soluçando a cada quatro palavras. Leva uma eternidade.

Jaslene me provoca com perguntas o suficiente para arrancar a história completa. Enquanto isso, Natália permanece em silêncio, ocasionalmente tomando sua vitamina. É doloroso reviver esse momento, mas suponho que seja parte do processo. Catarse.

— Nada a dizer? — pergunto a Natália.

Ela balança a cabeça.

— Ainda estou absorvendo. Além disso, me sinto culpada pela forma como tratei Max.

Jaslene aperta os lábios.

— Max vai ficar bem — diz ela, e se inclina para apertar a minha mão. — Sinto muito que você esteja sofrendo. Se pudesse pegar parte da sua dor, você sabe que eu pegaria. Quer ir à aula de *capoeira* hoje à noite? Isso pode ajudar a não pensar nele.

Eu gemo e deslizo na cadeira.

— Duvido que isso seja possível, mas vou tentar qualquer coisa.

Natália dá outro gole de sua vitamina, então estala os lábios.

— Ok. Então, do jeito que vejo é isto: Max está com medo. Você está com medo. Andrew está perdido. E todos vocês precisam se recompor — diz ela, e pisca para mim. — Mas saiba que estou torcendo por você.

Dou uma gargalhada quando ouço o resumo dela.

— Obrigado, Natália. Sempre posso contar com você para dizer as coisas como são.

— Estou errada? — pergunta ela, com as mãos levantadas.

Entre nós três — Max, Andrew e eu —, talvez eu seja a única que reconhece que ela não está.

MAX

Minha mãe joga uma caneta em mim.

— Onde você está com a cabeça hoje?

Eu me remexo para pegar a caneta e endireito a postura.

— O quê? Estou aqui. Não tem por que ser violenta.

Ela se recosta na cadeira do escritório e me estuda por uns bons dez segundos antes de dizer:

— Bem, se você estivesse prestando atenção, saberia que fiz uma pergunta.

— Que foi?

Ela olha para Andrew.

— Você sabe qual foi a pergunta? — Mas Andrew está olhando para o bloco de notas em seu colo, então ela joga uma caneta nele também. — O que diabo está acontecendo com vocês dois?

Faz menos de vinte e quatro horas desde que meu relacionamento com Lina implodiu, então sei o que há de errado comigo. Quanto a Andrew, quem caralhos se importa?

Andrew ainda não está conosco, no entanto.

Minha mãe bate o punho contra a mesa para chamar a atenção dele.

— Andrew.

Ele se sacode e rabisca em seu bloco de notas.

— Entendi.

— Entendeu o quê? — pergunta minha mãe.

— O que quer que você queira que eu faça — diz ele, incerto.

Minha mãe apoia os cotovelos na mesa e massageia as têmporas.

— Ok, vamos começar de novo. O que está acontecendo com a conta Pembley?

Andrew é o líder nessa conta. Como de costume, sou seu *backup*. Ele vasculha seu bloco de notas procurando as páginas com abas codificadas por cores para essa conta.

— Pembley. Vamos nos encontrar com eles na próxima semana. Ainda está bom para você, Max?

— Aham — digo.

— E o Grupo Cartwright? — pergunta minha mãe.

Você quer dizer o cliente que eu queria conquistar para mostrar que sou digno de gerenciar minhas próprias contas? Ah, não sei. A cliente sabe que mentimos para ela. A organizadora que eu deveria estar ajudando provavelmente me jogaria em um triturador de madeira se pudesse. E, se for forçado a ficar sentado com meu irmão por mais de quinze minutos, vou partir para cima dele.

— Está tudo correndo bem. Devo receber os esboços de Karen ainda hoje. Depois vou compartilhar com Lina.

Minha mãe assente.

— Bom — diz ela, e olha para Andrew. — E você? Como está indo?

Andrew puxa a gravata.

— Bem, Henry não está de acordo com a direção que estávamos tomando, então estamos descartando os planos e tentando algo do zero.

Interessante. É por isso que ele estava andando para lá e para cá e jogando papéis na sala de conferências ontem? Mal posso esperar para ver o que vão inventar. Se bem que, agora que parei para pensar nisso, Rebecca não deu a entender que assistiríamos às apresentações um do outro. Deveria pedir para Lina e eu irmos primeiro, para o caso de Andrew decidir roubar nossas ideias. Não me surpreenderia nem um pouco.

— Isso não é nada animador, Andrew — diz minha mãe. — Preciso que você tenha um plano novo o quanto antes.

— Vou ter — diz ele. — Eu prometo.

Minha mãe cruza as mãos sobre a mesa, apoia-se nos cotovelos e olha para mim.

— Estava querendo te perguntar. Como está Lina? Ela está bem?

Não posso falar sobre ela de forma desapaixonada. Isso me mataria. E já tomei porrada o suficiente no que diz respeito a Lina. Foda-se. Se eu vou cair, ele vai cair também. Aponto um polegar na direção de Andrew.

— Pergunte para Andrew. Ele a viu recentemente. Ontem, para falar a verdade.

A cabeça da minha mãe estala quando se vira para Andrew.

— Ah é? E por quê?

Viro a parte de cima do meu corpo na direção de Andrew e me acomodo para ouvir sua explicação.

— Sim, Andrew. Nos diga por que você visitou a Lina no trabalho dela, embora o designado para trabalhar com ela no projeto tenha sido eu.

Andrew pigarreia.

— Como disse, queria ter certeza de que você estava fazendo seu trabalho.

— Você estava planejando pescar informações sobre a nossa apresentação, não estava? — pergunto. — Você não queria que eu soubesse, então foi até ela. Porque não consegue ter uma única ideia sem a minha contribuição.

Andrew suspira, fingindo tédio.

— Pense o que quiser, Max, mas eu tinha motivos comerciais legítimos para estar lá. Diferentemente de você.

Minha mãe franze a testa para nós.

— O que isso deveria significar?

Isto é ridículo. Andrew e eu estamos brigando feito duas crianças. E para quê? Para que possamos nos superar aos olhos da minha mãe? Tenho zero interesse em fazer isso.

— O que ele quer dizer é que Lina e eu nos tornamos algo além de amigos ou colegas. Nenhum de nós planejou isso, é claro, e o que quer que tenha acontecido agora acabou, então não tem por que discutirmos isso — digo, e aponto para Andrew —, ou, no seu caso, me provocar por causa disso. Quando estamos neste escritório, quero trabalhar. Isso é tudo. — Deslizo até a beirada da cadeira, me preparando para sair. — Mas só para que não haja mais segredos entre nós, por que você não conta a verdade, Andrew?

Minha mãe tira os óculos.

— Que verdade?

Andrew e eu nos encaramos por vários segundos, então ele abaixa o queixo e afrouxa a gravata.

— Max nunca me desencorajou de me casar com Lina — diz ele. — Eu inventei isso.

Minha mãe arfa.

— Você o quê?

Eu não preciso ouvir essa merda.

— Terminamos aqui? Se sim, vou deixar vocês dois conversarem.

O olhar de minha mãe salta entre Andrew e eu.

— Terminamos.

Eu me levanto e caminho até a porta. Minha prioridade é ajudar Lina a conseguir o emprego dos sonhos dela. Todo o resto é besteira.

Minha mãe me chama de volta antes que eu saia da sala.

— Max, espere.

Eu me viro para encará-la.

— Sim?

O olhar dela encontra o meu, sua boca em uma linha determinada, então ela diz:

— Seja o que for, vamos superar isso. Eu prometo.

Não sei o que dizer. Não há nada para superar. Nada que importe, ao menos. Eu assinto com a cabeça sem vontade.

— Aham. Até mais tarde.

Capítulo Trinta e Quatro

MAX

De: MHartley@ComunicacoesAtlas.com
Para: CSantos@PingosNosSins.com
Data: 1 de maio – 10h23
Assunto: Materiais para a apresentação do Grupo de Hotéis Cartwright

Oi, Lina,

Envio em anexo o protótipo da página inicial do site e os gráficos de mídia social que Karen preparou. Como os roteiros exigem maior envolvimento, estamos aguardando para prepará-los quando soubermos que você está confortável com a abordagem atual. Me diga o que achou.

Atenciosamente,
Max

De: CSantos@PingosNosSins.com
Para: MHartley@ComunicacoesAtlas.com
Data: 1 de maio – 10h57
Assunto: Re: Materiais para a apresentação do Grupo de Hotéis Cartwright

Obrigada.

Estou curiosa: o que você achou?

Meu coração pula no peito só de ver que ela respondeu ao meu e-mail. Estou apertando os olhos contra a tela, desejoso de que mais palavras apareçam, mas isso é tudo o que vou receber. O que mais eu esperava? Ela está fazendo o que disse que faria: agindo como adulta. Eu deveria fazer o mesmo.

De: MHartley@ComunicacoesAtlas.com
Para: CSantos@PingosNosSins.com
Data: 1 de maio – 11h02
Assunto: Re: Materiais para a apresentação do Grupo de Hotéis Cartwright

Eu acho que fizemos bem em seguir o conceito de concierge. Os seus serviços se encaixam bem com aqueles que o Cartwright já faz. Me faz pensar que a transição seria tranquila. Espero que Rebecca concorde.

P.S.: Como você está?

De: CSantos@PingosNosSins.com
Para: MHartley@ComunicacoesAtlas.com
Data: 2 de maio – 9h43
Assunto: Re: Materiais para a apresentação do Grupo de Hotéis Cartwright

Olá, Max,

Tive a oportunidade de ver todos os materiais. Por favor diga à Karen que agradeço por fazer um trabalho excepcional.

Também acho que o conceito de concierge de casamento parece funcionar perfeitamente com os serviços atuais do Cartwright. Estou empolgada para a apresentação e mal posso esperar para ver os roteiros.

Atenciosamente,
Lina

Fico contente que ela tenha gostado do nosso trabalho. E gostaria que tivesse respondido à minha pergunta. Tenho dificuldade em encontrar uma desculpa para continuar a conversa. A minha resposta é, em uma palavra, patética.

De: MHartley@ComunicacoesAtlas.com
Para: CSantos@PingosNosSins.com
Data: 2 de maio – 10h13
Assunto: Re: Materiais para a apresentação do Grupo de Hotéis Cartwright

> Enviarei em breve

Dean me envia uma mensagem alguns minutos depois.

Dean: Eu. Vc. Beber umas na sexta, no Maroon.
Eu: Pq?
Dean: Para vc poder passar algum tempo comigo. Porra. Vc não está de luto.
Eu: Desculpa. Sim, vamos fazer isso.

Ele está certo. Términos podem ser difíceis, mas eu preciso superá-la.

— Dean, por que estamos aqui?
Ele coloca uma das mãos em forma de concha na orelha e se inclina na minha direção.
— O quê?
— Por. Quê. Estamos. Aqui?
O corpo dele se sacode ao ritmo da música, alguma merda de eletrônico que não tenho interesse algum em ouvir.
— Só curtindo uma noite de sexta-feira. Você lembra como era se divertir, certo?
Balanço a mão, ignorando a pergunta dele.
Uma garçonete usando asas prateadas se inclina por cima de Dean e coloca dois copos de bebida na mesinha à nossa frente. Se as outras

bebidas que tomamos servirem de indicativo, essas também não estarão fracas. O lugar não está abarrotado, mas eu gostaria que estivesse. Dessa forma, não teria que ver o quanto ele é triste.

Estamos sentados em um sofá de veludo roxo. As pessoas à nossa frente estão debruçadas sobre um sofá de camurça verde. Lina adoraria o roxo. Com isso, meus pensamentos mudam. Imagino Lina no apartamento dela. Então, imagino *nós* dois no apartamento. Na cama. No chuveiro. Na ilha da cozinha tomando café antes de seguirmos para os nossos respectivos dias.

Dean me dá um tapa na cabeça.

— Pare com isso.

— Parar o quê? — pergunto em um tom que é mais um rosnado do que uma tentativa de conversa.

— Pare de pensar nela — diz Dean, o olhar seguindo uma mulher do outro lado do ambiente. — Já faz uma semana. Hora de aceitar a escolha que você fez e seguir em frente.

Isso soa definitivo. E triste.

Dean me entrega um copo. Eu não faço ideia do que tem dentro dele, mas ainda assim o bebo em dois goles. Uísque e Coca-Cola.

— A não ser que... — diz Dean.

— A não ser que o quê?

Ele aponta para as pessoas se misturando no clube.

— A não ser que isso não pareça certo para você. Quer conhecer alguém de outro jeito? Aplicativo? Na igreja? Encontro às cegas marcado por um amigo? Posso fazer isso se você quiser.

Nenhuma dessas opções me interessa. Estou ferrado e isso nem ao menos me irrita.

— Preciso mijar.

Saio cambaleando do sofá, quase caindo de cara em uma planta no processo.

Dean pula.

— Ei, cara. Talvez seja melhor levar você para casa.

— Tudo bem, sim. Deixa só eu... — digo, e gesticulo como se estivesse segurando uma mangueira. — Fazer o que preciso e vamos embora.

Consigo um equilíbrio surpreendente no banheiro. Quando volto, a música é quase inaudível e um homem está de pé em um pequeno palco no fundo da sala.

— Ah, merda — digo a ninguém em particular. — É noite de microfone aberto?

As pessoas ao meu redor se encolhem. Talvez eu deva diminuir o tom, mas de que outra forma devo me entreter?

Uma mão grande me dá um tapa nas costas e aperta meu ombro.

— Pronto para ir embora, meu chapa?

Eu afasto Dean, sabendo que *preciso* me apresentar. Está escrito. Em algum lugar. Aponto para o palco.

— Eu vou lá.

Dean franze a testa.

— Lá onde?

— Ali — digo, apontando. — Preciso desabafar. — Ergo os braços no ar e estalo meus dados repetidas vezes. — Poesia ou algo assim. Sim, um poema.

Dean esfrega o rosto com a mão.

— Você acha que isso vai ajudar, é?

Eu bato no peito dele.

— Eu tenho certeza.

Dean acena.

— Tudo bem. Eu te levo lá. Fique atrás de mim.

Ele abre caminho pela multidão enquanto me agarro na parte de trás de sua camisa úmida. Então, ele fala com uma mulher, o polegar apontado para mim. Ela me dá uma olhada e acena para Dean. Ele se vira e me dá o sinal de ok.

— Você é o próximo. Faça valer a pena.

O homem no microfone e a mulher com quem Dean acabou de falar conversam brevemente. O homem no microfone diz:

— Teremos um pequeno recital de um cavalheiro que precisa desabafar algumas coisas. Uma calorosa salva de palmas para Clímax.

Tropeço no palco e sussurro no ouvido do homem.

— Ah, desculpe — diz ele ao microfone —, é só Max.

Ele me entrega o microfone e pula do palco. Aperto os olhos para as luzes brilhantes focadas no palco e dou um passo para trás para evitar a luminosidade. Após pigarrear, começo meu show de um homem só, sussurrando em uma cadência lenta:

— *Lina. O nome dela é Lina. Lina, Lina, Lina, Lina. Onde está Lina agora? Por que a deixei ir? Lina, Lina, Lina, Lina, Ela se move como quem dança, Ri com gracejo. Nunca iria... Hm, não atender um desejo. Por vezes tão rigorosa. Faz dela tão misteriosa.*

A plateia está gostando. Eu sei disso. As pessoas estão mexendo a cabeça e sorrindo. Mas não posso ficar no palco por muito tempo porque meu estômago está me incomodando para caralho.

— *Enfim. Lina é meu amor, Deveria saber desde o começo. Ela é maravilhosa, ouvi minha mãe falar...*

— Aww — diz alguém na plateia.

— *O único problema é Que ela e meu irmão iam se casar.*

— Puta merda — diz outra pessoa.

Então há um *aaah* coletivo na plateia seguido por conversas animadas e murmúrios. *Sim. Exatamente.* Todo mundo sabe que esse tipo de situação é repleto de perigos.

Dean me encontra no canto do palco.

— Irmão, você estava igual ao Adam Sandler em *Afinado no amor*. Um clássico — diz ele, e coloca uma mão no meu ombro. — Mas estou começando a acreditar que isso tudo com a Lina não vai desaparecer do nada só porque você quer.

Tem que ser. Não quero me perguntar se Lina e eu estamos juntos só porque ela não pôde ficar com Andrew. Isso me destruiria. Quero ser a melhor coisa que já aconteceu para Lina assim como ela é a melhor coisa que já aconteceu para mim. E Andrew não vai a lugar nenhum. Será um lembrete constante de que não tenho todo o coração dela. Não por completo. *Estou recusando essa miséria, obrigado.* Posso estar sofrendo agora, mas a dor aguda dessa perda um dia vai diminuir. Um dia.

LINA

Quem diria que existem tantas músicas com tema de cavalgada?

Natália me empurra enquanto tira notas de dólar do sutiã. Ela ergue o maço de dinheiro e o usa para acenar.

— Ei, vaqueiro. Poupe um cavalo e venha montar em mim.

Jaslene, que está bêbada, pega o maço para si mesma.

— Peguei minha sela, querido. Onde está meu pônei?

Preciso falar com a pessoa que aprovou esta saída. *Ah, calma aí*. Sou eu mesma.

Falta uma semana para o casamento de Natália e cedi ao seu pedido de levá-la ao Clube das Mulheres em D.C. Mas o problema não é esse.

— Manda ver — grita *tia* Izabel.

Eis o problema: estou cuidando de Jaslene e quatro membros da minha família, não só uma. Claro, eu *quero* que elas se divirtam, mas não quero que ninguém ultrapasse os limites da decência ou as regras do próprio clube — tocar onde não deveriam, dizer algo grosseiro ou começar a tirar as próprias roupas. Manter todas sob controle enquanto assistem ao show é como o jogo de marretadas no jacaré. *Pare com isso. Não, você não pode jogar o dinheiro assim. Abaixe a mão. Não, você não precisa de outra bebida, Natália. Sim, é de verdade. Não, você não pode tocar nele. Jaslene, isso não é um vibrador! Você não pode subir lá a menos que eles convidem você.*

— No chão novinho, novinho! — canta *tia* Viviane.

Como ela sabe isso?

— No chão novinho, novinho! — canta Natália junto.

Ah, é assim.

Minha mãe está com a mão grudada no rosto como se fosse uma estrela do mar. O curioso, no entanto, é que seus dedos estão abertos de modo a permitir que espie o show se quiser. Eu *deveria* estar curtindo nossa noite com elas. Gosto de uma dança habilmente coreografada executada por caras sarados tanto quanto qualquer outra pessoa. Mas ereções balançando me fazem pensar em Max na minha cama, e meu cérebro não está interessado na ereção de mais ninguém no momento.

Minha mãe me empurra com o ombro e se aconchega ao meu lado. Todas as outras estão distraídas com um novo dançarino se pavoneando no palco. A calça dele tem buracos enormes na bunda. Natália deve estar satisfeita.

— Qual o problema, *filha*? — pergunta minha mãe. — Você parece triste hoje.

— Não é nada, *mãe*. Só estou cansada.

Estamos quase gritando uma com a outra para sermos ouvidas.

— Você e Max brigaram?

Eu me afasto e franzo a testa, apertando os lábios em contemplação.

— De onde você tirou isso?

Ela balança a cabeça.

— É só que... achei que talvez tivesse algo rolando ali. E agora você me parece tão perdida que fiquei me perguntando.

Não consigo esconder nada da minha mãe. Não por muito tempo, de qualquer maneira.

— Sim, havia algo rolando ali... mas agora acabou. Escolha dele.

— Foi uma má escolha. Espero que você saiba disso.

— Eu também achei no começo, mas agora não tenho tanta certeza.

De fato, não posso culpar Max por temer que nosso relacionamento fosse condenado desde o início. Talvez fosse. Uma coisa é se apaixonar pelo irmão do ex-noivo; outra bem diferente é se apaixonar pelo irmão do ex-noivo quando esses irmãos estão presos em uma competição desde que o mundo é mundo. Ainda assim, houve momentos tão brilhantes e perfeitos entre nós que não posso deixar de imaginar o que ainda viveríamos. E sinto falta de estar com o único homem que adorava meu verdadeiro eu, que me apoiava, que me fazia sentir segura para compartilhar meus medos e minhas decepções. Gostaria de poder apagar minhas lembranças dele — porque você não pode sentir falta de alguém de quem não se lembra.

Ah, meu Deus, isso dói.

Um flash prateado chama minha atenção, então o MC passa por nossa mesa, procurando um voluntário da multidão para se sentar no lugar de honra no palco. *Tia* Viviane acena com as mãos e aponta para si mesma como se fosse um comissário de aeronaves comandando um avião na pista.

O apresentador continua passando por ela.

Tia Viviane leva as mãos em frente a boca e grita:

— Não ignore a mulher mais velha com quadris e bunda grande. Eu também quero me divertir.

Ele para, então gira para encarar *tia* Viviane. Aproximando-se dela com um sorriso malicioso, estende a mão e diz:

— Venha comigo, então.

Meu Deus.

Tia Viviane pega na mão dele e sobe os degraus pulando. Não muito tempo depois, um dançarino — alto, de ombros largos e pele negra — circunda *Tia* Viviane, por fim ajudando-a a sentar na cadeira. Viviane esfrega as mãos e espera o show. Ele provoca enquanto dança, esticando a regata para dar vislumbres de seu peitoral duro e barriga trincada.

Tia Viviane faz uma grande cena, bocejando.

O dançarino joga a cabeça para trás e coloca as mãos na cintura; *tia* Viviane é um quebra-cabeça que ele está tentando resolver. De frente para o público e com a mão na orelha, ele balança a outra mão para cima e para baixo enquanto o MC diz:

— Se quiserem mais, então façam barulho!

O dançarino desliza as mãos pelo abdômen e gira os quadris, depois puxa as laterais da calça, que se separa em duas partes, revelando uma tanga de biquíni preta que desaparece quando ele se inclina.

A bunda dele está na cara da *tia* Viviane.

A *bunda* dele está na *cara* da *tia* Viviane.

Natália cai no chão de tanto rir. Jaslene grita, pula na cadeira e agita o punho em aprovação.

Tia Viviane sorri, mas não parece tão impressionada. O apresentador se aproxima e coloca o microfone perto da boca dela.

— Qual o problema? É muito para você?

Ela franze a testa.

— Muito? Isto não é nem o suficiente — diz ela, e cruza os braços acima do peito. — Eu frequentava a praia em Copacabana, queridos. Muitas bundas e fios-dentais por toda parte.

O apresentador e o dançarino dão de ombros um para o outro, e então o apresentador conduz *tia* Viviane de volta ao seu lugar.

Sabe o que mais? Eu vou ficar bem, com ou sem Max. Preferiria estar com Max? Mil vezes, sim. Mas, se não é para ser, ainda sou abençoada de inúmeras maneiras — essas mulheres maravilhosas e meus vibradores movidos a bateria entre as principais.

Agora só falta conseguir o emprego dos meus sonhos. Isso deve ser suficiente.

Tem que ser o suficiente.

Capítulo Trinta e Cinco

MAX

No dia da apresentação no Cartwright, Lina entra na sala de conferências, uma maleta marrom em uma mão e uma grande caneca de viagem na outra. Uma presilha elegante prende o cabelo em um rabo de cavalo alto — nenhum fio fora do lugar. Seu terninho azul-marinho, combinado com uma blusa creme, transmite autoridade e segurança, enquanto o esmalte rosa-choque saindo de seus sapatos abertos sugere o lado brincalhão que testemunhei em primeira mão.

À medida que ela se aproxima, corro minhas mãos pela calça, tentando secar minhas palmas suadas. Uma pontada de arrependimento se instala na boca do meu estômago quando percebo que não posso cumprimentá-la com um beijo de olá. Meu peito se contrai à medida que ela chega mais perto; a necessidade de tocá-la é palpável, mas não posso fazer nada. Meu coração está descontrolado, pulando e tropeçando como bem entende, provavelmente pelo simples fato de estarmos próximos. Mais do que tudo, sinto uma sensação de esperança — espero que hoje ela consiga o que mais deseja: o emprego com o qual sonha.

— Oi, você — diz com um sorriso educado.

— Oi — digo.

Sinto dificuldade em falar qualquer coisa. Minha cabeça é um enorme emaranhado de arrependimentos e "e se". Felizmente, Lina não está contando com minhas habilidades de fala para conseguir esse emprego. Ela mesma fará a apresentação.

Ela acena com a mão sobre a mesa.

— Isso é tudo?

— Aham. Cheguei alguns minutos mais cedo e verifiquei todas as pilhas de material pela quarta vez. Pode verificar também, fique à vontade. Se estiver faltando alguma coisa, tenho os arquivos no computador e podemos imprimir aqui.

— Vamos torcer para que isso não seja necessário — diz ela, sentando-se à mesa.

Lina verifica os papéis em conjunto com as notas que fez no celular.

— Alguma dica de última hora? — pergunta ela.

Eu me sento diante dela.

— Seja você mesma. Você está vendendo você. Se não acreditar de verdade no que está dizendo, Rebecca também não vai acreditar.

— Boa dica — responde ela, ainda folheando o material. — Ok, acho que está tudo pronto. Estou feliz por não termos escolhido usar o PowerPoint. Às vezes, o papel é melhor, especialmente quando estamos lançando brochuras e coisas do tipo. Passar pelas páginas de destino deve ser muito tranquilo. Fiz isso uma dúzia de vezes ontem.

Ela respira fundo e apoia as mãos entrelaçadas na mesa de conferência. Eu olho na direção dela, desejando que me olhe de volta, mas ela encara a janela.

— Lina...

Ela se levanta abruptamente.

— Vou dar um pulinho no banheiro antes de começarmos.

Eu me levanto ao mesmo tempo e me jogo na cadeira quando ela sai. *Concentre-se nela. Concentre-se na apresentação. Todo o resto é besteira.*

Lina retorna vários minutos depois, e Rebecca chega em seguida.

— Bom dia, Lina — diz minha cliente, e acena para mim enquanto se senta. — Max.

Eu me estico por cima da mesa e aperto a mão dela.

— Que bom revê-la, Rebecca.

— Você também — diz ela, e folheia o fichário à sua frente. — Podemos começar?

Lina se levanta da cadeira e toma seu lugar na frente da sala.

— Pronta.

Rebecca olha para ela com expectativa. Dou um aceno encorajador. Lina endireita os ombros e começa.

— A Pingo nos Sins é uma empresa de planejamento de casamentos de primeira linha que tem três pilares principais para atender às necessidades dos clientes. Um, o serviço personalizado é fundamental. Nos orgulhamos de conhecer as necessidades individuais dos clientes e atender a todas elas. Dois, nenhum detalhe é pequeno demais. Nos preocupamos com cada aspecto do cerimonial para que o casal não precise. Três, os casamentos são uma oportunidade para ser criativo. Em outras palavras, não há uma maneira única de se casar, assim como não há um casal típico. Essa filosofia nos permite explorar nossa imaginação e torná-la realidade.

Sua voz é forte e suas palavras são claras e diretas. Estou apertando minha mão mentalmente em comemoração pelo desempenho dela até agora. Se Lina impressionar Rebecca, é lógico que Rebecca também ficará impressionada comigo.

— Agora, o Cartwright traz seu próprio legado de excelência para a mesa...

Rebecca inclina a cabeça para Lina e sorri.

Lina destaca a reputação, amenidades e grandeza do Cartwright. Mais uma vez, ela manuseia o material com facilidade e confiança.

— Então, como combinamos o conjunto de habilidades da Pingos nos Sins com os recursos e o compromisso de serviço da Cartwright? Fornecemos serviços pessoais de concierge de casamento, assim como o hotel forneceria seus próprios serviços de concierge aos hóspedes do hotel...

O resto do discurso de Lina corre com perfeição, incluindo até mesmo a anedota sobre as sobrancelhas raspadas da prima de Rebecca, o que nos faz rir muito.

— Então é isso — diz Lina. — Essas são minhas ideias para preencher o cargo de coordenadora de casamentos com o Cartwright.

Rebecca faz elogios efusivos e sai correndo para a próxima reunião.

Com os olhos cheios de lágrimas de felicidade, Lina joga os braços em volta da minha cintura e descansa a cabeça no meu ombro.

— Conseguimos, Max. Conseguimos. Mesmo que eu não consiga o emprego, ao menos vou sempre saber que montamos uma apresentação foda.

Eu sei que ela não derramaria essas lágrimas perto de ninguém, e me sinto honrado por ainda estar no pequeno círculo de pessoas que consegue ver essa versão dela, sem escudos.

— *Você* montou uma apresentação foda. Eu estava apenas aqui para ajudar, como disse que estaria.

Nenhum de nós sai do abraço, mesmo estando nele há mais tempo do que qualquer um consideraria profissional. Estou tentado a dizer a ela que estraguei tudo. Que quero outra chance. Mas estou com medo. Com medo de que ela talvez não sinta o que eu sinto. Com medo de que meus sentimentos sejam grandes demais para serem correspondidos.

O abraço acaba eventualmente, quando Lina recua e sacode as mãos.

— Preciso voltar para o escritório. Marquei de ir visitar outros espaços, caso esse emprego aqui não dê certo.

— Sim, sim, é claro — digo, ajeitando minha gravata e minhas abotoaduras. — Bom trabalho hoje.

Ela sorri e salta no lugar.

— Ahhh, estou tão empolgada. Dedos cruzados, certo?

Eu cruzo meus dedos em ambas as mãos e cruzo meus olhos para uma boa medida.

— Tudo está cruzado.

Ela aponta para os meus pés.

— E eles?

Eu os cruzo também.

— Melhor assim — diz ela.

— Pode deixar as coisas aqui. Eu guardo tudo e levo para o escritório.

— Tem certeza? — pergunta.

— Aham.

— Tudo bem, bom, aviso assim que souber de algo. Obrigada de novo.

— De nada, Lina.

Ela caminha até a porta, e eu observo cada passo, até que ela se vira e me dá um dos sorrisos que costumavam ser tão relutantes, mas agora ocorrem com naturalidade. Isso demonstra o progresso que fizemos no pouco tempo que nos conhecemos e ressalta que nosso impasse está todo em mim. Gostaria de poder reprogramar meu cérebro para não me importar em ser a segunda escolha de Lina, mas até mesmo pensar nessa possibilidade faz meu peito doer.

Ainda assim, quero passar um tempo com ela, da maneira que me for permitido.

— Lina, sobre a recepção do casamento da Natália...

Ela me encara completamente agora.

— Sim?

— Ainda gostaria de ir, se estiver tudo bem para você. Disse que iria com você, e quero manter minha promessa.

Inclinando a cabeça, ela me olha com uma expressão vazia.

— Você não precisa fazer isso, Max.

— Mas eu quero.

Assim que digo isso, percebo como estou despreparado para a possibilidade de não ter um motivo para vê-la novamente. E se ela não conseguir o emprego? Ou Rebecca decidir que quer que outra pessoa trabalhe na conta? Nenhum dos resultados me agrada, tanto porque significaria que não atingimos nossos objetivos quanto porque eliminaria nossa conexão restante.

— Eu quero — repito.

Ela aperta os lábios e assente.

— Ok, te vejo no casamento, então.

Então, vou passar um tempo com Lina e fingir que meu coração não está partido. Parece ótimo. Sou um homem de muitos talentos, mas ter ideias brilhantes que não vão me torturar não é um deles.

Capítulo Trinta e Seis

LINA

—Respire, querida. Você vai se sair muito bem.

Jaslene segue meu conselho e respira para se acalmar.

— Tudo bem, tudo bem. Eu consigo fazer isso. Eu sei. É que... quero que o dia da Natália seja tão perfeito quanto possível e estou nervosa por ser a responsável por fazer isso acontecer.

Coloco minhas mãos nos ombros dela.

— Você não está sozinha nisso. Estarei por perto o dia inteiro se precisar de mim. Agora, vamos rever sua lista de afazeres matinal e nos certificar de que você já fez tudo que precisa.

Ela concorda e tira o celular do bolso do vestido tubinho azul-claro.

— Certo. Solicitar o tempo estimado de chegada dos fornecedores externos. *Feito.* Confirmar a conexão com o aplicativo local para o transporte durante o casamento — diz ela, e desliza a tela para o lado. — O carro está a caminho da casa agora. *Feito.* Mudar a mensagem de voz do escritório para incluir o número de celular de emergência. — Ela arfa. — Merda. Não fiz isso ainda. Vou fazer agora.

Jaslene corre para fora do meu escritório e vai apressadamente até o cubículo dela. Meu celular começa a tocar no mesmo instante.

Eu olho para a tela do celular e reconheço o número de Rebecca. Sinto um frio na barriga. *Meu Deus. É agora.*

— Alô, Lina Santos falando.

— Lina, sou eu, Rebecca Cartwright.

— Oi, Rebecca.

— Não vou enrolar — diz ela. — Você sabe que não faço isso.

Essas palavras não soam promissoras. Sei que com certeza me enrolei em um momento ou dois da apresentação, mas achei que tivesse feito um bom trabalho de forma geral, e ela me pareceu impressionada. *Droga.* Talvez o cara de Andrew a tenha deixado deslumbrado?

— Acabei de me reunir com o conselho e avisei que faria uma oferta para você se juntar ao Grupo Cartwright como diretora de serviços de casamento. Fiquei impressionada com seu trabalho no casamento de Ian e Bliss, e a apresentação no início da semana foi excelente. Apesar de alguns contratempos, você provou ser a melhor pessoa para esta posição. Ficaria feliz em trabalhar com você.

Dou um soco no ar enquanto uso a outra mão para apertar o celular contra a bochecha.

— Rebecca, estou muito feliz em saber disso. Muito, muito mesmo.

— Bom, esse é um ótimo começo — responde ela. — Alguma objeção em continuar trabalhando com Max para desenvolver nossos materiais de marketing?

Eu não hesito.

— Nenhuma.

Acredito que Max e eu podemos trabalhar juntos mesmo se não estivermos em um relacionamento.

— Ótimo — diz Rebecca. — Vou enviar um e-mail com os detalhes da oferta de trabalho e as informações sobre seus benefícios. Se tiver qualquer dúvida, é só me ligar. Aguardo seu contato quando tomar uma decisão, ok?

— Muito obrigada, Rebecca.

Decido contar para minha família só amanhã, porque quero que o foco deles esteja na Natália e no Paolo, mas o meu instinto é de compartilhar a novidade com Max primeiro.

Eu: Consegui o emprego!

Max: Parabéns, Lina! Que ótima notícia. Não poderia estar mais feliz por você.

Eu: Agora teremos mais um motivo para celebrar.

Max: Champanhe por minha conta 😊

Tem tantas coisas que quero dizer a ele. Quero agradecer por me incentivar a ser eu mesma durante a apresentação e por não insistir em um tema que não se encaixava na minha personalidade. Quero que saiba que agradeço pelos momentos em que foi vulnerável comigo — no retiro e no banheiro do Blossom —, me dando um espaço seguro exatamente quando mais precisei. Quero agradecê-lo por me resgatar durante o ensaio de casamento de Brent e Terrence, quando fiquei emocionada com meus próprios erros românticos. E adoraria dizer que quero voltar para aquele campo de flores e ser livre de qualquer amarra uma segunda vez. Em vez disso, respondo:

Eu: Obrigada.

Porque a verdade é que nada mudou, e eu não posso forçá-lo a dar mais uma chance para nós.

Escolhendo, em vez disso, me focar no meu feito monumental, corro para fora do escritório para compartilhar a notícia com a minha melhor amiga.

— Jaslene, consegui o emprego.

— Ahhhhh — diz Jaslene, e se vira em sua cadeira, pulando para ficar em pé, e me abraça forte. — Estou tão feliz por você.

Seguro as mãos dela e faço uma dancinha.

— Fique feliz por você, também. Se quiser uma posição de assistente de organizadora de casamento, a vaga é sua.

— Mas é claro que eu quero.

Ela me abraça de novo, até que alguém pigarreia e nós nos separamos. *Merda.* A loja está fechada hoje em homenagem ao casamento de Natália e Paolo, mas esqueci de trancar a porta quando entrei esta manhã. Por isso, sou forçada a olhar para o rosto de Andrew.

— Andrew, o que você está fazendo aqui?

Eu me encolho por dentro. A última vez que fiz essa pergunta, ele teve um acesso de raiva e meu relacionamento com Max foi arruinado.

— Desculpa por aparecer assim, Lina. Posso ter um minuto do seu tempo?

A apreensão em seu tom de voz me deixa curiosa para ouvir o que tem a dizer. Levanto meu dedo indicador no ar.

— Você tem exatamente um minuto.

Andrew me segue até o escritório.

Eu cruzo os braços sobre o peito e fico próxima à porta.

— Estou ouvindo.

Ele esfrega as palmas das mãos em um movimento circular antes de falar.

— Eu sinto muito. É tão simples e tão difícil quanto isso. Sinto muito por cancelar nosso casamento do jeito que fiz. Você não merecia isso. E sinto muito pelo meu comportamento da última vez que estive aqui. Não tem justificativa para o que fiz, então não vou tentar inventar nada. Não espero que você me perdoe, mas precisava ser dito. Estou dando uma boa olhada em mim mesmo e não estou gostando de algumas das coisas que vejo.

— Seu irmão é a próxima pessoa em sua turnê de redenção? Porque ele precisa ser.

Andrew move um canto da boca, como se mentes razoáveis pudessem divergir sobre o assunto e ele não tivesse se decidido a respeito disso.

— Lidar com Max é um pouco mais complicado. Mas estou trabalhando para chegar lá. Enquanto isso, estou tomando algumas decisões, e achei que você deveria saber, caso isso afete sua decisão sobre a posição com Rebecca ou seu relacionamento com meu irmão.

Eu inclino minha cabeça para o lado.

— Você já sabe sobre o trabalho?

Andrew assente.

— Bem, o coordenador que eu estava ajudando me avisou que não conseguiu o cargo, então presumi que você conseguiu — suspira. — Seja como for, trabalhar na conta Cartwright me fez perceber que venho alimentando hábitos ruins, como andar atrás de Max e tentar fazer com que ele conserte meus erros. A verdade é que estive tão envolvido na minha rivalidade com ele que não sei quem eu sou quando estou fora dela. Isso é assustador para mim. Estou sem rumo, atualmente não faço nada que converse comigo de modo pessoal, e acho que preciso me esforçar para fazer mais por conta própria. Então estou deixando a

Atlas... bem, minha mãe está me dando oito semanas para descobrir para onde ir.

Fico boquiaberta.

— Sua mãe te *demitiu*?

O calor mancha as bochechas dele.

— Bem, acho justo dizer que foi uma decisão mútua. Percebemos que eu não estava prosperando na minha situação atual. Max é muito melhor nesse trabalho do que eu. De qualquer forma, meu antigo chefe em Atlanta diz que me receberia de volta de braços abertos, então pode ser que eu vá para lá — diz ele, e dá de ombros. — Vai saber. Mas o que aconteceu aqui está me consumindo e queria pedir desculpas.

Não sei se ele está sendo sincero e não vou gastar meu tempo tentando descobrir. Ele se desculpou, e suponho que, se está se envolvendo em um pouco de autorreflexão, não há mal nisso.

— Agradeço o esforço, Andrew. Obrigada.

Agora que tentou fazer as pazes, espero que ele vá embora, mas Andrew está parado no meu escritório me encarando.

Tão esquisito. *Jaslene, me ajude.*

Eu bato palmas.

— Ok, bom, tenho um casamento para ir, então...

Seus olhos se arregalam.

— Certo — diz ele, e se sacode do torpor. Ao passar por mim, diz: — Se cuida.

— Se cuida, Andrew.

Meu Deus. Esse já está se configurando em um dia revolucionário. Um irmão já foi. Mas, infelizmente, não há mais nenhum para ir.

Não consigo parar de sorrir para os recém-casados enquanto os vejo entrar no local da recepção. E as pessoas não param de comentar sobre o local: uma galeria de arte com pátio ao ar livre no bairro de Penn Quarter, no distrito.

— Você que encontrou este lugar para eles, Lina? — pergunta a famosa Estelle.

Ela está sentada na minha frente e tem sido uma companheira de mesa perfeitamente adorável. Sua reputação de causar drama desnecessário parece injusta.

— Foi uma das opções que mostrei para eles, sim, mas a ideia de fazer a celebração e a recepção no mesmo lugar foi deles.

Estelle sorri em compreensão.

— E deve ser mais barato, né? Todo mundo sabe como a Viviane é — diz ela, e bate no braço direito com a mão esquerda. — Com o dinheiro dela.

Deixa para lá. Estelle é um ogro de casamentos.

Mas ela não vai atrapalhar o dia de Natália. O clima está perfeito — ensolarado, mas não quente demais — e Jaslene evita catástrofes com sua prancheta como a Mulher-Maravilha desvia balas com os punhos. Minha prima Solange, que está aqui apenas para o fim de semana, está voando de mesa em mesa, fazendo sala e encantando os convidados sem esforço como se fosse uma anfitriã profissional. Minha mãe, que está sentada com *tia* Viviane, Marcelo, *tia* Izabel e os pais de Paolo, acena para mim. Pisco em resposta e então aplaudo com entusiasmo quando os noivos deslizam para a pista onde farão sua primeira dança.

Olho para meu celular para checar a hora. Max pousou há duas horas e mandou uma mensagem dizendo que está a caminho. Espero que consiga chegar a tempo de ouvir meu brinde a Natália e Paolo. Se eu puder me concentrar em Max enquanto falo com todos nesta sala, talvez consiga segurar minhas lágrimas.

Jaslene passa apressada, o olhar ricocheteando pelo ambiente enquanto procura possíveis problemas.

— Você está indo muito bem — digo a ela.

— Hm? — diz ela, voltando-se para mim. — Ah, obrigada. Ouça, eles estão começando a servir o champanhe, então vou avisar ao DJ que você vai começar em breve. Pronta?

Agarro uma folha de papel em uma das mãos e uma taça de champanhe vazia na outra, e ergo as duas no ar.

— Assim que pegar meu espumante, estarei.

— Excelente — diz Jaslene. — Boa sorte.

E lá se vai ela, andando rapidamente em direção à cabine do DJ. Minha melhor amiga está focada e não tem tempo para conversa fiada. Sinto tanto orgulho dela que tenho vontade de chorar. *Voa, passarinho. Voa.*

Não muito tempo depois, um garçom chega e serve champanhe para todos em nossa mesa.

A música diminui, sinalizando que é hora de tomar meu lugar na pista de dança. O DJ me encontra lá e me entrega um microfone.

Eu bato no microfone.

— Olá, pessoal. Podem me dar um minutinho de atenção, por favor?

A sala fica em silêncio, e meu olhar é atraído para uma figura solitária parada na entrada do ambiente. *Max*. Ele está vestindo um terno azul-cobalto e uma gravata de bolinhas branca e preta. Meu coração enlouquece pelo simples fato de saber que ele está aqui.

Ele levanta a mão e murmura "Olá". Eu o observo falar brevemente com Jaslene, e então ele encontra nossa mesa, deslizando em seu assento da forma mais discreta possível enquanto cumprimenta nossos companheiros de mesa.

Agora que a conversa animada da celebração está diminuindo como pedi, minha falha em preencher o silêncio causa murmúrios entre os convidados. *Ah, certo. O brinde.*

— Sou a prima favorita de Natália, Carolina Santos. Eu...

Natália aparece ao meu lado e me entrega um pedaço de papel.

Balanço minha cabeça enquanto leio e, então, compartilho a mensagem com todos.

— Antes de brindar ao casal, Natália gostaria que dissesse a todos que devemos nos abster de quaisquer declarações públicas de amor, anúncios de gravidez ou pedidos de casamento neste evento. Os infratores serão expulsos sumariamente.

Isso gera várias risadas calorosas, após as quais Natália segura a cauda de seu macacão e faz uma reverência para a multidão.

Uma vez que Natália está sentada de novo ao lado de Paolo, respiro fundo e começo de novo:

— Para ser sincera, fiquei surpresa quando Natália e Paolo me pediram para fazer um brinde no casamento deles. Veja bem, embora eu seja organizadora de casamentos por profissão, sendo sincera, não sou a pessoa mais expressiva em ambientes públicos. Mas, enquanto me preparava para fazer este brinde, percebi que tenho algumas opiniões bem fortes sobre o amor, algumas das quais formei recentemente...

MAX

A postura e a elegância de Lina combinam com a ocasião. Seu cabelo está penteado para o lado em homenagem ao glamour da Velha Hollywood, e o vestido cor de pêssego pálido roça seu corpo como uma carícia suave. Ainda assim, minha mente vagueia pelos minutos em que ela estava presa em uma bola inflável na Fazenda Surrey Lane. A lembrança me faz sorrir. Esqueço rápido desse dia, no entanto, quando ouço Lina dizer que tem opiniões fortes sobre o amor, algumas das quais ela formou apenas recentemente.

Eu me endireito na cadeira e me inclino para a frente, pronto para me concentrar em cada palavra que ela está prestes a dizer. Ela lambe os lábios e olha para mim com atenção.

— Vejam bem, desde que consigo me lembrar, a ideia de amar alguém me dava um nó no estômago e fazia alarmes soarem na minha cabeça. Eu tinha medo de que amar alguém me deixasse fraca e, quando a pessoa terminasse indo embora, eu faria papel de boba tentando convencê-lo a ficar. O amor pode ser confuso, é claro. Ele extrai emoções que podem levar alguém ao seu ponto mais alto e mais baixo. Mas aqui está o que finalmente descobri. O amor não opera no abstrato, seja ele romântico ou não. Ele se dá entre *pessoas*. Então, tentar evitar o amor no abstrato não faz sentido. Isso seria tão lógico quanto tentar lutar contra um fantasma. E sim, se abrir para o amor pode revelar suas fraquezas, mas, com a pessoa certa, pode revelar seus pontos fortes também. No momento em que você baixa a guarda para alguém e deixa a pessoa entrar na sua vida, entrar *de verdade,* você se torna mais vulnerável, *mas* também se torna mais aberto a uma bela experiência, *se* a pessoa retribuir. Uma vez perguntei para a Natália como ela sabia que Paolo era a pessoa certa, e ela disse: "Eu sabia porque não tinha medo de amá-lo". E agora, consigo entender. Ela encontrou a pessoa pela qual estava disposta a baixar seu escudo, e ele retribuiu. Eles não se aproveitaram das vulnerabilidades um do outro. Em vez disso, incentivaram o que havia de melhor no outro, se abriram para o amor e agora estão aqui, hoje, compartilhando parte de sua bela experiência conosco.

Meu coração está batendo forte. Muito do que Lina está dizendo ecoa as conversas que tivemos. Semanas atrás, descrevi o par perfeito de Lina. Essa pessoa seria cheia de vida como a família de Lina. Essa pessoa iria adorar Lina, fazê-la perder a cabeça de vez em quando, deixá-la frustrada, mas a faria chorar apenas pelos motivos mais bobos. Natália me disse que aquela pessoa era o pior pesadelo de Lina, e agora entendo o porquê. Lina não seria capaz de se esconder atrás de sua carapaça estando ao lado de alguém assim. Essa pessoa veria a verdadeira Lina — como eu vi. E sim, Lina seria vulnerável, mas também estaria aberta ao amor.

A implicação de tudo isso se revela como um holofote, iluminando de repente todos os cantos sombrios de uma sala escura. Andrew não era essa pessoa. E é exatamente por isso que ela queria se casar com ele. Ela não o amava.

Mas, mesmo que Lina tivesse amado Andrew em algum momento, com certeza não o ama agora. Ela mesma disse isso. O amor significa derrubar suas paredes para a pessoa que está disposta a escalá-las. Andrew nunca tentou fazer isso. Mas eu fiz. Porque *eu* sou essa pessoa para ela.

No final, não importa se sou a primeira, segunda ou décima quinta escolha de Lina; o que importa é que sou a escolha *certa*. E não é dever dela provar que venho em primeiro lugar em sua vida. Não, o ônus é *meu* em provar que sou o melhor homem para ela. Todos os dias. Enquanto ela me quiser. *Se* ela ainda me quiser.

LINA

Eu ergo minha taça no ar.

— Então, vamos fazer um brinde para Paolo e Natália. Que seus dias sejam cheios de amor e suas noites, cheias de conforto.

— E sexo — grita Natália antes de tomar um bom gole e dar um beijo barulhento nos lábios de Paolo.

Os convidados riem e o DJ toca um *pagode* que faz todos se levantarem. Esse estilo de música brasileira, de compasso médio, tende a atrair as pessoas que não estão com vontade de balançar os quadris na supervelocidade exigida pelo samba.

Eu ando até minha mesa enquanto as pessoas passam correndo por mim para encontrar espaço na pista de dança. Quando alcanço Max, ele se levanta e estende a mão.

Aceito sem saber o que ele quer ou para onde vamos.

— Oi.

— Podemos conversar? — pergunta, sem retornar meu cumprimento. A expressão é tensa e a voz é urgente. — Em algum lugar tranquilo?

— Claro. Tem um jardim na cobertura. Quer subir lá?

Sua expressão relaxa.

— Seria ótimo.

Enquanto subimos os dois lances até o telhado, luto para recuperar o fôlego. Despejei todas as minhas emoções naquele discurso e agora estou exausta.

Max abre a porta de aço que leva ao jardim e gesticula para que eu saia antes dele. Muitas plantas preenchem o espaço e alguns canteiros de flores adicionam um toque de cor. Os sofás e cadeiras no centro do jardim são convidativos, mas sou atraída pela grade de ferro forjado ornamentada ao longo do perímetro.

Eu me aproximo e Max me segue.

— Então, sobre o que você quer falar? — pergunto.

Max balança a cabeça, então olha para mim.

— Quero falar sobre o fato de que tenho sido um idiota teimoso.

Ah, tudo bem, então.

Levanto uma sobrancelha.

— Vai em frente. O microfone é todo seu.

— Eu disse que não poderia ser sua segunda escolha. Disse que tinha história demais entre mim e Andrew para que eu pudesse superar isso. Mas eu estava errado. *Total e completamente errado.* Não importa se sou sua primeira ou centésima escolha, desde que seja a escolha *certa*. E eu sou, Lina. Eu juro que sou. Vou escalar suas paredes pra mostrar o quanto me importo. E vou cuidar com todo carinho de cada uma das suas partes vulneráveis. Eu fodi tudo. Sei disso. Mas, se você deixar, vou passar o resto dos meus dias provando que sou a sua pessoa. Porque eu amo você.

Ah, meu Deus. Eu vou chorar, e nem ao menos me importo. As lágrimas estão lá, esperando minha permissão para cair. Então as deixo cair. Porque Max me ama. Esse homem lindo, inteligente e charmoso que está em sintonia comigo desde o primeiro dia me ama. E isso vale algumas lágrimas.

Ele encurta a distância entre nós e acaricia minha bochecha.

— Me deixa entrar de novo, querida. Me deixa ser a pessoa que vai te proteger. Aquele que nunca vai te julgar. Aquele que vai adorar você e fazer você se soltar. — Ele passa os polegares embaixo dos meus olhos. — Aquele que só vai fazer você chorar pelos motivos mais bobos.

Meu coração está martelando contra o peito como se estivesse tentando responder por mim. Mas estou feliz em deixar minha voz fazer o trabalho pesado aqui.

— Vou ser honesta: você sempre me assustou. Ao colocar minha confiança em você e no nosso relacionamento, estou me expondo ao tipo de dor da qual não vou conseguir me recuperar com facilidade. Mas acho que você conquistou esse lugar e estou pronta para dar esse salto. Porque você me desafiou a pensar sobre esse muro ao redor do meu coração e sobre quem merece espiar atrás dele. Tenho certeza de que você é meu espaço seguro. Que eu posso ser exatamente quem eu sou com você, e você não vai me julgar por isso. Você vai me amar de verdade por isso. E quero ser esse espaço seguro para você também. Quando você tiver um dia ruim ou algo der errado, quero que pense em mim e nos meus braços como seu lugar seguro, ok? Porque eu te amo, Max, e quero estar com você também.

Ele fecha os olhos por vários segundos. Quando os abre novamente, estão úmidos e brilhando com afeto, como se tivesse imaginado o que vem a seguir e gostasse do que vê.

— E só para que fique claro — digo —, você não é minha primeira escolha nem minha segunda escolha. Você é minha *única* escolha.

— Lina.

Há tanta emoção contida nessa palavra. É como se ele tivesse acrescentado uma nova entrada no dicionário para isso; Lina, substantivo: *meu amor, meu futuro*.

E com um sorriso que faz meu coração galopar, Max me puxa em seus braços e seus lábios encontram os meus. Sua boca é sedutoramente suave e magistral enquanto selamos nosso novo status com um beijo. Estamos apaixonados e juntos, e eu não poderia estar mais feliz em descobrir para onde vamos a partir daqui.

Lembrando de onde estamos, me acomodo ainda mais em seu abraço e digo:

— Continua no próximo capítulo, certo?

Ele pressiona os lábios em minha testa.

— Continua *para sempre*.

O som de alguém fungando nos separa. Eu me viro para ver minha mãe, *tia* Viviane e *tia* Izabel na porta de aço. *Tia* Izabel enxuga os olhos com um lenço. Minha mãe, que está com um sorriso triunfante, estende a mão na frente da *tia* Viviane. Minha tia resmunga enquanto remexe na bolsa, e então coloca uma nota de vinte dólares na mão da minha mãe.

Minha boca se abre.

— *Mãe*, você estava apostando em mim?

Ela balança a cabeça.

— Não, nunca, *filha*. Eu estava apostando em Max.

Ele se inclina e sussurra:

— Sua mãe é uma mulher inteligente.

Ela certamente é — e, quanto a esta aposta, posso facilmente seguir a deixa. As probabilidades podiam não estar a favor dele semanas atrás, mas, a partir deste momento, sei que vou apostar em Max sempre.

Agradecimentos

Escrever comédias românticas nunca é fácil — o bom-humor é um conceito totalmente subjetivo e, por vezes, piadas com pinto não fazem sucesso —, mas escrever comédias românticas quando o mundo está pegando fogo é especialmente difícil. É um esforço que requer disciplina (porque racionar seu consumo de mídia social é mandatório), uma capacidade de se concentrar por um longo tempo em espalhar alegria apesar da tristeza ao seu redor e a assistência entusiástica de um grupo de apoio incrível que entende o que você está tentando fazer. Ah, e você precisa de lanches gostosos — muitos e muitos lanches gostosos. Observe também que as pessoas em seu grupo de apoio fodástico muitas vezes evitam que você caia na toca do coelho da mídia social ("Mãe, você está no Twitter *de novo*?"), trazem lanches ("O quê? Você nunca comeu um donut Krispy Kreme? Precisamos preencher essa lacuna na sua jornada de comilanças, AGORA!"), e eles próprios são especialistas em trazer alegria à sua vida (continue enviado GIFs hilários, Sarah). Tudo isso para dizer que as pessoas do meu grupo de apoio merecem uma montanha de agradecimentos pelo papel que exerceram para colocar este livro nas mãos dos leitores. Então, meu agradecimento a essas pessoas incríveis, nomeadas e não nomeadas, que estão no meu grupo de apoio, e para as seguintes pessoas, que merecem uma menção especial:

Meu marido: enquanto escrevo isso, você está levando as meninas para a escola, duas semanas após operar o pé, porque preciso enviar esses agradecimentos à minha editora esta manhã. Isso resume o apoio que você me deu ao longo dos anos. Você é um dos melhores homens (em ambos os sentidos do termo) que já conheci, e sou muito abençoada por ter você na minha vida. Te amo sempre e de todas as formas.

Minha filha mais velha, Mar-Mar, que me fez companhia enquanto eu estava enfurnada em meu escritório escrevendo e editando este livro, segurou minha mão enquanto lutava com a frase de abertura e até enviar o livro (sim, isso acontece) e contribuiu para o brilhante conceito da capa. Seu cheque *não* está a caminho, mas você *será* recompensada — com lanches e abraços. Eu amo você.

Minha filha mais nova, Nay-Nay, que se ofereceu para me trazer café quando necessário, deixou post-its com fatos aleatórios em meu escritório por motivos que ainda me escapam, e me animava sempre que eu estava deprimida: você é uma das meninas mais doces que conheço, e sim, sou totalmente parcial ao dizer a isso, mas aqui quem faz as regras sou eu. E ponto-final.

Minha mãe: *mãe*, eu não precisava ser lembrada de todas as razões pelas quais você é minha inspiração, mas é bom tê-las eternizadas em um livro. *Eu te amo muito.*

Minha superagente, Sarah Younger: tenho muita sorte de me beneficiar de você ser tão fodona. Obrigada por estar ao meu lado, sabendo exatamente como lidar com cada situação e me ajudando a crescer como escritora e como pessoa.

Minha editora fabulosa, Nicole Fischer: graças a você, minha salada de palavras agora é um livro. Viu? Eu estava certa quando disse que você faz mágica. Sua orientação e paciência são sempre apreciadas, e seus LOLs sempre me fazem sorrir.

Minha *prima*, Fernanda, que sofreu com um milhão de perguntas sobre sotaques brasileiros e comidas brasileiras picantes: significa muito para mim que você estivesse disposta a aparecer e me ajudar a qualquer instante. Te amo, *mulher*!

Minha escritora parceira no crime e amiga, Tracey Livesay: nossos telefonemas, mensagens diretas e mensagens de texto me ajudaram a superar alguns dias *difíceis*. Espero ter feito o mesmo por você. Fico feliz que você seja a pessoa a me dizer "oh, querida, não".

Minhas compatriotas da Romancelândia — meu grupo #4Chicas (Priscilla Oliveras, Sabrina Sol e Alexis Daria), Olivia Dade, as mulheres do #BatSignal e a equipe do #STET: obrigada por verificarem se estou bem, me desafiarem e torcerem por mim.

Minhas leitoras beta — Ana Coqui, Soni Wolf e Susan Scott Shelley, este livro é mais forte do que teria sido se eu não tivesse contado com o inestimável feedback que vocês me deram. Não há palavras suficientes para agradecer.

Liz Lincoln: um milhão de agradecimentos a você por intervir e ser o par extra de olhos que eu precisava desesperadamente.

E, finalmente, a todas as pessoas maravilhosas da Avon/HarperCollins que defenderam e continuam a defender meus livros: vocês são a única Equipe Número Um que conheço.

Este livro foi impresso pela Geográfica, em 2023, para a Harlequin. A fonte do miolo é Garamond Pro. O papel do miolo é pólen 70g/m² e o da capa é cartão 250g/m².